D0996380

Omslagontwerp:	Erik de Bruin, www.varwigdesign.com
	Hengelo
Lay-out:	Christine Bruggink, www.varwigdesign.com
Druk:	Koninklijke Wöhrmann
	Zutphen

ISBN 978-90-8660-070-0

© 2009 Uitgeverij Ellessy
Postbus 30227
6803 AE Arnhem
www.ellessycrime.nl

COSTA KILLER

PIM FABER

ELLESSY
CRIME

1.

'Het is Winston,' riep Mie, die eigenlijk de eerste gasten had verwacht die uitgenodigd waren om haar 74^e verjaardag te vieren, 'en hij zit onder het bloed.'

Kort daarvoor had de dichte mist, komend vanaf de heuvels, aan het eind van de middag het bos ingenomen. Zonder vooraankondiging, gedekt door de inktzwarte duisternis. Eenmaal heer en meester over de stokoude donkergroene dennen hadden zijn vochtige tentakels de boorden van de stad beroerd om ook die zonder tegenstand te overmeesteren. Onverzadigbaar zochten de wolken vervolgens een weg door de nauwe steegjes om via open velden het bos ten zuiden van de stad aan zich te onderwerpen. En daarmee de oude boerderij van Mie en Ludo.

Het kleine zwart wit gevlekte hondje was er niet door gedesoriënteerd geraakt. Hij wist instinctief precies hoe hij bij de hoeve moest komen waar hij hulp kon halen. Hoewel hij last had van de vochtige lucht die zijn kleine longen van minder zuurstof voorzag dan hij nodig had, bleven zijn pootjes onvermoeibaar doorhalen. Over de kasseien en door het mulle zand. Plotseling stopte hij. Met zijn tong uit zijn bek bleef hij zwaar hijgend enige tellen staan om zijn zwarte neus in de lucht te steken. Ik ben te ver, realiseerde het beestje zich en begon met korte pasjes snuffelend langs de berm terug te lopen, tot hij de afslag vond en opnieuw vastberaden op weg ging. Aan het eind van het pad vond hij wat hij zocht.

Mies gerimpelde gezicht, omlijst door zilveren lokken, drukte zowel verbazing als ongerustheid uit toen ze door een kier tussen kozijn en deur de Jack Russell terriër op het stoepje zag staan die opnieuw een klaaglijk huilend geluid aan zijn keel liet ontsnappen.

'Kom dan toch eens kijken,' riep ze ongeduldig naar haar echtgenoot, 'het is Winston!'

'Dat kan toch niet mens,' riep Ludovique Delhaez. De 69-jaar oude voormalige postbesteller was niet van plan de behaaglijke woonkamer te verlaten. 'Winston is bij Nete sinds de dood van Sjarrel,' bromde hij. Zaak gesloten.

'Moar het is 'm toch,' hield Mie vol.

'Joa, joa,' mompelde Ludo, die de toon herkende die de vastberadenheid van zijn vrouw kenmerkte waar hij toch niets tegenin te brengen had. Hij trok met tegenzin zijn voeten van tafel, waar Mie al enkele schalen met eigengemaakte hapjes op had neergezet, intussen een slok Maes pils nemend. Hij gespte, terwijl hij van de bank overeind kwam, zijn riem dicht en strompelde vervolgens op zijn pantoffels de krappe gang in om zijn vrouw ruw opzij te duwen zodat hij naar buiten kon kijken.

'Och toch, da's Winston,' constateerde hij uiteindelijk ook en negeerde de spottende blik van zijn vrouw. 'Waar komt die nou vandaan? En met dit weer?'

'Dat is gek, het is zijn eigen bloed helemaal niet,' zei Ludovique even later verbaasd, meer nog tegen zichzelf dan tegen zijn vrouw die achter hem stond. De oude baas had zijn zakdoek gepakt en zorgvuldig de rode vlekjes van Winstons vacht geveegd. Maar het diertje was volkomen ongedeerd.

'Curieus,' zei hij, nu wel tegen zijn vrouw, 'dat beestje mankeert helemaal niets! Maar waar komt dat bloed dan vandaan?'

'Is het wel bloed?'

'Geen twijfel mogelijk.'

'Ik denk dat ge toch moar es moet kijken bij het huis van Sjarrel,' zei Mie bezorgd.

'Hmm.'

'Ik meen het jong. Ge moet er toch moar op af. Want nu ik

er over nadenk, ik heb geloof ik vanmiddag Nete langs zien rijden.'

'Nondedju,' zei Ludovique, 'en de gasten dan?'

'Ik zal zeggen dat ze niet alles opeten,' lachte Mie.

Winston huilde opnieuw lang en klaaglijk.

'Doe nou toch eindelijk eens rustig,' had Nete nog geen uur daarvoor tegen hem gesnauwd. In een opwelling smeet ze de vakantiebrochure, die ze in een mislukte poging om zo normaal mogelijk te doen probeerde door te nemen, naar zijn koppie. Tevergeefs. Winston bleef als een standbeeld voor de deur staan die van de kamer naar de hal leidde, waar zich de voordeur bevond. Die oefende een obsessieve aantrekkingskracht op het felle jagertje uit. Nete had hem er vandaan moeten sleuren. Hij stond op zijn korte achterpoten op de kokosmat en kraste met zijn nagels onophoudelijk op de bruine houten deur. Alsof hij er met zijn voorpootjes een gat in wilde frezen om een onzichtbare belager die zich buiten bevond aan te vallen. Voor de zoveelste keer liep Nete nerveus naar het raam om de fluwelen beige gordijnen nog dichter te trekken. Om de buitenwereld uit haar leven te bannen.

Wrang genoeg was ze eerder op de dag juist overvallen door de kilte van het huis en wilde ze eigenlijk weer naar buiten rennen, de wereld in.

Suzanne had haar nog gewaarschuwd. 'Je wacht maar tot ik weer terug ben,' zei ze letterlijk, 'die paar dagen maken ook niet meer uit.' Paar dagen. Haar vriendin was op Tweede Kerstdag al met man en kindertjes naar Cortina d'Ampezzo vertokken. Straks zou ze zorgeloos en in een roes van Gin Fizz en champagne het jaar 1984 inluiden. Zorgeloos, zij wel. Haar vader had geen zelfmoord gepleegd, kort nadat zijn echtgenote na een lang ziekbed aan kanker was overleden. Nete durfde nog steeds niet naar de badkamer te gaan, waar zijn lichaam was gevonden.

'Suzanne kan de klere krijgen,' mompelde ze tegen drieën in zichzelf. In een opwelling zette ze Winston op de pasagiersstoel van haar 40-jaar oude MG. Stom, spookte het even door haar hoofd, ze zou nooit meer voor het donker thuis zijn. Maar de aandrang was niet te weerstaan geweest. Ze moest erheen. Om een periode af te sluiten, maar vooral om een nieuw tijdperk in te gaan. 47 jaar oud, gescheiden, kinderloos en sinds kort zelfs helemaal zonder bloedverwanten.

Het gesputter van de motor verontrustte haar niet. Dat was normaal in hartje winter. Halverwege, ze moest drie kwartier rijden, was het echter erger en erger geworden. Gelukkig had ze het gered.

'En nou is het afgelopen,' snauwde Nete en rukte haar hondje voor de zoveelste maal bij de voordeur weg. Dat beest was compleet gek geworden. Hij gromde zelfs toen ze hem oppakte. Winston probeerde uit alle macht los te komen uit haar houdgreep. Net toen ze dacht dat hij iets rustiger werd beet hij in haar hand. 'Rothond,' gilde ze. Winston schoot meteen op de voordeur af en begon heftiger dan daarvoor weer met zijn nagels over het hout te krabben.

'Wat een kutavond,' mompelde Nete in zichzelf. De MG stuk, niets te eten of drinken in huis, de telefoon afgesloten, de hond gek, nou ja, veel beroerder kon het allemaal niet meer worden.

Ludovique Delhaez was in tegenstelling tot wat anderen wel eens dachten niet achterlijk. Hij was lui en gemakzuchtig. Er waren ook een hoop dingen die hij liever deed dan op een waterkoude oudejaarsavond in de potdichte mist naar de hoeve van Sjarrel gaan.

'Nete zit vast in de problemen,' was Mie blijven volhouden.

'Moar dan was ze toch wel noar ons toegekomen?'

'Moar als ze nou eens is gevallen en geen hulp kan halen?'

Ludovique had die vraag maar niet beantwoord, bang als hij was dat zijn vrouw gelijk had. Hij wilde haar niet ongerust maken, dus was hij zonder verder tegen te sputteren op pad gegaan.

'En neem uw zaklamp mee,' zei Mie, 'ge ziet geen hand voor de ogen.'

Daar had ze gelijk in. De mist was zo verschrikkelijk dicht dat het Ludo een kwartier kostte voor hij het paadje naar de boerderij had gevonden. Omdat hij de weg niet meer van de berm kon onderscheiden besloot hij zijn brommer aan de kant te zetten. Stram stapte hij van het zadel en vond op de tast de staaflantaarn die hij achterop had gebonden. Zijn vinger, ingepakt in een gebreide want vond de schakelaar.

'Nondedju,' bromde Ludovique.

'Moet ge de batterijen niet even controleren,' had Mie nog geroepen.

'Mens zeur niet,' antwoordde hij beledigd, 'er zitten pas nieuwe in.' Ze dacht zeker dat hij gek was.

Zonder er aan te denken zijn valhelm af te zetten begon Ludovique langzaam richting hoeve te lopen. Met de mist als een geluiddempende deken om hem heen naderde hij na een kleine tien minuten zijn doel.

Heel even hield de oude man zijn pas in. Daar was het geluid weer dat hij net ook al meende te horen. Het was net of iemand hem continu in de gaten hield, vlak bij hem was. Steeds een stap zette als hij het ook deed. Hij rilde onwillekeurig en pakte de zaklamp nog steviger beet.

Voorzichtig deed hij weer een paar passen. Op het moment dat hij het schijnsel van de buitenlamp meende te ontwaren werd hij vol in zijn gezicht geraakt. Ludovique gilde het uit van de pijn en greep met twee handen naar zijn gezicht. Onhandig deed hij zijn want uit en voelde dat er bloed over zijn wang stroomde. Een snee, dat was het. Net onder zijn oog. Zeker drie centimeter. God wat deed dat zeer.

Een tak, flitste het door zijn hoofd. Hij moest geraakt zijn door een laaghangende tak. Nog voorzichtiger dan daarvoor vervolgde hij zijn weg. Het duurde nog eens zes minuten voor hij uiteindelijk de oprijlaan bereikte. Zo te zien was alles donker. Maar het buitenlicht dan? Had hij zich vergist?

Stapje voor stapje schuifelde hij het pad op. Toen hij op nog geen twee meter afstand was ontwaarde hij plotseling de MG. Dus toch, Nete was thuis. Precies wat Mie gezegd had.

'Nete,' riep Ludovique, 'Neteke, ik ben het, Ludo. Goed volk. Doe eens open.'

Op dat moment drong het tot hem door dat de motorkap van het sportwagentje open stond.

'Amai Nete, ik ben het. Doe eens open. Neteke?'

Ludovique constateerde dat de voordeur dicht zat.

'Nete hoor je mij, ik ben hier om je te helpen.' En wat als ze nou toch eens een ongeval had gehad. En nu ergens in de kamer lag en zich niet kon bewegen? Het raam, dat was het. Hij moest een raam inslaan. Kwam de lantaarn toch nog van pas. Hoewel de gordijnen gesloten waren zag Ludovique een streepje licht door een kier naar buiten komen. Snel wierp hij een blik naar binnen.

'Allemachtig,' stamelde de oude man.

'Bejaarden horen opgesloten te zitten in een gesticht achter dikke muren,' bromde Victor Palm.

Inspecteur Alain de Coninck grinnikte.

'Sterker nog, ik zeg spuitje op hun 65e. Wedden dat die ouwe bok gewoon ergens zit te slempen? Tijd vergeten, expres natuurlijk om van het gezeur van zijn fossiele wijf af te zijn. Waarschijnlijk heeft hij ergens een lekker jong ding van zestig ontmoet dat nog niet incontinent is.'

De Coninck grinnikte opnieuw. Het was hem niet ontgaan dat zijn collega een behoorlijke kegel had toen hij hem van huis ophaalde. Normaal gesproken zou hij woedend zijn geworden. Geen drank. Ook niet tijdens oproepdienst. Maar goed, het was oudejaarsavond.

'Mijn hele avond naar de kloten,' ging Victor verder, 'Peggy kwaad, de kinders huilen. En mijn vuurwerk, wie gaat dat straks afsteken?' Demonstratief keek hij op zijn horloge. 'Wij zijn om middernacht niet thuis hoor.'

'Neem een paar pepermuntjes,' zei De Coninck, 'in het handschoenenkastje.'

'Heb je die altijd bij je?'

'Schiet nou maar op, je stinkt uit je bek als een jeneverstokerij.'

'Waarom hebben ze op het bureau niet gewoon een paar kroegen gebeld,' ging Palm verder terwijl hij vier Kings tegelijk in zijn mond stak, 'dan hadden ze hem zo te pakken.'

De Coninck zuchtte. 'Luister dronken droppie, die man heeft waarschijnlijk minder alcohol op dan jij. Hij is naar de boerderij gegaan van Sjarrel Mutsaers. Sjarrels hondje stond bij hem op de stoep, onder het bloed.'

'O,' zei Palm.

'Ja, o, ja. Hij is op zijn brommer vertrokken. Hij kan met dit weer makkelijk een ongeluk gehad hebben. Hij is al meer dan twee uur weg.'

Palm bedacht dat hij maar beter even zijn mond kon houden. Even later stuurde Alain de Coninck zijn Renault de oprijlaan van de hoeve op. Zelfs met groot licht zag hij bijna niets.

'Kloteweer,' mompelde Victor die net zijn gordel afdeed op het moment dat De Coninck vol op de rem trapte. Zijn collega sloeg met zijn hoofd tegen de voorruit.

'Kijk toch uit idioot,' brulde hij en greep met beide handen tegelijk naar zijn voorhoofd.

'Kijk dan zelf man,' riep Alain boos, 'ik was bijna tegen die MG aan gereden.'

'Je moet opletten als je achter het stuur zit,' gromde Victor.

'Als je niet zoveel gezopen had had je zelf kunnen rijden,'

zei Alain. Hij pakte de grote lantaarn van de achterbank en stapte uit, gevolgd door zijn collega die nog steeds zijn hand op zijn voorhoofd gedrukt hield, waar hij tot zijn ergernis een grote buil voelde komen opzetten.

'Panne,' constateerde Alain, die een lichtbundel over de openstaande motorkap liet schijnen. Hij beduidde Victor dat die hem moest volgen.

'Dicht,' zei hij toen hij even aan de voordeur had gevoeld. Victor liep automatisch door naar het raam.

'Amai, foute boel Alain,' riep hij.

Hij sprong bijna naar de voordeur en wierp zich er zo hard hij kon tegenaan. Pas bij de derde poging die de twee politiemannen gezamenlijk ondernamen barstte de deur open. Victor rende meteen door naar de woonkamer. 'Ai,' riep De Coninck die zijn collega achterna sprintte, 'wat een bloedbad.'

Op het kleed naast de middentafel in de woonkamer lag een vrouw. Dood. Haar hoofd en schouders lagen in een plas bloed dat uit haar slagaders was gespoten. Haar keel was open gesneden. Tegen haar voeten aan lag een man op zijn buik. Hij had een valhelm op. Ook ter hoogte van zijn keel was een enorme bloedplas ontstaan, er lag een voorwerp in. Tot zijn verbazing zag De Coninck dat het een vakantiefolder was van de Zuidfranse kuststreek.

'Huis leeg en rondom niemand te vinden,' meldde Victor Palm die met getrokken pistool de kamer weer binnenliep. 'Amai,' zei hij terwijl hij een tijdje naar de lichamen op de grond had gestaard, 'opa zat dus niet in het café.'

De Coninck negeerde de opmerking. 'Ga versterking oproepen,' zei hij 'de hele omgeving moet uitgekamd worden.'

'Met deze mist?'

'Opschieten,' snauwde Alain.

Af en toe zag Alain de Coninck een flard blauw licht van de zwaailampen voorbijflitsen door het gordijn. Ruim een uur was er verstreken voor de versterking was aangekomen. Kort daarna arriveerden de schouwarts en de lijkwagen. Victor had met de nieuw aangekomen collega's geprobeerd de directe omgeving te doorzoeken, maar zoals hij gevreesd had was de mist zo dicht dat de actie nauwelijks zin had. Mopperend waren ze teruggekeerd naar de boerderij, waar Alain in de woonkamer peinzend voor zich uit keek.

Omdat het zo stil was klonk het geluid harder dan normaal. Het was onmiskenbaar. Iemand startte de Renault. Instinctief bracht Alain zijn hand naar zijn broekzak. Leeg. 'De wagen,' schreeuwde hij, 'de wagen.' Buiten gekomen keken zes paar politieogen toe hoe twee rode achterlichten langzaam door de mist werden verzwolgen.

'Ga er dan nondedju achteraan stelletje klootzakken,' brulde Alain, 'doe iets, we moeten die man hebben.'

'Amai,' zei Victor hoofdschuddend.

De politiewagen werd de volgende dag leeg teruggevonden aan de Luxemburgse grens.

2.

01.

DAG 1, ROTTERDAM, 12.00 UUR

'Hallo, met mij. Als je mijn stem herkent heb je het goede nummer gedraaid, alleen ik ben er niet. Als het dringend is laat maar een boodschap achter na de piep.'

Dringend was niet het juiste woord. Het was een zaak van leven of dood. Toch werd er niet ingesproken op het antwoordapparaat.

02.

DAG 1, ANTWERPEN, 12.17 UUR

'En een bakje water voor de hond graag,' vulde ik aan. Het eerste deel van mijn bestelling bestond uit kaaskroketjes en een Gueuze Lambic onder de kurk. Fantastisch bier. Beetje zurig. Speciale smaak komt onder andere vanwege het feit dat de Brusselse brouwers overjarige hop gebruiken. Ook gist het bier spontaan, wat alleen in Pajottenland, dat ligt ten zuiden van Brussel, mogelijk schijnt te zijn, want daar zit gist in de lucht of zo. Ik geloof het allemaal graag. Mij smaakt het gewoon goed.

In Antwerpen op de Grote Markt was het net zo onontkoombaar en plakkerig heet als in Nederland, constateerde ik. Onderweg in mijn witte Pontiac Trans Sport had ik kunstmatig een heerlijk comfortabel klimaat geschapen. De consequentie was wel dat ik al een klap in mijn gezicht kreeg toen ik, na een schoolvoorbeeld van achteruit inparkeren, het portier open deed. Want buiten bleek de thermostaat op 35 te staan. Na een paar stappen wist ik bij benadering ook meteen hoeveel poriën ik heb. En ze hadden kennelijk een onderlinge afspraak gemaakt allemaal tegelijk wijdopen te gaan staan. Ik dreef.

Ik had uiteindelijk meer te doen gehad dan ik dacht, vandaar dat ik me pas tegen twaalven op een terrasje neer liet vallen. Met mijn donkerbruine boxer genaamd Jim aan mijn voeten. Het doel van mijn bezoekje aan de Scheldestad was tweeledig. Enerzijds wilde ik langsgaan bij de Kale. Dat is een heler, hoewel, het mag eigenlijk geen naam meer hebben. De man is dik in de zeventig en de Belgische justitie had hem de laatste tien jaar met rust gelaten. Feit is wel dat je bij de Kale nog steeds heel veel kan kopen. Zoals een Walther 9 mm. In mijn actieve dienst als politieman had ik regelmatig op de schietbaan gestaan, vaak ook zeer succesvol, met dat type pistool. Het leek me een nuttige aanvulling op mijn Smith & Wesson ExtremeOps mes, hoewel ik me ervan bewust was dat mijn huidige werkzaamheden, of eigenlijk het gebrek eraan, nou niet meteen het uitgeven van een hoop euro's konden verantwoorden.

Mijn tweede missie was een stuk trivialer, een leuke avond beleven in de Sinjorenstad en daartoe had ik inmiddels een leuk hotelletje gevonden aan de Schelde, vlakbij het terras waar ik was neergestreken.

De winkel van de Kale bevindt zich vlak achter het Sportpaleis. Ik weet niet hoe het kwam, maar op het moment dat ik de straat in reed waar zijn pand gevestigd is, wist ik ineens dat het foute boel was. Gelukkig vond ik snel een parkeerhaventje en ik liep in flinke pas naar de winkel. Mijn voorgevoel bleek helaas juist. De deur van de winkel was door de politie nauwkeurig verzegeld evenals de deur die leidt naar de Kales woonhuis erboven. Ik probeerde enige tijd met mijn handen als een dakje boven mijn ogen gevouwen door de ruiten te turen of ik iets kon opmerken, maar tevergeefs.

Ik besloot vervolgens dat ik maar het beste bij de Kales buren kon gaan vragen of zij wisten wat er aan de hand was. Drie deuren verderop bevond zich een islamitische slagerij, waar ik naar binnen liep. 'Goedemiddag,' zei ik niet speciaal tegen iemand, want in de winkel was het uitgestorven. Na een paar momenten hoorde ik wat gestommel in het magazijn achter en plotseling kwam een mogelijk Turkse man in een witte jas naar de toonbank gelopen. Hij wreef zijn handen af aan een groezelige theedoek, waar volgens mij bloedvlekken in zaten.

'Goed Mieddag,' zei de man.

'Hallo,' zette ik de conversatie voort, 'ik ben een vriend van de Kale, uw buurman. Ik wilde hem bezoeken, maar er is kennelijk iets aan de hand. Weet u wat er gebeurd is?'

De man keek me met zijn donkere ogen indringend aan om daarna de theedoek achter zich op een tafel te gooien. 'Boerman dood,' zei hij en zweeg verder.

Ik zweeg ook een tijdje om het nieuws te laten doordringen. Ik kon het me simpelweg niet voorstellen. De Kale dood?

'Wat is er gebeurd?'

'Mannen kom en schneidt boerman keel door. Jai meer weet, jai naar polies gaan!'

'U zegt mannen, waren er meerdere?'

'Ik niet weet. Jai meer weet, jai naar polies gaan,' herhaalde de man.

En daar had ik nou net helemaal geen zin in. Ik wist precies waar ik moest zijn, namelijk bij Marc de Kuyper. Maar sinds mijn oneervol ontslag bij het korps Rotterdam Rijnmond had ik geen behoefte meer aan politie. Noch in Nederland, noch in België, noch waar dan ook. Wrang genoeg was het wel een ex-collega geweest die me toen ik langzaam uit het zwarte gat omhoog krabbelde mijn eerste klanten bezorgde. Ik had mezelf op een uitzichtsloze toekomst als particulier rechercheur getrakteerd. Want ja, wat kon ik eigenlijk na twintig jaar recherchewerk? Hij stuurde een zwaar overstuur echtpaar op me af dat de 13-

jarige dochter des huizes zocht, die voor de zoveelste keer de benen had genomen, maar nu met een nieuw vriendje die nauwelijks Nederlands sprak. Het kostte me drie dagen om Malou te vinden en nadat ik haar loverboy had uitgelegd welk fysiek geweld hem te wachten stond als hij haar niet met rust zou laten, was ze, veel te schaars gekleed voor de tijd van het jaar, bij me in de auto gestapt, zodat ik haar thuis kon afleveren. Dezelfde avond nog werd ze overgebracht naar een gesloten inrichting, waar ze de volgende dag zonder dat iemand het merkte weer wegliep. Ze schijnt nu weer gewoon rond te zwerven. Ja ja, meisjes van dertien, er net tussenin.

Ik vierde het eerste succesje van Recherchebureau Lebandowski met veel Grolsch beugelflesjes en een bot voor Jim op mijn kotter. Daar maakte het geluid van mijn mobiele telefoon me er op attent dat ik even was weggedoezeld. Bij het zoeken naar het mobieltje stootte ik mijn hoofd weer eens hard tegen de koperen hanglamp. Tegen de tijd dat ik had gevloekt, mijn handen tegen de pijnplek gelegd had en licht gebogen lopend mijn kleine teen tegen de tafelpoot plette was ik nagenoeg weer wakker. Net als Jim, die mijn capriolen glimlachend leek gade te slaan. De Kale stond op mijn voicemail. Met zijn karakteristieke stem, die ik nooit meer zou horen, meldde hij dat mijn pakje was aangekomen. De Walther dus. Nu was de Kale dood.

Omdat hij het was en enkel en alleen daarom, besloot ik mijn weerzin tegen politiemensen maar tijdelijk overboord te gooien en reed ik, veel te hard, naar de Oudaan waar het hoofdbureau van de lokale politie overal hoog bovenuit torent. Toen ik zelf nog in het ambt zat had ik meerdere malen contact gehad met Marc de Kuyper en ik hoopte maar dat hij aanwezig was. Volgens de vriendelijke juffrouw aan de balie was dat het geval. Terwijl ik op hem wachtte merkte ik opnieuw hoe verschrikkelijk benauwd het was.

'P.B., goedemiddag, wat voert jou hier?' De joviale Belg wist ongetwijfeld dat ik niet meer voor de politie werkte, maar uit het feit dat hij me wilde ontmoeten maakte ik op dat hij daar niet heel zwaar aan tilde. Dat hij me tutoyeerde en niet zoals Belgen nog wel eens doen als ze in een formele bui zijn 'u' gebruikte vond ik ook een gunstig voorteken.

'Marc, je ziet er goed uit,' zei ik en het was ook zo. Hij was sinds de laatste keer dat ik hem zag minstens twintig kilo lichter geworden en kennelijk had hij veel tijd om uitgebreid in de zon te zitten, getuige zijn gebronsde huid.

'Tsja jong, nieuwe liefde, ik moet er hard voor werken,' grijnsde hij. Ik herinnerde mij vaag dat zijn relatie met de oude mevrouw De Kuyper verre van ideaal was. Kennelijk had dat zo zijn consequenties gehad. En als de vrouw op de foto op Marcs bureau de nieuwe mevrouw De Kuyper was, was dat mijns inziens inderdaad voldoende reden tot regelmatig bezoek aan sportschool en zonnecentrum.

'Da's Christine, we wonen nu een half jaar samen,' zei Marc die zag dat ik nieuwsgierig naar de foto keek. Hij draaide de ventilator die naast zijn bureau stond een slag, waardoor ook ik er enig voordeel van had. Naast Christine stonden diverse portretjes van Marcs zoon en dochter maar hun moeder was met grote zorgvuldigheid verwijderd van het werkblad van de politieman.

'Promotie gemaakt?' informeerde ik om nog niet meteen met de deur in huis te vallen, wijzend op zijn epauletten die iets uitbundiger versierd waren dan de laatste keer dat ik hem zag.

'Dadoddenichedochtei,' lachte hij

'Nee, dat had ik niet gedacht', vertaalde ik grijnzend, wetend dat de opvliegende flik er een geheel eigen werkwijze op nahield. 'Ja P.B., ik ben nu commissaris, maar vertel,' veranderde hij plotseling van onderwerp, 'wat voert jou hier?'

'De Kale,' zei ik, verdere introductie was overbodig. 'Ik heb van zijn buurman begrepen dat ze hem de keel door hebben gesneden. Ik wil graag weten wat er aan de hand is.'

Marc de Kuyper trommelde een tijdje met twee wijsvingers

op zijn bureaublad voor hij me weer aankeek. 'Ik weet niet of ik daar zo maar iets over kan vertellen,' begon hij aarzelend.

'Kan je niets zeggen, of weet je niets van de zaak,' probeerde ik.

'Ik weet er niet veel van,' aarzelde Marc opnieuw en aan zijn gezicht zag ik dat het tegendeel waar was.

'Is het omdat ik geen politieman meer ben?'

'Luister P.B., we kennen elkaar al zo lang, ik wil je graag een plezier doen. Maar je begrijpt dat ik formeel natuurlijk absoluut niets kan zeggen.' Ik begreep het maar al te goed.

'Wat kun je wel kwijt?', vroeg ik.

'We doen het anders. Ik zal je vertellen wat er aan de hand is, op voorwaarde dat je het meteen weer vergeet.'

'Tot wederdienst bereid,' antwoordde ik.

'Eigenlijk, tasten we zelf ook nog in het duister,' zei hij en ditmaal zag ik dat hij de waarheid sprak. 'Gistermorgen tegen half tien kregen we een anoniem telefoontje, dat we naar het pand van John moesten gaan. Er was iets vreselijks gebeurd. We hebben er een wagen van de interventiebrigade naartoe gestuurd en vonden John achter de toonbank. Zijn hals was open gesneden. Het moest net gebeurd zijn, want het bloed was nog lang niet opgedroogd.'

'Sporen?' vroeg ik.

'Nog helemaal niks van bekend. Wat is aangetroffen wordt nog onderzocht. We hebben verder de meeste buren gesproken en niemand heeft iets gezien.'

'En de beller?'

'Anoniem. Door een fout in het systeem is de melding niet opgenomen.'

'En het wapen, een mes neem ik aan, is daar wat over bekend?'

'Is spoorloos, ik denk door de dader zelf weer meegenomen.'

'Vermoedens?'

Marc zuchtte en hief de handen de lucht in. 'Och P.B., 't is de Kale. Je weet net zo goed als ik wat voor handel hij had en vooral wie zijn klanten waren, hij deed zaken met God en Klein Pierke. Het zal wel een afrekening zijn door iemand die door hem belazerd is, je weet hoe dat gaat in het wereldje.'

Nou, daar geloofde ik geen barst van. Ik wist dat de Kale honderd procent betrouwbaar was en vroeg me af of de aimabele man eigenlijk wel vijanden had. 'Animo voor het onderzoek is zeker groot,' zei ik.

'Och,' zuchtte Marc, 'het wereldje is hier nogal veranderd hoor. Afrekeningen komen steeds vaker voor. We hebben hier te maken met Russische maffia, Joegoslaven, Tsjetsjenen en de burgemeester heeft een deel van de rosse buurt gesloten waardoor iedereen nu de hele stad doorzwermt. Het is voor ons nauwelijks bij te houden.'

'Hoe gaat het onderzoek nu verder?'

'Wel, vandaag gaat de procureur beslissen of wij de zaak in behandeling krijgen, of dat het voor de federale politie is. Tot die beslissing doen we helemaal niets.'

'Wie is de procureur?'

'Guy Staelens. En die zal d'r niet veel werk van willen maken. Weet je P.B., op z'n Antwerps zeggen we over die man 'Stekt dieje zen verstaand inne vogeltje ent vliegdachteroat.'

Ik schoot in de lach. Een vogeltje met Staelens hersencapaciteit zou niet meer kunnen dan achteruit vliegen. Hilarisch. 'En je weet echt niets meer?', probeerde ik nog eens.

'Maar nee, ik zweer het,' zei Marc. 'Ben je vanavond nog hier?'

Ik knikte.

'Laten we dan aan het eind van de dag een pintje nemen bij Monico, aan het Centraal Station. Dat praat sowieso wat makkelijker! Gaan we daarna wat eten.'

'Prima idee,' zei ik, 'een pintje.'

'Da's beter dan een pets in oe bakkes nie,' lachte hij.

'Nodig je Christine ook uit?'

'Och die is een paar daagjes bij haar zus in Parijs aan het

logeren. Ze belt me zo'n twintig keer per dag,' zei hij trots.

'Leve Proximus,' mompelde ik, terwijl zijn gsm overging en het helder rinkelende geluid maakte van een oude bakelieten telefoon.

Ik weet niet zeker of Jim gevoel voor richting heeft maar volgens mij begreep hij dondersgoed dat we van de Italiëlei regelrecht terugreden naar Kales huis. Ik had besloten zelf maar een onderzoek in te stellen, daar ik van de Belgen op dat gebied niet veel verwachtte. Ik besloot eerst maar eens bij de buren langs te gaan. Johns linkerbuur Chris Boeymaker was als enige thuis. 65 jaar, alleenstaand, gepensioneerd boekhouder en van harte bereid me te woord te staan.

'Ik had niet zoveel contact met hem,' liet hij desgevraagd weten. 'Maar voor mij was het een prima buur. Nooit een centje last gehad met die man, soms hielp ik hem mee de zware boodschappen naar boven te dragen. Kreeg ik steevast een pintje van hem.'

Bijna tegelijk namen we een slok Jupiler bier. Er gaat niets boven koud bier als het onaangenaam warm en broeierig is. Boeymaker had donkerblauwe slippers, een korte bruine broek waarvan hij de riem en de knoop had losgemaakt en een gelig hemd aan. Het feit dat hij zo schaars gekleed ging belette hem niet te zweten als een otter.

'Wat gebeurde er precies?'

'Tsja, ik was net op toen ik allemaal sirenes hoorde. Ik keek uit het raam en zag dat de politie bij de Kale naar binnen ging. Even later kwam er een ziekenauto. Toen wilde ik buiten gaan kijken maar ik werd weggestuurd.'

'U had niet toevallig 's morgens nog iemand gezien bij de winkel?'

'Nee, ik ben pas uit het raam gaan kijken toen ik de sirenes dichterbij hoorde komen.'

'Jammer.'

'Misschien niet,' zei de oude man.

'Hoezo?'

'Omdat ik daardoor wel de auto van Hugo zag.' Als de ouwe plotseling Russisch was gaan orakelen had ik zeker niet beter begrepen waar hij het over had.

'Wat bedoelt u?'

'Ik kwam af en toe bij de Kale om een praatje te maken. Het viel me op dat er vaak een keurig geklede man in de zaak was, met een beetje een Italiaans uiterlijk. Zwart haar, klein snorretje en altijd tiptop gekleed. Ik hoorde dat John hem Hugo noemde en kennelijk mochten ze elkaar erg graag. Gistermorgen toen ik uit het raam keek viel het me op dat zijn zwarte Lancia in de straat stond. Ik ken zo'n beetje alle wagens hier, ik ben zelf gek op auto's en die van hem vond ik erg mooi. Ik nam eigenlijk aan dat Hugo wel in de winkel zou zijn. Maar pas toen de politie weg was zag ik dat Hugo uit het café hier honderd meter verderop kwam, naar zijn auto liep, schichtig om zich heen keek en wegreed.'

'Hebt u dat de politie verteld?' vroeg ik.

'Nee.'

'Waarom niet?'

'Ze kwamen vrijwel meteen bij me aan de deur en toen was ik nog in de veronderstelling dat Hugo in de winkel zou zijn. En verder wil ik me niet met de zaak bemoeien. Straks krijg ik ook zo'n schildklieroperatie.' De beweging die de oude man met zijn hand langs zijn keel maakte was eigenlijk overbodig.

Ik dronk mijn laatste slok bier op. 'U kent niet toevallig de achternaam van die Hugo?'

'Geen idee.'

Ik bedankte de man en liep terug naar Jim die de Pontiac bewaakte. 'Nou maatje,' zei ik tegen hem, 'we hebben in elk geval iets. Hugo de Italiaan. Misschien kent Marc hem.' Ik zou het hem straks tijdens ons diner-à-deux vragen, als hij tenminste tijd voor me zou hebben tussen het bellen met vriendin-in-Parijs door. Ik besloot in de tussentijd terug te gaan naar het centrum om nog een pintje te vatten, zoals dat in 't Antwerps zo mooi heet. Zo zou ik enigszins in stijl afscheid kunnen nemen van de Kale. Het besluit zijn voortijdig verscheiden van d'aarde te onderzoeken werd alleen nog vertraagd door het wachten op een geniaal plan.

03.

DAG 1, ROTTERDAM, 18.15 UUR

Hoofdinspecteur Sebastiaan Kalbfleisch (salarisschaal 11) van het korps Rotterdam Rijnmond keek tot zijn afgrijzen recht het spijsverteringskanaal van zijn boezemvriend inspecteur Rokus van den Boogaard (schaal 9) in, die recht tegenover hem zat aan het andere eind van de tafel en enorm onbeschoft gaapte. Nog geen drie kwartier geleden had hij de 1 meter 95 lange rechercheur die bijna honderd kilo woog getracht te bellen. Pas bij de derde keer kreeg hij gehoor.

'Met Rokus,' klonk het vertrouwd vrolijk.

'Met mij,' snauwde Kalbfleisch die vijf centimeter achterbleef bij zijn collega, minder gespierd was en een buikje had. 'Ik heb je nodig, waar zit je?'

'In de Kuip, ME-inzet. Ik heb me opgegeven voor de vriendschappelijke wedstrijd Nederland - Duitsland. Heb ik wat afleiding. Je haalt me hier toch niet weg hè?'

Het ontging Sebastiaan Kalbfleisch, die voetbal haatte, dat Rokus van den Boogaard mobiele eenheid acties kennelijk als een verzetje zag. 'Niet zeiken,' zei hij, 'ik voeg je met onmiddellijke ingang toe aan het TGO. Over een kwartier is er een wagen om je op te halen.'

Team Grootschalig Optreden. Dat kon maar een ding betekenen, meende Rokus. 'De schietpartij bij het Strand aan de Maas?'

'Nee, de executie bij het Strand aan de Maas. Maar schiet nou maar op, dan leg ik zo alles in één keer uit.'

'Opgewonden standje,' mompelde Rokus en verbrak bewust pas daarna de verbinding. Nog geen half uur later zat hij nog half in zijn ME-uniform tegenover Kalbfleisch die hem en acht collega's informeerde over de stand van zaken in een slecht geventileerde bloedhete vergaderruimte die niet berekend was op de tien mensen die er bijeen waren gekomen.

Het feit dat Van den Boogaard zo ongegeneerd in gezelschap zat te gapen deed Kalbfleisch weer eens beseffen dat zijn vriend eigenlijk nog steeds de uit de klei getrokken boer was die hij hem twintig jaar geleden, toen hij hem leerde kennen, al vond. Hoewel het al een hele verbetering was dat hij in het bijzijn van anderen geen scheten meer liet of tijdens feestjes, waar Kalbfleisch zelf bijna nooit acte de présence gaf, het alfabet begon te boeren. Ook was Rokus de enige in zijn omgeving die in een bistro rustig een 'stiek provinciaal' bestelde, als hij een steak Provençale bliefde. En hij slurpte bij het bierdrinken.

'Misschien doet hij het om je te provoceren, omdat hij weet dat je je er dood aan ergert,' had Kalbfleisch' vrouw Brechtje ooit geopperd toen hij er thuis eens over begonnen was. Toen hij antwoordde dat zijn maatje thuis het liefst met een sigaar in zijn hoofd met wijdopen deur op de wc zat, om daar vervolgens in z'n eigen klamme walm de Donald Duck te lezen, waren ze allebei in de lach geschoten en hadden die theorie maar richting kliko verwezen.

'Je werkt niet jarenlang met een nul jochie,' had zijn vrouw nog toegevoegd, 'dus hij zal zo zijn kwaliteiten hebben.'

Kalbfleisch realiseerde zich dat Rokus inderdaad een hoop eigenschappen had die nu hard nodig waren. Hij had soms een frisse kijk op zaken, was vasthoudender dan een pitbull en voelde precies aan wanneer zijn collega in de problemen zat zoals nu. Want de hoofdinspecteur ergerde zich mateloos. Het irriteerde hem om te beginnen dat hij nog geen idee had welke richting het moordonderzoek uit ging. Er was vooralsnog geen touw aan vast te knopen. Executie op klaarlichte dag. Geen spoor van een verdachte. Motief duister. Slachtoffer zo op het eerste gezicht zonder vijanden en ook totaal niet verwikkeld in duistere zaakjes, laat staan dat ze bekend was in het criminele circuit.

Wat zijn bloeddruk ook al omhoog had gestuwd was de aanwezigheid van Luppo Dijkstra in zijn directe nabijheid. Meteen nadat de jonge inspecteur gehoord had dat Kalbfleisch het TGO zou leiden was hij naar diens bureau gerend.

'Als je me nodig hebt dan ben ik er Sebas,' riep hij.

'Als ik jou nog een keer Sebas hoor zeggen breek ik je nek Dijkstra,' had Kalbfleisch woedend teruggebruld. 'En als ik jou nodig heb roep ik wel STRONT!'

Daarna had hij meteen naar de tweede verdieping gemaild dat niemand het in zijn hoofd moest halen Dijkstra in het onderzoeksteam te plaatsen. Hij stond vervolgens bovenaan de lijst van negen aangewezen rechercheurs.

Kalbfleisch strekte zijn rechterhand zodanig uit dat hij zijn voorhoofd, net boven de wenkbrauwen, in de halve cirkel kon leggen die gevormd werd door duim en middenvinger. Hij trok zijn gezicht in een grimas en masseerde met de toppen van duim en genoemde vinger hardhandig de zijkant van zijn hoofd. Z'n handpalm maakte korte roterende bewegingen over zijn neus. Het gezicht dat na korte tijd weer achter de hand tevoorschijn kwam sprak voor negen paar ogen boekdelen.

'Ik probeer het nog eens,' zei hij langzaam. 'Kennen we nou inmiddels wél of niet de locatie van de schutter?'

'Nee, dat probeerde ik dus net uit te leggen,' snauwde Dijkstra 'maar je luistert niet!'

'Kom op jongens, laten we in vredesnaam proberen zo kort mogelijk in dit zweethok te zitten.' Op de rug van Rokus van den Boogaard, die opmerkelijk snel weer helemaal bij de les was, had zich een grote transpiratieplek gevormd. 'Die kennen we nog niet omdat de getuigen die we gesproken hebben helemaal niets gezien hebben,' ging hij verder. 'Meerdere personen die voor het stoplicht stonden te wachten zeggen een knallend geluid gehoord te hebben, een beetje vuurwerkachtig, alsof er een rotje werd afgestoken. Maar niemand kan aangeven waar het geluid precies vandaan kwam. Er is al een oproep geweest voor meer getuigen op *RTV Rijnmond* en *TV Zuid-Holland*. Nog geen reacties. Maar *Hart van Nederland* brengt straks waarschijnlijk iets en zowel het *NOS Journaal* als *RTL Nieuws* maken reportages.'

'Is er een speciaal telefoonnummer beschikbaar voor getuigen?'

'Wordt aan gewerkt, maar we hebben nu alleen aan de omroepen verzocht zowel mensen uit Rotterdam als mensen die toevallig in de buurt waren en niet in Rotterdam wonen te vragen 0900-8844 te bellen.'

'Oké, slachtoffer?'

Rokus glimlachte heel even. Mensen die Kalbfleisch niet kenden zouden hem met gemak kunnen houden voor een psychopaat, bedacht hij zich. Met zijn gemillimeterde haar, al dagen ongeschoren kin en vooral zijn bolle permanent rooddoorlopen ogen, maakte hij vaak een agressieve indruk op mensen nog nooit met hem te maken hadden gehad. In feite was Kalbfleisch de goedheid zelve vond Rokus, hij had alleen een kort lontje en niet alleen waar het zijn werk betrof. Meestal liet Rokus hem dan maar lekker in zijn sop gaarkoken.

'Henriëtte van Rijswijk,' barstte hij los, 'geboren en getogen in Lombardijen. 22 jaar. Studente journalistiek in Utrecht. Vrijgezel. Gezellige meid, kroegtijger. Heeft meegedaan aan de miss Zuid-Holland verkiezing twee jaar geleden. Werd derde. Had vakantie en bracht die bij haar ouders door, waar ze nog altijd een eigen kamertje had. Ging even bier halen bij de supermarkt omdat ze met vrienden naar Nederland – Duitsland zou gaan kijken.'

'Al enig idee over een motief?'

'Nee. Geld lijkt uitgesloten. Ze had alleen schulden. Haar portemonnee is bij haar lichaam aangetroffen met, zover we nu weten, alle bankpasjes erin en achttien euro. Was verder voornamelijk geliefd bij iedereen. Veel vriendinnen, echt een lang-leve-de-lol type. Niemand van haar bekenden heeft enig idee over mogelijke vijanden.'

'Gsm?'

'Had ze bij zich. We zijn al aan het uitzoeken of ze gebeld heeft of is en naar of door wie.'

'Vriendjes?'

'Geen relatie, laatste ex-vriendje dumpte haar drie jaar geleden. Of zij hem, is nog niet helemaal duidelijk.'

'Uitzoeken. En kan het zijn dat ze met een artikel bezig was waarmee ze mensen tegen de haren heeft ingestreken?'

Rokus bladerde de aantekeningen door. 'Is niets van bekend. Ze had vakantie en …'

'Ook uitzoeken,' onderbrak Kalbfleisch hem. 'Verder wil ik om te beginnen dat we met terugwerkende kracht vanaf het moment dat ze is neergeschoten gaan inventariseren hoe haar dag eruit gezien heeft. Heeft ze gebeld of is ze gebeld voor het fatale schot, ging ze echt alleen naar de supermarkt om bier te halen of had ze een afspraak met iemand en wanneer dan en waarom? Is ze bij haar ouders thuis gebeld voor ze wegging, wilde er iemand met haar mee naar de supermarkt, maar wilde ze liever alleen gaan? Hoe laat is ze opgestaan en wat heeft ze vanaf dat moment gedaan? Is ze het huis uitgeweest en heeft ze iemand ontmoet voor ze naar de supermarkt ging? Wat voor soort vrienden en vriendinnen had ze? Moeten we denken aan jaloezie in verband met een vriendje? Check alle alibi's van met name vrienden en vriendinnen. Maar ook vader, moeder en broer even discreet doorlichten. Houd er, ik meld het nog maar weer eens en wellicht ten overvloede, rekening mee dat het overgrote deel van alle moorden, indien niet in het criminele circuit, gepleegd wordt door een bekende van het slachtoffer, vaak uit familiekring.'

'Toch hou ik het op de grote onbekende Kalb,' zei Rokus.

'Want?'

'Als papa, mama, etcetera Henriëtte zonodig naar de andere wereld hadden willen helpen hadden ze vast niet voor een geweerschot gekozen op een van de drukste plaatsen in Rotterdam. In aanmerking genomen trouwens dat ze al met een geweer kunnen omgaan, want we praten heb ik begrepen over een schot van zeker dertig meter afstand. Geen amateurtje, dunkt me dan.'

Voordat hij verder kon gaan, liep Kalbfleisch naar de flapover die bij de deur van de vergaderruimte stond. In grote letters kalkte hij er met een stift UNSUB op. 'Mensen,' begon hij, 'ik wil jullie niet langer op deze sauna trakteren dan strikt noodzakelijk, maar houd er maar rekening mee, dit kan wel eens een hele lastige klus worden. We moeten op zoek naar een UNSUB. Een unidentified subject, of om het ook voor Dijkstra duidelijk te maken een onbekende dader.' Gegniffel alom. 'Van deze UNSUB, dames heren, weten we weinig. Wel dat het een geoefend schutter is, zoals vriend Van den Boogaard terecht opmerkte, getuige moord op grote afstand door middel van een schot. Waarschijnlijk heeft hij/zij een rijbewijs anders was hij/zij niet zo onzichtbaar weggekomen. Persoonlijk ga ik er overigens vanuit dat we op zoek moeten naar een man, hormoonkwestie. Vrouwen zijn meestal niet zo schietgraag, maar laten we niets over het hoofd zien. Dames en heren, ik wil het hoofd van die UNSUB. Niet morgen, maar het liefst vandaag nog. Duidelijk?'

04.

'Ajeeget nogal is zitte zenne,' zei De Kuyper en hief zijn armen ten hemel, terwijl zijn gezicht berusting uitdrukte. Ik begreep er maar liefst drie dingen uit. Ten eerste deed procureur Staelens kennelijk moeilijk. Daarnaast was de discussie omtrent de vermoorde Kale voor wat betreft De Kuyper gesloten en zou ik geen dossiergegevens krijgen. En de laatste conclusie was tevens de meest schokkende: ik zat dus eigenlijk voor lul in Monico, hoewel de lasagne prima was en het bijgeleverde biertje aangenaam smaakte.

Gelukkig was de laatste conclusie onjuist. De Kuyper gebaarde naar de geüniformeerde man naast hem. 'Je zult je wel afvragen waarom ik Mario heb meegenomen.'

'Ik brand van verlangen dit mysterie opgelost te zien,' gaf ik toe.

'Wel, Mario is van de vliegende.'

Ik was nog dermate goed op de hoogte van de werkwijze van de Antwerpse politie, dat ik wist wat De Kuyper bedoelde. Leden van de vliegende brigade, vaak beginnende politiemensen, worden soms ingezet als er mensen tekort zijn, bijvoorbeeld in vakantietijd. Vermoedelijk was Mario erbij geweest toen het onderzoek naar de moord op de Kale begon.

'Exact,' grijnsde De Kuyper. 'Maar begrijp goed, je hebt officieel niet met hem gesproken hè!'

'Begrepen,' knikte ik en onderwierp Mario aan een minikruisverhoor, waar ik uiteindelijk niet veel wijzer van werd. Wat als een paal boven water kwam te staan was dat het onderzoek naar de dood van Kale die naam niet eens verdiende en niemand leek enige haast te maken met het forensisch onderzoek. Tegen achten vond ik het wel welletjes geweest en vroeg om de rekening. Terwijl de twee Belgen gingen staan om hun dankbaarheid jegens de trakterende "Ollander" verbaal te uiten, gooide ik er een leuke uitsmijter uit: 'O ja, voor ik het vergeet, wie is Hugo de Italiaan?'

Even aarzelde De Kuyper, toen ging hij weer zitten, mij met een handgebaar aangevend hetzelfde te doen. Ook Mario plofte weer neer. 'Wat weet je van Hugo?' zei De Kuyper.

'Niets en dat is mijn probleem. Ik wil er graag wel iets over weten, over Hugo en de Kale om precies te zijn.'

'Hoe kom je aan de naam Hugo?'

'Gewoon gehoord, ergens.'

'Luister P.B.,' begon de commissaris, 'ik heb tot hiertoe alles in het werk gesteld je te helpen. Alleen omdat ik je ken. Ik zeg je één ding, laat Hugo met rust. Ik denk dat het nu tijd wordt je met je eigen zaken te bemoeien. Ik zal er persoonlijk op toezien dat de moord op de Kale correct onderzocht wordt. Verder vraag ik je nogmaals de boel te laten voor wat het is. Bemoei je liever niet met zaken die boven je pet gaan.'

De boodschap was duidelijk. Niet dat ik overigens van plan was me iets van De Kuyper aan te trekken. Drie biertjes later was ik toch iets verder gekomen.

'Luister P.B.,' De Kuyper boog zich over het kleine tafeltje dicht naar me toe zodat zijn gezicht vlakbij het mijne kwam. De volumeknop van zijn stem stond bijna op nul. 'Het is met Hugo niet zozeer dat hij zelf gevaarlijk is. De mensen voor wie hij werkt, daar ligt het gevaar. En …' hij presteerde het om nog zachter te fluisteren, 'Hugo wordt beschermd.'

'Door wie?'

'Hooggeplaatste personen binnen ons korps.'

'Hoger dan jij?'

'Eddetindemot?'

Het duurde even voor ik besefte dat hij zich afvroeg of ik het doorhad. Dat had ik gelukkig al snel. De Kuyper vergewiste zich er nog eens van dat niemand zat mee te luisteren en ging verder. 'Ongeveer een half jaar geleden. We kregen een melding van carjacking. Dus schakelden we de Pegasus in.'

Ik fronste mijn wenkbrauwen.

'Da's een helikopter van de federale politie. Hij is binnen zeven minuten bij ons vanuit Brussel. Die maakt video-opnamen vanuit de lucht en staat in verbinding met de radiokamer en zodoende weer met patrouilleauto's. Maar goed, de carjacking, ik werd aan de Schelde opgepikt door Pegasus en al snel hadden we de wagen in het vizier. Wij hielden precies zijn route in de gaten dus hij had geen schijn van kans. De naam van de bestuurder van de auto hoef ik je niet meer te vertellen denk ik.'

'Hugo,' mompelde ik meer tegen mezelf dan tegen Marc.

Hij knikte. 'Eer ik terug was aan de Oudaan, zat Hugo alweer aan het bier aan de Kathedraal.' Aan zijn gezicht zag ik dat hij nog steeds verontwaardigd was.

'Wordt híj beschermd of de organisatie waarvoor hij werkt?' vroeg ik.

'Weet ik niet. Ik ben nu commissaris en ik was niet zover gekomen als ik dit soort vragen had gesteld. Trouwens als ik dat zou doen hoor ik toch alleen maar "Moei doe nic".

Helaas voor Marc was ik van plan me er wel mee te bemoeien. 'En die zwarte Lancia van hem, heb je daar het kenteken van?'

'Ik wel en jij niet en dat blijft zo,' grijnsde de Belg.

Toch wilde ik het nog niet helemaal opgeven alhoewel ik voelde dat Marc alles gezegd had wat hij wilde zeggen. 'Is het een echte Italiaan, of is dat alleen maar een bijnaam?'

'Hugo is net zo Belgisch als Manneken Pis.'

'Waar komt hij vandaan?'

'Ik heb geen idee. Niet van Antwerpen. En alles wat daarbuiten valt is voor ons niet interessant hè, je weet wat ze hier zeggen: uit gouden korenaren schiep God de Antwerpenaren. Uit het restant de anderen van het land.'

Ik vond het een rondje waard.

05.

De billen van de internist waren inmiddels weer schoon en proper. En zaten gehuld in corduroy broek op een donkerbruine Chesterfield bank tot rust te komen. De eigenaar vond dat hij zich naar omstandigheden mieters uit de benarde situatie had gered. God, wat had zich een drama afgespeeld, amper twintig uur geleden.

Ik hou het niet meer vol, had hij gedacht. Overal op zijn pafferige gezicht begonnen zich kleine zweetdruppeltjes te vormen. Het om en om aanspannen van de spieren van zijn melkwitte drilbilllen hielp niet meer.

'Verdomme,' schreeuwde hij in paniek uit.

Vroeger nam hij bij de maaltijd gewoon een glaasje dessertwijn. Tegenwoordig was er minstens een halve liter Elysium black muskat nodig om de spijsvertering op gang te helpen. Niet zozeer vervloekte Ennaeus Hobbema zijn menukeuze: gekonfijt piepkuiken met chorizo, groene bonensalade en bourbon mousse, côte de boeuf met aardappelpuree (jus overgoten) en kaaskeus van de chef met port, maar het feit dat hij daarna overhaast was vertrokken. En dat terwijl hij voor het beëindigen van het diner met sloten wijn, Cap Perron vooraf, Porcupine Ridge (syrah) bij de boeuf, twee straight Dimples en een Cubaanse sigaar (Cohiba Esplendido) al aandrang voelde.

Het blauwe bord met de witte "P" dat opdoemde kwam als een bevrijding. De kilometer die hij moest afleggen tot hij daadwerkelijk zijn auto kon stoppen werd echter een ware martelgang. Niet alleen merkte Hobbema dat zijn urine zich inmiddels een uitweg aan het banen was uit zijn pisbuis, erger was dat zijn sluitspier het dreigde af te leggen tegen een enorme hoeveelheid oprukkende diarree. De zwetende medicus had zichzelf aan het stuur omhoog getrokken in een ultieme poging zijn billen met maximale kracht tegen elkaar te persen. Hij prees zich gelukkig dat er verder niemand op de weg was toen hij met hoge snelheid de parkeerplaats opreed. Terwijl hij het portier opengooide constateerde hij dat het onheil niet meer af te wenden was.

Al rennend richting berm voelde hij dat hij de strijd tegen urineverlies had verloren. Wild trachtte hij zijn riem los te gespen en zijn rits open te maken in een poging te redden wat er te redden viel, maar op dat moment gaf ook zijn sluitspier er de brui aan. Ennaeus kwam hijgend tot stilstand en daardoor lukte het hem uiteindelijk zijn broek te laten zakken. De diarree sijpelde inmiddels ongehinderd door de pijpjes van zijn boxershort richting knieholte.

De ontreddering was compleet. De succesvolle internist met de broek op de enkels, moest nu ook nog eens een gevecht aangaan met zijn tranen. Een half uur geleden zat hij nog met zijn maîtresse in een chic kasteel romantisch te dineren, nu liep hij met grillige warme diarreeuitlopers van bil tot kuit intens ongelukkig terug naar zijn Volvo stationcar.

Daar stonden hem nog twee onaangename verrassingen te wachten. Eén: de Cohiba die bij het verlaten van de auto uit zijn mond was gevallen had een schroeivlek gemaakt in de lederen bekleding van zijn stoel, ter grootte van een twee euro munt. Twee: zijn prachtige Winchester geweer (gekregen van een Amerikaanse collega) en een doos met acht patronen waren van de achterbank verdwenen. 'Verdomme,' schreeuwde Ennaeus opnieuw.

Inmiddels had hij geprobeerd het voorval uit zijn bewustzijn te bannen, nadat hij alle naweeën had getackled. Zijn boxershort was niet meer te redden geweest en lag ergens in een afvalbak bij een tankstation langs de A2. Zijn broek had hij bij datzelfde pompstation in een krap en vooral smerig toiletje gefatsoeneerd. De werkster had niets ongewoons gemerkt toen ze de was kwam doen.

Wat betreft het geweer was het probleem wat neteliger. Ennaeus besefte heel goed dat hij zijn Winchester niet op de achterbank van zijn auto mocht vervoeren. Laat staan vergezeld van patronen. Dat was zelfs strafbaar. Dus had hij het bij de politie als gestolen opgeven, met als plaats delict een parkeerplaats op weg van de schietvereniging naar zijn huis. De eigenaar van de schietclub, een vriend, was in geval van nood bereid te verklaren dat Ennaeus aanwezig was geweest op de baan.

Om de diefstal echt te laten lijken had Hobbema een aantal handelingen verricht. Nadat hij zijn Volvo in de garage had gereden deed hij de handschoenen van de tuinier aan en bewerkte vervolgens met een koevoet en een schroevendraaier de kofferdeksel. Sporen van braak waren nu duidelijk zichtbaar. Buitengewoon ingenomen met zijn geniale ingeving maakte hij daarna de kofferdeksel, die niet meer wilde sluiten, vast aan de trekhaak met een stuk touw. Nou, de politie had zijn verhaal geslikt, het ging erin als koek.

Alweer vergeten dat hij zichzelf beloofd had nooit meer te drinken nam de internist een slok Chivas en zuchtte van tevredenheid.

06.

DAG 1, ROTTERDAM, 20.00 UUR

Sebastiaan Kalbfleisch pakte de thermoskan die voor hem stond en begon koffie in te schenken. Tevreden constateerde hij dat het complete kernteam al vóór het afgesproken vergadertijdstip gearriveerd was. Tweede winstpuntje was dat hij even de tijd had gevonden om met Van den Boogaard een half uurtje van gedachten te wisselen. Over smaak valt niet te twisten dacht hij aanvankelijk toen Rokus zich gehuld in een Hawaïshirt bij hem meldde, maar het was beter dan een half ME-tuniek. Nadat ze een poosje overlegd hadden constateerde Kalbfleisch dat ze volkomen op één lijn zaten en dat zou de communicatie naar de rest toe alleen maar makkelijker maken.

'Even alles maar weer op een rijtje,' viel hij met de deur in huis. 'Henriëtte van Rijswijk is, zo weten we nu, brutaalweg geëxecuteerd met een geweer. Het schot dat haar in de borst trof doodde haar op slag. De patholoog zegt dat de kogel zich in een opwaartse lijn een weg heeft gebaand in het lichaam, de inslag aan de voorkant van haar lichaam is dus lager dan de plek waar de kogel het lichaam in haar rug verliet. Kogel is gevonden. Is een .223. Daar kom ik later nog op terug, als ik meer gegevens heb. Maar wat kunnen we op dit moment concluderen?'

Gelukkig begreep zijn gehoor dat het puur retorisch bedoeld was, zodat hij niet in de rede gevallen werd toen hij naar een schoolbord liep waarop diverse foto's van de dode Henriëtte, onder het bloed, en de plaats delict geplakt waren. Rechts daarvan had Kalbfleisch een plattegrond getekend waar hij bij ging staan. Met een lange, dikke vinger, tikte hij nadrukkelijk op een vierkantje naast een weg, waarin hij een kruis had getekend.

'De inslag van de kogel leert ons dat de dader zich praktisch recht tegenover Henriëtte bevond op het moment dat zij het Strand aan de Maas verliet en de aanslag gepleegd werd. Dat kan bijna alleen maar betekenen dat de dader hier gestaan heeft.'

Opnieuw wees Kalbfleisch naar het kruis op de plattegrond. 'Kijk, dit is de Nieuwe Leuvebrug bij de stoplichten waar je de Coolsingel op kunt en dat is de plek van waar geschoten is. Dit hele kleine klotegrasveldje, waar net één auto kan staan midden in het centrum van Rotterdam.'

Van de stilte die viel maakte Kalbfleisch gebruik een wilde cigarro op te steken, ondanks het rookverbod dat voor het hele gebouw gold. Piet van Est, met zijn 62 jaar de oudste van het team, volgde vrijwel meteen, zij het met zware shag en onder afkeurende blikken van zijn vaste collega Louise van Tellingen. Zij was een jaar geleden ter gelegenheid van haar 50e verjaardag gestopt en fanatieker dan een Jehovagetuige in haar pogingen anderen te bewegen ook op te houden.

'Zo,' mompelde Piet, 'dit heb ik in al die jaren nog nooit meegemaakt.'

'Omdat ik er vanuit ga dat iedereen het Strand aan de Maas kent,' vervolgde Kalbfleisch, 'zal ik het kort houden. We praten dus over het aangelegde strand, gewoon zand op beton dat onderaan de Erasmusbrug is gelegd. Idee erachter is dat je ook in Rotterdam naar het strand kunt, compleet met zo'n tropische bar en cocktails en de hele mikmak. Aan de Nieuwe Leuveweg ligt de ingang. Precies op die plek staan ook stoplichten, het is nergens in Rotterdam drukker dan daar. En daar wordt op klaarlichte dag een moord gepleegd, het is ongelooflijk.'

'Is er al iemand op komen dagen die iets gezien heeft,' vroeg Louise.

'Nou we hebben mogelijk een aanknopingspunt. Op het grasveldje dat ik zojuist heb aangewezen heeft vermoedelijk een witte bestelbus gestaan ten tijde van de moord. Mogelijk met rode reclameopdruk, daarover lopen de verklaringen uiteen. Verder is er geen kogelhuls gevonden. Ik denk nu alles bij elkaar opgeteld dat de schutter zich op het grasveldje bevond, in een stilstaande mogelijk witte bestelbus. Hij heeft van daaruit geschoten en de huls ligt dus keurig in zijn wagen en niet op straat, waardoor onze hardwerkende geüniformeerde collega's kunnen blijven zoeken tot zij een ons wegen.'

'In een minivan misschien,' mengde Mo zich in het gesprek. Mo heette voluit Mohammed el Shiwy en had Marokkaanse ouders. Zowel hij als zijn Turkse maatje Fatih Gümüs golden als buitengewoon secure computerexperts.

'Is nog niets van te zeggen.' Rokus van den Boogaard besloot te laten merken dat ook hij al van alles op de hoogte was. 'Hopelijk vandaag nog hoopt het NFI te laten weten van welke hoogte de kogel is afgeschoten. Maar mogelijk is dat niet precies te zeggen.'

'Het hoeft trouwens geen busje te zijn,' merkte Kalbfleisch op. 'De seriemoordenaar die in Washington mensen neerschoot bij bezinestations...'

'Die zichzelf God noemde,' onderbrak Rokus hem.

'... had een gewone personenauto zodanig geprepareerd dat hij in de kofferbak kon liggen. Maar laten we niet op de zaken vooruit lopen.'

'Zijn er nog andere bruikbare tips binnengekomen met al die media-aandacht,' vroeg agent Iris Meijering, de jongste van het team. Kalbfleisch was inmiddels weer gaan zitten en tikte op een stapeltje papieren dat voor hem lag. Er hebben 35 mensen gebeld, maar op het eerste gezicht zit er niets interessants bij. Ik wil graag dat Luppo en jij ze allemaal doornemen.'

'Nou Sebastiaan, ik weet niet of dat zo'n goed idee is.' De stem van Dijkstra leek nog lijziger te klinken dan anders. 'Ik denk dat je me beter in kunt zetten als contactpersoon naar de ouders van het slachtoffer. Dat doet meer recht aan mijn capaciteiten als rechercheur.'

'Als ik recht zou willen doen aan jouw capaciteiten als rechercheur stond je nou achterop een vuilniswagen Luppo,' snauwde Kalbfleisch. 'Als ik zeg dat jij tips gaat doornemen, dan ga jij tips doornemen. Eén voor één. En nog belangrijker: ga bij alle kranten en tv-redacties na of er foto's of beelden zijn van de Nicuwe Leuveweg rond het tijdstip van de moord. Ik wil precies weten wat voor auto's er stonden en wie de eigenaars zijn. Concentreer je niet alleen op busjes, maar op alles. En vooral alles wat recht voor de ingang stond. Kijk ook nog een keer of er rond de parkeerplek beveiligingscamera's hangen van bedrijven, waar mogelijk iets op te zien is. Geldautomaten met camera's, bedenk zelf maar wat. Fatih en Mo kunnen daarbij helpen en verder wil ik dat jullie nagaan of er recent wellicht nog een dergelijke moord is gepleegd, hier, of bijvoorbeeld in België, Duitsland of Frankrijk.'

Kalbfleisch wees op een ander stapeltje papier dat voor hem lag. 'Rodney en Ellen, hier heb ik alle ballistische gegevens voor jullie. Neem contact op met de patholoog en het NFI en zorg dat je alles te weten komt over het wapen. Check ook welke ex-veroordeelden mogelijk in aanmerking komen een dergelijke moord te plegen, vraag Piet en Louise desgewenst om hulp, Rokus en ik gaan morgenochtend naar Henriëttes familie.'

Voordat hij de vergadering kon afsluiten door 'vragen?' te zeggen ging de telefoon. Rokus nam op en legde na enkele seconden weer neer. 'Dat was Leeflang,' grijnsde hij. 'Of je even boven wilt komen, ze willen straks nog een persconferentie houden hier op het hoofbureau. Of je wat leuks wil vertellen.'

'Niet te geloven,' zei Kalbfleisch. 'Een persconferentie in dit stadium. Zijn ze nou helemaal van de pot ...' Zijn laatste woorden gingen verloren door de harde knal waarmee hij de deur achter zich dicht smeet.

'Gepleurd,' grinnikte Van den Boogaard.

07.

DAG 1, ANTWERPEN, 23.30 UUR

Normaal gesproken kan een warme zomeravond me niet lang genoeg duren maar deze wilde maar niet voorbijgaan. De minutenwijzer van mijn klokje leek zich een weg te moeten banen door stroop voor hij aangaf dat opnieuw nog maar zestig seconden verstreken waren. Na mijn zesde bitter lemon bedacht ik me dat ik voor het komende half jaar ook weer genoeg fris had gehad, dus bestelde ik nog een koffie. Tegen de tijd dat de kerkklok half twaalf sloeg vond ik dat mijn geduld genoeg op de proef was gesteld. Het was inmiddels duister genoeg. Ik had na het gesprek met Marc de beslissing genomen zelf maar eens poolshoogte te nemen in de Kales appartement.

Ik wist dat zich achter zijn pand een brandgang bevond. Het leek me het handigst van daaruit over de schutting te springen om zodoende bij de achteringang van de zaak te komen. Ik merkte dat ik nerveuzer was dan ik me van vroegere pogingen tot inbraak herinnerde toen ik de auto drie straten verderop parkeerde. 'Alert Jim,' fluisterde ik terwijl ik de autoportier dichtgooide.

Aangekomen in de brandgang merkte ik meteen wat ik over het hoofd had gezien: het bestaan van sensorlampen. Ik had nog geen twee passen gedaan of de eerste floepte, gealarmeerd door mijn beweging, aan. Ik liep een paar passen door tot ik niet meer in de lichtbundel stond en besloot even af te wachten wat er zou gaan gebeuren. Afgezien van een poes, die het interessanter vond zichzelf te wassen dan naar mij te kijken, leek het erop dat mijn aanwezigheid nog door niemand was opgemerkt. Ik besloot de gok te nemen en gewoon door te lopen.

Hoewel ik wel eens overdag in de brandgang was geweest kostte het me nu in het donker toch de nodige moeite om vast te stellen achter welke van de twintig deuren zich de Kales zaak bevond. Het duurde even voor ik doorhad dat er maar één pand was, ongeveer in het midden van de gang, waar op de bovenverdieping geen lampen brandden. Kale zou nooit meer een lichtje opsteken.

Nadat ik mijn gummihandschoenen had aangedaan wipte ik met de nodige souplesse over de schutting en bleef aan de andere kant opnieuw een tijdje doodstil staan in angstige afwachting van mogelijke stemmen die zouden roepen 'houdt de dief'. Maar het bleef stil. Ik slaagde erin zonder tegen lege blikken, flessen of ander zwerfvuil te schoppen bij de acherdeur te komen, maar daar wachtte mij een tegenvaller. De Kale was kennelijk bang voor onverwacht bezoek en had de achterkant van het pand beveiligd met een zwaar rolluik.

Daar hij altijd thuis was had hij het echter niet nodig gevonden de ramen van zijn woning boven de winkel ook te beveiligen. Daar lag mijn kans. Tegen de muur stond een grote aluminium vuilcontainer. Als ik erop klom zou ik makkelijk bij het raam kunnen en dat was mijn bedoeling. Ik merkte dat mijn hartslag flink was opgelopen. Op de container staand zou ik meteen gezien worden wanneer een van de buren toevallig door het achterraam keek. Ik besloot het risico te nemen. Zonder geluid te maken hees ik me op de grote bak en richtte me op. Gelukkig kon ik, als ik mijn armen strekte, net bij de ruit komen, ter hoogte van de vergrendeling. Daar had ik op gehoopt. Snel pakte ik mijn speciaal aangepaste Silberschnitt glassnijder en de zuignap die in een zakje aan een koord om mijn nek hingen. Een paar krasjes later zat er een open circel met een diameter van vijftien centimeter in het glas. Genoeg om mijn hand door te steken. Weer twee tellen later was het raam open.

De manoeuvre om binnen te komen was het moeilijkst. Ik legde mijn handpalmen op de vensterbank en trok me zover op dat ik er met mijn ellebogen op kon hangen. Mijn voeten waren nu los van de container maar ik kon tegen de muur genoeg druk zetten om langzaam met mijn borst, middel en vervolgens de rest van mijn lichaam door het raam te schuiven. Zo, ik was in elk geval binnen.

De lichtbundel van mijn Maglite, die ik zo had afgeplakt dat er slechts een streepje licht te zien was, gaf mij genoeg zicht en zou van buitenaf zeker niet opgemerkt worden. Een geruststellende gedachte. Ik realiseerde me staand in de kamer van de Kale ineens dat ik eigenlijk geen idee had waar ik naar zocht. De kamer zag er, voor zover ik het kon zien, uit alsof de Kale ieder moment weer binnen zou kunnen stappen. Een deur gaf toegang tot een gang, die weer in verbinding stond met keuken, slaapkamer badkamer en de trap naar beneden. De deur voor de trap was dicht. Gelukkig wist ik dat de Kale een sleutelbos had liggen in zijn bureau. En zowaar het zat mee. Een van de sleutels paste. Even later stond ik in de winkel van de Kale. Die winkel intereseerde me niet zozeer, maar wel het kantoortje dat hij voor zichzelf had gemaakt. Achter de toonbank was een afgesloten ruimte van twee bij drie meter gebouwd, waar de Kale zat als hij geen klanten in de zaak had. Er stonden een klein bureautje, een telefoon, een koffiezetapparaat en een aantal dossierkasten. Op de kasten stonden een paar aangebroken flessen whisky en rum met een paar glazen, speciaal voor belangrijke klanten.

Het kostte me toch nog een half uur voor ik het hele kamertje had onderzocht. De teleurstelling was groot toen ik eigenlijk geen steek verder bleek te zijn gekomen. Gezien de laagjes stof die ik her en der aantrof was me wel duidelijk geworden dat de Antwerpse politie het kennelijk nog niet nodig had geacht Kales zaak aan een grondig onderzoek te onderwerpen.

Eigenlijk alleen maar uit balorigheid liep ik nog eens naar de dossierkasten. Er stonden twee naast elkaar allebei met vier laden waarin hangmappen konden worden opgeborgen. De mapjes hadden titels als "administratie", "facturen", etcetera. Ik besloot la voor la te openen en probeerde met mijn hand te voelen of er iets tegen de boven- of onderkant zat. Bij de laatste la (altijd hetzelfde) stuitten mijn vingers op een plastic mapje. De Kale had in de linkerbovenla een plastic dossiermapje geplakt. Erin zaten vijf A4-tjes, allemaal volgeschreven op de laatste na. Daar stonden slechts twee regels op. Het kostte me geen enkele moeite uit te vinden wat het was. Een recente administratie van aangekochte en verkochte goederen, met data erbij, die niet officieel geregistreerd waren.

Mijn ogen vlogen nu over het papier. Het eerste dat opviel was dat het om relatief kleine goederen ging. Meestal stond achter de goederen een initiaal. Dat zou waarschijnlijk betrekking hebben op de leverancier. Het initiaal dat het meeste voorkwam was een H. H had aan de Kale een scala aan goederen geleverd. Van kleurentelevisies, klein antiek en sieraden tot en met wapens. Allemaal pistolen, op één uitzondering na. Op de dag dat de Kale vroeg in de morgen vermoord werd had hij 's morgens nog met H gehandeld en een zeldzaam geweer gekocht. Een Winchester. Die nergens in het pand te bekennen was. En dat was vreemd. Want wanneer had hij die dan moeten verkopen?

Niet lang daarna was ik weer op weg naar mijn hond en auto. Ik had de papieren van de Kale weer teruggedaan in het mapje op het ene, laatste A4-tje na. Dat had ik bij me gestoken. Ik trachtte mijn gedachten een beetje te ordenen. In de Winchester was ik zeer geïnteresseerd. Verder stond voor mij als een paal boven water dat H stond voor Hugo. En die speelde nu toch wel een vreemde rol. Hij was 's morgens vroeg bij Kale geweest. Op het moment dat de politie arriveerde was hij kennelijk niet in de zaak, maar toen het onderzoek afgerond was dook hij plotseling weer op uit een kroeg en reed meteen weg. Het was voor mij duidelijk: Hugo moest ik vinden.

Als ik goed naar Jim had gekeken toen ik bij de Pontiac aankwam, had ik waarschijnlijk onraad geroken. Pas later besefte ik dat hij niet rustig doch waakzaam op de voorstoel lag, zoals anders, maar met de oren gespitst zat. Toen ik het autoportier vastgreep, kwamen ze uit alle hoeken en gaten, de collega's van Marc de Kuyper. Hij was er zelf ook bij. Voor ik iets kon doen stond ik al wijdbeens tegen mijn auto, de armen gespreid over het dak. De handen die langs mijn lichaam gleden vonden uiteraard het zakje om mijn nek.

'Kijk, kijk,' lachte Marc de Kuyper, die me na enig geharrewar beduidde dat ik me om mocht draaien. 'P.B.-ke dat valt me nu toch tegen van je! Ik dacht dat je de hele zaak met rust zou laten?'

Ik besloot maar even geen antwoord te geven. Ik voelde me toch al lullig genoeg. Marcs collega's hadden me vermoedelijk nadat we afscheid genomen hadden in Monico continu geschaduwd. En ik had niets doorgehad. Ongelooflijke lul die ik ben!

Marc had inmiddels even gesproken met zijn vier collega's en wenkte me naar hem toe te komen. 'We gaan een kort wandelingetje maken,' meldde hij hen en voegde de daad bij het woord. 'Je brengt mij in een heel moeilijk parket P.B.,' zei hij zodra we buiten gehoorsafstand van de rest waren. 'Waar zitten je hersens? Inbreken op een plek waar een moord is gepleegd, ik had je gewaarschuwd, steek je neus niet in andermans zaken!'

Plotseling kreeg ik een ingeving. 'Het is niet voor niets geweest Marc,' zei ik.

'Hoezo?'

'Wat gaat er nu precies met mij gebeuren, ben ik trouwens officieel gearresteerd?'

'Dat hangt ervan af wat je voor me hebt,' zei hij.

Ik legde Marc uit waar hij de geheime administratie van de Kale kon vinden. Het ene velletje in mijn broekzak liet ik maar even buiten beschouwing. 'Alles staat erin,' legde ik uit. 'Voorwerpen, leveringsdata en initialen van de leveranciers.'

Toen we terugkeerden bij mijn auto deelde Marc zijn vier collega's mee wat ik gevonden had. Hij zei dat ze mede daarom maar moesten vergeten wat ze meegemaakt hadden. Daarna gaf hij me nog een standje over amateuristisch klungelwerk en liet hij er geen misverstand over bestaan wat er met mij zou gebeuren als ik me nog met de zaak zou inlaten. Eenmaal teruggekeerd in mijn hotel bedacht ik dat Marc de beroerdste niet was. Die mening werd de volgende dag nog eens versterkt. In mijn broekzak vond ik naast het A4-tje van de Kale nog een ander, verfrommeld briefje. Er stond een woord op getypt: Lancia. Daaronder stond het nummer geprint van een kentekenplaat. Ondanks het vroege uur deed ik een klein dansje. Jim deed mee.

08

DAG 1, ROTTERDAM, 23.55 UUR

*Koppijn. ZIJ. Barstende Koppijn. ZIJ. Wraak. Heftige migrai-
neaanval. Zweet over zijn hele lichaam. Hij haatte haar. ZIJ
zou boeten. Om genade smeken. Totale overlevering: aan hem!*
Plotseling sprong hij van zijn hotelbed overeind en greep
woest de telefoon. Enkele tellen stond hij met de hoorn in zijn
hand tot hij ineens het toestel van het bureau rukte en met grote
kracht tegen de muur smeet.
Kutwijf, vuile smerige kut, je bent van mij!

09.

DAG 2, ROTTERDAM, 09.15 UUR

Rokus van den Boogaard zette soepel de Toyota in het parkeerhaventje tegenover nummer 101. Tijdens het korte ritje
vanaf het kantoor had hij uitgebreid van gedachten gewisseld
met Kalbfleisch, die naast hem zoals gewoonlijk aantekeningen maakte op een klein kladblok. Dat deed hij altijd, hoewel
zijn geheugen van dien aard was dat hij ze zelden nalas. Maar
het opschrijven van zowel feiten als ideeën hielp hem zijn gedachten te ordenen. Aan het eind van de dag voerde hij alles in in
zijn iBook en de originelen bewaarde hij ook nog eens in een
aparte map. De meeste opmerkingen van vandaag gingen over
de gestolen bestelbus.
'Wanneer hoorde je het,' vroeg Rokus.
'Gisteravond pas om 22.00 uur.'
'Laat.'
'Veel te laat. Al een paar minuten na de moord is er bij 112
een melding binnengekomen van een loodgieter. Hij was met

zijn bestelbus op weg naar het nieuwe kantorencomplex aan de rand van Zuid. Toen hij uitstapte kreeg hij een klap op zijn hoofd. Van achter. Hij heeft niets of niemand gezien.'

'Zijn bus was ongetwijfeld wit.'

'Met rode reclameopdruk, iets van 24-uurs service en een nulzes nummer.'

'Is de bus gelokaliseerd?'

'Gisteravond al toen wij nog niet eens aan het vergaderen waren. Ook weer op Zuid, vrijwel op dezelfde plek waar hij gejat was. Collega's van ons erbij, zij vulden wat papieren in en hup, de auto werd vrijgegeven. De loodgieter kwam de bus halen en belde na een uur opnieuw 112. Hij heeft iets vreemds gevonden bij het gaspedaal, omdat hij wel de moeite nam de auto helemaal te bekijken. Wat hij vond is dus de kogelhuls. Dat was om 20.30 uur, daarna werd er pas echt geblunderd.'

'Hoezo?'

'Omdat ik in gesprek was en jij kennelijk onbereikbaar heeft men Luppo Dijkstra geïnformeerd.'

'Ik onbereikbaar,' zei Rokus verbaasd, 'wat een gelul. Ik heb gisteravond en vannacht mijn nulzes aangehad en ik zal je vertellen, ik ben niet gebeld. En er heeft ook niemand ingesproken.'

'Weet ik,' suste Kalbfleisch. 'Hoe dan ook, Luppo wilde kennelijk op eigen houtje een succesje boeken en was al bezig het NFI in te schakelen. Hij had ons dan vanmorgen willen verrassen met de onderzoeksresultaten.'

'Wat een hondenkop,' mompelde Van den Boogaard en sloeg hard op het stuur. 'Hoe ben jij erachter gekomen?'

'Ellen en Rodney kwamen net binnenvallen toen hij aan het bellen was, gelukkig zijn die wel toerekeningsvatbaar.'

'Wat gebeurt er nu?'

'Piet, Louise, Fatih en Mo zijn als het goed is nu al onderweg naar de plek waar de bestelbus is gestolen en weer gevonden en kammen alles uit, op zoek naar getuigen. Rodney en Ellen zijn met de huls bezig.'

'En Luppo?'

'Die kan beter zorgen dat hij vandaag uit mijn buurt blijft,' zei Kalbfleisch.

'Het is alweer heet zeg,' zuchtte Van den Boogaard toen ze uitstapten. Nederland werd al enkele dagen geteisterd door een heuse hittegolf en voorlopig leek de barometer nog wel even vastgelijmd te staan op 1030. Geheel tegen zijn gewoonte in had Kalbfleisch de mouwen van zijn zijden overhemd opgestroopt en sinds twee dagen had hij besloten zijn lichte colbert niet meer aan te doen, maar losjes over de schouder bij zich te dragen. Van den Boogaard, van huis uit minder modegevoelig, droeg een lichtblauw shirt met korte mouwen, waarover Kalbfleisch spottend opmerkte dat de vakantie wat hem betreft nog niet was begonnen. Hij had er een hekel aan als het zo heet was als hij moest werken. Vandaar dat hij extra geïrriteerd reageerde toen de man die open deed niet de heer Van Rijswijk bleek te zijn.

'U bent wie?' vroeg Kalbfleisch verbaasd.

'Bert IJzerman, advocaat van de familie,' herhaalde de corpulente man met het plakhaar en stak zijn hand uit. Zowel Kalbfleisch als Van den Boogaard negeerden het gebaar.

'Wat doet u hier?' vroeg de laatste.

'Ik sta de familie bij en treed tevens op als woordvoerder.'

'Nou Moszkowicz, dan heb ik slecht nieuws voor je,' begon Kalbfleisch zijn ongenoegen te spuien, maar net op dat moment betraden de heer en mevrouw Van Rijswijk de woonkamer. Beiden leken er slecht aan toe constateerden de rechercheurs en vermoedelijk hadden ze niet geslapen.

'Ik zal maar gelijk de koe bij de hoorns vatten,' zei IJzerman, 'ik kan u meedelen dat het de uitdrukkelijke wens van de familie is dat er een beloning uitgeloofd wordt voor het opsporen van de dader of daders. Verder is de familie platgebeld door journalisten. Omdat we willen voorkomen dat alles publicitair uit de hand gaat lopen zal ik dagelijks voor de pers om 17.00 uur op mijn kantoor mededelingen namens Henriëttes ouders doen. Daar het voor de familie een uiterst emotionele kwestie betreft, verzoek ik ook u vriendelijk niet meer rechtstreeks contact op te nemen met de heer of mevrouw Van Rijswijk, maar met mij. U kunt ook aan mij kwijt hoe ver het staat met het onderzoek.'

Uit zijn ooghoek zag Van den Boogaard dat zijn collega rood was aangelopen, hetgeen zeker niet alleen aan het weer lag. 'Meneer en mevrouw Van Rijswijk,' begon hij vriendelijk, 'allereerst wil ik onze deelneming betuigen bij het verlies van uw dochter.' Mevrouw Van Rijswijk begon zacht te huilen. 'Maar hoe vervelend het ook is, ik zal toch enige momenten persoonlijk met u moeten praten. We beseffen ons terdege hoe u zich voelt. Ik kan u verder verzekeren dat het onderzoek in volle gang is. Het is voor ons daarom van het grootste belang dat we u persoonlijk enkele vragen kunnen stellen over uw dochter. Alleen al om onzorgvuldigheden te voorkomen. We moeten namelijk weten ...' voor Kalbfleisch zijn zin kon afmaken barstte mevrouw Van Rijswijk in huilen uit. 'Ik kan het niet,' snikte ze, 'het gaat niet.'

IJzerman wist niet hoe snel hij naar haar toe moest komen. 'Kom Rianne, doe maar kalm aan. Ik regel het hier wel met de heren.' Van Rijswijk had inmiddels een arm om zijn vrouws schouder gelegd. 'Ik hoop inderdaad heren dat u met de heer IJzerman wilt meewerken,' zei hij met opvallend zachte stem. 'Hij is een vriend van de familie. Hij heeft het beste met ons voor en regelt alles voor ons. Wij vertrouwen hem volkomen en hij weet alles wat wij ook weten. Tevens heeft hij ons erop gewezen dat de reputatie van de Rotterdamse politie bij het oplossen van moorden ronduit slecht is. Dat baart ons enorme zorgen. U begrijpt dat wij van onze kant alles willen doen om de dader te pakken te krijgen. Vandaar dat we Bert hebben gevraagd ons als expert bij te staan. Ik reken op uw begrip.' Meteen na het uitspreken van zijn laatste zin liep hij met zijn vrouw de kamer uit, Kalbfleisch en Van den Boogaard verbijsterd achterlatend.

Op het moment dat de deur achter hen dichtsloeg keek de advocaat hen triomfantelijk aan. 'Zo en nou wij,' zei hij.

'Nee ik,' zei Kalbfleisch. 'Als ik jou was dan zou ik er voor zorgen dat de familie Van Rijswijk mij vanmiddag nog te woord staat. Want jij bent hard op weg dit onderzoek tegen te werken. Dankzij jou lijden we nu al tijdverlies. En dat pik ik van niemand IJzerbroot. Onthoud dat!'

'IJzerman,' verbeterde de advocaat.

'Paardenlul,' mompelde Kalbfleisch.

10.

SCHEVENINGEN, DAG 2, 10.15 UUR

Het mooiste van het appartement op de tiende verdieping, had Patricia voor zichzelf na lang nadenken besloten, was de ligging in combinatie met de privacy. Zo kon ze, zoals nu, rustig volledig naakt voor de open schuifdeuren van het balkon staan en genieten van de zeewind die de temperatuur in de kamer weer enigszins normaliseerde, zonder dat iemand op het strand of op de boulevard beneden haar kon zien.

Gerard was die ochtend zoals gewoonlijk om 07.00 uur opgestaan. Ze hoorde hem wat stommelen in de douche en de keuken, waarna hij naar de slaapkamer liep om haar een fijne dag te wensen. Plagerig had zij haar hand op zijn kruis gelegd. "Pietje Precies", zoals ze haar vriend noemde, besteedde er iedere dag bijna een half uur aan om zich optimaal te verzorgen en aan te kleden. Soms als ze aanstalten maakte om de liefde te bedrijven trok hij razendsnel zijn Van Bommels en Boss colbertje uit, om na een wilde vrijpartij, weer 25 minuten nodig te hebben om zich te fatsoeneren. Maar deze morgen had hij alleen haar hand vastgegrepen en gegrinnikt. 'Nymfomane,' zei hij hoofdschuddend, 'rust maar vast uit voor vanavond.' Deze belofte gedaan hebbend verliet hij de slaapkamer. Gewoontegetrouw, voor zover je daarvan kan spreken na twee weken, bleef Patricia heerlijk liggen om pas tegen het middaguur op te staan. Tijdens een korte douche besefte ze dat ze een lot uit de loterij had getroffen met Gerard.

Het begin van hun relatie was nogal stormachtig geweest. Ter gelegenheid van de veertigste verjaardag van een goede vriend was Gerard uitgenodigd om met vijf andere mannen een stapavondje te houden op de Wallen. Hoewel Gerard er niet bijster veel voor voelde, wilde hij ook weer geen spelbreker zijn en was dus maar meegegaan. Tegen enen 's nachts vervloekte hij zichzelf hartgrondig vanwege die beslissing. Van zijn vijf stapmaatjes waren er nog vier actief. Jan-Willem hadden ze tegen tienen al strontlazarus bij zijn hotel afgeleverd. De rest was inmiddels ook stomdronken. Toen ze besloten naar *de Bananenbar* te gaan vond Gerard het welletjes. Hij mompelde 'gaan jullie nou maar' en verdween vervolgens tussen het gemêleerde internationale gezelschap dat het Red Light District bevolkte.

Even later liep hij een toplessbar binnen voor een slaapmutsje, hoewel hij 'm inmiddels zelf ook behoorlijk om had. Kort nadat een rondborstige blonde jonge meid hem van een biertje voorzien had werd het licht gedimd. Terwijl de housemuziek plaatsmaakte voor trombones en saxofoons sprongen twee jonge stripteasedanseresjes de bar op. Op het moment dat ze alleen nog hun string aanhadden liepen ze over de bar naar Gerard. De één had een spuitbus met slagroom in haar hand en spoot een flinke dot op de billen van de ander, die zich door haar knieën liet zakken en naar Gerard boog. Tegelijkertijd gaf ze met haar tong aan wat Gerard verondersteld werd met de slagroom te doen. Maar in plaats van de room er gretig af te likken volstond hij er grijnzend mee een biljet van tien euro onder de kousenband van de meiden te stoppen. Daarna draaide hij zich half om om een nog biertje te bestellen en toen stond ze er: Patricia. Lang blond haar, blauwe ogen, volle borsten en een perfect figuur. Hij was uiteindelijk tot sluitingstijd blijven wachten om een gelegenheid te krijgen haar mee uit te vragen.

'Is wel goed,' had ze alleen maar gezegd. Later vertelde ze dat haar collega's haar er al op gewezen hadden dat er een vent aan de bar zat die helemaal weg van haar was. Ze vond het wel grappig. En gezien het uiterlijk van de man en de snelheid waarmee hij geld uitgaf was hij ook niet onbemiddeld. Vond ze ook wel grappig.

Ze waren elkaar vaker gaan zien en inmiddels had Gerard opgebiecht dat hij smoor- en smoorverliefd op haar was. Patricia's gevoelens voor hem waren niet in dezelfde mate wederzijds, maar ze mocht haar nieuwe vriend dolgraag. Dus was ze ingegaan op zijn aanbod om tijdelijk bij hem in te trekken in zijn appartement in Scheveningen.

Voor het eerst in haar leven voelde Patricia zich echt gelukkig. Ze was nog heel klein toen haar ouders haar vertelden dat ze haar ouders niet waren. Zusters van een nonnenklooster in Limburg hadden haar op een goede morgen in een klein wiegje op de trappen bij de voordeur gevonden. Er lag een klein afgescheurd velletje papier bij waarop in blokletters stond geschreven: PATRICIA.

Vaak had ze zich afgevraagd waarom ze zo genoemd was, heette haar moeder ook zo, of haar oma? Had ze broertjes en zusjes? En wie was haar vader? En waarom krijgen mensen eigenlijk een kind om het daarna als vondeling neer te leggen? Haar hele jeugd door hadden de vragen over haar afstamming een schaduw over haar leven geworpen. Daarbij was altijd in haar geest het idee blijven sluimeren dat ze een ongewenst kind was. Anders hadden ze haar toch niet weggedaan?

Bij de eerste twee pleegezinnen waar ze geplaatst werd had ze niet kunnen aarden. Uiteindelijk was ze op haar twaalfde terechtgekomen bij de familie Van Ardenne in Amsterdam. Met de dochter des huizes, Andrea die veertien was, kon ze prima overweg, net als met haar 11-jarige pleegbroertje Anton. Pa en ma Van Ardenne hadden haar ook altijd goed opgevangen en stimuleerden haar enorm om haar best te doen op school. Uiteindelijk had ze trots haar havo-diploma gehaald. Maar ook bij de diploma-uitreiking had ze zich weer opnieuw afgevraagd waar haar eigen ouders toch zouden zijn. Kort daarna was ze in een zware depressie geraakt.

Inmiddels woonde ze op zichzelf en was Andrea de enige die wist waar ze werkte. Ze was zelfs een keer komen kijken, nadat ze de uitdrukkelijke belofte gedaan had niets tegen vooral pa en Anton te zeggen. Inmiddels had Patricia de beslissing genomen te stoppen met het werk bij de toplessbar. Gerard was daar erg blij mee en had haar aangeboden gewoon bij hem te blijven en rustig op zoek te gaan naar ander, passender werk. Eindelijk lachte het geluk Patricia toe.

11.

DAG 2, ANTWERPEN, 10.30 UUR

Sommige mensen zouden Jims gedrag 's morgens misschien wel vrolijk of uitbundig noemen. Ik noem het rampzalig. Als ik in de ogen van mijn viervoeter niet snel genoeg opsta, duwt hij met z'n stompe snuit zijn metalen etensbak, die ik ook op reis altijd bij me heb, overal tegenaan. Voor het geval ik door het geluid heen mocht slapen, begint hij vervolgens te blaffen. Meestal reageer ik dan wel, maar een enkele keer leg ik alleen mijn kussen over mijn hoofd en slaap door. Tevergeefs. Jim trekt dan met zijn sterke tanden mijn dekbed van me af en springt op me. Rond die tijd hijs ik de witte vlag, hoewel ik diep in mijn hart wel eens benieuwd ben wat hij nog meer voor streken kan bedenken. Maar vandaag vond ik niet de dag om dat eens haarfijn uit te gaan lopen zoeken, dus sprong ik kwiek uit bed en dook meteen onder de douche. Een klein ontbijtje later was ik klaar voor de dag.

'Ach meneer, daar gaat u zeker geen spijt van krijgen.' De serveerster met de gebruinde benen lachte. Ze had me zojuist aangeraden een Kriek te nemen. Maar dan de halve liter. Die is zoeter dan de normale, verzekerde ze me. Als ze me paardenpis met geitenkeutels had aangeraden had ik het ook genomen. Zo heerlijk oogde ze in haar korte rokje. Haar blouse een beetje open.

Hoewel het amper 10.30 uur was steeg het kwik alweer tot boven de 30 graden. Tijdens het korte wandelingetje van mijn hotel via de Suikerui naar de Grote Markt, was het zweet me al op de rug komen te staan, maar zat ik wel lekker aan een Kriekje. Tegen elven zou ik een nieuwe pijl op mijn boog leggen: Bertrand Vercrayen. Toen ik het briefje met Hugo's nummerbord in mijn zak vond, dacht ik meteen aan hem. Hij zou voor mij zonder moeite Hugo's naam en adres achterhalen. Vroeger was hij aan het eind van de ochtend (Jupiler) en aan het eind van zijn dienst (Jupiler) altijd te vinden in *café 't Dok* aan het Asiadok.

Even over elf stapte ik er binnen. Het was er zo mogelijk nog benauwder dan buiten, hoezeer twee krakkemikkige ventilatoren die provisorisch aan het plafond waren opgehangen ook hun lawaaierige best deden. De kastelein, klein kaal en kogelrond, was duidelijk niet gebouwd op subtropische temperaturen. Ik vroeg me af of ik hem wel een biertje kon laten tappen. Het kon wel eens zijn zwanenzang worden. Ik besloot de proef op de som te nemen.

'Jupiler graag.'

Het exemplaar dat hij me voorzette zag er top uit en smaakte naar meer. Ik stak een Balmoral Highland op en bood Corneel, zo noemden de andere aanwezigen hem, ook één aan. 'Zo,' begon ik al dampend, 'komt Bertrand Vercrayen hier nog wel eens?'

'Jawel meneer, maar niet nu hè, vanwege de vacance. D'n Bertrand is er over drie weekskes weer.'

'Zou hij thuis zijn?'

'Nee menier, hij is gisternacht met vrouw en kienders naar Zuid Frankrijk vertrokken.'

Ik vroeg me af wat mensen bezielde met dit weer in een hete auto te gaan zitten om naar een plek te reizen waar het nog warmer was dan hier. Ter verkoeling nam ik een slok Jupiler en begon na te denken over een nieuw plan.

12.

DAG 2, ROTTERDAM, 11.00 UUR

'Hallo met mij.'

Hij realiseerde zich dat zelfs haar stem mooi was.

'Als je mijn stem herkent heb je het goede nummer gedraaid, alleen ik ben er niet. Als het dringend is, laat maar een boodschap achter na de piep.'

Hij sprak niet in.

13.

'Goed werk,' zei Sebastiaan Kalbfleisch, rechercheurs Ellen de Koning en Rodney Tabaksblad aankijkend en hij meende het. Niet dat hij, net als die twee, de mening was toegedaan dat ze hun eerste doorbraak in het onderzoek hadden bereikt, dat leek hem wat erg prematuur. Maar er was teminste resultaat geboekt.

'Nog één keer resumerend, de kogel is inderdaad kaliber .223?'

'Ja,' antwoordde Rodney, die de mail met onderzoeksresultaten van het forensisch instituut voor zich had liggen. 'Wordt geproduceerd in de Verenigde Staten.'

'Huls?'

'100% match!' Rodney, de expert, had er zin in. 'Dit is *big deal* jongens,' grijnsde hij. 'Volgens het NFI hebben we een match van de kogel met een Bushmaster precisiegeweer. En ook niet een goedkoop modelletje. Dit is echt een instrument voor scherpschutters. De Rolls Royce voor de verfijnde schutter.'

Hoera, dacht Kalbfleisch. Hij pakte een mahoniehouten koker voor drie sigaren, met een plaatje waarop in sierlijke letters zijn naam gegraveerd stond, uit zijn zak. Zijn keuze viel dit keer op een Churchill van Romeo y Julietta, die met een zilveren cutter zorgvuldig van zijn achterkant ontdaan werd. De Ronson ronkte en even later vulden blauwe rookwolken het crisiscentrum, zoals het team de vergaderruimte had gedoopt.

'Makkelijk om aan zo'n geweer en kogels te komen?' ging hij verder.

'Ja hoor. Schietvereniging of internet, you name it.'

Kalbfleisch haatte het gebruik van overbodige buitenlandse termen maar besloot dat dit niet het moment was er iets van te zeggen. 'Henriëtte van Rijswijk is vermoord. Kennelijk is onze UNSUB een geoefend schutter die zoals het nu lijkt als een sluipschutter heeft geopereerd. Dat brengt ons bij de volgende vragen: Waarom Henriëtte, is dat bewust of willekeur? Waar komt het geweer vandaan? Nederland? Buitenland? Hoe beweegt de UNSUB zich voort? Wat is hij verder van plan? Opereert UNSUB alleen, waar het alle schijn van heeft en als hij dan zo geoefend is waar heeft hij het schieten dan geleerd, etcetera, etcetera. Om te beginnen wil ik dat het grasveldje waar vandaan geschoten is nog eens helemaal uitgekamd wordt. Verder moeten we blijven zoeken naar getuigen. Heb jij nog wat Rokus?'

'Ik ben even wat wezen grasduinen in de computer met Iris. Wat me een beetje verontrust is dat in Nederland noch recent, noch langer geleden een moord is gepleegd die vergelijkbaar is met deze. Sowieso, aanslagen met geweren komen hier niet voor. Wel een enkele schietpartij waarbij een geweer is gebruikt, maar meer ook niet.'

'Ik ga nu België, Duitsland en Frankrijk checken,' zei Iris. Kijken of bij collega's daar een belletje gaat rinkelen. En ik ga verder nakijken of wij in Nederland bekend zijn met criminelen die scherpschutterskwaliteiten hebben.'

'Heel goed,' zei Kalbfleisch. 'Ik stel voor dat Ellen en Rodney je helpen en check dan ook schietverenigingen en uiteraard Bushmasterverkoop in Nederland.'

'Lul-Dijkstra al gezien?' vroeg Rokus op het moment dat hij weer alleen met Kalbfleisch was in het crisiscentrum.

'Geen spoor.' Op dat moment ging zijn gsm af.

'Dag Sebastiaan, met Wim, stoor ik?'

'Ja, en ik heb ook geen nieuws voor je.'

Willem Visser, journalist van *De Algemene* was daar al van uitgegaan. Hij kende Sebastiaan Kalbfleisch al jaren en wist dat die zelden of nooit informatie gaf. In de loop der jaren had hij een broze relatie met de hoofdinspecteur opgebouwd, die af en toe zwaar onder druk was komen te staan. Visser had zelfs in vlijmscherpe artikelen op zijn ontslag aangedrongen, toen Kalbfleisch in zijn ogen een onderzoek totaal verkloot had. Er was woonruimte verleend aan een ex-gedetineerde pedofiel in een wijk waar veel gezinnen met kinderen woonden. Toen er een jongetje vermist raakte in die wijk verzuimde Kalbfleisch het volgens Visser om daar meteen huiszoeking te doen. Als dit wel was gebeurd was het overigens toch te laat geweest om het leven van het jochie te redden. Maar dat werd later pas duidelijk. Een intern onderzoek naar de handelswijze van Kalbfleisch bracht aan het licht dat hij absoluut geen fouten had gemaakt. Maar de mensen hadden inmiddels hun zondebok gevonden. Kalbfleisch had nog steeds nachtmerries over die tijd maar dat was niet Vissers schuld. Diens collega van het tabloid *De Zon* had het nodig gevonden een enorme foto van Kalbfleisch te plaatsen met daaronder de tekst: "Blunder politie leidt tot dood 4-jarige Wouter". Kalbfleisch was ontploft.

'Misschien heb ik dan eens een nieuwtje voor jou,' zei Visser.

'Wat dan?'

'Ik weet niet precies hoe of wat, maar ik heb zojuist gesproken met Bert IJzerman, jou welbekend.' Omdat Kalbfleisch zweeg ging Visser verder. 'Hij geeft om 17.00 uur vanmiddag een persconferentie en jij bent vreselijk de bok.'

Kalbfleisch zuchtte. 'Wat gaat hij zeggen?'

'Nou helemaal precies weet ik het niet, maar in elk geval gaat hij meedelen dat de familie wil dat jij van het onderzoek gehaald wordt. Het vertrouwen in jou is nihil, helemaal na de zaak Wouter.' Hier zweeg Visser even om Kalbfleisch de kans te geven te reageren, maar die zweeg als het graf. 'En verder zou jij de familie vanmorgen vreselijk onbeschoft behandeld hebben. Ze schijnen na een gesprek met jou zodanig van slag te zijn dat ze de hele dag al aan de valium zitten. En als klap op de vuurpijl zou jij IJzerman bedreigd hebben. En er was nog iets met een beloning die je niet wilde uitloven.'

'Enig idee wie hij allemaal uitgenodigd heeft voor zijn persconferentie?'

'Alle journaals, publiek en commercieel. *ANP*, alle dagbladen, landelijk regionaal en lokaal en nog wat tijdschriften.'

'Enig idee wie er allemaal komen?'

'Alle genodigden denk ik, het zal wel storm lopen. Komkommertijd, een moord op een studente en een advocaat die de politie aanklaagt. Bijna te mooi om waar te zijn.'

'Hmm,' zei Kalbfleisch alleen maar.

'Kun je wellicht tegenover mij vast een reactie geven op zijn aantijgingen. Dan kan ik er mee aan de slag.'

'Nee,' zei Kalbfleisch, 'geen interesse.'

'Oké,' zuchtte de journalist. 'Onder ons gezegd en gezwegen, die IJzerman is een eikel.'

'Maar ik denk niet dat ik dat morgen in jouw verhaal teruglees,' zei Kalbfleisch cynisch. Dan ben ik weer aan de beurt waarschijnlijk.'

'We spreken elkaar,' zei Visser en legde snel op.

14.

DAG 2, SCHEVENINGEN, 13.15 UUR.

Koppijn. Weer die koppijn. Een kwaadaardig beest in zijn hoofd vernietigde van binnenuit cel voor cel zijn hersenen met zijn vlijmscherpe tanden. Koppijn die begon toen hij HAAR zojuist zag. Even dacht hij dat ZIJ het was. Zelfde blonde licht op en neer wippende paardenstaart, zelfde lange gebruinde benen.

Zou ze niet doorhebben dat ze erbij liep als een goedkope hoer? Met haar afgeknipte spijkerbroek die niet eens de onderkant van haar billen bedekte. Topje, blote buik. ZIJ leek op haar. Wraak, wraak wraak.

15.

DAG 2, SCHEVENINGEN, 14.00 UUR

Barbara de Jong zat uitstekend in haar vel. Ze was net even weggelopen bij de strandpost waar ze de hele dag aanwezig was om verslag te kunnen doen wanneer de reddingsbrigade in actie zou komen. Zwemmer te ver in zee, kindje is moeder kwijt, normaal gesproken was er voldoende stof om een reportage van een kwartier te maken, maar vandaag was het ondanks de topdrukte aan het strand bijna verdacht rustig. Daarom was ze snel even naar een terrasje geglipt om een sorbet te bestellen, die haar heerlijk smaakte. Voor haar op tafel stond de kleine digitale camera waarmee ze zelf de beelden vastlegde die ze aan het eind van de middag ook zelf zou monteren. Vanwege de aanhoudende hitte droeg ze alleen een zwarte bikini, maar ze had snel een kort spijkerbroekje aangeschoten.

Niet teveel meer in de zon Bar, dacht ze toen ze in de schaduw op het terras bemerkte dat ze enigszins aan het verbranden was. Terwijl ze bukte om uit haar tasje dat bij de tafelpoot stond de fles zonnebrandcrème te halen hoorde ze het piepende geluid van een binnenkomend sms'je.

'Shit,' mompelde ze al lezend om meteen in een flitsende beweging de camera in haar tas te stoppen en weg te rennen.

16.

DAG 2, ROTTERDAM, 14.15 UUR

'Wat een lamlendige klootzak is dat zeg,' fluisterde Kalbfleisch tegen Van den Boogaard die achter in de bomvolle zaal naast hem stond en even daarvoor een vloek niet had kunnen onderdrukken.

'Als hij het woord Bushmaster laat vallen wurg ik hem,' siste zijn collega terug.

'Zo stom zal hij toch niet zijn?'

'Je hebt het hem toch verboden?'

Kalbfleisch zweeg.

'Sebastiaan Kalbfleisch, zeg me dat je hem op straffe des doods verboden hebt over het wapen te praten.'

'Schei maar uit,' mompelde de hoofdinspecteur die zich realiseerde dat zijn beslissing woedend de vergadering te verlaten rampzalig had uitgepakt.

Kalbfleisch had zich tegen twaalven in het perscentrum gemeld en was meteen begonnen aan een verbale schaakpartij met communicatiedeskundige Leeflang. Zijn openingszet was ongewoon en kwam hard aan: we gaan de persconferentie schrappen vanwege het feit dat we geen mededelingen kunnen doen in het belang van het onderzoek.

De tegenzet van Leeflang was voorspelbaar. Zijn bekende riedeltje over een pluriforme maatschappij waarin de pers een belangrijke rol speelt bij het informeren van ongeruste burgers. Het gaf Kalbfleisch alleen maar munitie zijn voorsprong uit te bouwen: er valt niets te informeren, want we weten niets.

De voorlichter leek daarna slechts wat verbale stukken te verplaatsen tot hij plotseling ook een aanval in huis bleek te hebben. 'Je weet, Sebastiaan, dat er krachten zijn die proberen te bewerkstelligen dat jij van het onderzoek wordt gehaald. De korpsleiding heeft daarom beslist dat het een uitstekende zaak is dat jij en niemand anders, straks naast me zit om de pers te woord te staan. We dragen op die manier als korps uit dat we volledig achter je staan. Eventuele vragen over jouw functioneren zou je zelfs persoonlijk kunnen pareren.'

'Schaak,' zei Kalbfleisch. 'Maar niet mat. Ik heb namelijk vanmiddag om 15.00 uur een afspraak in het kader van het onderzoek. Die kan ik niet laten schieten. Puur tijdverlies.'

Het leverde hem niet meer dan een schamper lachje op. 'Beslissing van de korpsleiding Sebastiaan, heb ik geen invloed op.' Wat volgde was een steeds heftiger wordende worstelpartij over wat er wel en niet naar buiten gebracht zou worden. Het eindigde ermee dat Kalbfleisch woedend de afdeling communicatie verliet en voor hij de deur dicht ramde nog kans zag te schreeuwen: 'zoek het maar uit als je het allemaal zo goed weet.' Een blunder eersteklas zo realiseerde hij zich even later.

'Hoewel ik weet,' was Leeflang de persconferentie begonnen, 'dat enkelen van u ons korps niet hoog achten als het gaat om moordzaken, gaan we er vanuit dat de moord op Henriëtte van Rijswijk snel zal zijn opgelost.'

'Wat weet hij dat wij niet weten?' zei Van den Boogaard zacht tegen Kalbfleisch, die demonstratief achter in de zaal was gaan staan, buiten het bereik van de zeventien camera's die stonden te snorren.

'Goeie binnenkomer,' mompelde die. Hoewel de meeste journalisten volgens hem te stom waren om uit hun ogen te kijken, zou een enkeling zich wel eens kunnen gaan afvragen waarop dat vermoeden gebaseerd was.

'Sneller dan verwacht,' hoorde hij Leeflang zeggen, 'heeft het team inmiddels kunnen achterhalen met welk wapen de moord is gepleegd. Er is in de media al volop over gespeculeerd, maar er is nu uitsluitsel. De kogel is afgevuurd met een bijzonder wapen.'

'Ik word gek,' mompelde Van den Boogaard.

'Het gaat, kan ik u meedelen om een geweer dat gebruikt wordt door scherpschutters, een zogenaamde Bushmaster.' Even kon hij niets meer zeggen door het tumult dat in de zaal ontstond. Kalbfleisch zag dat Van den Boogaard zich inmiddels een weg door de menigte naar voren baande, aan zijn gezicht te zien met het plan Leeflang neer te hoeken. Snel nam hij een paar grote passen zodat hij hem aan zijn jasje kon trekken.

'Doe normaal idioot.'

'Kalb, dit giert uit de klauw!'

'Kop houden. Ik ga zo wel kijken of ik de zaak een beetje kan sussen.'

'Ik wil u ook melden,' zei Leeflang die geen oog had voor de rechercheurs, 'dat de familie van Henriëtte van Rijswijk achter hoofdinspecteur Kalbfleisch en het onderzoek staat.'

'Doe iets,' zei Rokus, 'of ik bega een moord.'

'Dan is nu het moment aangekomen waarop u rechtstreeks vragen kunt stellen aan hoofdinspecteur Sebastiaan Kalbfleisch.' Leeflang draaide heel even zijn hoofd naar links en merkte toen pas dat de rechercheur niet aan tafel naast hem zat.

'Meneer Kalbfleisch, voor het *NOS Journaal*, waaruit leidt u af dat het onderzoek snel zal zijn afgerond?'

Op het moment dat hij op het podium klom had Kalbfleisch nog een woeste blik op Leeflang geworpen, die geen aanwezige was ontgaan.

'Dat is heel moeilijk aan te geven,' ontweek hij de vraag.

'Maar uw collega zegt dat er een snelle oplossing komt,' hield de journaliste vol.

'Ik ben niet helemaal dezelfde mening toegedaan, dus u kunt de vraag wellicht zo dadelijk beter aan hem zelf stellen,' zei de hoofdinspecteur, die hoorde dat Rokus even grinnikte. 'Maar wees ervan overtuigd dat het team dat de zaak in behandeling heeft op dit moment op volle toeren werkt. Ik sluit ook niet uit dat het team hangende het onderzoek nog wordt uitgebreid.'

Kalbfleisch knikte naar een journalist met een microfoon die zijn hand opstak.

'Bram Pennings, *Radionieuws 010*. Verontrust het u dat er is geschoten met een scherpschuttersgeweer en is er al iets bekend over de herkomst van het wapen?'

'Ik kan helaas niet op de details van het onderzoek ingaan.'

'Is er al een verdachte?'

'Nogmaals, over de details van het onderzoek doe ik geen mededelingen.'

Verschillende mensen begonnen nu door elkaar heen te roepen.

'Is er al iets bekend over een motief?'

'Zijn we druk aan het onderzoeken.'

'Is het niet hoogst verontrustend dat zo'n moord gepleegd wordt in hartje Rotterdam, op klaarlichte dag?'

'Ik vind iedere moord verontrustend, ongeacht locatie en tijdstip waarop die gepleegd is.'

'Meneer Kalbfleisch, mijn naam is Jansen van *De Zon*. U geeft aan dat er geen dader en geen motief is. Het schot is gelost met een zogenaamd scherpschuttersgeweer, kan het zijn dat we te maken hebben met een maniak, zoals die er in Amerika veel rondlopen. Van die seriemoordenaars bedoel ik?'

Daar gaan we dan, dacht Van den Boogaard.

'Die theorie is volledig voor uw rekening,' zei Kalbfleisch rustig en na even nadenken over de juiste formulering: 'we hebben geen enkele indicatie dat het zo is. Ik zou het op prijs stellen als u daar in uw berichtgeving rekening mee houdt. Het lijkt me onjuist in dit stadium mensen nodeloos ongerust te maken.'

'Meneer Kalbfleisch, Willem Visser van *De Algemene*, uw collega zegt dat de familieleden van het slachtoffer achter u staan, maar volgens hun woordvoerder, ene heer IJzerman, willen ze dat u van de zaak wordt gehaald.'

'Meneer Visser, er heeft mij van de zijde van de familie niet zo'n verzoek bereikt.'

'Maar staat de familie zoals uw collega net zei achter u?'

'Gaat u ze dat zelf maar vragen,' bromde Kalbfleisch.

'Maar u heeft al eens onder vuur gelegen na de zaak Wouter, vindt u dat u de juiste man bent op de juiste plaats, die dit onderzoek moet leiden?'

'Ik beantwoord alleen vragen over het onderzoek naar de moord op Henriëtte van Rijswijk,' bitste Kalbfleisch. 'Dat is het onderzoek waar ik me op concentreer.'

Dat leverde opnieuw een hoop vragen op. Het was dermate hectisch dat niemand merkte dat Jansen van *De Zon* een sms'je binnenkreeg. Het had tot gevolg dat hij zich door de groep journalisten een weg baande om buiten de perszaal een paar korte telefoontjes te voeren. Even glimlachte hij alvorens hij terugliep naar de zaal.

'Meneer Kalbfleisch,' begon hij toen hij helemaal vooraan de menigte stond zodat niemand hem over het hoofd kon zien, 'nog even terugkomend op mijn vraag over een mogelijke maniak, als mijn informatie juist is is even voor 14.00 uur vanmiddag in Scheveningen opnieuw een jonge vrouw neergeschoten die op weg was naar het strand. Een jonge blonde vrouw. Denkt u nu dat ...'

De totale stilte die twee seconden viel was vele malen indrukwekkender dan het enorme tumult dat daarna losbarstte.

'Ik beschouw deze persconferentie als voorbij,' kon Kalbfleisch er nog net uitstamelen alvorens hij resoluut de zaal verliet met Van den Boogaard in zijn kielzog, die hem nauwelijks kon bijhouden. 'Dames en heren alstublieft,' hoorde hij Leeflang roepen, maar niemand luisterde naar hem in de totale chaos die uitbrak.

17.

DAG 2, ANTWERPEN, 15.00 UUR

Ik was verbijsterd toen ik met een Jupiler in de hand de oogst van schrijvend journalistiek Nederland tot me nam. Even let je een avondje niet op, kijk je eens niet naar het late journaal en er is meteen een spraakmakende moord gepleegd in je eigen stad. De man bij de kiosk die ik tijdens mijn wandelingetje met Jim aandeed om een krantje te kopen had me al gewaarschuwd.

'Ollander hè?'

Mogelijk had hij zijn wilde gok gebaseerd op *de Volkskrant*, *De Telegraaf*, *De Algemene* en *De Zon*, die ik voor hem neerlegde.

'Beter bij u dan bij ons,' zei hij op de koppen wijzend en ik ging er maar niet op in.

Qua onsmakelijkheid won *De Zon* het ruimschoots vond ik met de in kapitalen gedrukte kop "*GRUWELEXECUTIE*", in een letterformaat dat ik graag eens met Sinterklaas in chocola voorgeschoteld zou krijgen. Maar hoe verschillend de berichtgeving verder ook was, er bestond wel degelijk een gemeenschappelijk deler qua algemene teneur: politie tast volledig in het duister.

Bij iedere regel die ik las groeide het besef dat als dit drie jaar geleden was gebeurd, ik nu waarschijnlijk ook aan het onderzoek had deelgenomen. Sterker nog, ik was waarschijnlijk teamleider geweest. Kalbfleisch kende ik, niet goed weliswaar, maar goed genoeg om te weten dat wat *De Zon* over hem schreef bullshit was. Ze hadden hem al eens eerder willen breken, maar bij welke gelegenheid wilde me niet te binnen schieten.

Drie jaar. Eén vlaag. Van wat eigenlijk? Ik heb tot op de dag van vandaag nooit echt stil gestaan bij wat me overkwam. Dat durfde ik goed beschouwd niet aan. Voor ze me nog op behoorlijk chique wijze het korps uitzetten, hadden mijn superieuren me de mogelijkheid geboden een psychiater te bezoeken. Het leek me helemaal niets. Uiteindelijk hield ik mezelf overeind door te denken dat mijn daden een logische reactie waren geweest op wat ik had gezien. Veel collega's vonden het trouwens klasse wat ik gedaan had. Of misschien vonden ze het meer begrijpelijk. Daar lag voor mij de crux. Ik vond het ook begrijpelijk. Het ergste wat me kon overkomen leek me dus een psychiater die me uit ging leggen dat ik eigenlijk geestelijk niet in orde was.

Waarschijnlijk zou hij mijn daad ook nog in het perspectief gaan zetten van de genetische cocktail waaruit ik ben ontstaan. Hij zou het vast wijten aan het Spaanse temperament dat ik van moeders kant heb meegekregen. Ook de link van mijn Russische vader naar melancholie en alcoholisme -want welke Rus drinkt er nou niet?- zou hij al snel leggen en het leek me een absolute ramp om met zo'n klef als-u-niet-volledig-open-staat-voor-de-behandeling-helpt-het-niet- type van gedachten te wisselen over mezelf. Nee, Patxi Bixente Lebandowski dopt zijn eigen boontjes wel.

Daarom besloot ik voor mezelf te accepteren dat ik over de schreef was gegaan. De kans dat ik voor de tweede keer in een identieke situatie terecht zou komen leek me overigens nihil. Maar verwerkt had ik de gebeurtenissen geenszins. Getuige de nachtmerries die af en toe langskomen en me badend in het zweet doen wakker worden. En af en toe heb ik zo'n dag dat ik het niet zie zitten. Dan blijft de deur dicht en blijf ik liggen. Dan is de fles Jack Daniëls voor 11.00 uur leeg. Maar dan slaap ik tenminste. En wat dan nog? Ik val toch niemand lastig? Het was nu in totaal drie keer gebeurd. Niet toevallig altijd in februari. Ik kan daar wel mee leven, als het niet erger wordt.

Ik had de krantenberichten inmiddels twee keer gelezen. Wat me enige zorgen baarde was het feit dat nergens een foto van het slachtoffer te zien was, alleen de gebruikelijke plaatjes van een politietentje en mannen in witte pakken. Maar ik was blij dat mijn broer en schoonzus die er negen op de wereld hebben gezet waarvan zes van de vrouwelijke kunne, er volledig in geslaagd waren die allemaal van een donkere pruik te voorzien. Toch nog maar even checken of er niet één toevallig zich net had laten blonderen.

Maar goed, ik had hele andere problemen aan mijn hoofd. Hugo de Italiaan. Waar te vinden en vooral ook hoe te vinden? Ik besloot, alle kranten gelezen hebbend, nog even terug te gaan naar mijn hotelkamer om herhalingen van het nieuws te bekijken. Wie weet wat er weer allemaal gebeurd was sinds de ochtendkranten waren uitgekomen.

18.

DAG 2, RIJSWIJK, 17.30 UUR

Agent Nico Hellingman, die zich net afvroeg waarom lijken niet meer met een elektrische zaag, maar weer gewoon met een handzaagje werden opengemaakt, had zijn bijnaam "Nono" niet voor niets gekregen constateerde zijn collega John Veldhuis tot zijn genoegen. Hij was even bang geweest dat Nono gezien had dat een donkerharige vrouw hem iets in zijn hand drukte toen het lichaam van het slachtoffer in Scheveningen op een brancard de lijkwagen in werd gereden. Maar dat was kennelijk niet het geval. Wel was de mooie vrouw hem opgevallen, want in de auto onderweg naar het mortuarium had hij opgemerkt: 'Lekker wijf man, die donkere. Vriendinnetje van je?' Veldhuis had zijn schouders opgehaald en 'mmmm' gebromd. Even nog was Nono doorgegaan met een kleine lofzang op heerlijke meiden met volle borsten, zoals die donkere, die mouwloze bloesjes droegen. Dat was onderweg naar het NFI in Rijswijk.

'Zagen jullie niet meer elektrisch dok?' vroeg Nono wiens stem ver weg klonk door het mondkapje heen. Dr. Looijenga keek verstoord op van het borstbeen dat hij probeerde te doorklieven. 'Geeft teveel stofdeeltjes in de lucht,' mompelde hij, 'mag niet meer.'

'Hou je smoel eens man,' mopperde Veldhuis. Hij was voor de tweede keer in zijn leven aanwezig bij een sectie en hoopte vurig dat het de laatste keer zou zijn. De eerste keer ging het om een oude zwerver die op het politiebureau in elkaar was gezakt. Dat had hij nog een beetje kunnen verwerken maar nu keek hij naar het levenloze lichaam van een jonge meid. Ongelooflijk, bedacht hij zich, wie schiet die nou dood?

'Gek hè,' fluisterde Nono, 'als ze straks in de kist ligt ziet de familie er niets meer van …' Hij keek aandachtig naar de tafel waar het stoffelijk overschot van Patricia lag. Zonder gezicht. Dat was vakkundig bij haar keel losgesneden en over haar voorhoofd naar achteren getrokken, zodat de hersenen bloot lagen. In haar borst was een y-vormige inkeping gemaakt, zodat haar ingewanden onderzocht en gewogen konden worden. Veldhuis wendde zijn blik af.

Het toeval wilde dat Hellingman en hij net richting strand Scheveningen reden toen de melding van de schietpartij binnenkwam via de mobilofoon. Gelukkig was het niet druk op de weg, waardoor Veldhuis zonder oponthoud met topsnelheid naar de plaats delict kon rijden. Rondom het lichaam van een zo te zien jong blond meisje had zich inmiddels een behoorlijke groep mensen verzameld. 'Oké Nico,' riep Veldhuis terwijl hij de wagen uitstormde, 'namen en adressen noteren van alle aanwezigen hier, zo snel mogelijk.' Bij het lichaam aangekomen snauwde hij 'Kom op mensen, ruimte maken' en zakte door zijn knieën om te kunnen controleren of er nog een polsslag bij het meisje was. Totaal niet. Vreemd genoeg zag hij pas daarna de plas bloed op haar borstkas. Omdat hij de ambulance hoorde aankomen begon hij een zo groot mogelijke ruimte rondom het lichaam vrij te maken van toeschouwers. 'Aan de kant mensen,' riep hij opnieuw, 'kom op ruimte maken.' In no time maakte hij een gebied van drie meter rondom het lichaam vrij, daarbij hier en daar een forse tik uitdelend.

Hij was nog maar amper klaar toen de ziekenbroeders bij het slachtoffer stonden en een heilloze poging tot reanimatie ondernamen. 'Zinloos,' mompelde Veldhuis, die meteen ook constateerde dat zich nog twee koppels agenten, die hij van gezicht en naam kende, bij het lichaam meldden.

'Weten jullie wie aangifte heeft gedaan,' vroeg hij.

'Ene mevrouw Staatsen van de sigarenzaak hier tegenover,' zei een van de nieuwkomers. 'En daarnaast nog 23 mobiele bellers, meest anoniem.'

'Mooi,' twee man naar mevrouw Staatsen, de anderen meehelpen om gegevens van de aanwezigen op te nemen.'

Daarna leek alles in een stroomversnelling te komen. Drie rechercheurs arriveerden vrijwel tegelijkertijd en kort daarna maakte de schouwarts zijn opwachting, om als zoveelste die dag ook de dood te constateren. Veldhuis kende alle aanwezige rechercheurs en merkte tot zijn genoegen dat Joris Mulckhuyse, de senior van het stel met z'n dertig jaar ervaring, zijn kant uitkwam nadat hij uitgebreid met zijn collega's het lichaam en de omgeving bekeken had.

'Dag John,' zei de grijsaard met het vriendelijke gezicht, 'als eerste aanwezig hoorde ik.'

'Klopt. Ik moest trouwens meteen aan gister denken, die moord in Rotterdam. Wat denk je?'

Mulckhuyse trok zijn grijze wenkbrauw licht op. 'Ik heb natuurlijk ook alleen maar via de pers mijn informatie gekregen, maar het lijkt er verdacht veel op, als je het mij vraagt. Maar we moeten in dit stadium nog niet te snel conclusies trekken.'

Terwijl de ziekenbroeders het lichaam van het slachtoffer met een laken bedekten, arriveerde de lijkwagen. Na enige tijd werd het lichaam daarin geladen en op dat moment voelde Veldhuis een lichte tik op zijn schouder. Hij draaide zich om en keek in het vrolijke gezicht van Barbara de Jong. Hij had haar een paar maanden geleden voor het eerst ontmoet in zijn favoriete strandtent en ze waren aan de praat geraakt. Barbara had na een paar weken verteld dat ze voor het regionale tv-station *TV Zuid-Holland* werkte.

'Shitzooi zeg,' zei ze.

Veldhuis knikte.

'Zelfde als gister denk je?'

'Weet ik nog niet,' zei hij kortaf.

Voor hij het wist had ze al een visitekaartje in zijn hand gefrommeld. 'Hé kanjer, laat me niet in de steek. 'Wil je me bellen als je iets weet? Ik zal het heel goed met je maken.'

Veldhuis stak meteen het kaartje in zijn zak en knipoogde snel naar Barbara. Omdat hij uit zijn ooghoek Hellinga zag aankomen besloot hij geen antwoord te geven.

In de uren die volgden werd het John al snel duidelijk dat er van alles aan de hand was. Aanvankelijk werd het lichaam van het meisje naar het mortuarium gebracht, maar daar aangekomen mocht het, in tegenstelling tot anders, niet uitgeladen worden. Enige minuten later kreeg John via de portofoon te horen dat hij moest blijven waar hij was tot nader order. Een half uur daarna was Bert Mullens gearriveerd die zich voorstelde als onderzoeksleider. Hij had enige tijd telefonisch overleg met diverse mensen en liep vervolgens naar Veldhuis en Hellinga toe. 'Heren, de dame gaat naar Rijswijk en jullie gaan mee,' zei hij alleen maar op een toon die aangaf dat ze niet verondersteld werden vragen te stellen.

Het licht tinkelende geluid van metaal op metaal, direct gevold door het stemgeluid van dr. Looijenga, deed John Veldhuis uit zijn gedachten opschrikken.

'Kijk, daar hebben we warempel de boosdoener al,' zei de arts. Alle ogen waren nu gericht op een met bloed besmeurd klein stukje metaal dat in een zilverkleurig bakje zachtjes heen en weer rolde. 'En als ik me niet sterk vergis is het niet de eerste keer dat ik dezer dagen zo'n exemplaar onder ogen krijg.'

'U bedoelt Rotterdam?'

Looijenga keek Veldhuis heel even aan. 'Er is natuurlijk nog niets 100% zeker. Maar neem maar van mij geheel off the record aan dat er in Nederland op dit moment twee dames met hetzelfde geweer zijn omgebracht en dus waarschijnlijk ook door dezelfde dader. Anders is mijn naam geen Looijenga meer.'

Op weg naar de uitgang van het NFI mompelde Veldhuis tegen zijn collega: 'effe pisse.' Nadat hij zich ervan overtuigd had dat er niemand in de toiletafdeling aanwezig was pakte hij zijn gsm uit zijn broekzak en het verfrommelde visitekaartje. Snel toetste hij de cijfers in.

'Hallo Bar, met Johnny. Je weet het niet van mij, maar het is dezelfde kogel. 100%.' Terwijl agent John Veldhuis zijn mobieltje uitzette grijnsde hij bij de gedachte aan de tegenprestatie die hij voor Barbara de Jong in gedachten had.

19.

DAG 2, ROTTERDAM 18.00 UUR

'En wie zetten ze op het onderzoek?' naderde IJzerman de apotheose van zijn zorgvuldig in elkaar gedraaide betoog en hij zweeg zelfs even om zijn daaropvolgende woorden extra nadruk te geven, 'juist, diezelfde Kalbfleisch. Moet ik nog aangeven hoe die man het onderzoek Wouter volkomen verkeerd ingeschat heeft?'

'Neeeeeeee,' hoorde Kalbfleisch in gedachten de opgehitste menigte roepen. Hij zat met Rokus, Fatih, Mo, Piet, Louise en Luppo Dijkstra aan de vergadertafel naar een klein tv-tje te kijken dat aan een beugel aan de muur net boven ooghoogte was bevestigd. In alle vier hoeken van de kamer stonden ventilatoren tegen elkaar in te blazen, die zo waren neergezet dat ze net niet alle papieren van het groene tafelblad wegbliezen. 'Beter een stijve nek dan dood van de hitte,' had Van den Boogaard gezegd en daar was iedereen het mee eens.

'IJzerman wordt straks uitgezonden op de tv', had Dijkstra zo neutraal mogelijk ergens in de tweede helft van de middag meegedeeld. Dat dat zou gebeuren verbaasde Kalbfleisch niet.

Wel dat de persconferentie live gebracht werd door een commerciële zender. En wat hem met zorg vervulde was dat van meet af aan duidelijk was dat IJzerman zich in de belangstelling mocht verheugen van zo ongeveer de complete Nederlandse pers. Omdat hij merkte dat zijn collega's af en toe zijn kant uitkeken, probeerde hij zo stoïcijns mogelijk naar het scherm te staren.

'Is dat nu de man die een moord, nee, misschien twee moorden moet oplossen?' oreerde IJzerman verder. Het mankeerde er maar aan, dacht Kalbfleisch dat de man straks zijn duimen omlaag zou steken ten teken van het feit dat het afgelopen was met hoofdinspecteur Kalbfleisch. Maar zo realiseerde hij zich, de actie van IJzerman had ook een paar onbedoelde positieve neveneffecten. Het had binnen zijn team een soort onverzettelijkheid gecreëerd en een gevoel van solidariteit.

'Maar de grens is overschreden, ons geduld is ten einde.' IJzerman was in vorm. 'Namens de familie heb ik zojuist de politie in Rotterdam een ultimatum gesteld. Voor morgenochtend 12.00 uur willen we officieel bericht hebben dat hoofdinspecteur Sebastiaan Kalbfleisch van het onderzoek is gehaald. Ook eisen wij dat er een beloning wordt uitgeloofd voor diegene die informatie geeft die kan leiden tot aanhouding van de persoon die de moord van Henriëtte op zijn geweten heeft en misschien wel, zo hebben we vanmiddag geleerd, nog een moord. Het antwoord is nu aan de politie. Laat het een goed antwoord zijn!'

'Wat een eikel,' riep Van den Boogaard die zo wild uit zijn stoel omhoog sprong dat die omviel. 'Een ultimatum! Ik laat 'm oppakken wegens ordeverstoring!'

'Ik ga hem in elk geval even screenen,' zei Louise, 'van eventuele vroegere veroordelingen tot openstaande parkeerbonnen.'

'Heel aardig van je,' lachte Kalbfleisch en het verbaasde zijn collega's dat hij zo'n ontspannen indruk maakte. 'Maar laten we een ding afspreken. Iedere minuut die we hebben wordt alleen besteed aan ons onderzoek. We werken nu toch al onder een vergrootglas. Alles wat we laten liggen kan een bijna dodelijk effect hebben. Dus opperste concentratie en zorgvuldigheid. Stand van zaken tot op dit moment: moord in Scheveningen is, voor zover nu bekend, op dezelfde wijze gepleegd als bij ons. Slachtoffer is een zekere Patricia van Ardenne. Blond meisje, vermoedelijk begin twintig, neergeschoten, waarschijnlijk ook met een geweer. Ik heb kort contact gehad met de onderzoeksleider in Scheveningen, ene Bert Mullens. Hij en z'n team zijn druk bezig een slachtofferprofiel op te stellen. We houden zeer intensief contact.'

'Zijn er al ballistische gegeven?' vroeg Van den Boogaard.

'Mullens wist net toen ik hem sprak nog van niets. Zo gauw hij iets weet over het wapen belt hij me.'

'Wat gaan wij nu doen?' vroeg Piet.

'Allereerst moeten de slachtoffers zo snel mogelijk vergeleken worden. Niet alleen uiterlijke zaken als lengte, gewicht, haarkleur, oogkleur, littekens, tattoo's etcetera, maar ook hun sociale achtergrond. Wellicht vinden we een overeenkomst.'

'En vinden we daarmee de dader?' vroeg Dijkstra.

'Het zou een begin kunnen zijn,' mompelde Kalbfleisch, 'om in elk geval enigszins een idee krijgen van wat onze UNSUB van plan is.'

'Wat weten we of kunnen we zeggen over hem?'

'Tot nog toe, let wel, we praten over vier uur na het fatale schot, zijn er ook in Scheveningen geen getuigen die iets gezien hebben. Mullens stelt dus nogmaals, alles in het werk zo snel mogelijk te achterhalen of het meisje ook met het zelfde wapen is omgebracht als onze Henriëtte.

Verder gaat iedereen tot nader order door met hetgeen waar hij danwel zij mee bezig is. Alle verloven zijn opgeschort en houd er rekening mee dat je op ieder moment van de dag en nacht opgeroepen kan worden mee te komen naar Scheveningen. Daarnaast lijkt het me duidelijk dat niemand, maar dan ook niemand, zelfs maar één onschuldig woord wisselt met onze vrienden van de pers, helemaal niet als we straks meer weten over het wapen. Het hoeft geen betoog wat er gebeurt in Nederland als bekend wordt dat er twee vrouwen zijn neergeschoten door een scherpschutter. Op lekken staat dus minimaal einde carrière en maximaal de doodstraf.'

'Geldt dat ook voor Leeflang?' grijnsde Rokus.

'Ja. Maar hij wordt eerst nog langdurig gemarteld.'

'Hoe moet het nu met dat ultimatum van IJzerman, Sebas,' zei Dijkstra, 'want dat vergeten we in alle commotie.'

'Ha, spuit elf is er ook weer,' gromde Kalbfleisch. 'Dat ultimatum daar veeg ik m'n harige reet mee af. Wat er verder gebeurt hoor ik wel van "boven".'

'En daar kom ik nou net voor,' zei Leeflang die plotseling zijn hoofd om het hoekje van de deur stak. 'Ze willen je graag spreken daar.' Hij trok net op tijd zijn gezicht terug om het plastic bekertje te ontwijken dat Rokus van den Boogaard woest naar zijn hoofd slingerde.

20.

DAG 2, ANTWERPEN, 19.55 UUR

De kip Tikka Massala smaakte verrukkelijk. Het Indiaas restaurant, een pijpenla, waar ik me bevond was stijlvol ingericht. Witte damasten tafellakens en zwaar verzilverd bestek. Ik ben dol op de culinaire geneugten des levens. Zelf sta ik ook redelijk mijn mannetje in de keuken. Ik mag graag wat experimenteren. Zo had ik enige tijd geleden mijn vriendin Rubia uit Paramaribo uitgenodigd voor een intiem tête-à-tête. Het recept voor een Surinaams feestmaal dat ik had opgeduikeld beloofde veel goeds. Al was het even zoeken voor ik de benodigde taya had gevonden. Na een dagje zwoegen met oven en koekenpan stond er dus wel een delicatesse op tafel. Rubia smulde en wierp me zwoele blikken toe. Toen ik bij het dessert heel terloops vroeg of ze zelf ook wel eens pom maakte viel haar mond tot op de grond open. 'O, was het pom?'

Ik wenkte de ober, die zoals alle mensen in India dat kunnen, een karakteristieke beweging met het hoofd maakte alsof hij ja en nee tegelijk schudde. Hij bedoelde ja, als antwoord op de vraag of hij nog twee Kingfisher biertjes wilde brengen. Eén voor mij en één voor 'Hugo de Italiaan'.

Ik had werkelijk alle geluk van de wereld gehad. Omdat ik echt met de handen in het haar zat aangaande het ontbreken van een gepast antwoord op de vraag 'hoe nu verder' was ik maar teruggegaan naar Kales buurman Boeymaker. Wellicht had hij nog wat meer informatie over Hugo, nu hij nog wat na had kunnen denken. Maar hij was niet thuis. Na een middagje lummelen probeerde ik het tegen zessen nog eens weer, helaas met hetzelfde teleurstellende resultaat. Toen ik me uiteindelijk omkeerde om de aftocht te blazen zag ik hem staan: de zwarte Lancia. Vlakbij het café waar Hugo op de dag van de moord op Kale ook geweest was.

'P.B. is een oetlul Jim,' mompelde ik tegen m'n maatje, die bevestigend blafte. Dat ik daar niet eerder op gekomen was. Ik had er niet eens aan gedacht er even mijn licht er even op te steken. Eenmaal binnen twijfelde ik er geen seconde aan wie van de aanwezigen Hugo was. Er was maar één klant met een klein zwart snorretje. Ook zijn lichte maatkostuum voldeed aan het signalement. Hugo zat alleen aan een tafeltje met een glas witte wijn en een krant voor zijn neus. Mijn probleem was dat ik zo druk was geweest met de opsporing van de Italiaan, dat ik geen tactiek ontwikkeld had om hem aan te pakken. Slordig. Ik besloot maar te gaan voor totale overrompeling.

Ik liet een koele Jupiler intappen en schuifelde met mijn glas in de hand richting zijn tafel, waar ik brutaalweg aanschoof.

'Dag Hugo,' zei ik.

'Ik heb niet de indruk dat wij elkaar kennen,' zei hij en bestudeerde mijn uiterlijk zorgvuldig, 'en ik heb helemaal geen behoefte aan gezelschap.'

'Maar ik heb iets belangrijks te melden.' Ik was niet van plan me te laten afschepen. 'Ik weet iets van u. Daar wou ik het eens gezellig met u over hebben. U wilt dat niet? Even goede vrienden. Dan ga ik met mijn informatie naar de Belgische justitie. Niet naar de politie natuurlijk, waar u alweer op vrij voeten wordt gesteld voor u zelfs maar gearresteerd bent. Maar naar een onderzoeksrechter. Een die ik goed ken. Die gaat het u dan lekker lastig maken. Trouwens, waar ik het met u over wil hebben is de Kale.'

Zo, die zat.

'Wie bent u eigenlijk en voor wie werkt u?'

Ik ging er eens goed voor zitten. 'P.B. Lebandowski. Ik heb een particulier recherchebureau in Rotterdam. Voor ik dat had zat ik daar bij de recherche, maar ik ben drie jaar geleden uit het korps gezet. Disciplinaire maatregelen zogezegd.' Ik hoopte dat deze laatste opmerking het ijs een beetje zou breken en toverde mijn overtuigendste ons-kent-ons blik tevoorschijn. 'Wijntje?'

Hugo knikte dat dat niet nodig was. Hoewel hij aanstalten had gemaakt te vertrekken, was hij weer gaan zitten.

'Hoe heeft u mij gevonden?'

'Gistermorgen was ik op weg naar de Kale,' besloot ik een deel van de waarheid te vertellen. 'Helaas was ik te laat. Ik ben een beetje gaan rondvragen in de buurt en werd attent gemaakt op u. Hugo, bijgenaamd de Italiaan. Keurige man, zwarte Lancia en kennelijk een goede bekende van Kale. Ik ben een beetje blijven rondrijden tot ik net uw auto zag staan, of althans een Lancia waarvan ik hoopte dat die van u zou zijn.'

'Amai,' zei Hugo, 'U denkt dat u met mijn voeten kunt spelen. Welke flik heeft u op mij attent gemaakt en waarom?'

Het leek me het beste nog iets dichter naar de waarheid toe te kruipen.

'Oké, ik sluit niet uit dat een bevriende ex-collega van mij me op uw spoor heeft gezet. U begrijpt dat ik zijn naam niet prijsgeef.'

Hij sloeg de Balmoral Highland die ik hem aanbood af.

'Als u mij niet vertelt wat de flikken van mij willen, beschouw ik dit gesprek als beëindigd.'

'Hmm, goed dan, het is echt simpel. Ik wilde dus gister naar de Kale, want ik ben op zoek naar een 9 mm. Tot mijn verbazing trof ik zijn pand verzegeld aan. Een islamitische slager vertelde me dat Johns strot is doorgesneden. Ik had er de pest in. Ik kon namelijk goed met de Kale opschieten. Ik ging naar een ex-collega aan de Oudaan. Ontdekte daar dat het niemand één reet kan schelen dat Kale kassiewijle is. Omdat me dat gruwelijk irriteert ga ik zelf maar op onderzoek uit.'

Ik nam een slok bier en wiste het zweet van mijn voorhoofd. Maar wist me wel verzekerd van de onverdeelde aandacht van de Italiaan.

'Ik neus wat rond in de buurt en de naam van ene Hugo de Italiaan valt. Wat blijkt, Hugo is rond het tijdstip van de moord op Kale vlakbij zijn winkel. P.B. wordt nieuwsgierig. P.B. belt nog eens met vriendje aan de Oudaan. Vriendje van de politie zegt: laat Hugo maar met rust. Maar dat doet P.B. dus niet want die heeft er nog steeds de pest in. Die houdt er niet van met een kluitje het riet in te sjokken.'

Twee reebruine ogen keken me vragend aan.

'Om als een lulletje behandeld te worden,' verduidelijkte ik.

Hugo toverde zowaar een glimlach op zijn gezicht. 'Doet u mij dat wijntje toch maar,' zei hij. 'We zitten hier nog wel even ben ik bang.'

De wijn en Jupiler werden aan tafel gebracht.

'Weet de politie dat ik bij de winkel was?'

'Niet van mij en ik denk ook niet van degene die je gezien

heeft. Die heeft het niet zo op de politie. En het onderzoek is een lachertje dus daaruit zal ook weinig naar voren komen.' Even vroeg ik me af of ik al iets over de Winchester zou zeggen, maar ik besloot dat nog even achter de hand te houden als troefkaart.

'Goed, ik zal open kaart met u spelen. Ik was gistermorgen heel vroeg al in de winkel van dc Kale. Wat ik zag was niet fijn. John lag op zijn rug op de grond en als de politie zegt dat zijn hals was doorgesneden dan is dat nogal eufemistisch uitgedrukt. Het leek er meer op of de dader heeft geprobeerd hem te onthoofden, met zoveel brute kracht is hij te werk gegaan.'

Ik kon niet helemaal inschatten waarom Hugo had besloten me in vertrouwen te nemen. Mijn gevoel zei me tenminste dat hij de waarheid sprak. En al de jaren dat ik mensen heb verhoord hebben me geleerd dat mijn gevoel vaak een goede gids is.

'Ik ben meteen naar buiten gegaan en ben naar hier gelopen. Ik nam een koffie en heb toen het alarmnummer gebeld. Met een verdraaide stem heb ik de politie ingelicht.'

'Het bandje is trouwens wegens een technisch probleem verloren gegaan,' zei ik om hem gerust te stellen.

'Dat is mooi, ik wil namelijk niets met deze zaak te maken hebben.'

'Wat deed je eigenlijk zo vroeg in de winkel?'

'Zaken.'

'Kleuren tv's, sieraden, antiek, dat soort dingen?' vroeg ik.

'Precics.'

'Allemaal klein spul, dat snel verhandelbaar is?'

'Precies,' herhaalde Hugo.

'Legaal spul?'

'Daar vroeg John nooit naar.'

'Hoe kwam jij eraan?'

'Van anderen.'

'En Winchesters,' zei ik en bleef strak voor me uit kijken. 'Hoe zit het met Winchesters?'

Hugo bleek een reëel mens. 'Ik vroeg me al af of je daar

naartoe wilde,' glimlachte hij. 'Twee dingen. A, niet hier en B, pas als jij me verteld hebt hoe je van dat ding weet.'

Hoewel ik het standpunt huldigde dat ik de onderhandelingen leidde leek het me een prima idee in te stemmen met het voorstel zijnerzijds. De locatie werd het Indiaas restaurant en na een voortreffelijke maaltijd lieten we nog twee koude Kingfishers aanrukken. Het signaal voor Hugo om los te barsten.

'Ik was gister in Utrecht en 's avonds reed ik naar huis. Op een goed moment werd ik ingehaald door een Volvo. Ik rij zelf stevig, maar die! Man man. Ik keek hem na en zag plotseling dat hij met hoge snelheid naar een parkeerplaats reed. Mijn gevoel gaf me in er maar eens achteraan te gaan. Goed, op de parkeerplaats aangekomen zag ik de Volvo. Draaiende motor, portier van de bestuurder wagenwijd open. Die bestuurder, dat was wel lachen, stond met zijn broek op zijn enkels in de berm. Met zijn rug naar mij toe. Dus besloot ik een gokje te wagen en liep naar zijn auto. Ik kon mijn geluk niet op. Zo op de achterbank een Winchester met een doosje munitie. Toen ik wegreed stond die vent nog steeds met zijn broek op half zeven in het gras. Hij kan me onmogelijk gezien hebben.'

'En de volgende dag ging je naar de Kale'.

'Nee, ik heb hem meteen 's avonds nog gebeld. Hij was buitengewoon geïnteresseerd. Dus ben ik nog bij hem langs gegaan. Geweer en kogels verkocht. En de volgende dag, maar dat heb jij dus ook al geconstateerd, was het weg, met kogels en al.'

Ik liet het verhaal even op me inwerken. Afgaande op de aantekeningen die ik had gevonden bij John klopte Hugo's verhaal.

21.

DAG 2, ROTTERDAM, 20.30 UUR

'Hoe erg is dit Kalb?' vroeg Rokus, in wiens stem de nodige bezorgdheid doorklonk. Het was allemaal begonnen met het telefoontje van Visser van *De Algemene*.

'Zojuist hoorde ik dat *TV Zuid-Holland* om 20.30 uur in de nieuwsuitzending gaat melden dat het meisje vandaag in Scheveningen met hetzelfde geweer is neergeschoten als het meisje gister in Rotterdam. Wat is jullie reactie?'

'Dat we geen commentaar hebben,' zei Kalbfleisch die vervolgens de verbinding verbrak en hartgrondig vloekte.

'Het is weer eens zo laat Rook,' zei hij zuchtend. 'Wij, de onderzoekers moeten weer eens van de pers vernemen hoe de vork in de steel zit.' Zwijgend zaten ze een tijdje tegenover elkaar, tot de deur openging en Luppo Dijkstra het crisiscentrum binnenkwam.

'Hoe kán dit, Sebas,' zei hij klagend.

'Als je je muil houdt dan kunnen we tenminste even kijken,' snauwde Van den Boogaard die met de afstandsbediening het volume van de tv bijna vol opendraaide.

Barbara de Jong kon de leadermuziek van het nieuwsprogramma zo ongeveer dromen, maar dit keer was ze zo nerveus dat het haar totaal onbekend in de oren klonk. Ze had haar presentatieteksten zo laat afgemaakt dat er geen tijd meer was om te repeteren. Daar vloog het rode lampje op de camera aan.

'Goedenavond en welkom bij het nieuws van *TV Zuid-Holland*,' begon ze. 'Een speciale uitzending die geheel in het teken staat van de moord eerder deze dag in Scheveningen, maar ook in die van gistermiddag in Rotterdam. Want een anonieme, maar zeer betrouwbare en bij ons bekende bron, heeft zojuist bevestigd dat beide slachtoffers met hetzelfde wapen om het leven zijn gebracht.'

'Jongens hoe kan dit, we móeten achterhalen wie die bron is,' zei Dijkstra.

'Kop houden,' klonk het uit twee monden.

'Maar eerst terug naar vanmiddag. Rond 14.00 uur werd in Scheveningen een jonge vrouw neergeschoten vlakbij de opgang naar het strand.' Barbara zag tot haar genoegen dat de band precies op tijd werd ingestart. In tegenstelling tot de meeste collega's die pas laat op de plek des onheils waren had zij met haar digitale DV-cameraatje beelden gemaakt van het lichaam van de vrouw en de politie die arriveerde. Een seintje van de cameraman gaf aan dat de reportage afliep.

'Inmiddels is het dus bekend, dat het wapen waarmee geschoten is hetzelfde is als waarmee gistermiddag in Rotterdam een moord werd gepleegd. Wij hebben zowel het korps Rotterdam Rijnmond als Haaglanden om commentaar gevraagd, maar niemand wil reageren in het belang van het onderzoek. En dat is heel bizar. Terwijl zich de contouren aftekenen van een nationale ramp en er een seriemoordenaar lijkt rond te waren in Nederland houdt de politie zich afzijdig.'

'Dit is ...'
'Kop houden.'
Dijkstra zweeg beledigd.

'Uiteraard,' ging Barbara verder op camera twee, 'hebben we ook de ministeries van Binnenlandse Zaken en Justitie benaderd om commentaar. De vraag dient zich aan of er niet een overkoepelend orgaan moet komen dat deze moorden onderzoekt. Want het is op dit moment de grote vraag of het bij deze twee moorden blijft. Maar in verband met het zomerreces was het niet mogelijk op korte termijn onze vragen te beantwoorden. Aan de telefoon heb ik nu als het goed is Frans in 't Hout, fractievoorzitter van de Tweede Kamerfractie van de Lijst Vrij Nederland.'

'Lijst Vrij Nederland,' zei Rokus verontwaardigd, 'die hebben twee zetels, staan in de peilingen op nul, maar hebben wel overal een grote bek over.'

'Ik denk dat fatsoenlijke politici niets wilden zeggen, dus kwamen ze vanzelf uit bij deze windbuil,' zei Kalbfleisch.

'Goedenavond meneer In 't Hout, fijn dat u aan de telefoon wilde komen, wat vindt u van de huidige situatie?'

'Nou, om te beginnen wil ik hierbij mijn deelneming betuigen, namens de hele LVN trouwens, aan de nabestaanden van de slachtoffers. Het is een diep trieste zaak. Ik wil u er echter op wijzen dat wij van de LVN al vele malen gedurende deze kabinetsperiode hebben aangegeven dat het beleid van de huidige minister van Binnenlandse Zaken niet deugt. Hij is als verantwoordelijke voor de politie er niet in geslaagd de reorganisatie van de politie door te voeren waardoor we nu opgescheept zitten met incapabele mensen die een dergelijk complex moordonderzoek moeten houden. Wij van de LVN ...'

'Sorry dat ik u even onderbreek, maar wat moet er gebeuren vindt u?'

'De LVN heeft ver voor de laatste verkiezingen al aangegeven dat als het aan de LVN ligt de structuur bij de politie op de schop moet. De LVN heeft al eerder gepleit voor een verregaande centralisatie van de politie.'

'Maar concreet gezien?'

'Concreet gezien ontstaat nu een situatie die de LVN had willen voorkomen. In Rotterdam en Scheveningen worden nu twee afzonderlijke onderzoeken verricht terwijl er eigenlijk één onderzoek moet zijn.'

'Goed nogmaals hartelijk dank voor uw reactie, meneer In 't Hout. En bij ons in de studio is inmiddels aangeschoven de bekende criminoloog Ronald Alblas. Welkom.'

Om zijn kale schedel te verbergen had Alblas grote plukken haar van de linkerkant van zijn hoofd naar de rechterkant gekamd en met gel vastgezet. Hij droeg een bril met dikke glazen en had zich ondanks de hitte, die in de studio erger moest zijn dan buiten op straat, gehuld in een donkerbruin pak. Hij zweette dusdanig dat het voor de dames van de schmink een onmogelijke opgave was hem enigszins acceptabel in beeld te krijgen.

'Meneer Alblas,' begon Barbara, 'u bent criminoloog, maar dat is niet de enige reden dat u hier zit, want u heeft in Amerika gestudeerd…'

'En lesgegeven.'

'Waar precies?'

'Onder andere in Seattle. Ik was daar ook in de jaren '80 toen Gary Leon Ridgway daar opereerde, beter bekend als de Green River Killer. Het begon toen er in tijdsbestek van een paar dagen meerdere lijken van jonge prostituees in de rivier de Green River werden gevonden. Het frappante was dat sommige van die vrouwen kleine steentjes in hun vagina hadden.'

'Lekker interessant,' mompelde Rokus.

'Het volk krijgt wat het volk wil bij *TV Zuid-Holland*,' zei Kalbfleisch. 'Ik ken hem wel die Alblas. Hij is wel goed, alleen zo totaal overtuigd van zichzelf dat niemand, laat staan wij, in zijn schaduw kunnen staan. Over twee minuten gaat hij vertellen dat de Nederlandse politie niet in staat is …'

'Maar wat nu?'

'Dat is een hele interessante vraag mevrouw,' zei Alblas die inmiddels druppels op zijn hoofd had staan. 'Ik heb het niet zelf gezien, maar ik heb me laten vertellen dat de man die het onderzoek in Rotterdam leidt vanmiddag wat badinerend deed over de mogelijkheid dat er een seriemoordenaar opereert in Nederland. Dat vind ik heel onverstandig. Zelfs al heb je er geen verstand van, mag je nog de conclusie trekken dat deze twee brute moorden van de afgelopen dagen door dezelfde dader zijn gepleegd. Het is zelfs overduidelijk. Hij loert op jonge blonde meiden. Zonneklaar.'

'Maar waarom?'

'Dat is heel moeilijk te beantwoorden, maar ik zou het heel verstandig vinden als de politie zo snel mogelijk de hulp van experts inroept, uit Amerika. Daar heeft men de meeste ervaring ter wereld als het gaat om seriemoorden. En de situatie is dringender dan dringend. Zolang deze man geen halt toegeroepen wordt kan er denk ik geen jonge blonde vrouw meer veilig over straat.'

'We kunnen hier nu wel stoer gaan zitten doen,' zei Dijkstra nadat Rokus woest de televisie had uitgezet, 'maar dit is natuurlijk wel dramatisch. Een criminoloog die zegt dat er straks geen jonge blonde vrouwen meer over straat mogen.'

'Dat is waar Luppo,' zei Kalbfleisch, 'maar voorlopig zou ik wel eens willen weten wie hun bron is. Hoe kan het nou dat wij van niets weten en dat de informatie alweer op straat ligt?'

'Een lek.'

'Precies en als ik die hufter in mijn poten krijg die dit op zijn geweten heeft hang ik hem omgekeerd aan zijn ballen in de hoogste boom die ik kan vinden.'

'Dan ben ik blij dat ik het niet ben,' zei Dijkstra om na een korte groet de crisisruimte te verlaten.

'Hij heeft ze weer verdiend voor vandaag,' zei Rokus, maar zijn collega hoorde hem niet omdat hij een binnenlijn oppakte. Kalbfleisch en Van den Boogaard hadden de gewoonte ontwikkeld in elkaars bijzijn telefoongesprekken zo te voeren dat de ander kon begrijpen wat er aan de hand was. Dat scheelde een hoop tijd.

'Ha Mullens, ik stond al op het punt jou te bellen, ja wij zitten ook te kijken. Heb jij het zelf ook via de tv vernomen, hoe kan dat nou? Maar de NFI heeft het verhaal wel bevestigd? Oké, dat weten we dan.'

Kennelijk was Mullens nu heel lang aan het woord, want Kalbfleisch gunde zich de tijd om een slok koffie te nemen.

'Goed, dus er waren maar drie mensen die iets van de kogel

afwisten op het moment dat het in de pers kwam. Twee van jouw agenten en die dokter Looijenga. Nou, dan denk ik dat we het lek eerder boven hebben dan de moordenaar. Mobieltjes in beslag nemen en controleren maar dacht ik. Hoe loopt jullie onderzoek?'

Opnieuw was Mullens heel lang aan het woord. Maar hij had weinig te vertellen.

'Nee. Wij zijn ook nog geen ene flikker opgeschoten met het onderzoek. Geen spoor van een dader geen motief etcetera etcetera. Wat? Nou, dat is nog maar de vraag. Ik weet niet of je enig idee hebt met welke problemen wij hier te kampen hebben, maar ik neem geen enkele verantwoordelijkheid voor dat gelek naar de pers. Omdat ik ook de beroerdste niet ben zal ik tot jullie het uitgezocht hebben mijn bek houden tegenover buitenstaanders, maar ik neem geen enkele verantwoordelijkheid zeg, nou de groeten.'

Tot zijn genoegen constateerde Van den Boogaard dat Kalbfleisch weer aardig de oude begon te worden en het laatste zetje tot normalisering kwam van Leeflang, die opperste staat van opwinding kwam binnen gedenderd.

'Sebastiaan wat moet ik? Er staan op dit moment zeven ploegen voor de deur. Ik durf mijn mobieltje niet eens meer aan te zetten en de fax is overbelast. Ik moet iets naar buiten brengen. Maar wat?'

'Jij bent hier toch de publiciteitsdeskundige? Doe zelf maar eens wat voor je centen,' sneerde Kalbfleisch. 'Er is sinds sinds vanmiddag eigenlijk niets veranderd. Toen was er geen nieuws en nu is dat er ook niet.'

'Kom op Sebas,' teemde Leeflang, 'ik weet niet of je tv hebt gekeken, maar er dreigt een nationale ramp. Overal zijn deskundigen tevoorschijn getoverd, politici bemoeien zich ermee en ze hebben allemaal hetzelfde verhaal: er is een seriemoordenaar bezig en de politie is te onbekwaam om dat vast te stellen.'

Kalbfleisch zuchtte diep. 'Ik weet het wel, alle ratten komen nu weer uit hun holen, maar geloof me nou maar eens een keer, ik heb niets te melden. Zo simpel is het.'

'Maar is het waar van die kogels die identiek zijn?'

'Ik heb geen officieel rapport gezien, maar om je hartslag weer wat te reduceren kan ik je melden dat Mullens, de onderzoeksleider in Scheveningen, het NFI heeft gebeld en tegen hem hebben ze gezegd dat het hoogstwaarschijnlijk klopt. Let wel, hoogstwaarschijnlijk!'

'En het lek?'

'Zit in Scheveningen, maar dat melden we nog niet. Mullens heeft tijd nodig te onderzoeken wie het was.'

'Mooi,' zei Leeflang, 'dan ga ik weer terug naar de leeuwenkuil, in de hoop dat schrijvend, filmend en sprekend Nederland nog iets van me heel laat. O ja, voor ik het vergeet, of je even "boven" wil komen!'

'Ik kan zolangzamerhand wel boven gaan wonen,' mopperde Kalbfleisch. Later op de avond zou hij pas echt kwaad worden. Toen hij op de late journaals Leeflang hoorde zeggen dat hoofdinspecteur Kalbfleisch persoonlijk geconstateerd had dat het TGO Scheveningen gelekt had naar de pers. En toen hij meer dan een half uur nodig had gehad om Mullens uit te leggen dat het zeker niet zijn woorden waren geweest.

22.

DAG 2, ANTWERPEN, 23.30 UUR

'Zo Jimmy-boy,' zei ik tegen mijn trouwe viervoeter die naast me aan tafel lag, terwijl Hugo het toilet opzocht. 'Tot nu toe heeft het meegezeten, maar nu?' De boxer stootte lichtjes met zijn lieve kop tegen mijn onderbeen en maakte een heel zacht piepgeluidje. Dat deed hij altijd als hij wist dat ik even ruggenspraak nodig had, zo gaf hij aan dat hij alert was. Dus kon ik verdergaan met mijn man-tot-hond gesprek. 'We hebben Hugo nu gevonden, maar dat lost op zich ons probleem "wie heeft Kale vermoord" niet op. Wat weten we wel: Hugo komt 's avonds laat bij Kale aanzetten met een Winchester geweer. De volgende morgen gaat hij al vroeg opnieuw naar de Kale. Die is dan dood en zijn Winchester is weg. Wat vragen wij ons nu af?'

Jim gaf middels een klein piepgeluidje aan dat hij me nog steeds volgde.

'Wat vragen wij ons nu af,' sprak ik hem liefdevol toe, 'is degene die de Kale omlegde ook degene die de Winchester gestolen heeft, of is er nog een andere onbekende persoon in het spel?'

Jim merkte feilloos op dat er iets veranderd was aan Hugo toen hij terugkeerde van het handen wassen, want hij sprong plotseling overeind en blafte een keer. Ik constateerde eveneens dat er iets aan de hand was. Aan zijn gezicht te zien was Hugo kennelijk na lange tijd verlost van een hardnekkige drol. Het kan ook iets anders geweest zijn natuurlijk, maar hij maakte in elk geval een soort van opgeluchte indruk.

'Wat is er met jou?'

'P.B.,' zei hij rustig, 'ik heb net even nagedacht en ik heb het gevoel dat jij eerlijk tegen me bent geweest en dat je echt de moord op Kale wilt oplossen. Ik loop al een tijdje met iets rond en dat zal ik je vertellen. Met een beetje mazzel kunnen we zo achterhalen wie er bij Kale geweest is.'

Ik ben altijd dol op verrassingen. Deze vond ik nu al leuk. Met name omdat hij zoals het echte surprises betaamt volkomen uit de lucht kwam vallen.'Vertel op.'

'Alweer een half jaar geleden, misschien iets meer of minder, dat weet ik zo precies niet meer,vroeg Kale of ik een video-intercom systeem kon regelen. Aan je voordeur hangt dan een klein cameraatje die met een kabel verbonden is aan een klein monitortje, dat je kunt plaatsen waar je wilt. Kale kreeg ook 's avonds laat vaak bezoekers en hij vond het handig dat hij boven op een beeldschermpje kon zien wie er voor de deur stond. Alleen was hij, zoals je weet, zo kippig als de neten, dus heb ik voor hem een systeem geregeld, maar niet met een klein zwart-wit monitortje, ik heb de camera doorgelinkt naar een kleine draagbare tv op zijn slaapkamer. Maar nu komt het. Ecn week of drie nadat ik dat zaakje voor hem in orde had gemaakt voor hem hebben mensen bij hem geprobeerd in te breken. Maar ze slaagden er niet in het alarmsysteem te omzeilen, dat gelukkig af ging. Maar goed, de daders waren gevlogen. Toen vroeg hij me of ik kon regelen dat de beelden van de camera vastgelegd zouden worden op video. Ik vond het een briljant idee en na een beetje puzzelcn heb ik toen een laptop voor hem geregeld. Die is rechtstreeks gelinkt aan de camera, de beelden worden vastgelegd op de harde schijf.'

Hoewel ik van binnen kookte en het liefst meteen naar Kales huis was gescheurd, besloot ik nog even de hardboiled analyticus uit te hangen.

'Vereiste is wel dat de ongewenste bezoeker zich bij de voordeur heeft gemeld en dat het systeem aanstond.'

Hugo grijnsde. 'Geloof mc maar, John had geen idee hoe het allemaal werkte. Hij zou de laptop niet hebben kunnen uitzetten al had hij er duizend euro voor gekregen. Ik zou eens in de zoveel tijd langskomen om oude beelden te wissen. En Kale zou nooit iemand achterom laten komen, zeker niet 's avonds.'

Daar had Hugo gelijk in, restte mij nog één vraag. 'Waarom ben jij niet al lang en breed bij het huis geweest om naar de beelden te kijken?' Ik zag aan Hugo dat hij de vraag verwacht had en zich al had voorbereid op het antwoord.

'Da's simpel. Hoewel ik wist dat de flikken niet echt een grootscheeps onderzoek zouden uitvoeren was ik toch bang dat ze het huis van Kale een tijdje onder toezicht zouden houden. Het leek me beter om niet meteen in actie te komen om problemen te vermijden.'

'En,' vroeg ik.

'Wat en?'

'En wat nog meer?'

'Hoezo nog meer?'

Ik had zo'n gevoel dat Hugo nog niet alles verteld had. Ik kon me zo ongeveer voorstellen wat voor dilemma het voor hem zou zijn om te weten te komen wie John vermoord had.

'En je was bang dat de dader een mogelijke bekende zou zijn.'

Voor zover ik het kon zien vond Hugo het niet leuk dat ik dat zei, dus had ik de spijker kennelijk op de kop gehamerd.

'Och P.B., ik loop al een tijdje rond in het Antwerpse. Ik heb mezelf nooit met moord bezig gehouden, ik ben een handelaar. Maar ik zal niet ontkennen dat ik de laatste jaren mensen heb ontmoet die absoluut wel in staat zijn anderen om te brengen. Ik handel ook met zulke mensen. Natuurlijk ben ik bang om te zien wie Kale heeft vermoord. Stel dat het inderdaad een bekende is. En erger nog, stel dat die lucht krijgt van mijn bemoeienis. Een dooie John is één ding. Maar met een dooie Hugo schiet ook niemand iets op. Begrijp je?'

Ik had het volledig door. Intussen werkten mijn hersenen op volle toeren. 'Kun jij makkelijk Johns huis in komen,' vroeg ik, mijn niet geplande gymnastiekoefeningen van de vorige avond nog vers in het geheugen.

'Geen probleem.' Heel even tikte Hugo op zijn broekzak waardoor het geluid van sleutels die tegen elkaar rinkelden hoorbaar werd. 'Voor en achterdeur,' voegde hij toe.

'Mooi zo,' zei ik. 'dan gaan wij zo dadelijk naar Johns huis. Discussie gesloten.'

Op de één of andere manier was ik ervan overtuigd dat Marc de Kuyper mij niet voor de tweede nacht in successie lastig zou komen vallen. Waarschijnlijk ging hij er vanuit dat ik nog wel een poosje bezig zou zijn met het zoeken naar Hugo de Italiaan en hij zou ook geen reden kunnen bedenken waarom ik weer terug zou keren naar Kales stulp. Dus besloot ik om gewoon met mijn Pontiac, die ik voor alle zekerheid iets verder weg parkeerde dan de vorige keer, richting Sportpaleis te rijden. Ik had Hugo uitgelegd wat me was overkomen dus hield hij voor alle zekerheid in de gaten of we gevolgd werden, maar daar wees helemaal niets op.

Even had ik een gevoel van déjà vu toen ik, nu samen met mijn recente partner in crime Hugo, door het brandgangetje sloop. Het had ons verstandiger geleken te kiezen voor de achteringang en inderdaad, met een sleutel is het een stuk makkelijker een huis binnenkomen dan door een raampje.

Binnengekomen nam Hugo het voortouw en leidde me rechtstreeks naar Kales slaapkamer. Precies zoals hij gezegd had, stond er een laptop in een met een rolluik afgesloten kast tegenover Kales bed. Op het scherm was nota bene duidelijk te zien dat voor de voordeur van Kale alles in rust was.

'Ongelooflijk,' fluisterde ik 'dat de politie dit niet heeft meegenomen!'

'Als ze de laptop al gezien hebben,' zei Hugo zacht terug. 'Ik durf er heel wat onder te verwedden dat ze deze kast niet eens open hebben gemaakt.'

Ik dacht dat hij daar wel eens gelijk in kon hebben.

Het volgende kwartier was ik getuige van Hugo's aangeboren capaciteit om te gaan met apparatuur. Voor ik wist wat ik zag had hij al een menuutje op de laptop tevoorschijn getoverd en begon een datum in te toetsen die ik herkende als de dag waarop Kale overleed. Vervolgens zag ik nog dat hij bij het kolommetje "time" het uur invulde waarop hij zo ongeveer zelf het pand had betreden om vervolgens zijn gruwelijke ontdekking te doen. Enige seconden later waren we kennelijk op het goede tijdstip beland. Hugo mompelde wat voor zich uit en vervolgens zag ik een jogshuttle op het scherm verschijnen. Twee toetsklikjes later begon het beeld langzaam terug te spoelen. Na een minuut of drie zag ik plotseling dat een figuur tot mijn stomme verbazing het pand van Kale achterwaarts lopend met zijn rug naar de deur betrad. Ik kon alleen zijn rug en achterhoofd zien.

'Als het goed is ben ik dat,' mompelde Hugo en tot mijn teleurstelling moest ik vaststellen dat ik de draad enigszins kwijt was. Hij legde me uit dat we achteruit aan het spoelen waren. Dus ga ik eerst naar binnen, dat is het moment dat ik eigenlijk naar buiten ga, wat je net zag en dan verlaat ik het pand, dat ziet er voor jou uit alsof ik met mijn gezicht naar de camera achteruit lopend de stoep af kom, maar dat is dus eigenlijk het moment dat ik naar binnen ga. Het kostte me enige momenten om me in deze nieuwe wondere wereld der techniek in te leven, maar toen had ik het ook helemaal door.

'Kijk,' riep Hugo triomfantelijk en ja hoor, daar was hij duidelijk in beeld, achterwaarts de winkel uitlopend, maar wel op en top herkenbaar.

'Bingo,' mompelde ik. 'En de volgende persoon die we zien is dus waarschijnlijk de dader.'

'Laat dat waarschijnlijk maar weg.'

Hoe lang het precies geduurd heeft weet ik niet meer, maar we waren al een hele tijd ingespannen bezig toen we plotseling vanuit de verte een mannetje achterwaarts lopend naar de deur van Kale toe zagen komen.

'Nondepie,' liet Hugo zich tamelijk luid ontschieten, terwijl hij vergat dat we zachtjesaan moesten doen, zie je dat?'

Zijn waarschuwing was overbodig. Ik had het inderdaad al gezien. In zijn rechterarm droeg de man een langwerpig pak, waarin je zonder over veel fantasie te beschikken de contouren kon herkennen van een geweer. Of een Winchester, al naar gelang het corpus delicti waarnaar je op zoek bent.

'Hoe laat is dit,' wilde ik weten.

'Iets na 07.00 uur.'

Op dat moment was John dus al dood, stelde ik met enige bitterheid vast. Eigenlijk vond ik het heel bizar om in het huis van de vermoorde bijna getuige te zijn van de daad. 'Nu het moment van de waarheid,' prevelde ik voor me uit.

Tergend langzaam speelde Hugo beeldje voor beeldje de opname af. Tot het moment dat de dader echt in beeld kwam. Bijna provocerend keek hij ons aan. Op het moment dat hij het meest duidelijk vol met zijn gezicht in beeld was dukte Hugo de stilltoets van de besturing in.

'Zo klerelijer, dit is het begin van jouw einde,' siste ik, meer aangedaan dan ik van mezelf verwacht had en aan Hugo had willen tonen. 'Ken jij hem?'

'Nee. Ik heb deze man absoluut nog nooit in mijn leven gezien,' zei Hugo in wiens stem een licht gevoel van opluchting doorklonk, 'ik zweer het je bij alles wat me heilig is.'

'Kan ik op enige manier een foto van dit beeld krijgen,' vroeg ik.

'Geen probleem. Ik zal een aantal plaatjes kopieëren naar het bureaublad. Ik neem de laptop mee en zorg dat je morgen al een paar printjes hebt. Qualité supérieur.'

'Hoe vroeg kan je dat geregeld hebben ?

'Ik bel je als ik klaar ben. Reken maar op rond de middag.'

'Perfect,' zei ik alleen maar.

De nacht was al bijna weer ten einde toen ik, nadat ik Hugo weer afgezet had bij zijn Lancia, uiteindelijk doodmoe mijn hotelkamer betrad. Ik wierp mezelf meteen op bed en bleef een tijdje roerloos liggen. Het was nog steeds bloedheet! Ik besloot nog een koele douche te nemen en voelde me iets beter toen ik daarna met alleen een boxershort aan opnieuw op bed ging liggen. Met een Johnny Walker Black uit de minibar tegen de barstende koppijn. Mijn laatste gedachte voor ik in slaap viel ging uit naar de moordenaar van John: ik weet niet wie je bent maar ik krijg je, waar je ook uithangt.

3.

Pierre zoog zijn longen vol met de penetrante lijklucht. Hij had het gevoel dat hij er kracht van kreeg, het leven van de dode een stukje overnam. Hij kon er niet genoeg van krijgen terug te keren naar deze plaats. Volkomen relaxed zat hij op een boomstronk naast het levenloze lichaam. Hij constateerde met interesse dat de borst van zijn slachtoffer inmiddels geïmplodeerd was. De maden die hij zag zouden waarschijnlijk tot de achtste generatie behoren rekende hij uit.

'Los jij het probleem maar op,' had zijn chef hem een paar weken daarvoor bevolen. Een zwarte politieman uit Yaounde was vragen komen stellen over partijen tropisch hout die volgens officiële papieren niet bij de zagerij mochten liggen. Hij had het opgelost. Robert Biyik zou niet meer terugkeren bij zijn vrouw en zeven kinderen. Pierre had hem opgewacht toen de Afrikaan na een maaltijd bij *Chez Amélie* nog even wat verkoeling zocht aan het strand. Met een grote fles "Trentetrois" bier slenterde hij door de branding toen hij merkte dat iemand hem tegemoet kwam. Jij, wilde hij nog verrast zeggen toen hij de Belg herkende, maar voor hij zelfs maar geluid kon maken was zijn nek al gebroken.

Pierre nam af en toe een slok bier uit de fles van Biyik wiens lichaam hij in de achterbak van zijn Mitsubishi Pick Up gelegd had, slechts afgedekt met een zeil. Hij reed zonder licht en moest grote moeite doen niet van de weg te raken. Twee minuten na de moord was ineens de tropische hoosbui losgebarsten waar al uren om gesmeekt werd en die een eind zou maken aan de benauwdheid die overdag normaal werk belemmerde en 's nachts de slaap onmogelijk maakte.

Een klein half uurtje na het vertrek uit Kribi arriveerde Pierre op zijn plaats van bestemming. Hij stapte uit en vloekte stevig terwijl hij tot over zijn enkels wegzakte in de drijfnatte zandgrond. Hij hees de levenloze Biyik op zijn rechterschouder en begon te lopen. Even was hij door de dichte duisternis waarin de regen onophoudelijk naar beneden gutste gedesoriënteerd. Maar met behulp van zijn maglite, die hij meteen weer zorgvuldig opborg in zijn tropenbroek, vond hij de kleine groep stenen waar hij naar zocht.

Geconcentreerd naar beneden kijkend vervolgde Pierre zijn weg, tot hij in de verte het geraas hoorde dat hij zocht en dat naarmate hij er dichterbij kwam het sonore geluid van de neergutsende regen overstemde. Vaak had hij het spektakel bij daglicht aanschouwd, de rivier Lobe die zich vanaf een hoogte van enkele meters rechtstreeks de oceaan in stort. Maar nu dacht hij niet aan de waterval, maar zocht hij koortsachtig naar een van de houten kano's, die er altijd in de buurt lagen.

Hij had een minuut of twintig gepeddeld toen hij de overkant bereikte. Daar aangekomen legde hij zijn last opnieuw over de schouder en liep regelrecht het oerwoud in. Hij wist niet of hij doorweekter was van het water, de regen of zijn eigen zweet toen hij eindelijk de plek vond waar hij naar zocht. Hij wierp Biyik op de grond en bedekte hem met wat bladeren, constaterend dat de regen even plotseling was opgehouden als die eerder op de dag was begonnen.

Hij had geen idee meer hoe vaak hij was teruggekeerd bij die plek. Maar hij ging er graag heen, nieuwsgierig naar het het verloop van het ontbindingsproces van het lijk van Biyik en genietend van het contrast tussen het bewegingsloze lichaam en de hectisch aandoende, maar georganiseerde activiteit die de kevers, torren en insecten erop ontplooiden, elkaar soms verjagend om als eerste weke delen te bereiken. Al starend overdacht Pierre graag het leven dat hij leidde in Kameroen.

Hoewel de gigantische witte Mack truck nog niet te zien was

voor de vier mannen die loom onderuitgezakt op het terras zichzelf traag wat koelte probeerden toe te wuiven, hoorden ze al dat Pierre in aantocht was. Hij was dus weer keurig op tijd, net na het plotselinge invallen van de duisternis, gearriveerd. Eén van de vier gebruinde mannen van middelbare leeftijd, Charles, had hem een paar uur eerder op pad gestuurd. De hevige voorjaarsregens hadden de met een zweem rood gelardeerde roestbruin gekleurde wegen rond de idyllische kustplaats Kribi in kolkende modderpoelen veranderd. Een overmoedige chauffeur was toch met een truck met loodzware boomstammen naar de zagerij op weg gegaan vanuit de hoofdstad Yaounde. In plaats van zoals hem aangeraden was de deels geasfalteerde weg via Douala te nemen had hij om tijdwinst te boeken binnendoor willen rijden via Ebolowa. Met alle gevolgen van dien. Kort nadat hij het plaatsje, niet meer dan een paar hutjes langs de onverharde weg, verliet was hij overvallen door een donderbui. De lucht werd zo donker dat de avond leek te zijn ingevallen en de regen viel van het ene op het andere moment met bakken uit de hemel zodat het zicht van de chauffeur afnam tot het absolute nulpunt. Daardoor merkte hij niet dat hij ver van het midden van de weg afweek. Al dagen geteisterd door grote hoeveelheden water die een sterk eroderende werking hadden, was de wegkant meer en meer afgebrokkeld en kon geen houvast meer bieden aan de wielen van de tonnen zware combinatie. Met donderend geraas zakte de truck eerst weg om meteen daarna over de kop te slaan.

Toen de truck vijf uur na de afgesproken tijd nog niet gearriveerd was had Charles, de baas van de zagerij, er twee pick ups op uit gestuurd. Een in richting Douala, een in richting Ebolowa. Twee uur later kwam per mobilofoon een melding binnen en wist hij waar hij aan toe was. Dat bezorgde hem een zeer netelig probleem. Hij had het hout nodig, omdat de zagerij anders stil kwam te liggen, wat een grote financiële strop inhield. De reguliere houtvoorraad zou pas over een week komen, dus moest hij de lading koste wat het kost binnen krijgen om die tijd te overbruggen. Er was maar één die zo'n klus kon klaren: "Pierre Bière".

"De gekke Belg", zoals hij ook genoemd werd, werkte al sinds 1975 voor de firma Duvallier, aanvankelijk als transporteur. Hij was zich plotseling komen melden bij Charles en reed in de truck van Ouwe Jacques.

'Van hem gekocht,' had hij kort meegedeeld. Vreemd genoeg had Jacques nooit aan wie dan ook laten doorschemeren dat hij met zijn werk, waar hij voor leefde, wilde ophouden. De combinatie met het feit dat niemand hem daarna ooit nog zag, was vervolgens oorzaak van de meest fantasievolle en macabere speculaties. Die lieten Pierre ijskoud. Als het lichaam van die ouwe al in de Nijl gevonden werd, zou niemand het meer herkennen. En zo wel, zou er geen spoor naar hem leiden.

Charles voelde zich nooit echt op zijn gemak in de buurt van Pierre, al kon hij niet direct onder woorden brengen waarom, maar hij had al snel door dat het een gouden kracht voor hem was. Hij werkte snel, kwam afspraken na en deed wat hij moest doen zonder vragen te stellen. Wat hij buiten werktijd deed wist niemand precies te vertellen, maar heel af en toe pakte hij zijn jachtgeweer en ging dan schieten op een speciaal target, dat hij aan de rand bij de omheining van de zagerij neergezet had. Hoe hij zo'n excellent schutter was geworden had Charles eigenlijk nooit durven vragen, maar hij meldde het wel aan de directie.

'Zou hij de nieuwe klusjesman kunnen worden?' vroeg de zoon van directeur Duvallier daarop.

Charles had bevestigend geantwoord en Duvallier junior was speciaal naar Kribi afgereisd om met Pierre te spreken. Hij had zich vereerd gevoeld door het voorstel.

Pierre Bière zat zoals altijd met een grote fles "Trentetrois" bier in de hand op de veranda toen Charles hem opzocht. Hij had er voor gezorgd dat er altijd een huisje beschikbaar was voor de Belg op het terrein van de zagerij. De laatste twee jaar had hij hem zelfs een Afrikaanse werkvrouw, Eugénie, ter beschikking gesteld, die overdag de was voor hem deed en kookte.

Pierre wiste het zweet van zijn voorhoofd en beduidde zijn bezoeker zwijgend een stoel te pakken. Toen ze een poosje zonder te praten naast elkaar hadden gezeten kwam Eugénie door de hordeur aangelopen met een dienblad en zette voor beiden een nieuwe fles bier neer. Ze wierp Pierre bewust een minachtende blik toe die Charles niet zou kunnen ontgaan en verdween meteen het huis weer in.

Vanaf het eerste moment dat hij haar zag was de Belg enorme seksueel opgewonden geraakt van de vrouw die zelfs voor Afrikaanse begrippen een erg donkere huid had. Ze was klein van stuk, net 1 meter 60 en liep kaarsrecht, met haar schouders een beetje naar achteren wat haar volle borsten accentueerde. Ze lachte zelden of nooit wat haar nagenoeg symmetrische gezicht een hautaine, bijna stenge uitdrukking gaf.

Eugénie droeg net als alle andere hulpjes op de zagerij een uniform, hoewel ze dat als dochter van een voormalig stamhoofd aanvankelijk weigerde. Het bestond uit een krappe zwarte blouse met korte mouwen en een wit kraagje en een kort zwart rokje met een wit kanten schortje. Ook dat was eigenlijk te klein, waardoor de contouren van haar stevige billen en haar gespierde dijen permanent duidelijk zichtbaar waren.

Eugénie haatte Pierre. Enerzijds omdat hij als importblanke de lakens uitdeelde in haar geboorteplaats. Anderzijds omdat hij steeds agressiever en onhandelbaarder werd, nadat ze geweigerd had in zijn slaapkamer seksuele handelingen bij hem te verrichten. Vanaf dat moment sloeg hij haar, als hij weer eens dronken was.

'Afrikaanse stinkhoer,' brulde hij dan, 'ik zal jou temmen, onthoud dat maar goed.'

Wanneer ze om acht uur 's avonds klaar was met haar werk,

moest ze verplicht gebruik maken van de badkamer, waar ze zich kon douchen voordat ze naar huis mocht. Onder het dak van de ruimte, die aan de zijkant tegen het huis was aangebouwd, was een uitsparing opengelaten die de halve lengte van de muur besloeg, waar tralies ingemetseld waren, zodat de badkamer geventileerd werd. Pierre had, zo merkte Eugénie, nog een andere functie voor de uitsparing gevonden. Ze wist zeker dat hij haar begluurde als ze haar zweet van een dag werken afspoelde. Ze vond het een vreselijk idee, maar besloot, nadat ze het voor het eerst merkte, voorzorgsmaatregelen te nemen, voor als het uit de hand zou lopen.

Pierre was inmiddels zo opgewonden geraakt door de Kribiënne dat hij zelfs als hij sex had met andere vrouwen, alleen maar aan Eugénie dacht. Een paar weken nadat ze voor het eerst geweigerd had hem te bevredigen, was hij opnieuw naar de badkamermuur gelopen, toen hij zag dat Eugénie er binnen was gegaan. Hij voelde een vlammende spanning in zijn kruis toen hij zag hoe de waterstralen uit de douche van haar lichaam afdropen, langs schouders rug en billen. Snel nam hij een slok bier. Met zweet op zijn voorhoofd keek hij verhit toe hoe Eugénie zich langzaam omdraaide, een stuk zeep in haar hand nam en het traag over haar onderbuik heen en weer bewoog. Steeds lager, tot het uiteindelijk tussen haar benen verdween. Op dat moment smeet Pierre in een vlaag van woede met kracht de bierfles tegen de muur en rende het huis in, regelrecht naar de badkamer. Eugénie keek schijnbaar onbewogen toe toen hij met een enorme erectie de badkamer instormde en in twee tellen bij haar was.

'Zo eindelijk,' snauwde hij terwijl hij met zijn sterke handen haar polsen vastpakte en tegen de muur van de douchecel drukte, 'benen wijd.' Eugénie keek hem nog steeds schijnbaar emotieloos aan en bewoog haar benen. Niet uit elkaar, maar ze bracht in een flits haar linkerknie omhoog die Pierre vol in zijn ballen raakte. Precies op het moment dat hij naar adem happend door zijn knieën zakte, gaf ze hem een harde duw, waardoor Pierre achterover viel. Terwijl hij kermend op de grond lag, trok ze doodkalm haar kleren aan, hem geen moment uit het oog latend, en verliet de badcel, waardig en rustig alsof er niets gebeurd was. Toen ze zich bij de deur omdraaide schrok ze toen ze zijn asgrauwe gezicht met de van haat vervulde ogen zag.

Het muisje kreeg nog een staartje. De volgende dag al had Pierre bezoek gekregen van Eugénies vader, broers en neven. De zaak dreigde volkomen te escaleren tot Pierre, op uitdrukkelijk bevel van de directie van de firma, een fors bedrag betaalde aan Eugénie en haar familie om de schande uit te wissen.

Twee dagen later raakte Eugénies vader vermist, toen hij met het geld op weg was naar een bank in Douala. Pas na acht dagen werd zijn gruwelijk verminkte lijk gevonden. Iemand had hem levend geprobeerd te villen en uiteindelijk zijn keel doorgesneden. Het geld was weg.

'Als jij niet bij me blijft gebeurt dit ook met de rest van je familie,' had Pierre tegen Eugénie gezegd. Ze was gebleven en hij had haar nooit meer een blik waardig gekeurd.

'Ik heb een probleem,' begon Charles toen Eugénie zich terug had getrokken. In een paar zinnen legde hij uit waar de truck was omgeslagen en hoe de toestand ter plaatse was.

Pierre hoorde het aan en dacht even na. 'Misschien dat ik morgen een poging kan wagen,' zei hij. 'Het hangt ervan af hoe de weg is. Ik beloof niets.' Ze hadden nog een biertje genomen en Charles wist dat alles in orde zou komen.

'Ik heb de wagen met mijn Mack losgetrokken. De lading is vrijwel ongeschonden en we hebben de truck weer aan de praat,' zei Pierre. 'Bravo,' zei de langste van de drie mannen, met de haviksneus, die zich bij Charles op het terras hadden vervoegd. Pierre wist dat Alain Duvallier de zaak binnenkort zou overnemen. Dit zorgde voor opschudding bij de meeste werknemers want hij gold als een ware tiran, die op de plantage in Ivoorkust zelfs verantwoordelijk zou zijn geweest voor het feit dat een werknemer zich letterlijk dood had gewerkt. Pierre vroeg zich af wat de man kwam doen.

Ook de aanwezigheid van de andere twee verbaasde hem. Gerard LeCroix en de Duitser Mannfred Herremann waren respectievelijk de tweede en de derde man van het bedrijf, die normaal gesproken nooit het hoofdkantoor in Marseille verlieten. De komst van de drie tegelijk zou alleen maar kunnen betekenen dat er iets zeer ernstigs aan de hand was.

Meteen nadat ze gegeten hadden nodigde Alain Pierre uit mee te gaan naar zijn omheinde villa, die hij speciaal had laten bouwen voor de twee weken per jaar dat hij in Kribi was. Hoewel het nog steeds benauwd was werd het hele gezelschap binnen ontvangen en gingen de deuren dicht. 'Whisky?' zei Alain en Pierre knikte bijna onzichtbaar.

'Pierre,' stak de toekomstige baas van wal, nadat ze pro forma zwijgend het glas geheven hadden, 'we zitten zwaar in de problemen. Weet je iets van de houtconcessies waarmee we werken?'

Pierre knikte langzaam nee.

'Zoals je weet heeft onze firma een hoop land in zijn bezit. Niet alleen hier, maar ook nog meer noordelijk. Daar bevindt zich onze voorpost, waar Roberto de scepter zwaait. Die ken je?' Pierre had alleen maar verhalen gehoord over zijn landgenoot, een voormalig legionair, die eind zestiger, begin zeventiger jaren als huurling gevochten had.

'Vroeger mochten we bijna onbeperkt hout kappen op ons eigen terrein, maar de nieuwe regering onder leiding van die krankzinnige neger Boussani gaat een aantal milieuverdragen ratificeren. Onder druk van het Wereldnatuurfonds, Greenpeace en uiteraard tegen betaling van een hoop smeergeld gaat hij zich sterk maken voor verantwoorde houtkap. Dat gaat inhouden dat we per hectare terrein die we hebben nog geen kwart meer mogen kappen van wat we nu doen. Ook moeten we verplicht meer plantages opzetten om voor nieuwe aanwas te zorgen. Je begrijpt dat dat het eind betekent van de firma Duvallier. De verminderde opbrengst van hout en de enorme investeringen in plantages zullen ons financieel gezien de nek omdraaien. De regeling gaat 1 januari volgend jaar in.'

Pierre nam een slok whisky.

'Boussani heeft nog iets bedacht. Als een bedrijf het niet meer kan bolwerken door de nieuwe regels, zal het land dat het bedrijf in bezit heeft automatisch eigendom worden van de staat.'

Pierre grinnikte in zichzelf en bedacht dat die nieuwe leider van Kameroen in elk geval een handige bliksem was. En kennelijk niet zo krankzinnig als zijn chef beweerde.

Alain pakte een gedetailleerde landkaart uit zijn aktetas en spreidde die op tafel uit. 'Kijk,' zei hij, 'dit is ons gebied, aangegeven met de rode lijnen. Het gebied dat groen gearceerd is is eigendom van Girondesse. Het blauwe is van die Nederlander Bouwma. We hebben uiteraard met de heren gesproken om te kijken of ze voelen voor samenwerking met ons.

Een overname dus, dacht Pierre, waar de anderen vast geen zin in hebben.

'Maar,' ging Alain verder, 'Girondesse, die zoals je ziet veel meer terrein heeft dan wij, is vastbesloten om mee te doen aan de nieuwe milieuwaan van de dag. Bouwma is helemaal gek geworden. Hij is niet afhankelijk van de houtopbrengst van zijn terrein en heeft het daarom tegen een redelijke prijs aangeboden aan Boussani, om te zorgen dat de oorspronkelijke inwoners hun land terugkrijgen.'

Alain onderbrak kort zijn betoog en bood zijn bezoekers een sigaar aan. Hij keek vervolgens Pierre indingend aan.

'De enige manier voor ons om te overleven is de concessies van Girondesse en Bouwma in handen krijgen. Dan is er in elk geval genoeg hout gegarandeerd om onze zagerij veilig te stellen. Deze twee mensen moeten worden overgehaald tegen elke prijs. Werk voor de klusjesman, had ik zo gedacht.'

'Je schiet me toch dood hufter,' brulde Franciscus Bernardus Aloys Bouwma uit Geffen, 'dus ik teken niet.' Hij zat met ontbloot bovenlijf, waar steeds meer bloed dat inmiddels langzaam uit zijn gebroken neus stroomde op vloeide, vastgebonden op een stoel. De keiharde vuistslag met de boksbeugel sloeg een deel van zijn bovengebit weg. Bouwma schreeuwde het uit. Zijn linkerhand was met een stuk ijzerdraad vastgemaakt op de eettafel.

'Ik begin met de pink van je linkerhand,' zei Pierre en pakte het kapmes dat tegen de tafelpoot stond. 'Het is aan jou.'

'Nooit.' Bouwma perste het woord eruit.

Pierre realiseerde zich dat hij Girondesse zo hard had aangepakt dat hij bijna was bezweken, zonder te tekenen. Dat mocht absoluut niet gebeuren, maar een pink in dit stadium zou moeten kunnen. Gelukkig zou hij over dit soort details binnenkort eens van gedachten kunnen wisselen met de ex-legionair Roberto die de Voorpost bemande. Die scheen daar heel bedreven in te zijn. Met een snelle beweging hief hij het kapmes en hakte met één klap de pink van Bouwma bij het tweede kootje af. Terwijl hij rustig een sigaret aanstak keek hij naar de Nederlander, die slap onderuit hing op zijn stoel.

'Weet u waarom u gaat tekenen?' zei hij. 'Avenue Boulanger 12 in Douala.'

'Nee,' kreunde Bouwma.

'Ja,' zei Pierre, 'en laten we eerlijk zijn, toen u hem op late leeftijd verwekte wist u al dat u niet heel lang van uw zoontje zou kunnen genieten. Al ging u er toen misschien nog vanuit dat hij langer zou leven dan u ... en zijn jonge moeder ook .'

'Wat ben jij voor een duivel?' siste Bouwma. Op het moment dat hij getekend had, schoot Pierre hem een kogel recht in het voorhoofd. Zijn lichaam en dat van Girondesse werden nooit gevonden.

Het grote vuur dat midden tussen de gammele hutten aangestoken was gaf Roberto en Pierre een prima uitzicht op de gezichten van het dertigtal woest uitziende mannen die zich er omheen verzameld hadden. De duisternis had aan het eind van de middag, zoals altijd, een snelle overval op de dag gepleegd. Dat was het sein voor Roberto geweest om Pierre bij zich te roepen. Het was nu twee weken geleden dat de Belg bij hem was gearriveerd. Roberto had na een week al door dat Pierre of een natuurtalent was of in elk geval veel ervaring had met geweerschieten, hoewel hij daar zelf met geen woord over repte. Hij sprak trouwens helemaal niet veel. Sterker nog als Roberto hem niet af en toe iets zou vragen, zou hij misschien helemaal niets gezegd hebben. En als hij iets vroeg over Pierres verleden haalde de Belg alleen zijn schouders op. 'Praat ik niet graag over, sorry,' zei hij dan simpelweg. Maar goed, leergierig was hij des te meer en daar ging het tenslotte om. Ook met een pistool kon hij prima omgaan en in een man tegen man gevecht met een mes was hij bijna subliem.

'Dus jij bent de nieuwe klusjesman,' had Roberto opgemerkt. Zijn vraag impliceerde dat hij een voorganger had, maar Pierre vroeg er bewust niet naar. Vragen stellen maakt afhankelijk, vond hij.

'Ik heb gehoord dat jij de klus van de concessies hebt geklaard,' ging Roberto verder.

'Je hoort veel hier op de voorpost,' antwoordde Pierre.

Zeven woorden, dacht Roberto, zoveel heeft hij nog niet eerder gebruikt.

'Je bent goed jochie,' zei hij, 'maar als je interesse hebt kan ik je nog wat dingetjes bijleren, die van jou de beste klussenman in Afrika kunnen maken!'

'Ik ben geïnteresseerd,' zei Pierre en na tien dagen was Roberto tot de conclusie gekomen dat zijn pupil alles wist wat hij moest weten.

Inmiddels stonden beiden beschermd door de duisternis aan weerskanten van het zandpaadje dat leidde naar de vuurplaats van de nederzetting, te leunen tegen een hut. Hun uitzicht was perfect. Rondom het hoog oplaaiende vuur stonden de mannen van de stam woest te gebaren en met elkaar te praten. In een halve boog om hen heen zaten de ouden, vrouwen en kinderen.

De neger die de meeste tijd het woord voerde was geen onbekende meer voor Pierre. N'kono was de hoofdman van de stam die door de firma Duvallier gecontracteerd was om het zware werk bij de Voorpost te doen. Dat was twee jaar lang redelijk probleemloos gegaan, tot N'kono er achter was gekomen dat ze ernstig onderbetaald werden voor het loodzware werk dat ze onder onmenselijke omstandigheden verrichtten. Drie dagen geleden had hij een algemene staking uitgeroepen en lag het werk stil.

Roberto had weinig tijd nodig gehad om Pierre zijn plan uit te leggen. 'We moeten ze een waarschuwing geven,' zo was hij begonnen. 'Als we onze kop buigen dan is het einde zoek. Je moet die apen laten weten dat jij de baas bent, ze moeten bang voor je zijn. Anders nemen ze zo de hele boel over.'

Vervolgens gaf hij Pierre instructies. Meteen daarna hadden ze zich omgekleed in het zwart. Ze hadden elkaars gezichten gecamoufleerd en wapens uitgekozen. Pierre had even geglimlacht toen ze de ondergrondse ruimte betraden die Roberto de oorlogskamer noemde. Er lag inderdaad genoeg wapentuig om een kleine oorlog te beginnen, bedacht hij zich. Hij koos een Heckler & Koch mitrailleur en een jachtgeweer uit dat hij over zijn schouder hing en stak enkele granaten bij zich. Ze hadden amper twintig minuten gereden toen Roberto de Landrover aan de kant van de weg zette. Samen stapten ze zwijgend uit en Roberto liep een paar passen de bosrand in. Korte tijd later kwam hij weer tevoorschijn en wenkte Pierre. Die begreep met-een dat Roberto het kleine paadje gevonden had, dat hij zelf had gebaand door het woud tot vlakbij de nederzetting. Nog tien minuten later hoorden ze het geluid van schreeuwende mensen.

N'kono stond met ontbloot bovenlijf kaarsrecht overeind en stak zijn gebalde vuisten krachtig de lucht in. 'Wij zijn toch geen slaven!' brulde hij. 'Dit is ons land!' Zijn tweede man, Joshua die naast hem stond knikte instemmend.

'Wij zijn hier de baas,' tierde N'kono verder. 'Als Duvallier ons goed betaalt werken wij voor hem. Als hij ons niet betaalt niet.'

Pierre hief heel langzaam het jachtgeweer omhoog een richt-te het op N'Kono. Hij had hem prachtig op de korrel. Jammer dat Roberto hem zijn gang niet wilde laten gaan.

'Wij gaan morgen naar Douala, naar het hoofdkantoor van de Duvalliers,' hoorde hij N'Kono zeggen. 'We hebben een aantal eisen op papier gezet die we met jullie willen doorne-men. Als eerste willen we ...'

Joshua hoorde een harde knal en merkte tot zijn verbijste-ring dat N'Kono plotseling ophield met praten. Toen hij zich omdraaide zag hij dat zijn vriends halve gezicht was veran-derd in een bloederige massa, een deel van zijn hersenen droop langzaam van zijn schouder af. De volgende knal ging gepaard met een verlammende pijn in zijn rechterschouder.

Pierre kon vanaf zijn positie precies waarnemen dat het twee-de schot van Roberto geen voltreffer was. Hij vroeg zich in een fractie van een seconde af of de ex-legionair nog een poging zou wagen, toen die zacht 'allez' riep. Snel greep Pierre twee granaten en gooide die kort achter elkaar richting de mensen rond het kampvuur. Daar was inmiddels totale chaos ontstaan. Net op het moment dat het tot de menigte doordrong dat N'kono was neergeschoten, net als Joshua, ontploften de granaten. In blinde paniek stoven de wanhopig gillende mensen alle kanten uit. Om te voorkomen dat ze in hun richting zouden lopen loste Pierre nog enkele salvo's met de mitrailleur. Toen hij zijn vierde granaat geworpen had tikte Roberto hem op de schouder en beduidde hem met een hoofdknik de plaat te poetsen.

Bij thuiskomst op de Voorpost controleerde Roberto eerst persoonlijk de sloten van de metalen hekken rondom het huis. De hele nacht waren ze opgebleven om voorbereid te zijn op een eventuele tegenaanval van de stam. Maar die kwam niet. Toen Roberto Pierre meedeelde dat hij wat hem betreft een paar uurtjes slaap mocht inhalen had hij hem met een vreemde blik aangekeken.

'De volgende keer schiet ik,' zei hij. Roberto had heel even het gevoel dat iemand over zijn graf liep.

4.

23

DAG 3, ROTTERDAM, 04.30 UUR

'Denk je wel een beetje om je gezondheid,' zei Brechtje Kalbfleisch, geboren Oyenvaer, met een van de slaap nog dikke stem tegen haar man die al vanaf het moment dat hij in bed gestapt was, had liggen woelen en nog geen seconde de slaap had kunnen vatten.

'Ja hoor,' mompelde hij, enerzijds kwaad op zichzelf omdat hij besefte dat hij zijn vrouw ook uit haar slaap hield, anderzijds opgelucht dat hij tegen iemand kon aanpraten.

'Je moet jezelf niet over de kop werken schat,' ging zijn vrouw verder. 'Jij bent er niet verantwoordelijk voor dat er twee mensen zijn doodgeschoten.'

'Nee,' zei Kalbfleisch, 'maar ik word wel verondersteld de moorden op te lossen. En dat lukt niet.'

'Maar dan nog lieverd, dat hoef je toch niet in je eentje te doen? Of zijn al je collega's wegbezuinigd?'

Even glimlachte haar man. 'Nee, dat zijn ze niet, maar ik ben wel verantwoordelijk voor de prestaties die mijn team levert.'

'Dat kan wel zo zijn,' zei Brechtje gapend, terwijl ze haar hand tegen zijn wang aanlegde, 'maar je kan nu eenmaal geen ijzer met handen breken. Je bent een prima rechercheur, een van de besten en de mensen die dat moeten weten die weten dat.'

'Dat hoop ik dan maar.'

'Zal ik thee zetten?'

'Nee, blijf jij nou maar lekker liggen.'

'Nou schat,' grinnikte Brechtje, 'de nacht is nou toch al naar de barrebiesjes. Of denk je dat ik kan slapen als jij zo ligt te woelen?'

'Oké, dan rot ik wel op.'

'Goed zo, naar de keuken hoop ik. Ik heb namelijk zin in een gebakken eitje speciaal, het liefst met geroosterd brood en thee. Niet te sterk.'

'Meen je dat nou,' vroeg Kalbfleisch die net op één been staand probeerde een sok aan te trekken, 'eitje speciaal?'

'Absoluut en laat me niet te lang wachten.'

Twintig minuten later zaten ze tegenover elkaar aan de keukentafel, nadat Kalbfleisch enige tijd met ei, chorizo, schijfjes aardappel, hamreepjes, kaas en kruiden in de weer was geweest.

'Lekker en geef de HP saus eens door,' zei Brechtje tussen twee happen in.

'Je bent een schat,' zei Kalbfleisch, die het schort waar "kus de kok" op stond nog om had.

'Hoe is het met Rokus?'

'Goed. Nou ja, hij is net zo chagrijning als ik. Hij kan er ook niet tegen. Twee moorden en geen enkel spoor. Het klopt gewoon niet.'

'Hoe was het met de ouders van dat meisje?'

'Gruwelijk. Totaal kapot. Maar dat is nog geen reden om...' Kalbfleisch besloot zijn zin niet af te maken.

'Nee schat, dat is geen reden om jou te schofferen,' zei Brechtje, 'maar op wie moeten ze anders hun frustraties botvieren. Ze zijn wel hun kind kwijt.'

'Dat weet ik ook wel, maar de pest is dat ik het nooit goed doe. Als ik wel de dader te pakken krijg, dan vinden ze dat het te lang heeft geduurd, als ik hem niet vind dan is het ook mijn schuld. Als ik de media teveel informatie geef frustreer ik het onderzoek, als ik ze te weinig geef houd ik weer informatie achter.'

'Ik zou me er maar niet teveel van aantrekken,' zei Brechtje met volle mond, 'en gewoon aan het werk gaan.'

'Precies. En als jij nou weer lekker terug naar bed gaat, dan ga ik aan de slag.' Zijn vrouw bedacht al geeuwend dat dat geen slecht plan was en gaf hem nog de moederlijke raad mee niet te veel te roken.

'Nee lieverd, ik zal eraan denken en nou naar bed jij anders is jouw dag ook verpest,' zei hij, zijn vrouw een paar seconden op de mond zoenend. Terwijl ze de trap opliep hoorde ze hoofdschuddend dat hij al in het kastje rommelde waar ze zijn sigaren altijd opborg.

Nadat hij alle teletekstberichten van de diverse zenders uit zijn hoofd had geleerd, besloot Kalbfleisch dat hij maar het beste richting hoofdbureau kon gaan. Het was 05.30 uur toen hij arriveerde. Hij had zich erop voorbereid dat de kranten groot uit zouden pakken, maar *De Zon* zag toch nog kans hem te verrassen. "PANIEK" had men bedacht vergezeld door "TER-REUR OVER HOLLAND". Hoewel het hem tegenstond besloot Kalbfleisch alles te lezen. Uiteindelijk zou de UNSUB dat ook doen. Die zou niet te vergeten waarschijnlijk ook alle ochtend-journaals die ongetwijfeld de bladen uitgebreid zouden cite-ren bekijken. Wat er in *De Zon* stond was verder voorspelbaar. IJzerman, Alblas, In 't Hout, iedereen die de vorige avond zijn mening had gegeven was met succes benaderd. De roep om een sterke man, specialisten uit Amerika en een anti-terreur-eenheid was geboren.

Echt zorgen maakte Kalbfleisch zich pas toen hij *De Algemene* las. Zijn gevloek was zelfs bij de portier te horen. Zich niet realiserend dat het nog maar 06.00 uur was toetste hij woe-dend Rokus van den Boogaards gsm-nummer in, die verba-zingwekkend monter opnam daar ook hij al uren wakker was en zijn collega al verwachtte.

'Bel ook-es met Rokus, goeiemorgen,' grinnikte hij.

'Lul,' zei Kalbfleisch. 'Heb je *De Algemene* al gelezen.'

'Nee, ik heb alleen een middagkrant, dat vindt mijn vrien-din leuker, want die is 's morgens nooit op haar best.'

'Paniek in de tent.'

'Wat dan?' vroeg Rokus half ongerust, half nieuwsgierig.

'Voorpagina rechts onderaan. Die zak-Visser heeft een getuige gesproken, zegt-ie, die in Scheveningen een man met Noord-Afrikaans uiterlijk heeft zien weghollen met een pakket onder zijn arm dat een in een deken gewikkeld geweer zou kunnen zijn, kort na het schot.'

'Waarom heeft die getuige de politie niet gebeld?'

'Daar gaat de rest van de krant over.'

'Zullen we die Visser oppakken,' zei Rokus meer om iets te zeggen dan om iets toe te voegen.

'Kom nou maar hierheen, dan kunnen we aan de slag. Als je toch al zo lang op bent dan snap ik eigenlijk niet dat je hier nog niet bent.'

'Jij ook bedankt voor het fijne gesprek,' zei Rokus en zette nijdig zijn mobieltje uit.

'Als jij nou gewoon eens een paar minuten je snavel houdt en mij laat uitpraten wordt alles vanzelf duidelijk Dijkstra,' zei Rokus nijdig. 'Ik probeer nu al tien minuten mijn verhaal af te steken, maar dat lukt niet als jij er steeds doorheen lult.'

Anderhalf uur nadat hij met zijn collega alles had doorgenomen was de rest van het team gearriveerd. Op dat moment werd Kalbfleisch bij hoofdcommissaris Vierhouten ontboden, vandaar dat Rokus de briefing voor zijn rekening nam.

'Ik mag toch wel wat vragen?' zei Dijkstra, 'of weet je geen antwoord zonder je vriendje Sebastiaan?'

'Ophouden jongens,' riep Louise.

'Doorgaan met briefen Rokus,' zei Ellen.

Rokus keek zijn collega's minzaam aan. 'Dat probeer ik dus al tien minuten. Goed, waar was ik, o ja, Kalbfleisch. Die komt zo dadelijk, want die is boven op het matje geroepen naar aanleiding van het feit dat hij niets ziet in een overkoepelend rechercheteam.'

'Ha,' zei Fatih, 'de druk neemt toe.'

'Er was een verschil van mening tussen hem en Vierhouten, dat nogal hoog opliep. Vierhouten wil wel een overkoepelend team, bestaande uit Scheveningen en wij.'

'En Sebastiaan vindt dat leuk,' vroeg Ellen.

'Hij was in de zevende hemel en bijna letterlijk ook trouwens, want ik dacht dat hij zou ontploffen.'

'En komt dat team er?' vroeg Louise.

'We weten het niet, maar om 11.00 uur komt Mullens, die het onderzoek Scheveningen leidt met wat mensen hier naartoe. Dan moeten we maar zien waar het schip strandt.'

'Waarom is Sebastiaan er zo op tegen,' vroeg Dijkstra.

'Voornamelijk tijdverlies. We gaan nu een overlegtraject in, wat tijd kost en frustraties oplevert en ten koste gaat van het werkelijke onderzoek van beide korpsen. We gaan nu steggelen over wie de leiding van het onderzoek krijgt, wie welke faciliteiten levert etcetera, zonder dat we zelfs maar een idee hebben of we wat betreft onderzoeksmethoden op dezelfde lijn zitten. En vooral ook: wat brengen we naar buiten, houden we het low-key, is er echt reden tot paniek en wat gebeurt er als er, wat God moge verhoeden, nog een slachtoffer valt. Bijvoorbeeld, ik noem maar wat, in Egmond aan Zee of Zandvoort. Gaan we dan over-overkoepelen? Kortom er zitten een hoop haken en ogen aan. Maar goed, over tot de orde van de dag.'

Precies op dat moment ging de deur open en liep Kalbfleisch schijnbaar onbewogen het crisiscentrum binnen. 'Goedemorgen allemaal,' bromde hij terwijl hij naar de thermoskan koffie liep. Zwijgend schonk hij zowel zichzelf als Fatih en Louise, die hun bekertje naar hem toe schoven, in. 'Niemand verder?' vroeg hij, maar niemand reageerde.

'Wat zei Vierhouten?' zei Luppo Dijkstra die na een tijdje het stilzwijgen doorbrak.

'Dat hij mij vakantie gunt als ik niet met hem mee wil werken.' Een klein glimlachje sierde Kalbfleisch' lippen. 'Heel veel vakantie, zeg maar onbeperkt. En of ik me in het vervolg in zijn bijzijn wat wil matigen, anders kon de vakantie wel eens sneller ingaan dan mij lief is.'

'En toen heb jij je uiterst dankbaar getoond, jegens zo'n edelmoedig aanbod,' grijnsde Rokus.

'Zoiets en nu zijn we weer vrienden voor het leven. Tot de voldende escalatie. Maar goed, het houdt ons scherp zullen we maar zeggen. En dan nu de stand van zaken. Primo, zoals jullie via de media vernomen hebben, zijn beide slachtoffers door dezelfde kogel, kaliber .223 om het leven gebracht. Rodney.'

'Klopt. Aan de hand van fragmenten van de kogel en de hulzen hebben ze dat bij het NFI al kunnen vaststellen. Wederom is de Bushmaster gebruikt.'

'Zelfde kogel, zelfde wapen, zelfde manier van werken, dus waarschijnlijk zelfde UNSUB,' merkte Ellen op.

'En zelfde soort slachtoffer, meid, jong en blond,' vulde Kalbfleisch aan. 'Laten we hopen dat we via Mullens te weten komen of er meer overeenkomsten zijn tussen beide slachtoffers. Want als dat niet zo is, is de ramp niet te overzien. Hoe staat het met de tips?'

'We hebben er op dit moment dik over de driehonderd,' antwoordde Louise. 'Maar nog steeds zijn niet alle getuigen die aanwezig waren bij het Strand aan de Maas gehoord, we zijn druk bezig.'

'Okay, Fatih en Mo gaan jullie bijstaan. Jullie weten wat er vanmorgen in *De Algemene* stond. Ik heb net gebeld met Visser en die gaat contact opnemen met de getuige om die met ons in contact te brengen. Houd er verder rekening mee dat het hier nu ook tips gaat regenen over zich verdacht gedragende Noord-Afrikanen, of NAF-fers, bij het Strand aan de Maas.'

'De Marokkaan heeft het weer gedaan,' grinnikte Mo.

'Weer een paar honderdduizend verdachten erbij,' grijnsde Louise.

Gelach.

'Kom jongelui,' zei Kalbfleisch, 'aan de slag'.

Terwijl iedereen opstond van de tafel liep hij naar Rokus toe. 'Ik hoorde net nog iets aardigs van die Visser. Hij heeft om 10.00 uur een afspraak met IJzerman. En wat wil dat zeggen over onze favoriete advocaat?'

Rokus keek hem niet begrijpend aan.

'Dat hij niet bij de Van Rijswijks is, slome. 'En wie zijn daar dan zo wel?'

Rokus begreep het.

24.

DAG 3, ROTTERDAM, 08.15 UUR

'Hallo met mij. Als je mijn stem herkent heb je het goede nummer gedraaid, alleen ik ben er niet. Als het dringend is, laat maar een boodschap achter na de piep.'

Er werd niet ingesproken.

25.

DAG 3, ROZENBURG, 09.00 UUR

Terwijl de man met de geldtas traag doorliep naar de volgende auto, langs de geelgeschilderde op veel plekken roestige railing van de pont, draaide de man in de auto zijn raampje nog een slag verder open. Het leek wel of hij steeds minder goed tegen de hitte kon. Hij was eigenlijk op weg geweest naar Hoek van Holland. Daar was, zo had hij geconstateerd, een behoorlijk strand. Tussen Vlaardingen en Maassluis zag hij plotseling ANWB borden waarop stond aangegeven dat er een veerpont ging naar Rozenburg. Een pont. Dat leek hem wel leuk. De man pakte zijn kaart en begon uitgebreid te kijken, tot hij de naam Rockanje zag. Die naam sprak hem aan, al wist hij niet waarom.

'Zo meneer,' zei hij tegen de oudere man bij wie hij het geld voor de overvaart moest betalen, 'zeker lekker druk in Rockanje?' De man streck met zijn vuile hand over zijn voorhoofd, daarbij zijn donkerblauwe pet naar zijn achterhoofd schuivend.

'Hutjemutje meneer! 't Is dat u vroeg op pad bent, maar over een uurtje is het file er naartoe!'

'En u maar werken.'

'Ach,' antwoordde de man 'ik houd van mijn werk! Ik doe het al dertig jaar. Ik zeg altijd, het is eerlijk werk!' Hij leunde met één hand tegen de groene bus. 'U gaat naar het strand om te genieten van het weer, maar dat doe ik hier ook. En mensen zie ik hier op mijn pontje ook net zovel als aan het strand.'

'Dat is waar. Hoe geraak ik trouwens het snelst in Rockanje?'

'Gewoon naar Brielle rijden en de borden volgen, kan niet missen en veel plezier.'

De overvaart duurde maar een paar minuten. De man reed als derde de pont af en zag meteen de borden Brielle. Nog geen kwartier later bereikte hij de vestingstad, hoewel hij eigenlijk niet eens meer besefte waar hij zich bevond. Het enige signaal dat zijn hersenen bewust bereikte was het woord Rockanje. Nu nog zeven kilometer van hem verwijderd.

26.

DAG 3, ROTTERDAM, 10.00 UUR

Het parkeerhaventje tegenover nummer 101 was vrij, maar tot zijn verbazing zag Kalbfleisch dat zijn collega er wel naar keek, maar vervolgens zachtjes doorreed, hoewel er zo op het eerste oog verder geen plek vrij was in de straat.

'Waar ga je heen?' vroeg hij verbaasd.

'Gewoon parkeerplaats zoeken,' zei Van den Boogaard die strak voor zich uitkeek.

'Dan heb ik goed nieuws voor je, er is er vlak achter je één vrij. Je reed er net voorbij!'

'Nou die heb ik dan niet gezien,' snauwde Rokus.

'Die heb je wel gezien,' zei Kalbfleisch, 'je keek er naar! En hij is nog steeds vrij dus als je nou gewoon omkeert ...'

'Als jij slecht geslapen hebt dan kan ik dat niet helpen, maar zit niet aan m'n kop te zeiken. Ik ga daar gewoon niet staan. Duidelijk? Ik ga hier staan. Vette punt. En jij zoekt het verder maar lekker zelf uit.' Wild rukte Van den Boogaard aan het stuur om in te parkeren, waarbij hij op twee centimeter na een blauwe Golf miste.

'Tjonge jonge, wat hebben we een kort lontje vandaag,' zei Kalbfleisch die tot zijn verbijstering opmerkte dat zijn collega een vuurrood hoofd had gekregen.

'Wat is er met jou aan de hand joh?'

'Niks.'

'Rot op man. Wat is er aan de hand?'

'Nihiks.'

'Kom op Rokus. We gaan naar de familie van een vermoord meisje, dat is al lastig genoeg. Het laatste waar ik nu behoefte aan heb is een collega waar ik niet op kan rekenen. Wat is er aan de hand, speelt de hitte je parten, zeg het dan gewoon?'

'Niks alleen ik ...'

'Ja?'

'Nou ja, ik dacht ...'

'Ga je het nou nog zeggen of zal ik maar alleen naar de Van Rijswijks gaan, ook best.'

'Ach,' zuchtte Rokus, 'jij maakt ook overal meteen weer een heel drama van. Er is niks, maar de vorige keer stonden we ook daar en toen verliep het allemaal rampzalig, ik dacht ineens ik zet de wagen ergens anders neer.'

Het duurde even voordat het tot Kalbfleisch was doorgedrongen wat zijn maat zei, maar toen begon zich een enorme grijns af te tekenen op zijn gezicht.

'Nee,' lachte hij, 'het is niet waar! Je bent bijgelovig! Ik dacht dat ik in de loop der jaren nu alles wel zo'n beetje van je te weten was gekomen, maar dit is nieuw voor mij.'

'Ja leuk hè,' snauwde Rokus en Kalbfleisch hoorde aan zijn stem dat hij echt kwaad was. 'Schiet nou maar op en ga eruit!'

'O nee,' lachte Kalbfleisch, 'de vorige keer ben ik als eerste uitgestapt en je weet hoe het is afgelopen.'

Meteen nadat hij onder begeleidend gevloek van Rokus toch maar snel als eerste uit de Toyota stapte, hetgeen niet meeviel omdat Rokus het ding zo krap geparkeerd had dat Kalbfleisch zijn buik moest intrekken om zich naar buiten te wurmen, trok hij zijn gezicht weer in de normale plooi. Dat veranderde bijna toen hij bij het betreden van het tuinpad van de familie Van Rijswijk tegen Rokus opmerkte: 'na jou jongen. De vorige keer liep ik als eerste het pad op en ...'

De woeste blik van Rokus had alleen maar een averechtse uitwerking, maar het lukte hem gelukkig op tijd weer een serieus gezicht op te zetten. Het laatste restje lol verdween toen hij in het gezicht keek van de jongeman die de deur opendeed. Het bleek Richard te zijn, het 17-jarige broertje van Henriëtte. Hij had een lijkbleek gezicht en het zou Kalbfleisch niet verbazen als hij tranquillizers had gebruikt. Het jochie keek hem met vrijwel uitdrukkingsloze ogen aan.

'Hoi,' zei de hoofdinspecteur , 'ik ben Sebastiaan Kalbfleisch en dit is mijn collega Rokus van den Boogaard. Wij zijn van de recherche. Mogen we even met je praten?'

'Ja hoor,' zei de jongen, 'kom maar binnen.'

Even later betraden ze de kamer waar ze al eerder binnen waren geweest, maar in tegenstelling tot de vorige keer werd hen nu gevraagd of ze wilden zitten.

'Zo,' begon Kalbfleisch, 'allereerst onze deelneming. We vinden het echt afschuwelijk wat er met je zus gebeurd is en het zal voor jou ook niet makkelijk zijn op dit moment.'

'Weten jullie al iets over de moordenaar?' onderbrak Richard hem.

'Nee,' zei Van den Boogaard, 'hoe lullig het ook is, we weten eigenlijk helemaal niets, daarom is het zo belangrijk dat we met jou kunnen praten. Weet jij bijvoorbeeld iets. Heb je bijvoorbeeld enig idee of je zus een vriendje had, of wie haar beste vrienden waren of misschien wel of ze ruzie met iemand had?'

'Daar zit ik zelf ook steeds maar over na te denken,' zei Richard. 'Het maalt maar door mijn hoofd. Wie, wie, wie? Het is om gek van te worden. Henriëtte was een schat. Echt een lieverd. Daar zat nou werkelijk geen greintje kwaad in. Ik kan me gewoon niet voorstellen dat iemand haar iets aan zou willen doen. Willen jullie koffie trouwens?'

'Nee hoor,' zei Van den Boogaard, 'We blijven maar heel even.'

'Willen jullie dan niet met mijn ouders praten?' vroeg Richard. 'Zijn die thuis?'

'Ja, boven. Ze zullen zo wel naar beneden komen. Althans mijn vader. Mijn moeder weet ik niet. Die is helemaal kapot en zit onder de medicijnen.'

Kalbfleisch knikte bijna onzichtbaar naar Van den Boogaard en hoopte dat die zou snappen dat ze haast moesten maken.

'Je zus had geen vriendje als ik het wel heb?'

'Nee, wel gehad, maar al een tijd niet meer. En wat betreft haar vriendenkring, de vrienden en vriendinnen die ze had kende ze nog van hier, meestal al jaren. Die ken ik allemaal zelf ook, van dat ze hier over de vloer kwamen toen Hennie nog leefde.' Er schoten tranen in zijn ogen.

'Had ze hobby's, was ze lid van verenigingen, dat soort dingen?'

'Nee. Voor zover ik weet niet. O ja toch, ze tenniste. Hier, maar ook in Utrecht. En ze ging naar de sportschool.'

'Niet naar disco's en zo of dansen en dat soort dingen?'

'Nee, ik heb haar daar eigenlijk nooit over gehoord. En als het wel zo was had ik het geweten denk ik. Ze vertelde me eigenlijk altijd alles!'

'Ik wil je iets uitleggen,' zei Kalbfleisch voorzichtig. 'Je zus is vermoord. En als iemand vermoord wordt, dan is daar meestal een motief voor. Jaloezie, geld, noem het maar.'

'En als het nou een seriemoordenaar is?' viel Richard hem in de rede, 'ze zeiden gisteravond in het nieuws dat dat andere meisje door dezelfde moordenaar is omgebracht !'

'Dat is nog lang niet zeker,' zei Kalbfleisch, 'kijk, journalisten kunnen rustig een gerucht in de wereld helpen. Wij moeten uitgaan van feiten. Zolang er geen echt bewijs is dat er een seriemoordenaar rondloopt, zal je ons er niet over horen praten, al moet ik eerlijk toegeven dat het er wel op lijkt.'

'Daarom,' vulde Van den Boogaard aan, 'is het voor ons zo belangrijk om met jou te spreken. Jij kende je zus goed, misschien wel het beste van iedereen. Kun jij bijvoorbeeld een lijstje maken van vrienden en vriendinnetjes uit Utrecht van de School voor de Journalistiek, waar je zus het wel eens over gehad heeft?'

'Waarom?' vroeg Richard.

'Nou,' legde Kalbfleisch uit, 'de mensen in Rotterdam die je zus kende die ken jij ook. Maar de laatste tijd leefde ze in Utrecht. Misschien is daar wat gebeurd. En dat kunnen alleen mensen vertellen die daar contact met haar hadden.'

'Oké,' zei Richard en liep naar een grote eikenhouten kast. Hij trok een lade open en haalde daar een schrijfblok uit. Met blok en een pen, die op het dressoir lag, liep hij terug naar zijn stoel. Plotseling zag Kalbfleisch dat de tranen uit zijn ogen liepen.

'Ik vind het zo erg,' snikte Richard, 'nou is ze er niet meer. Ik vind het zo erg. Ze komt nooit meer terug!'

Kalbfleisch liep rustig naar hem toe en legde zijn arm om zijn schouder.

'Gewoon huilen jongen,' zei hij zacht, 'dat is niet erg. Je hoeft je voor niemand groot te houden.'

'Kalb,' hoorde hij plotseling Rokus zeggen en terwijl hij zijn hoofd oprichtte zag hij hoe zijn collega licht naar de deur knikte. Die bevond zich tegenover het trappenhuis en Rokus had duidelijk gehoord dat iemand de trap af kwam.

Met zijn arm nog om Richard heen hoorde Kalbfleisch de deur opengaan en twee tellen later stond de heer Van Rijswijk, in kamerjas op blote voeten en met ongekamd haar, in de kamer. Eén moment dacht Kalbfleisch dat de man ter plekke een beroerte zou krijgen, zo lijkbleek werd hij toen hij tegenover de rechercheurs stond.

'Mijn God,' stamelde hij, 'dit slaat werkelijk alles. Waar haalt u de brutaliteit vandaan om hier binnen te dringen. Hebt u dan helemaal geen fatsoen of gevoel? Hoe haalt u het in uw hoofd om hier te komen en zonder mij te waarschuwen mijn minderjarige zoon overstuur te maken. Eerst brengt u mijn vrouw aan de rand van de afgrond en nu dit? Wat zijn jullie in en in slechte mensen!'

'Meneer van Rijswijk,' begon Kalbfleisch die op was gestaan, 'ik verzeker u ...'

'Ik ga nu mijn advocaat bellen. Scheer u weg. Mijn dochter is dood. U schijnt u maar niet te willen beseffen wat dat betekent voor een mens, hoe ingrijpend dat is. Maar ik zweer u, dit zet ik u betaald!'

'Maar papa,' zei Richard, 'deze mensen ...'

'Naar boven,' schreeuwde Van Rijswijk buiten zinnen 'NU'. En wat u betreft, ERUIT!'

'Wat nu?' zei Rokus toen ze bij de Toyota stonden.

'Doorgaan met zoeken naar de moordenaar. Daar worden we voor betaald,' zei Kalbfleisch.

'Nog wel', zei Rokus.

27.

DAG 3, ANTWERPEN, 10.15 UUR

'Jahaa,' riep ik chagrijnig in de hoorn in de wetenschap dat ik nog wel even lekker door had geslapen als de telefoon niet was gegaan.

'Goedemorgen meneer, Eva hier van de receptie. Er is bezoek voor u.'

Er was voor zover mij bekend maar één persoon die wist waar ik uithing in Antwerpen en laat die het nou net zijn die aan de balie stond: Hugo.

'Zegt u maar dat ik eraan kom, paar minuutjes,' zei ik terwijl ik me uitrektc.

Hugo had zijn dubbele espresso nog niet op toen ik bij hem aanschoof. Ik besloot hetzelfde te nemen en meteen maar met een uitsmijter erbij, ham, kaas eroverheen gesmolten en natuurlijk minstens drie eieren. En melk voor mijn maatje.

'Woef,' blafte Jim enthousiast.

Hugo had al gegeten.

'Slaap jij nooit?'

'Niet als ik beters te doen heb P.B.-ke en ik had beters te doen.'

'Je gaat me niet vertellen dat je de foto's al hebt?'

Hugo pakte een enveloppe uit de binnenzak van zijn lichte colbert, dat keurig op de stoel naast hem lag.

'En niet alleen dat hè,' zei hij mij de prints die hij op fotopapier afgedrukt had overhandigend.

Ik keek hem vragend aan.

'Ja jong,' grinnikte hij, 'ik heb vanmorgen in alle vroegte maar eens even een paar makkers van me uit de veren gelicht.'

Het was nog vroeg op de dag en ik had geen zin me op te winden over het feit dat hij me lang aankeek in de hoop dat ik hem zou vragen waarom.

'Het is niet voor niks geweest P.B.'

Ik besloot hem tegemoet te komen.

'Klinkt goed, wat heb je voor me?'

'Deze man,' zei Hugo naar de print wijzend 'heet Pierre Legrand. Komt hier bij tijd en wijle in het Antwerpse. Het is geen beste, maar niemand weet precies wat hij doet. Koopt af en toe wapens. Schijnt al een paar keer opgeroepen te zijn in verschillende steden in België om voor het gerecht te verschijnen, maar hij stuurt steeds de kat.'

'Hij wat?'

'Och, ik bedoel, hij komt nooit opdagen.'

'Oké,' zei ik van mijn koffie slurpend, 'dat is prachtig. Ik weet nu tenminste wie ik moet zoeken.'

'Maar dat is nog niet alles jong. Ik heb iemand gesproken die voor hem eens een vizier heeft geregeld voor zijn jachtgeweer. Hij moest het nasturen. Hij wist niet meer precies het adres, maar Pierre woonde in elk geval veel jaren geleden ergens in Bastogne.'

'Bastogne?'

'In de buurt van de Luxemburgse grens. Het is niet ver van hier, maar ja, alles in België ligt relatief gezien vlak bij elkaar!'

'Ongelooflijk Hugo, je hebt geen idee hoe blij ik hiermee ben.'

'Op naar Bastogne zeker?'

'En wel meteen,' zei ik.

'Als je daar wat bereikt, wil je me dan op de hoogte houden?'

'Natuurlijk,' zei ik. Terwijl ik zijn telefoonnummer in mijn toestel zette, zag ik hoe Jim plotseling voorzichtig zijn voorpoten op de tafel zette en met zijn natte neus richting broodmandje schoof. 'Hij is dol op croissants,' legde ik uit.

28.

De man constateerde dat het druk was bij het kioskje dat bij de opgang naar het strand gebouwd was in de vorm van een paddenstoel. Rustig slenterde hij met de stroom mensen mee die door de duinen liep. Het klinkerweggetje dat naar de zee leidde ging aanvankelijk licht omhoog en maakte een kleine bocht, waardoor het zicht op het water hem nog even ontnomen werd.

Aan het eind van het paadje keek hij eens rustig om zich heen. Aan zijn rechterhand zag hij een restaurant dat gebouwd was in de vorm van een piratenschip, een driemaster, de *Beverly Beachclub*. Links van hem zag hij een ander gebouwtje, ook in hout opgetrokken, een beetje in de stijl van een blokhut: *Mowgli*. Daar zou hij het beste overzicht hebben.

Hij had een minuut of tien naar de mensen die op het strand lagen te zonnen zitten kijken, toen hij haar in de gaten kreeg. De man voelde zijn hartslag oplopen.

Ze leek op HAAR.

Op nog geen drie meter afstand voor hem liep een blonde meid in haar eentje. Hij had geen idee waar ze ineens zo snel vandaan kwam, maar ze liep op blote voeten door het mulle zand voor hem langs. In haar rechterhand hield ze de hengsels van een linnen tasje vast, vermoedelijk gevuld met een handdoek en zonnebrandcrème, dat ze nonchalant over haar schouder gegooid had. In haar linkerhand droeg ze twee teenslippers, die tegen haar dijbeen aantikten. Ze bleef even staan om rond te kijken, tot ze een plekje had gevonden waar ze wilde gaan liggen.

De man zat haar zo ingespannen te bekijken dat hij niet merkte dat de serveerster hem aansprak.

'Meneer, nog één?' vroeg ze, naar zijn lege glas knikkend.

'Graag,' zei de man die van haar schrok, maar hij wist er een glimlachje uit te persen.

Meteen concentreerde hij zich weer op het meisje. Die had haar plekje bereikt. Snel trok ze haar lichte zomerjurkje over haar hoofd uit, waardoor ze alleen nog gekleed was in een roze bikini. De man keek geboeid toe hoe ze een flesje uit haar tas pakte en zich vervolgens begon in te smeren.

Dat had ZIJ ook precies zo gedaan!

Bij de auto aangekomen voelde de man zich nog steeds opmerkelijk rustig. Hij stapte in, stak een sigaret op en pakte de Bushmaster uit de koffer. Dit keer geen elektronische zoeker, bedacht hij. Gewoon het vizier. Een eerlijke strijd van oog en vinger tegen het leven van een jonge vrouw. Het zou zijn superioriteit alleen maar vergroten.

Nadat hij zich drie keer verzekerd had van het feit dat er niemand in de buurt van de auto liep, stapte hij uit. Als er al iemand zou kijken zou de auto hem en het geweer uit het zicht houden.

Plotseling vloekte hij. Hoe hoog was dat hek nou helemaal? Vroeger was hij er zo over gesprongen. Vroeger. Voor hij HAAR leerde kennen.

De man voelde zijn hartslag licht oplopen. Hij was met hangen en wurgen over het hek gekomen. Het kostte hem niet meer dan enige minuten om de plek te bereiken waar het bos ophield en het strand begon. Daar begon het moeilijkste deel van het karwei.

Dankzij HAAR kon hij zich niet meer op zijn knieën laten zakken. Daar zou ZE voor boeten. BOETEN! Hij wist precies wat hij zou gaan doen als zijn grootste wens in vervulling zou gaan en hij HAAR te pakken zou hebben. Alles zou hij HAAR laten terugbetalen. Pijn. Grenzeloze pijn. Vernedering. De AFREKENING zou volgen.

Woest zette de man zijn linkerbeen voor zich en boog zijn rechterknie. Steun zoekend met zijn rechterhand tegen een boom lukte het hem zijn linkerbeen zover naar voren te schuiven dat hij met zijn rechterknie op de grond kon komen. Langzaam, hij wilde niet het risico lopen dat er zweet in zijn ogen zou komen. Nu was het tijd om snel te handelen, hij zou het in deze positie niet lang volhouden.

Soepel schouderde hij de Bushmaster. Hij richtte het vizier op het strand en begon rustig te zoeken. Hij constateerde dat *Mowgli* zich op tien meter rechts van hem bevond. Het meisje zou precies tussen hem en de strandtent moeten liggen. Na drie minuten had hij haar in het oog. Ze lag op haar rug te zonnen. Weer voelde de man zijn hartslag oplopen. Het duurde acht minuten tot hij in actie kwam. De vrouw in haar roze bikini richtte zich op. Blonde lokken reikten tot net onder haar schouderbladen. De man kromde zijn vinger om de trekker. Op het moment dat hij die overhaalde bewoog het meisje naar links om iets uit haar tas te pakken. De knal die vanuit het bos kwam viel bijna helemaal weg tegen het rumoer op het strand. Het kostte hem langer dan gedacht om weer omhoog te komen.

Die vervloekte knie. ALLEMAAL HAAR SCHULD. HAAR, HAAR, HAAR SCHULD.

De man strompelde naar zijn wagen toe en wierp de Bushmaster achterin. Terwijl hij de auto startte dacht hij alleen maar aan zijn knie. *PIJN!*

29.

DAG 3, ROTTERDAM, 11.35 UUR

'Wat heeft Vierhouten nou precies gezegd Kalb?' vroeg Van den Boogaard. Ze waren in afwachting van Bert Mullens, die met zijn collega Ad Zoodsma in aantocht was. Kalbfleisch keek hem vragend aan. 'Wat bedoel je?'

'Nou, we moeten samenwerken toch met korps Haaglanden?'

'Ja.'

'En hoe we dat vorm geven maakt niet uit?'

'Waar wil je naartoe?'

'Heeft Vierhouten dat letterlijk gezegd: ongeacht de vorm?' Kalbfleisch dacht even na. 'Hij zei geloof ik dat het hem niet uitmaakt hoe, als we maar samenwerken'.

'Nou,' grinnikte Van den Boogaard, 'dan zie ik wel wat mogelijkheden.' Hij had vervolgens kort zijn idee uiteengezet. Kalbfleisch had er zowaar even om kunnen lachen. Niet veel later waren de collega's gearriveerd.

'Heren,' zei Kalbfleisch. 'Jullie en wij zitten met twee lijken. Het zijn allebei jonge vrouwen, blond en neergeschoten met dezelfde Bushmaster. In ons onderzoek hebben wij nog geen enkel motief kunnen vinden voor de moord. Eigenlijk hebben we nog helemaal niets, zelfs nog geen flardje van een spoor.'

'Nou, dan kunnen we elkaar de hand schudden,' mompelde Mullens, die er heel anders uitzag dan Kalbfleisch zich op grond van zijn stem door de telefoon had voorgesteld. De stem deed een forse kerel vermoeden maar Mullens bleek nauwelijks 1 meter 70 lang te zijn en had een vriendelijk poppengezicht met zeer geprononceerde lippen.

'We zijn eigenlijk nog maar net achter de identiteit van het slachtoffer,' zei hij.

'Wat voor type meisje is het?' vroeg Van den Boogaard.

'Meid van de wereld. Werkte op de Wallen in een toplessbar. Had een rijke architect aan de haak geslagen waar zo op het eerste gezicht helemaal niets mee aan de hand is. Geen strafblad, keurige man en hij was naar het schijnt tot over zijn oren verliefd op die meid. Zit momenteel thuis. Meisje is opgegroeid in een pleeggezin, één en al harmoniemodel. De hele familie is er kapot van!'

'Hmm,' bromde Kalbfleisch, 'totaal ander type dan ons slachtoffer dus.' Hij vertelde in telegramstijl wat hij wist over Henriëtte, daarbij zorgvuldig de confrontatie met de familie vermijdend.

'Voorlopig lijkt het erop dat jong en blond de overeenkomst is,' zei Mullens.

'En de NAF-fer bij jullie op de p.d.?'

'Eerlijk gezegd hebben wij degene die dat nieuws naar buiten heeft gebracht nog helemaal niet gesproken. De man die hem heeft gezien wil kennelijk niet met de politie praten. En bij jullie?'

'Idem dito. Geen concrete aanwijzing.'

'Nou dat schiet dan lekker op, maar wat nu?'

'Tsja,' zei Kalbfleisch, 'dat is de hamvraag, maar laten we niet om de hete brij heen draaien, we moeten overkoepelen! Hoe denken jullie daarover?'

'Waardeloos,' zei Mullens.

'Totale onzin in dit stadium,' mengde Zoodsma zich in het gesprek.

'Mooi, dan zijn we het daar over eens. Alleen daar nemen ze hierboven...' Kalbfleisch wierp een nijdige blik naar het plafond, '... geen genoegen mee.'

'Nou, wij hebben ook een boven,' grinnikte Mullens, 'en die vinden samenwerking prima zolang wij de leiding hebben, wij de richting van het onderzoek aangeven en wij de credits krijgen.'

'Ik ben ontroerd door zoveel onbaatzuchtigheid,' grinnikte Kalbfleisch, 'maar om even spijkers met koppen te slaan, mijn collega heeft een prima voorstel'.

'Samenwerking werkt niet,' begon Van den Boogaard, 'maar de "bovens" willen dat er iets gebeurt. Daarom het volgende. Ten eerste, jullie voeren jullie onderzoek uit, wij het onze. Ten tweede, iemand van ons TGO gaat naar Scheveningen, wij krijgen iemand van jullie mensen. Jullie liaison geeft jullie onze bevindingen door, die van ons meldt ons jullie vorderingen. Op die manier weet het ene TGO altijd up to date wat er speelt bij het andere, zonder dat er ingewikkelde samenwerkingsmodellen aan te pas komen. Voorwaarde is wel dat wij hier nu met elkaar moeten afspreken dat we echt 100% open kaart met elkaar gaan spelen en geen voorbehoud maken.'

'Ik vind het een prima idee,' zei Mullens.

'Uitstekend zelfs,' zei Zoodsma.

'Uiteraard zullen we onze afdelingen voorlichting een gezamenlijk communiqué laten doen uitgaan waarin staat dat we onze krachten bundelen,' grijnsde Kalbfleisch, 'werken er toch nog twee afdelingen samen.'

Een korte klop op de deur maakte een eind aan het gelach van de vier mannen.

'De stemming zit er goed in zie ik,' zei korpschef Vierhouten, die de vergaderruimte betrad. 'Alleen vrees ik toch dat ik spelbreker moet zijn, want ik heb slecht nieuws.'

'Nee,' zei Kalbfleisch, 'toch geen nieuw slachtoffer?'

'Toch wel. Jong, blond en nog maar heel kort geleden neergeschoten aan het strand van Rockanje.'

30.

DAG 3, ROTTERDAM, 11.45 UUR

'Bar met Frans, heb je al wat ?'

'Nee Frans, anders had ik jou wel gebeld,' snauwde Barbara gepikeerd. Ze voelde zich zweterig en vies en was nog steeds het rotgevoel waarmee ze wakker was geworden niet kwijtgeraakt. Ze herinnerde zich vaag het moment waarop ze wakker werd en even kuchte, hetgeen twee gevolgen had. Het bezorgde haar een steek in haar voorhoofd, oorzaak kater en het leidde tot de conclusie dat haar keel uitgedroogd was, oorzaak kater. Het duurde een paar tellen voor de film over wat er de vorige avond was gebeurd was ingeregen en zij het nog wat schokkerig, kon beginnen. Hij was getiteld "De Marathon".

Het ging over een journaliste die een succesvolle scoop had, waardoor zij en haar lokale omroep even wereldnieuws waren in heel Nederland. Om dat te vieren was de journaliste met een paar collega's wat kroegen ingedoken. Om daarna wat te gaan dansen in *De Marathon*. En al misten hier en daar wat beeldjes, Barbara had rechtopzittend in bed ineens alles weer op een rijtje. En meteen daarna belde Frans.

'Hee Bar, Frans hier. Ben je helemaal wakker?'

'Nee, op weg naar koffie.'

'Mooi. Neem die maar onderweg dan, want je moet naar Rockanje.'

'Rockanje?'

'Ja. Die maniak is weer aan de gang geweest.'

'Jeetje dat meen je niet!'

'Ik ben nog nooit zo serieus geweest.'

'Wie is het slachtoffer?' vroeg Barbara. 'Weer een meisje?'

'Ja. En weer jong en weer blond.'

'Jeetje,' zei Barbara opnieuw. 'Ongelooflijk en weer in een kustplaats.'

'Precies,' zei Frans 'je begrijpt dat onze verwachtingen omtrent jou nu hooggespannen zijn hè. Noblesse oblige!'

'Wat een onzin Frans, ik ben nog nooit in Rockanje geweest, ik weet niet eens hoe ik er precies moet komen.'

'Niet zeuren, laat nou maar eens zien wat je waard bent. En voor ik het vergeet: er is iets wat deze keer anders is dan bij de andere moorden.'

'Wat dan?'

'Dit laatste meisje is niet met een lijkwagen weggebracht maar met een traumaheli opgehaald.'

'En?' vroeg Barbara.

'Sufkut … een traumaheli gaat geen lijk vervoeren!'

Barbara bleef even stil tot het kwartje viel. 'Dus ze leeft?'

'Dat is nou precies aan jou om uit te zoeken. Leefde ze en vooral leeft ze nog steeds? Daar hebben we jou voor ingehuurd. Ik ben de hele dag stand by. Als je iemand van ons nodig hebt voor redactiewerk bel je. Ik wil een nieuwe scoop Bar. Je krijgt de hele uitzending als je wat hebt! Go for it!'

'Ik bel je,' zei Barbara en dacht: zo, nu ben ik echt wakker.

In Rockanje had ze eerst de verplichte shots gemaakt met haar DV camera: parkeerplaats, paddenstoelkiosk, strand, locatie waar het meisje neergeschoten was en wat politiemensen die een bos uitkamden dat zich uitstrekte achter een strandtent genaamd *Mowgli*. De rechercheurs hadden alle cameraploegen weggestuurd, maar kennelijk was nog niemand op het idee gekomen dat dat frêle meisje wel eens een journalist kon zijn in plaats van een ramptoerist.

Vervolgens had ze de zender aangesloten en was op het strand op zoek gegaan naar sprekers. Na lang lullen als Brugman vond ze er twee, een wat oudere man en zijn vriendin, maar die meldden ongevraagd al dat ze ook door anderen waren geïnterviewd. Hetgeen niet echt vreemd was want Barbara had nog nooit zoveel cameraploegen bij elkaar gezien.

Het personeel van de strandtenten bleek al uitvoerig te zijn geïnstrueerd niet met de pers te praten en daar hielden ze zich ook keurig aan. Eigenlijk vond Barbara na drie kwartier dat het zinloos was langer rond te blijven hangen, dus pakte ze haar spullen weer in. Er was hier in elk geval niets te halen.

Barbara besloot een ijsje te nemen om daarna maar weer terug te keren naar Den Haag. Terwijl ze plaatsnam op het bankje dat uitzicht gaf over het hele strand viel het haar pas op hoe warm het alweer was. En er was gezien de voorspellingen ook geen snelle kans op verkoeling! Ze schrok van de onverwachte tik op haar schouder.

'Wat maak jij me nou,' zei ze tegen een onbekende jongen.

'Sorry,' antwoordde hij en het leek erop dat hij een beetje kleurde. Ze schatte hem zeventien, achttien, hij had ravenzwart haar en een vriendelijke blik in zijn ogen.

'Ik ben Ruben. Ik zag je gister op tv.'

'Dan kijk je naar goede programma's,' zei Barbara, die een stukje opschoof zodat Ruben naast haar kon plaatsnemen. 'Woon je hier?'

'Ja. Geboren en getogen.'

'Werk je hier of zo of heb je vakantie?'

'Nou eigenlijk heb ik vakantie,' zei Ruben, 'maar ik ben nu aan het werk. Ik ben verslaggever voor de kabelkrant. Ja eigenlijk alleen sport, maar er is niemand dus moest ik op komen draven.'

'Zo,' zei Barbara 'dus we zijn eigenlijk collega's. Heb jij al wat ontdekt?'

'Nee,' zei Ruben 'ik weet ook niet veel. Alleen dat er hier totale paniek was. Helemaal toen de heli hier vlakbij landde.'

'Was jij nog op tijd om daar foto's van te maken?' vroeg Barbara nieuwsgierig, al kijkend naar de digitale camera die Ruben in zijn linkerhand hield.

'Absoluut,' glunderde hij. 'En als enige.'

'Wil je die naar onze redactie mailen als we een prijsje maken?' vroeg Barbara, 'tenminste als-ie exclusief is!'

'Dat moet ik even overleggen met mijn chef.'

Barbara gaf hem haar gsm.

'Geen probleem,' zei Ruben, nadat hij een kort gesprek gevoerd had.

'Mooi,' lachte Barbara terwijl ze opstond, 'weet jij trouwens waar die heli naartoe is gegaan?'

'Niet zeker, maar ik denk het Academisch.'

'Oké, het AZR.'

'Ja. Wil je daar naartoe?'

'Zinloos,' zei Barbara. 'Het slachtoffer wordt zo volkomen afgeschermd, daar komt echt niemand bij.' En ze dacht, dank je wel Ruben!'

Niet veel later constateerde Barbara dat ze helemaal alleen aan de balie stond.

'Hallo,' zei ze 'ik ben Miranda Veldhuis. Mijn nichtje is hier vanmiddag naartoe gebracht met de traumahelicopter. Ik hoorde het van mijn tante, die hier ook is als het goed is. Het gaat om dat meisje dat in Rockanje is neergeschoten. Kan ik haar zien?'

Het meisje achter de balie droeg een schildje op haar borst waar "Tamara" op stond. Gelukkig voor Barbara bleek ze een invalkracht te zijn.

'Och wat vreselijk voor u,' zei ze. 'Maar volgens mij mag er niemand naar haar toe!'

'Maar mijn tante heeft me gebeld hier vanuit het AZR. Kan ik haar niet even spreken dan, ze moet nog hier zijn?'

Tamara had het er maar moeilijk mee.

'Ik denk echt niet dat het kan,' zei ze na een eindeloze denkpauze.

'Kun je niet even bellen naar de afdeling waar ze ligt?' drong Barbara aan.

Dat leek Tamara wel een goed idee.

'Hoi, met Tamara van de receptie,' zei ze, nadat ze een paar nummers had ingetoetst. 'Er staat hier familie van dat meisje uit Rockanje dat vanmiddag met de heli is gebracht aan de balie. Mag ze even naar boven komen?'

Stilte.

'Oké,' zei Tamara en stak de hoorn uit richting Barbara, 'voor u ...'

'Met Theo ...'

'Met Monique,' zei Barbara die in de zenuwen vergat dat ze zich voorgesteld had als Miranda, maar Tamara's kortetermijngeheugen was gelukkig niet echt *comme il faut*.

'Ik ben een nichtje van het meisje uit Rockanje dat bij jullie is binnengebracht, zou ik alstublieft even bij haar mogen kijken?'

'Nee, dat is onmogelijk, dat laat haar toestand niet toe.'

'O jee, maar dat betekent dat ze nog leeft!'

'Mevrouw,' zei Theo, 'eigenlijk mag ik helemaal niets zeggen, maar omdat u het bent. Uw nicht leeft nog. Ze is al geopereerd. Ligt op de intensive care. Haar moeder is hier vanavond om 20.00 uur weer. Zij weet alles. Dus het is misschien beter dat u haar belt.'

'Nou dat ga ik meteen doen!' riep Barbara, om meerdere redenen opgelucht. 'Alleen één dingetje nog, is ze buiten levensgevaar?'

'Dat is nooit helemaal zeker,' zei Theo, 'maar haar toestand is op dit moment vrij stabiel. Er is nog geen reden tot wanhoop en meer kan ik u echt niet zeggen, want ik heb alweer teveel verteld.'

'Hartelijk dank, u bent een schat!' zei Barbara, die de telefoon teruggaf aan Tamara.

'Wilt u misschien een kopje thee,' vroeg ze.

'Nee hoor, dank je, lief aangeboden maar ik denk dat ik maar meteen naar mijn tante ga. Maar bedankt voor het aanbod!'

'Frans,' zei Barbara, die het laatste stuk over de parkeerplaats naar haar auto gerend had, 'ik heb nog geen beeld, maar wel echt nieuws. Het meisje leeft en ik weet waar haar moeder straks om 20.00 uur is!'

'Ongelooflijk Bar,' riep Frans, 'klasse. Heb je al wat gedraaid.'

'Alleen exterieurtjes, strand, ziekenhuis, beetje couleur locale.'

'Hmm, niet veel dus. Ik verzin wel wat. Rij jij maar door naar Rotterdam, want daar is om vijf uur de vervroegde persconferentie van IJzerman. Je moet live verslag doen.'

'Maar ik zie er niet uit en ik heb helemaal geen goeie kleding bij me.'

'Kleding regel je maar, ik zal make-up meesturen. Verder niet zeiken De Jong, met zo'n seriemoordenaar is het alle hens aan dek!'

'Nou, de Costa Killer wordt bedankt,' zei Barbara.

Even bleef het stil. 'Costa Killer, briljant,' hoorde ze Frans ergens in de verte roepen. 'Jongens we gaan een speciaal leadertje maken vanaf nu heet hij de COSTA KILLER.'

31.

DAG 3, BASTOGNE 15.30 UUR

Om nu te zeggen, als je naar België op vakantie gaat moet je absoluut je reisschema zodanig aanpassen dat je tijd hebt om Bastogne te kunnen zien, mwoaah nee. Dinant, prachtig, of Antwerpen. Brussel, Brugge, Oostende, het centrum van Mechelen, niks mis mee. Maar nee hoor, daar was Pierre niet geboren. Ik moest het doen met Bastogne. Nu houd ik zelf enorm van de Ardennen. Ik heb er in mijn jonge jaren met mijn broer en later met collega's diverse malen meegedaan aan survivaltochten. En altijd genoot ik weer van de aparte sfeer die de vaak hoge bomen op de steile hellingen oproepen. De rit naar Bastogne vond ik ook zeker niet vervelend. Tijdens een hittegolf zijn er sowieso ergere dingen denkbaar dan een ritje in een confortabele Pontiac met airco.

Nu pak ik in het weekend wel eens een late geschiedkundig verantwoorde film mee, zoals "Patton" of "The battle of the Bulge", dus ik wist precies dat ik me naar het gebied spoedde dat vroeger een cruciale rol speelde bij de herovering van België en uiteindelijk Nederland op "den Duitschen bezetter". Als ik het me nog goed herinner werden de oprukkende troepen van Eisenhower een half jaar na hun landing in Normandië, in juni '44, plotseling ernstig tot stilstand gebracht bij Bastogne, omdat de nazi's de moed erin bleven houden. Uiteindelijk bevrijdde George S. Patton het plaatsje op 26 december.

Het eerste wat ik zag toen ik Bastogne binnenreed was zijn tank. Of die van een collega van hem, kan ook. In elk geval was het een Amerikaanse tank. Vermoed ik. Maar goed, ik had andere dingen aan mijn hoofd. Punt is dat toen ik voor ik uit Antwerpen vertrok op de kaart keek ik nog dacht dat Bastogne niet zo groot was. Dat is het ook niet maar we praten wel over duizenden zo niet tienduizenden inwoners. Ineens besefte ik dat ik me bij mijn beslissing om Pierre te zoeken te veel had laten leiden door mijn emoties. Zo het er nu uitzag, restte er P.B. Lebandowski weinig anders dan als een plichtgetrouwe Jehova alle deuren langs te gaan met Pierres foto, vergezeld van de prangende vraag: 'Kent u deze man?'

Ik zou toch met een beter plan moeten komen en besloot eerst maar eens mijn knorrende maag te lijf te gaan met een Croque Monsieur en, nou vort dan maar, een Jupiler. Doe die halve liter maar, 'il fait chaud' hè…

Tegen de tijd dat mijn tweede Jupiler bijna was ingestroomd hadden zich in mijn hoofd twee lijstjes gevormd. Lijst één heette "wat te doen" en lijst twee droeg de tegenovergestelde naam. Wat mij in eerste instantie niet te doen leek was een bezoekje aan een zweterig politiebureau, waar ik eerst aan de mogelijk weinig geïnteresseerde baliebevolking en later aan hun superieuren zou moeten uitleggen wie ik was, waarom ik Pierre zocht etcetera.

Het lijstje "wat te doen" was nog leeg, maar er was al een totale wildgroei aan ideeën aan het ontstaan. De beste drie daarvan was ik nu op hun merites aan het beschouwen. Ik had geen flauw idee waar Pierre gewoond had, centrum, buitenwijk, net buiten de stad wellicht, dus ik voelde er weinig voor op de bonnefooi de stad door te trekken. Hij zou ergens op school moeten hebben gezeten, maar ja, vakantietijd. Nee, hoe langer ik er over nadacht, hoe meer ik begon te voelen voor het derde idee. De journalistiek. Ongetwijfeld zou er ergens op een redactie een mannetje rondlopen dat natuurlijk iedere voetstap van George S. Patton in kaart had gebracht, maar ook iets moest weten van de wat recentere geschiedenis van Bastogne. De "Pages Jaune", leidden me naar *Le Journal*, waarvan ik het kantoor twaalf minuten nadat ik afgerekend had betrad.

Ik legde de receptioniste, die zich tot mijn grote vreugde gekleed had op de hittegolf en daardoor een decolleté ten toon spreidde waar ik bijna in verdronk, uit dat ik iemand zocht met grote kennis van de geschiedenis van het regionieuws. Henri Dewynter-met-een-ypsilon, hoogst ongebruikelijk, bleek mijn mannetje te zijn. Toen ik hem het doel van mijn bezoek uitlegde en de foto liet zien keek hij me verbijsterd aan.

'Pierre is nogal populair de laatste tijd,' zei hij.

'Hoe bedoelt u?'

'Ik heb jaren niets meer van hem gehoord en nu bent u de tweede die in twee weken tijd navraag naar hem komt doen.'

'O,' zei ik en bedacht dat ik beter meteen een goed geformuleerde vraag aan deze uitroep zou kunnen toevoegen voor het idee zou ontstaan dat ik niet helemaal nozel was. 'Wat wilde die eerste persoon weten?'

'Zelfde als u. Of ik Pierre kende, wat hij voor een soort man is, of zijn familie nog leeft en waar hij die zou kunnen vinden.'

'Wie was die man?'

'Tsja,' zei Dewynter-met-ypsillon, ik heb de man heel kort geproken want ik stond op het punt naar een vergadering te gaan. Het was een advocaat, Fransman maar met een Italiaanse naam. Stom, ik kan even niet op de naam komen, maar ik zal je vertellen wat ik gedaan heb. Ik weet zelf niet veel over Pierre, maar ik weet waar hij gewoond heeft. Dat is in een oud boerderijtje net buiten de stad. Zijn vader, waar zijn moeder is gebleven weet niemand, zit al jaren in detentie. Maar de huidige bewoner van de boerderij is een neef van Pierre. Totaal andere man trouwens. Hij is hier raadslid, bijzonder populair. Hij kan je veel meer vertellen over Pierre.'

Het schetsje dat hij maakte en de bijbehorende instructies –bij de tank linksaf- leken me zeer duidelijk en het zou geen probleem moeten zijn om de boerderij te vinden.

'Nou wil ik ook graag wat van u weten. Dat een advocaat iets over Pierre wil weten ligt in de lijn der verwachtingen. Maar nu u weer. Wat is er eigenlijk aan de hand.' Dewynter zag de Pullitzerprijs al gloren aan de horizon.

'Laat ik het zo zeggen,' zei ik voorzichtig, 'er is in Antwerpen een moord gepleegd en kort daarvoor heeft Pierre het slachtoffer, een goede vriend van mij overigens, bezocht. Daar wilde ik hem over spreken.'

'Hmm,' zei Dewynter, 'als hij ergens bij betrokken is wilt u me dan op de hoogte houden?'

Ik beloofde het plechtig en met zijn visitekaartje in mijn achterzak liep ik enigszins langzamer dan strikt noodzakelijk langs het decolleté naar buiten, waar ik in de zinderende hitte weer wat afkoelde.

Ik ging keurig, als afgesproken bij de tank linksaf en verliet al snel het centrum van Bastogne. Na zo'n tien minuten rijden bevond zich inderdaad aan mijn linkerhand een onverharde weg, die het bos in leidde. Die nam ik en al slingerend kwam ik na amper twee kilometer uit bij een zandpad. Ik parkeerde daar de Pontiac en Jim sprong gretig uit de wagen om een sanitaire stop maken. Tegelijkertijd hoorde ik een enorm geblaf en vanaf het zandpad kwamen plosteling twee immense Deense Dogs tevoorschijn. Jim was weinig onder de indruk van hun uiterlijk vertoon en liep meteen vrolijk op hen af. Na wat gesnuffel over en weer waren de drie kennelijk tot de conclusie gekomen dat ze wel met elkaar door één deur konden want ze gingen liggen.

'Dat gebeurt niet vaak,' zei plotseling een stem achter me. 'Meestal zijn Janssen en Janssens niet zo vriendelijk.'

'U moet meneer Marcel Legrand zijn,' zei ik, omdat ypsilon een beschrijving had gegeven van hem die exact klopte. Bijna twee meter lang, kort geknipt grijzend haar, dun snorretje.

'Ben ik,' antwoordde hij, een kolenschop uitstekend 'en wie wil dat weten?'

Ik stelde mij voor en vertelde dat ik was doorgestuurd door ypsilon en inmiddels in de wetenschap was dat ik de tweede persoon was die in korte tijd naar zijn neef kwam informeren.

'Meneer Lebandowksi,' zei hij 'ik was eigenlijk net van plan een eind in het bos te gaan lopen met de boys,' hij knikte kort in de richting van Janssen en Janssens, 'dus waarom loopt u niet een eindje met me op?'

Het leek me prima idee. 'Janssen en Janssens,' grinnikte ik 'leuk'.

'Ach, we zijn toch in het land van Kuifje nietwaar. Mijn vader kwam vroeger toen ik nog maar een jaar of elf was een keer thuis met twee pups op zijn arm. Ze waren van een collega met een ongewenst zwangere hond en die wilde ze geloof ik afmaken. Nou dan moet je net mijn vader hebben. Hij was de man bijna te lijf gegaan, maar goed hij nam de pups dus mee naar huis en ik mocht ze een naam geven. Janssen en Janssens dus.'

'Ook Dogs?'

'Nee, twee bastaard pinchertjes. Maar ik zag meteen dat die twee hondjes veel aan elkaar hadden, dus heb ik later besloten altijd twee honden tegelijk te nemen. En om het mezelf makkelijk te maken ben ik het altijd maar op Janssen en Janssens blijven houden. Mijn vader is trouwens ook gek met deze twee. Makkelijk, als wij eens een paar dagen weg willen komt hij ze verzorgen.'

'En uw vader is een broer van Pierres vader.'

'Volle broers,' zei Legrand terwijl zijn gezicht betrok. 'Maar totaal verschillend. Mijn grootouders moet u weten, hadden twee zoons en twee dochters. Mijn vader en zijn twee zussen waren altijd zeer close met elkaar maar vanaf zijn prilste jeugd wilde oom Louis al niets met ze te maken hebben. Hij wilde helemaal met niemand te maken hebben. Hij was de jongste van het stel en is volgens mijn opa verwekt op de dag dat Patton de Duitsers had verjaagd in 1944. Nou een vredeskind is het nooit geweest.'

Hij onderbrak zijn verhaal om een stevige stok te pakken die in de berm tegen een dennenboom aan lag. Met een reuzenzwaai van zijn lange arm slingerde hij de stok al draaiend de lucht in wat voor Janssen en Janssens het sein was om er vol achteraan te sprinten. Toen de stok eenmaal de grond raakte pakten ze hem beiden bij een eind in hun bek en draafden terug naar hun baasje. Ik had zoiets ook wel eens met Jim geprobeerd maar die zag de humor er niet van in. Als je hem zelf weggooit haal je 'm ook zelf maar weer op makker, had ik in zijn ogen gelezen. Maar sociaal als hij is begroette hij zijn twee nieuwe vrienden met een enthousiast blafje.

'Maar goed, oom Louis deugde niet,' zei ik.

'Helemaal niet. Tot groot verdriet van zijn familie. U moet weten, het lijkt wel eens moeilijk te begrijpen in een land dat CCC, de bende van Nijvel, Dutroux en een taalstrijd kent, maar dit land is na de oorlog ook mede opgebouwd door fatsoenlijke hardwerkende mensen. Waaronder mijn grootouders. U kunt zich het misschien niet voorstellen, maar in de jaren '50 was het een schande zo'n kind te hebben dat niet spoorde.'

'Maar wat deed hij dan in vredesnaam,' vroeg ik.

'Alles wat God verboden heeft. Het begon met winkeldiefstal. Toen werd het inbraak. Daarbij schuwde hij geweld ook al niet. Vuurwapens. Hij zat ook om de haverklap vast. Werd alcoholist. Geen land mee te bezeilen.'

'En zijn zoon?'

'Geen haar beter. Was als klein kind al een weglopertje, wat me trouwens helemaal niet verbaasde, want opvoeding kreeg hij niet. Eigenlijk weet ik helemaal niet veel van Pierre, want mijn ouders hadden het me verboden om met hem en oom Louis om te gaan. Ze woonden aanvankelijk in het huis dat ik heb gekocht. U wilt niet weten hoe ik het aantrof. Het heeft me meer gekost om het op te knappen dan om het aan te schaffen. De aannemer adviseerde me aanvankelijk de hele boerderij tegen de vlakte te gooien omdat het een onbewoonbaar krot was. Maar omdat het een pand is met een historische waarde heb ik dat niet gedaan. En dan het terrein dat bij het huis hoort. Een vuilnisbelt was het. Een grote puinzooi.'

'En Pierre?'

'We hadden een gezamenlijke vriend toen we een jaar of zestien waren. Dat wil zeggen het was een vriend van mij en die vertelde me wel eens wat over Pierre die hij soms tegenkwam. Via hem hoorde ik ook dat Pierre op zijn zeventiende was opgepakt voor brandstichting. Hij was kennelijk in elkaar geslagen door iemand en had maar even wraak genomen. Pand volledig uitgebrand. Als door een wonder zijn er geen doden gevallen. Hij had bijvoorbeeld zelf ook helemaal geen vrienden, of jongens of meiden waar hij mee omging, niets. Hij ging alleen regelmatig biljarten in diverse kroegjes, waar hij avonden kon spelen, terwijl hij het ene na het andere biertje achterover sloeg.'

Een tijdlang liepen we zwijgend naast elkaar tot ik ineens mijn Pontiac zag opdoemen. Zonder dat ik het doorhad waren we kennelijk in een grote boog rond het huis gelopen.

'Als u even met me meeloopt naar huis, geef ik u het telefoonnummer van die advocaat die hier geweest is. Hij weet ook weer meer over Pierre'.

Ik weet niet hoeveel werk de sympathieke neef van Pierre eraan gehad had om de boerderij weer een beetje bewoonbaar te krijgen, maar het was alleszins de moeite waard geweest. Ook was hij, of wellicht zijn vrouw, er in geslaagd de inrichting sfeervol gestalte te geven. De muren die voornamelijk in lichte tinten waren gestuct en behangen hingen vol met donkergekleurde jachttrofeeën en klassieke schilderijen.

'Wilt u koffie, thee of iets anders?'

Iets anders leek me wel wat. Legrand voelde daar ook voor want even later kwam hij terug met twee blond schuimende Stella's Artois. Jim lag genoeglijk op de koele tegels voor de open haard naast zijn twee nieuwe vrienden.

'Kijk hier heb ik het,' mompelde Marcel plotseling en gaf mij een visitekaartje. "Luc Gangiotti", stond erop, "advocaat". Eronder prijkte een adres in Caen, waaronder telefoon- en faxnummer en een emailadres. Het geheel deed chic aan.

'Luc Gangiotti,' zei Marcel, 'dat is hem. Jonge vent, vriendelijke man, recht op het doel af.'

'En zijn interesse voor Pierre?'

'Hij wilde niet veel kwijt, omdat hij aan het werk was voor een cliënt. Die had een hoop vervelende dingen meegemaakt met mijn neef. Wat hij me in overleg met die man wel wilde vertellen was dat Pierre ergens in de jaren '80 is opgedoken in Kameroen. Hoe en wat weet ik niet precies, maar daar werkt hij en hij schijnt een huisje te hebben ergens aan de Fransc Zuidkust.'

'U weet niet wat voor werk hij deed?'

'Nee, ik heb er eerlijk gezegd ook niet naar gevraagd. Ik ben voor mijn gevoel helemaal klaar met Pierre en zijn hele familie. Ik zie hem zelf niet meer als bloedverwant. Voor mij is hij net zo'n onbekende als voor u! Het feit dat we dezelfde naam dragen is voor mij van nul en generlei waarde. Familiebanden moet je koesteren en onderhouden. Het slechts dragen van elkaars naam is niet genoeg om jezelf familie te noemen.'

Ik had zwijgend mijn glas leeggedronken en ook Legrand had inmiddels voor zijn gevoel alles gezegd wat hij kwijt wilde.

Jim was het er helemaal niet mce eens dat hij zich los moest rukken van de koele tegels en maakte dat duidelijk door tergend langzaam achter me aan te sjokken nadat ik hem geroepen had, onderwijl enkele keren zijn hoofd demonstratief omdraaiend om verlangend te kijken naar zijn plekje. Maar ik was onverbiddellijk. Er stond ons namelijk nog een lange rit te wachten. Een rit naar Caen.

32

DAG 3, ROTTERDAM, 17.00 UUR

'En dan schakelen we nu live over naar onze verslaggeefster Barbara de Jong, die in Rotterdam staat, bij het kantoor van advocaat Bert IJzerman. Die kan nu ieder moment beginnen met het afleggen van een verklaring namens de familie Van Rijswijk, ouders van de vermoorde Henriëtte. Barbara, ik heb begrepen dat het er heet aan toe zal gaan?'

'Inderdaad Betty, ik heb heel even met IJzerman gesproken en wat hem betreft is het oorlog. Zeker nu er vandaag eerder op de dag weer een slachtoffer is gevallen.'

'Ja, daarover straks meer, maar nog even over IJzerman, dit zijn eigenlijk on-Nederlandse toestanden, een advocaat die zich namens de familie met een moordonderzoek bemoeit.'

'Absoluut en het woord on-Nederlands nam IJzerman daarnet tegenover mij ook in de mond. Een on-Nederlandse moord vraagt om on-Nederlandse aanpak, zo redeneert hij. En dat hij het met de huidige aanpak niet eens is lijkt me een understatement.'

'Hoe denken de mensen nou over die IJzerman?'

'Voor zover ik dat kan bepalen zijn de meningen nogal verdeeld. Mensen die ik vanmiddag sprak, noemden hem zowel een opruier als een realist. Hij heeft zeker de nodige aanhangers, ook al zijn ze het met hem misschien niet helemaal op alle punten eens. Ik heb vandaag weer gemerkt dat veel Nederlanders totaal van slag zijn. Ze weten het niet meer. Drie schietpartijen in drie dagen, onschuldige slachtoffers en niemand weet hoe het aangepakt moet worden. Er heerst angst en in dat licht bezien... wacht... ik geloof... ja, de deur gaat open en ik zie nu Bert IJzerman naar buiten komen lopen. Ik denk dat we het woord aan hem moeten geven.'

'Geachte aanwezigen, ik wend mij opnieuw tot u namens de familie Van Rijswijk. Gisteren rond deze tijd heb ik twee eisen gesteld. Er moet een beloning komen voor informatie die leidt tot arrestatie van de dader en hoofdinspecteur Kalbfleisch moet van het onderzoek gehaald worden. Ik had gezegd voor 12.00 uur deze middag bericht te willen hebben. En wat denkt u? Heeft de familie van het vermoorde meisje iets gehoord van de politie? Nou inderdaad, maar niet over beloning of het onderzoek, verre van dat. Hedenmorgen hebben hoofdinspecteur Kalbfleisch en een collega zich op oneigenlijke wijze toegang verschaft tot de woning van de familie Van Rijswijk. Op rond-uit grove wijze hebben ze vervolgens het 17-jarige broertje van het slachtoffer Henriëtte aan een kruisverhoor onderworpen. Ze hebben hem zwaar onder druk gezet, met alle gevolgen van dien. Vervolgens hebben ze pas na meerdere keren door de heer Van Rijswijk gesommeerd te zijn zijn huis verlaten nadat ze hadden laten doorschemeren dat de beloning er niet zou komen en dat de familie beter moest meewerken omdat anders het onderzoek stil zou komen te liggen.
We zijn hier in de stad van "Geen woorden maar daden". Daarom zeg ik: het moet afgelopen zijn met incompetent geneuzel en lapzwanserij. Ik roep eenieder op om morgen om 12.00 uur samen te komen bij het hoofdbureau van politie. Wanneer we massaal ons ongenoegen kenbaar maken hebben we een kans dat er eindelijk naar ons geluisterd wordt. De maat is vol. Tot morgen 12.00 uur en bedankt voor uw aandacht.'

'Barbara, Barbara, kun je me verstaan in alle tumult?'
   'Ja, ik hoor je wel, maar heel zacht, het is hier een heksenketel, zoals je gemerkt hebt.'
   'Wat denk je van deze toespraak?'
   'Het overvalt me een beetje. Ik begrijp best dat er bij de familie van het slachtoffer woede heerst, maar een demonstratie... ik begin me persoonlijk eigenlijk af te vragen of de heer IJzerman

zijn hand niet een beetje overspeelt.'

Barbara de Jong zou nooit weten met hoeveel instemming haar kritische woorden werden ontvangen in het crisiscentrum op het politiebureau.

'Als het de pers al opvalt dat die vent gek is moet het wel heel duidelijk zijn,' merkte Louise op.

'Ongehoord,' zei Piet.

'En allemaal leugens neem ik aan,' zei Leeflang.

Kalbfleisch gaf hem een kort verslag van wat er gebeurd was.

'Mag hij eigenlijk zomaar ongestraft zulke leugens debiteren?' vroeg Piet.

'Hij zal wel zeggen dat hij heeft verwoord wat de familie Van Rijswijk hem heeft ingefluisterd,' antwoordde Kalbfleisch.

'Morgen de mobiele eenheid maar paraat houden,' zei Leeflang die opstond.

'Je doet maar,' zei Kalbfleisch, die niet begreep of het nou een geintje was of niet, neutraal, terwijl de communicatiedeskundige het bloedhete kantoortje verliet.

'Zouden er mensen op afkomen denk je?' vroeg Rodney.

'Je kunt tegenwoordig ook je anus laten bleken,' grinnikte Van den Boogaard, 'dus ik sluit niets uit, de mensen zijn er gek genoeg voor.'

'Toch moet je er niet te licht over denken Rokus,' zei Luppo Dijkstra. 'Ik weet bijvoorbeeld dat in Engeland, toen de Yorkshire Ripper daar aan de gang was, de vrouwen werd aangeraden 's avonds thuis te blijven. Het leidde tot massaal protest van de vrouwenbeweging en demonstraties.'

'Hij heeft ook eens een boek gelezen hoor.'

'Ik kan tenminste lezen,' zei Dijkstra.

'Ik zal jullie eens vertellen wat ik kan,' zei Kalbfleisch. 'Ik kan helemaal gillend gek worden als ik er aan denk dat er drie blonde jonge vrouwen dood zijn en wij totaal, maar dan ook helemaal compleet met lege handen staan. Ik heb er geen woorden voor. En niet alleen wij, maar ook Mullens die ik net sprak, heeft geen enkel aanknopingspunt. Trouwens, het verhaal dat er een Noord-Afrikaanse man gezien zou zijn is compleet gelul.

'Weer een Marokkaan onschuldig,' lachte Mo.

'Momentje', zei Kalbfleisch die het geluid van zijn gsm herkende. Hij luisterde een paar momenten en zei toen 'Oké, bedankt voor het bellen.'

'Luppo,' ging hij verder, 'wil jij contact opnemen met Rockanje. Het schijnt dat het meisje dat vanmorgen is neergeschoten nog leeft. Als dat zo is moeten we er alles, ik herhaal alles aan doen om te zorgen dat dat niet in de publiciteit komt. Als ze nog leeft wil ik niet dat de UNSUB daar enig idee van heeft, het zou zijn handelen kunnen beïnvloeden.'

'Hoe bedoel je?'

'Deze man is een scherpschutter. Hij schiet om te doden. Een gemist schot kan zo'n man die toch al onder gigantische druk leeft volkomen doen ontsporen. Dus aan de slag Luppo, Ik wil zekerheid. A.S.A.P!'

'*As soon as possible*,' zei Van den Boogaard.

33.

DAG 3, FANALS – CATALONIË, 19.30 UUR

'Ik begrijp niet wat jullie er aan vinden,' zei Ciska. Ze wierp tegelijkertijd een verwijtende blik naar de jonge gebronsde barjongen die haar van een Frozen Margarita voorzag. Haar vinger wees priemend naar een geschilderd aanplakbiljet dat met fel gele en rode kleuren een stierengevecht aankondigde in het Plaza de Toros van Lloret de Mar. Pablo de Perez Montoya y Galicia zou de strijd met de stier over twee dagen aangaan maar hij zou dat zeker niet doen onder toeziend oog van Ciska Hofman.

'Het probleem met de meeste Europeanen is dat ze zo weinig van stierenvechten afweten,' begon Ramon voorzichtig.

De ervaring had hem geleerd dat niet-Spanjaarden de schoonheid van een man tegen stier gevecht doorgaans niet zagen. En het laatste waar hij zin in had was ruzie maken met zijn mooie jonge blonde klant. Hij had zich net bedacht dat hij haar zou vragen na afloop van zijn werk samen wat te gaan drinken. Maar hij was toch te trots om helemaal niets terug te zeggen.

'Weet je dat een stier die bestemd is voor een arenagevecht jaren langer leeft dan de koe die jij net hebt opgegeten? En de stier wordt vorstelijk behandeld. Je zou eens een boek van Ernest Hemmingway moeten lezen. Die begreep de romantiek van de man en de stier!'

'Een mens moet nou eenmaal eten,' zei Crista vijandig 'anders gaat-ie dood, dus de koe die ik net at is niet zinloos gestorven. Hij heeft ook niet geleden, maar een stier in de arena doet dat wel.'

'Ik ga het goed met je maken,' grijnsde Ramon, 'ik zal jou de komende dagen geen chuletón meer voorschotelen. Ik ga voor jou dan maar eens een heerlijke vegetarische maaltijd samenstellen. Gazpacho, maccaroni Trastevere en heerlijke kaas. De allerbeste kaas voor de mooie vrouw uit Nederland die mijn hartslag versnelt!'

'Als jij het serveert is alles lekker,' grijnsde Ciska.

Ze kenden elkaar inmiddels tien dagen. Precies zolang geleden was de studente fysiotherapie aangekomen in het appartement van vrienden van haar ouders, waar ze aanvankelijk helemaal niet naartoe wilde. 'Als je een kwartiertje loopt sta je al in Lloret de Mar,' hadden ze haar verteld, 'en overdag zie je alleen maar Catalanen die hun vakantie in alle rust doorbrengen. Er komt verder geen toerist in Fanals. En we denken dat het goed voor je is als je er eens helemaal uit bent,' hadden haar ouders bezorgd toegevoegd.

Zo'n tien maanden daarvoor was Ciska compleet ingestort een dag na de begrafenis van haar zus. Monique was vier jaar na haar geboren en was altijd een zorgenkind geweest. Ze had als 14-jarige ooit met een paar vriendjes en vriendinnetjes afgesproken dat ze zouden gaan picknicken en overnachten in de mergelgrotten, vlakbij hun huis in Maastricht, gewoon voor de spanning. Tegen het vallen van de avond waren ze met z'n zessen naar één van de verzegelde toegangspoorten gegaan en hadden die eenvoudigweg opengebroken. Binnen bleek het stikdonker, doodstil en vooral vochtig te zijn. Dat leidde er al snel toe dat de batterijen van de zaklampen het opgaven. Na amper een uur zat het hele stel in het stikdonker. De weg terugvinden was uitgesloten. Na twee uur was de totale paniek toegeslagen.

Ciska was inmiddels tot een schokkende ontdekking gekomen. Ze was er aan gewend dat Monique te pas en te onpas haar kleren uit de kast trok en stond het oogluikend toe. Tegen 22.30 uur merkte ze op dat haar zusje haar spijkerjack had geleend, waar haar portemonnee en sleutels in zaten. Ze wist niets beters te doen dan naar Moniques vriendinnetje Petra te bellen waar haar zusje zou blijven slapen. Daar was de verbijstering groot. Petra was helemaal niet thuis, want die zou bij Linda slapen.

Na enige telefoontjes werd uiteindelijk duidelijk hoe de vork in de steel zat. Zes kinderen spoorloos. Twee hadden hun ouders om zaklampen gevraagd, anderen hadden de proviandkast geplunderd. Meteen werd de politie ingeschakeld en een grootscheepse zoekactie op touw gezet. Tegen het ochtendgloren vond een gids de zes tegen elkaar aangekropen in een kringetje, zwaar onderkoeld en getraumatiseerd. Ciska had haar zusje zo stevig tegen zich aangedrukt dat het heel even voelde alsof ze met z'n tweeën één lichaam hadden. De wanhopige blik in Moniques ogen stond in haar geheugen gegrift.

Lang had Monique haar oudere zus als vertrouwenspersoon gezien, waar ze met haar problemen naar toe kon. Maar dat veranderde toen ze achttien werd. En ze leerde Fince kennen, een 27-jarige cokedealer. Monique begon onder zijn invloed steeds meer en meer te gebruiken en het leidde er toe dat haar vriedinnen haar begonnen te mijden. Uiteindelijk had ze alleen nog sporadisch contact met Ciska. Die ontdekte ook als eerste de blauwe plekken.

'Maar hij houdt van me,' had Monique gegild toen ze erover begon. Met engelengeduld had Ciska haar vervolgens aan haar verstand gebracht dat dat slaan niet normaal was. Het had er uiteindelijk toe geleid dat Monique tijdelijk naar een blijf-van m'n-lijf-huis vertrok, inmiddels twee maanden zwanger.

Maar Fince was er achter gekomen waar ze zat en bleef haar voortdurend stalken. De eerste de beste keer dat hij haar alleen de straat op zag gaan om boodschappen te doen had hij haar in de auto gesleurd.

'Je doet wat ik zeg,' had hij geschreeuwd om haar vervolgens met zijn riem vreselijk af te tuigen. Helemaal kapot en overstuur was Monique teruggekeerd, om zich daarna twee dagen in haar kamer op te sluiten. Toen men eindelijk merkte dat ze de benen had genomen was ze al meer dan een dag weg.

De periode die daarop volgde zou Ciska zich altijd blijven herinneren als de hel. Monique vermist. Twee dagen lang zat ze bij haar ouders thuis, bang voor ieder telefoontje, bang voor een politieauto in de straat, bang voor de deurbel. Het nieuws kwam uiteindelijk via een politievrouw. De speurhonden hadden Monique gevonden. Ze had zich opgehangen. Geen afscheidsbriefje.

De dag na de begrafenis was Ciska ingestort. Ze bleef zichzelf verwijten dat ze er op het belangrijkste moment in het leven van Monique niet voor haar geweest was. Na twee inktzwarte maanden was er voor het eerst een ommekeer gekomen in haar denken. Ze zag plotseling dat ze het haar ouders ook niet kon aandoen om in te storten. Die waren al een dochter kwijt. Al pratend waren ze heel langzaam uit het diepe dal omhooggeklommen. Het resulteerde erin dat Ciska voor zichzelf de beslissing nam maar een nieuwe start te maken en de raad naar Fanals te gaan waar een heerlijk appartement tot haar beschikking stond ter harte te nemen.

De ingang van de luxe flat lag aan een boulevard met verschillende restaurants met kleine terrasjes. Meteen de eerste avond had Ciska een pizzeria uitgezocht met een gezellige bar. Nadat ze Ramon had ontmoet besloot ze er de rest van de vakantie ook maar te gaan eten. Ze had eigenlijk al een beetje gehoopt dat Ramon haar mee zou vragen, dus toen hij eindelijk de moed bijeengeraapt had haar uit te nodigen aarzelde ze geen moment. Een paar seconden voelde zich zich vrij van zorgen.

34.

DAG 3, ROTTERDAM, 21.45 UUR

'Ben jij ooit wel eens wakker geworden met in je achterhoofd het idee, gut, ik ben eigenlijk een zielige stumper?'

Luppo Dijkstra, die voor het eerst sinds Rokus van den Boogaard hem kende in het openbaar zweette, zweeg.

'Nou?'

'Sebastiaan, ik…'

'Noem me geen Sebastiaan! En ik vroeg je wat!'

Rokus betrapte zich er op dat hij bijna een gevoel van medelijden kreeg ten aanzien van Luppo. Zelden had hij Kalbfleisch zo te keer zien gaan. Hij had even naar zijn mond gekeken en zag dat die niet meer was dan een flinterdunne lichte, zeer strak getrokken potloodstreep in een omgeving van woeste donkere stoppels, die al een paar dagen vrij spel hadden op Kalbfleisch' vierkante kin. De mond alleen al vertelde Rokus dat Kalbfleisch woedend was. Ziedend zelfs. De streep was in zijn gezicht verschenen toen hij op de televisie de naam Costa Killer hoorde.

'Ook dat nog,' brulde hij , 'ze gaan een hele mythe rond hem creëren!'

Vanaf dat moment was hij niet meer te genieten geweest. Wat nog erger werd toen toen hij woordvoerders van twee van de drie coalitiepartijen na afloop van de reportage hun zorg hoorde uiten. Kalbfleisch had het idee dat dat niet zonder consequenties zou blijven. Intussen probeerde hij zich maar weer te concentreren op Luppo Dijkstra.

'Laten we het dan maar anders proberen. Wat heb je gedaan nadat ik je gevraagd heb contact op te nemen met Rockanje?'

'Nou, contact opgenomen met Rockanje.'

'Contact opgenomen met Rockanje,' echode Kalbfleisch. 'Met de voorzitster van de kantklosvereniging of iemand in het bijzonder?'

'Als je nou blijft doen of ik helemaal seniel ben dan stap ik op ja,' riep Dijkstra nijdig, 'dit slaat nergens op.'

'Ik zal je uitleggen waar dit op slaat,' schreeuwde Kalbfleisch. 'Ongeveer een uur nadat jij me komt vertellen dat het slachtoffer in Rockanje wel degelijk dood is geschoten, zie ik bij *TV Zuid-Holland* een reportage waaruit blijkt dat het slachtoffer leeft. Wat nota bene in beeld door haar moeder en even later door een politievoorlichter in dezelfde uitzending wordt toegegeven. Daar slaat het op. Ik wil weten hoe dit blunderfestijn tot stand is gekomen.'

'Oké, oké,' zuchtte Dijkstra, 'direct nadat jij me er opdracht toe had gegeven heb ik gebeld naar onze collega's in Rockanje. Daar heb ik jou vraag voorgelegd aan Maarten de Vries, naar wie de telefoniste mij doorverbond.'

'Wie is dat dan?'

'Ja dat weet ik ook niet.'

'Handig,' zei Rokus, 'weet je wel zeker dat hij een politieman is en niet toevallig de schoonmaker?'

'Ja, doe maar lekker bijdehand,' riep Dijkstra kwaad.

'Goed, je kreeg Maarten de Vries aan de lijn op het politiebureau in Rockanje en je hebt niet gevraagd of hij bijvoorbeeld bij het onderzoek betrokken was?'

'Nee, dat heb ik niet. Het leek me beter om zo snel mogelijk de informatie te vergaren waar je me om gevraagd had.'

'En toen?'

'Nou, zoals ik je verteld heb, De Vries meldde me dat hij niet beter wist dan dat het meisje morsdood was en als het niet zo zou zijn had hij het moeten weten.'

'Je hebt natuurlijk verder ook niets gevraagd, bijvoorbeeld of het lichaam naar Rijswijk is gebracht, of er al iets bekend is over geweer en kogels?'

'Nee, ik dacht ik geef jou zo snel mogelijk de informatie die je wilt hebben.'

'Nou dan word je hartelijk bedankt Luppo. Ik heb je al verteld wat het betekent dat de UNSUB of Costa Killer dit weet. Dankzij jou heb ik niet de kans gehad te voorkomen dat dit uit zou lekken. Ik zou zeggen sodemieter alsjeblieft snel op want ik kan je eigenlijk niet goed meer verdragen.'

Terwijl Dijkstra het crisiscentrum verliet gaf Kalbfleisch kort enkele instructies aan Van den Boogaard.

'Over een half uur hier weer?' vroeg die.

'Yep'.

'Hoe ben jij gevaren,' zei Kalbfleisch toen hij stipt na dertig minuten het crisiscentrum weer betrad, waar Rokus al een paar minuten op hem wachtte.

'Goed. Ik heb net gesproken met Hans Herstel, teamleider in Rockanje. Slachtoffer, Sabine Zeeman, negentien, blond, is getroffen door een geweerkogel, maar heeft het tot nog toe overleefd. Kogel is in het AZR uit haar borst gehaald en naar het NFI gebracht. Als door een wonder zijn er geen vitale lichaamsdelen geraakt. UNSUB heeft vanuit de bossen, grenzend aan het strand geschoten. Er zijn kledingvezels en jawel, haren veiliggesteld, maar geenszins is duidelijk of ze van de UNSUB zijn. In het bos wordt namelijk 's nachts nog al eens wat afgevogeld en dan bedoel ik niet in ornithologische zin,' grijnsde Rokus.

'Hmm,' zei Kalbfleisch.

'Wat minder is, Herstel was al benaderd door Jans Dekker van het Korps Landelijke Politiediensten. Het spook der overkoepeling waart ook in Rockanje rond.'

'Ik weet het,' zei Kalbfleisch die zijn veertiende cigarro van de dag rustig in de brand stak, 'ik heb net gesproken met Vierhouten. Dekker komt hier morgen in alle vroegte naartoe om met Vierhouten jou en mij van gedachten te wisselen.'

'Gedachten wisselen,' zei Rokus spottend.

'Het zal wel een decreet worden,' gaf Kalbfleisch toe, 'maar wat er ook gebeurt, we zullen onze huid duur verkopen.'

'En verder?'

'Wat verder?'

'Je bent echt geen half uur bij Vierhouten geweest om hierover te lullen.'

Kalbfleisch glimlachte. 'Dat heb jij weer goed opgemerkt. Nee, ik heb een tijdje aan de telefoon gehangen met Brian Walcutt van de FBI in Washington. Die was van A tot Z betrokken bij de jacht op John Allen Muhammad, *de Sniper*, en zijn maatje Lee Boyd Malvo.'

'Had hij tips?'

'Nou niet veel. Het onderzoek is daar een behoorlijke chaos geworden. Dertien mensen neergeschoten, tien doden tussen 2 en 22 oktober. Daarvoor trouwens ook nog eens tien aanslagen. In verschillende staten, maar het ergste was er waren verschillende instanties bij betrokken. Lokale Politie, State Police, U.S. Marshalls, de Capitol Police en de FBI. Uiteraard wilden ze allemaal de UNSUB vinden, wat er toe leidde dat er door onderlinge rivaliteit info werd achtergehouden, wat de opsporing uiteindelijk vertraagd heeft. Twee journalisten van de Washington Post hebben een boek over het onderzoek geschreven. Hun conclusie, inschattingsfouten van de politie, rivaliteit tussen verschillende korpsen en gebrekkige informatie-uitwisseling hebben voor een chaos gezorgd die het onderzoek vertraagde.'

'Vierhouten, eat your hart out,' lachte Rokus.

'Ik zal het hem en Dekker precies uitleggen morgen,' grinnikte Kalbfleisch. 'Weet je wat helemaal idioot was, er was een speciale telefoonlijn opgesteld voor tipgevers, daar heeft die Muhammed zelf naartoe gebeld. Eerst kwam hij er niet door en toen hij wel iemand sprak geloofden ze niet dat hij de dader was.'

'Vreselijk. Hoe is hij eigenlijk opgepakt?'

'Ooggetuigen hebben informatie gegeven waardoor mensen uit Muhammads innercircle er van overtuigd raakten dat hij het moest zijn. Die hebben de politie getipt.'

'En daar moeten wij nu ook op hopen?'

'Ja. Gezien het feit dat we forensisch gezien met lege handen staan, heel misschien hebben we nu wat in Rockanje, maar dat blijft afwachten, zijn we eigenlijk heel erg afhankelijk van tips op dit moment.'

'Kon hij iets zeggen over de dader?'

'Hij schetste een inktzwart scenario. Probeer je eens in te denken: ergens in Nederland, misschien wel vlakbij ons nu loopt onze UNSUB rond. Of Costa Killer zoals de media hem gedoopt hebben.'

'Wel goed gevonden.'

'Nou, ongeacht of het goed bedacht is, het kan ons misschien helpen.'

'Hoezo?'

'Wel eens gehoord van pro-actieve opsporingsmethodes?'

'Nee.'

'Je moet het een beetje zien als uitlokking. In Amerika waar ze veel te maken hebben met *serial killers* wordt het soms gebruikt. Je moet het zo zien: zeg in de media dat een bepaalde bank 100% beveiligd is tegen inbrekers en dan maak je die bank juist interessant. Tien tegen één dat er pogingen tot een overval volgen.'

'Wat houdt dat voor ons in?'

'Walcutt wees me erop dat doordat de media de naam Costa Killer hebben bedacht hij nu misschien wel echt geïnteresseerd raakt in onze kust, voor zover hij dat al niet was dan.'

'Had die man verder nog iets.'

'Nou, hij rekent er een beetje op dat de dader een buitenlander is omdat ik hem verteld heb dat er in Nederland zo op het eerste gezicht geen scherpschutter rondloopt die dit zo zou kunnen doen.'

'Daar hebben we wat aan.'

'Profiling is nou eenmaal geen exacte wetenschap. Maar goed, onze UNSUB is dus mogelijk een buitenlandse man, die aan de kust rondrijdt. Leuk, in de vakantie.'

'Precies. Misschien moeten we toch in kustplaatsen van Zeeland tot Groningen extra patrouilles laten rijden. Ook al om het strandpubliek erop te wijzen dat we hun veiligheid serieus nemen. En als het gepermitteerd is dan ga ik nu lekker naar huis!'

'Ik ook,' zei Kalbfleisch, 'een uurtje slaap pakken ter voorbereiding op de slachtbank waar we morgen naartoe geleid zullen worden.'

35.

DAG 3, CAEN, 23.55 UUR

Voor het eerst in de laatste vier dagen voelde ik me zo dodelijk vermoeid, dat ik de slaap niet kon vatten. Eigenlijk was het belachelijk wat ik aan het doen was. Ik was al twee nachten niet thuis geweest en nu lag ik in een miniscuul hotelkamertje in Caen, dat zo klein was dat ik nauwelijks naast het bed, dat ook niet echt ruim bemeten was, kon staan. In de douchecabine raakten mijn schouders de wanden, zo krap was het. En dat allemaal om ene Pierre te vinden. Die in Kameroen werkt. Ik wilde er nog niet aan denken wat ik zou gaan doen als ik er achter kwam dat hij daar nu ook weer was. Jim lag aan mijn voeten en kon de slaap wel vatten zoals altijd, stelde ik jaloers vast.

Terwijl ik 's middags onder toeziend oog van Pierres sympathieke neef in de Pontiac was gestapt en weg wilde rijden zag ik nog net dat hij zijn hand ophief.

'U gaat naar Caen?' vroeg hij, nadat ik het raampje had geopend.

'En wel linea recta,' zei ik.

'Veel succes en sorry voor mijn neef.'

'Eerst maar eens kijken wat hij uitgespookt heeft voor we conclusies trekken,' zei ik in de hoop dat hij zou begrijpen dat ik daarmee wilde zeggen dat ik hem niets aanrekende.

Vlak buiten Bastogne had ik de auto gestopt en was in het vakje gedoken waar ik al mijn routekaarten bewaar. Omdat mijn moeder in San Sebastian woont en ik haar soms bezoek was er geen gebrek aan kaarten van Spanje en Frankrijk. Ik had een stief kwartiertje nodig alvorens ik had uitgepuzzeld waar ik het beste langs kon rijden. Ik had geen zin in een toeristische route, hoewel die juist in Noord-Frankrijk de moeite waard zijn. Ik besloot ook de Champagneroute links te laten liggen en het leek me het handigst om via Reims en wellicht de noord periferique van Parijs richting Normandië te gaan. Naar Caen, district Calvados.

Eenmaal de Franse grens over besloot ik toch maar eens te bellen naar advocaat Gangiotti. Hij reageerde allerhartelijkst op mijn verzoek. Hij stond erop dat ik hem meteen zou bellen, als ik was aangekomen, ook al zou dat laat op de avond, zo niet midden in de nacht zijn. Gelukkig voor mij sprak hij in tegenstelling tot de meeste Fransen heel rustig, waardoor ik hem zowaar bijna woordelijk kon verstaan. Dat was alweer een hele geruststelling.

Ik dook de eerste de beste péage op die ik zag in de hoop dat ik flink kon doorrijden. Tot voorbij Parijs ging dat prima. Daarna werden de wegen kleiner. Bij een tankstation kon ik gelukkig wat extra toiletspullen inslaan. Met een vooruitziende blik had ik mijn kofferbak redelijk volgegooid met kleding toen ik van huis wegging.

Eigenlijk baalde ik ervan dat ik niet gewoon met mijn motorkotter op pad was gegaan. Ik had Antwerpen kunnen bereiken en Caen ook. Ik zou daarna zo de Atlantische kust af kunnen varen om uit te komen bij de Golf de Gascogne. Dan zou ik mijn moeder in San Sebastian eens kunnen opzoeken. Ik had al jaren geen vakantie meer gehouden dus ook in die zin was het een heel aardig plan. Mijn boot is net iets langer dan 22 meter en zeewaardig. Jim vindt het er heerlijk en ik hou van het water. Maar ja, ik had gekozen voor de auto. Misschien zou ik na Caen kunnen doorreizen naar Nantes om daar een boot te huren.

Ik realiseerde me verder dat ik me van het ene Tweede Wereldoorlog slagveld naar het andere begaf. Was er in en rond Bastogne enorm gevochten, het bloed dat in Normandië gevloeid was leek me toch vele malen meer. Terwijl Jim op de achterbank in dromenland was gingen mijn gedachten uit naar "De langste dag". Was het nou *Utah beach* of *Omaha beach* waar ik naartoe ging?

Ik zou het gauw genoeg merken. Ik besloot tegen achten een lange stop te maken om Jim te laten lopen en om zelf de inwendige mens wat te versterken. Daarna besloot ik aan één stuk door te rijden. Tegen twaalven merkte ik dat ik bijna in slaap sukkelde achter het stuur! Gelukkig was het niet ver meer. Ik was stervensblij dat ik uiteindelijk de borden "centre de ville" zag. Bij een hotel waar de deur nog openstond parkeerde ik de auto en ja, er was nog een 'chambre pour une nuit.' Met de belofte dat ik voor 09.00 uur weg zou zijn mocht ik de Pontiac laten staan voor het hotel. Ik besloot Gangiotti niet meer te bellen en ging op bed liggen. Ook in Frankrijk was het benauwd en heet! Ik kon de slaap niet vatten.

5.

De mist was zo dicht dat de 15-jarige jongen, die op zijn brommer moeizaam tegen de heuvel omhoog kwam, de hoge smalle dennenbomen aan weerszijden van het bevroren zandpad niet kon zien. Om precies 06.00 uur was zijn wekker afgegaan. Al bij de eerste van de kleine piepgeluidjes die hij hoorde opende Pierre zijn ogen en was meteen klaarwakker. Dat had hij zichzelf aangeleerd.

In de keuken maakte hij stilletjes koffie klaar. Dat was niet bepaald nodig. Zijn vader Louis was waarschijnlijk zoals gewoonlijk zijn roes aan het uitslapen. Zijn moeder Brigitte, een titel die ze enkel en alleen te danken had aan het feit dat ze Pierre op de wereld had gezet en niet omdat ze zich daarna iets aan hem gelegen had laten liggen, lag nu waarschijnlijk meer dood dan levend ergens in een portiek in Brussel, als ze tenminste een klant had gevonden en daarna heroïne had kunnen scoren.

Eigenlijk viel haar niet veel te verwijten. Ze was veertien toen Pierre geboren werd. Pas in de zesde maand ontdekte ze dat ze zwanger was. Ze wilde de baby meteen laten weghalen, ook omdat ze niet wist of Louis wel de echte vader was, iets waar ze nooit met iemand over sprak, maar dat wilde Louis niet. Hij had al een nieuwe vriendin, Jeanne, en die wilde graag voor het kind zorgen. Zij werd ook officieel in de geboorteakte opgenomen als moeder van de kleine Pierre Louis en Brigitte werd te verstaan gegeven dat ze zich nooit meer moest laten zien.

Jeanne was de baby al snel zat. Omdat ze erg afgelegen woonden in de vervallen boerderij aan het zandpad, kwam er nooit bezoek. Niemand stelde dan ook vast dat kleine Pierre ernstig verwaarloosd werd. Pas op de lagere school was een schooljuffrouw er na een hele tijd achter gekomen dat er iets structureel niet in orde was met het jochie, dat zich soms bijna autistisch gedroeg. Ze had besloten zijn ouders te bezoeken maar dat was zodanig uit de hand gelopen dat Louis drie jaar in de cel belandde voor ernstige mishandeling en poging tot moord. De schooljuf vertrok na een ziekbed van een half jaar uit het dorp.

Al die tijd was kleine Pierre alleen in huis met Jeanne, die niet naar hem omkeek. Zij gebruikte de tijd dat haar echtgenoot vastzat om zoveel mogelijk mannen uit te nodigen, soms twee of drie tegelijk. Aanvankelijk hield ze haar seksuele uitspattingen alleen in de slaapkamer, maar uiteindelijk werd ook de woonkamer daartoe uitverkoren, vaak terwijl kleine Pierre er gewoon aanwezig was. Op die momenten realiseerde ze zich dat het kleine ventje haar enorm opwond. Dus besloot ze hem 's avonds zelf te wassen, waarbij ze hem overal stevig onder handen nam. Na twee weken was ze plotseling op een avond naakt de badkamer ingelopen en beduidde kleine Pierre dat hij haar ook moest wassen. Overal en vooral tussen haar benen.

Hij was doodsbenauwd weggerend en had twee weken op straat rondgezworven, tot hij uiteindelijk door een rijkswacht werd gesnapt en weer thuis werd afgeleverd. Op het moment dat hij weer alleen was met Jeanne merkte hij iets vreemds. De vrouw leek bang. Al snel begreep hij dat ze alleen maar wilde weten of hij de politie verteld had wat er gebeurd was. Vanaf dat moment veranderde er iets in Pierre. Klein als hij was kreeg hij ineens het gevoel dat hij de macht had over dat idiote mens en plotseling minachtte hij de vrouw waar hij twee weken geleden nog zo bang voor was geweest. Vanaf nu nam hij zich voor dat hij de lakens zou uitdelen in het huis.

Dat hij tegen 15.00 uur Françoise ontmoette, was puur toeval. Hoe het 4-jarige meisje met de blonde paardenstaartjes bij zijn afgelegen schuurtje in de bossen terecht was gekomen, daar

begreep hij niets van, maar ineens kwam ze vanuit de struiken aangehuppeld en liep regelrecht naar de deur toe die openstond, zodat ze Pierre zag.

'Hallo,' riep ze onbevangen, 'hoe heet jij?'

Pierre legde de zaag die hij in zijn hand had neer en draaide
zich tegelijkertijd om.

'Hallo. Waar kom jij vandaan?'

'O, daar,' zei het meisje en maakte met haar armpje een beweging naar achter.

'Ben je alleen?'

Françoise knikte heel hard ja.

'Hoe heet jij,' zei ze nog een keer.

'Pierre.'

'Ik heet Françoise,' zei het kind vrolijk.

'Wil je soms wat drinken?' zei Pierre en vroeg zich meteen
af waarom hij dat eigenlijk vroeg.

'Ik mag niets aannemen van vreemde mensen zegt mama
altijd.'

'Maar ik ben geen vreemde,' lachte Pierre, 'je weet immers
wie ik ben!'

Even later zat het kleine meisje in de schuur tegenover Pierre
en dronk cola uit een plastic bekertje. Een tijd lang keek ze
om zich heen.

'Ik mag eigenlijk geen cola van mijn mama,' zei ze plotseling.

'Je mama is gek,' zei Pierre, 'cola is lekker.'

'Nietes, mijn mama is niet gek,' riep Françoise, terwijl ze
opsprong van haar kruk. 'Mijn mama is lief en ik ga weg.'

'Rustig maar,' probeerde Pierre haar te kalmeren, 'drink eerst
je cola maar op.'

'Ik wil geen cola, ik wil naar mama,' riep Françoise en begon
hard te huilen.

Pierre schrok zich wild. 'Je moet stil zijn,' beet hij haar toe.
Het kleine blonde meisje begon nog harder te huilen en pro-

beerde langs hem heen te lopen, maar dat belette hij door haar aan haar arm vast te houden.

'Ik ben hier de baas, dit is mijn huis, hier doe je wat ik zeg, heb je dat begrepen? Hier moet je stil zijn,' zei Pierre. 'Eerst ophouden met huilen, dan mag je weg.'

In plaats van dat ze ophield met huilen, zoals Pierre gehoopt had, begon Françoise nog harder te krijsen.

'Ophouden,' riep Pierre en begon het meisje wild door elkaar te schudden. 'Ophouden hoor je?'

Françoise Delacre, nog geen vijf jaar oud en hartpatiëntje stierf in zijn armen om 16.05 uur.

Toen er een uur later op Pierres deur werd geklopt had hij zichzelf volledig herpakt. Hij opende de deur van de schuur een klein stukje en keek de man die voor hem stond vragend aan. De man, van wie hij later door alle media-aandacht zou constateren dat het Françoises vader Hughes Delacre was, vroeg met een zeer ongeruste gezichtsuitdrukking of hij misschien een klein meisje had gezien met blonde paardenstaartjes. Ze had dringend haar medicijnen nodig. Pierre die haar levenloze lichaampje op de werkbank had gelegd zonder het te bedekken bedacht zich geen seconde en glipte door de kleine deuropening naar buiten.

'Ik ga meteen helpen zoeken,' zei hij. 'Vanaf welke kant komen jullie?'

Hughes bedankte hem.

'Loop maar mee,' zei hij, ik zal het je laten zien. Terwijl ze achter de schuur liepen kwam plotseling een vrouw met betraande ogen de bosrand uitlopen.

'Nog geen spoor,' riep Hughes tegen haar. 'Maar deze jongeman hier gaat nu ook helpen zoeken. Hij kent de omgeving'

'Dat is heel lief van u,' zei Marie-France Delacre. Weet u, iedere seconde telt, ze heeft dringend medicijnen nodig.'

'Ik zal mijn best doen mevrouw,' beloofde Pierre.

Na twee dagen bedacht Pierre plotseling hoe hij zich van het lichaampje zou kunnen ontdoen. Dat werd zo langzamerhand wel tijd. Françoise lag nog steeds op de werkbank. Hij was niet meer bij zijn schuurtje geweest. Maar ze kon daar niet eeuwig blijven liggen. Het zou op den duur wel gaan stinken ook.

In het dorp leek niemand zich meer zo druk te maken om de verdwenen kleuter. Er hingen hier en daar haastig gestencilde opsporingsposters met een nauwelijks herkenbare foto van het blonde meisje. De lokale krant had die foto ook geplaatst maar de politie had het zoeken inmiddels gestaakt. Vooral omdat een getuige een vreemde blauwgrijze Simca had gezien met Duitse nummerplaten. Algemeen werd aangenomen dat het wel om een ontvoering zou gaan.

De derde dag na de dood van het meisje was Pierre 's morgens vroeg op zijn brommertje weer naar zijn schuurtje gereden. Hij had van huis een paar vuilniszakken en wat gereedschap, waaronder een zaag, meegenomen. Hij had eerst nog gecontroleerd hoe scherp die was en dat bleek in orde. Aangekomen in zijn schuurtje bedekte hij de werkbank met plastic en legde het lichaampje erop. Het had hem veel meer tijd gekost dan gedacht om het lichaampje in twee stukken te zagen. Hij had beide helften apart in een plastic zak gedaan en bond die vervolgens achterop zijn brommer.

Gedekt door de mist reed hij vervolgens richting Luxemburgse grens. Hij had nauwkeurig de topografische kaarten van België en Luxemburg bestudeerd en zo was zijn plan ontstaan. Vlak tegen de grens van Luxemburg aan dumpte hij het onderste deel van Françoises lichaampje in het riviertje de Wilz. De plastic zak nam hij weer mee. Daarna toerde hij nog een stukje Luxemburg in tot hij ter hoogte van Winseler het andere deel van het lijkje dumpte. Daarna reed hij terug naar zijn schuurtje waar hij al het gebruikte plastic verbrandde en alles zorgvuldig schoonmaakte. Thuisgekomen constateerde hij dat hij ondanks het nog vroege tijdstip van de dag wel zin had in een biertje. Die had hij wel verdiend, vond Pierre.

Het onderzoek naar de moord op Françoise werd afgesloten zonder resultaat. Vijf jaar later werd in Brussel de Witte Mars gehouden, naar aanleiding van de ontvoering van en de moord op meerdere soms nog heel jonge kinderen. Tussen de tienduizenden in witte T-shirts gehulde demonstranten die België op hun grondvesten deden trillen stonden ook Hughes en Marie-France Delacre. Met een afbeelding op hun borst van Françoise. De foto die heel België kende van het vrolijke kind met de blonde paardenstaartjes. Ze werden uitgenodigd door de koning en zijn vrouw, die hen beloofden dat er alles aan gedaan zou worden de waarheid boven tafel te krijgen. Het hoofd van de cel "Verdwijningen" bezocht hen zelfs persoonlijk om aan te geven dat ook het dossier Françoise alle aandacht zou krijgen. Maar noch tijdens het grootscheeps onderzoek, noch in de jaren daarna kwam het tot een oplossing.

Marie-France Delacre stierf nadat ze wegens oplopende spanningen in haar huwelijk was gescheiden, op 58-jarige leeftijd verbitterd en moederziel alleen in haar appartement in Bastogne. Haar man Hughes stierf enige jaren later, dodelijk vermoeid van het vechten tegen de bierkaai. De grootste wens van beiden, ooit te weten te komen wat er met hun dochtertje was gebeurd, ging nooit in vervulling.

6.

36

DAG 4, ROTTERDAM, 07.00 UUR

De man lag, op een kleine zwarte slip na, naakt op het hotelbed. Met zijn linkerhand drukte hij zijn nekwervels iets uit het hoofdkussen omhoog.

PIJN.

Zijn rechterhand drukte hard op zijn voorhoofd.

HELSE PIJN. DIE AFSCHUWELIJKE MIGRAINE AANVALLEN.

Bijna de hele nacht had de man wakker gelegen.

HET DERDE SLACHTOFFER LEEFDE. HOE WAS DAT MOGELIJK? ZE HAD ZICH NET OPGERICHT TOEN ZIJN VINGER DE TREKKER BEROERDE.

De hele nacht had de man flarden van hetzelfde beeld in zijn hoofd gehad.

ZE HAD ZICH NET OPGERICHT.

Nadat hij was weggereden uit Rockanje had hij aanvankelijk een tijdje doelloos rondgereden in euforische toestand.

ZIJ MOET HET ERGENS LEZEN IN DE KRANT, OF ZIEN OP DE TV. ZOU ZE AL BEGRIJPEN DAT HET VOOR HAAR WAS BEDOELD? K U T W IJ F.

Ineens besloot hij naar Amsterdam te rijden.

DE WALLEN.

Misschien kon hij daar wat van die afschuwelijke spanning kwijt. Na een kwartiertje gelopen te hebben, strompelen meer, zag hij een mooie donkere Ghanese vrouw. Hij zei geen stom woord tegen haar, nam haar van achter en rekende af. Tien minuten later kon hij zich opnieuw niet bedwingen. Hoewel het bloedheet was ging hij nog twee keer daarna een peeskamertje binnen. Hij voelde zich redelijk rustig toen hij Amsterdam uitreed.

De schok was gekomen toen hij naar zijn hotel terug was gekeerd. Hij stond net onder de douche toen hij de nieuwslezeres op de televisie hoorde praten.

WAT? DIT KAN NIET. ZE BELAZEREN DE BOEL. ZE MOET DOOD ZIJN.

Zonder zich af te drogen schoot hij zijn hotelkamer in en ging op het bed zitten om als in trance te kijken naar de moeder van het slachtoffer en een politieman.

ZE BELAZEREN DE BOEL. ZE PROVOCEREN ME. ZE LIEGEN, ZE LIEGEN, ZE LIEGEN. HET IS HAAR SCHULD.

Heel langzaam waren de beelden van het meisje in de roze bikini bij hem teruggekomen. Plotseling zag hij haar weer haarscherp voor zich. Hoe ze bewogen had net toen hij wilde schieten.

MISSELIJK. KOTSMISSELIJK.

Plotseling sprong de man van zijn bed op en liep naar de badkamer. Nog voor hij het toilet had kunnen bereiken kwam de inhoud van zijn maag omhoog. Een paar minuten bleef hij op de koele badkamertegels liggen onderwijl kokhalzend terwijl de slijmdraden uit zijn neus hingen.

WRAAK. WRAAK. DIT ZAL HET LAATSTE SLACHTOFFER ZIJN DAT MIJN AANSLAG OVERLEEFT. VANAF NU BEN IK DE DOOD. WRAAK. NET ZOLANG TOT IK HAAR VIND.

37.

DAG 4, FANALS , CATALONIË, 07.05 UUR

Ciska Hofman merkte plotseling dat ze zacht neuriede. Hoewel ze voor het eerst in het huis van Ramon was, voelde ze zich er meteen thuis. Eigenlijk was ze wakker geworden door zijn gesnurk. Het klokje naast Ramons bed had aangegeven dat het nog maar amper drie uur geleden was dat ze in slaap waren gevallen. Nadat ze giechelig een poosje naar haar knappe Spanjaard had gekeken was ze zonder lawaai te maken uit bed gestapt en door de woonkamer naar de keuken gelopen, die er redelijk netjes uitzag voor die van een jonge vrijgezel.

Nieuwsgierig trok ze de koelkast open in de hoop een pak jus d'orange of iets dergelijks te vinden. Want de wijntjes van de vorige avond hadden onverbiddelijk tot gevolg dat ze een behoorlijke nadorst had. "Aqua sin Gaz" leek haar ook een prima remedie. Of "Aiwa", zeiden ze in Catalonië. Want hoe trots ze ook was op haar beheersing van de Spaanse taal, Ramon vond het maar 'zo zo'.

'Je hebt Castiliaans geleerd,' had hij haar quasi streng kijkend uitgelegd. 'Daar houden we hier niet van. We zijn hier in Catalonië. Maar geen probleem, ik zal je Catalaans leren.'

'Oké professor,' had ze gegrinnikt, 'alleen als jij Nederlands leert.'

'Waarom zou ik dat doen? Wie spreekt er nou Nederlands? Dat is toch een taal van niks!'

'Meer mensen in de wereld spreken Nederlands dan Catalaans hoor,' protesteerde Ciska. 'Niet alleen in Nederland zelf, maar ook in België, Suriname, op de Antillen en in delen van Indonesië kun je met Nederlands terecht. Dat is heel wat meer dan dat handjevol separatisten dat Catalaans spreekt.'

Het had geleid tot hun eerste romantische stoeipartij. Opnieuw merkte Ciska dat ze in zichzelf neuriede. Dat kwam mede door de fantastische avond en dito nacht die ze achter de rug had. Ramon had van zijn baas niet hoeven helpen met opruimen van de pizzeria, dus hij had haar al lekker vroeg meegenomen naar Lloret de Mar. Daar waren ze eerst gaan dansen en toen Ciska zich helemaal uitgeleefd had waren ze naar Ramons appartement gegaan. Ook daar leefden ze zich nog een uur of drie uit, tot Ciska uitgeput in slaap viel, tot grote spijt van haar Spaanse minnaar.

Even twijfelde Ciska of ze Ramon wakker zou gaan maken.

Er stond per slot van rekening een hoop op het programma vandaag. Ze besloot hem nog een half uurtje te gunnen.

38.

DAG 4, ROTTERDAM, 07.35 UUR

Rokus van den Boogaard vond het spijtig dat hij niet de gelegenheid had gehad om even vijf minuten met Kalbfleisch onder vier ogen van gedachten te wisselen. Dan had hij hem erop kunnen wijzen dat hij bezig was zijn eigen graf te graven. Hij had Kalbfleisch wel vaker horen bulderen en tekeer gaan. Maar nooit zoals nu tegen de korpschef en een inspecteur van de KLPD. De gezichten van de vier mannen verrieden een totaal verpeste sfeer. Mede daar Kalbfleisch botweg het rookverbod negeerde en grote wolken sigarenrook de bedompte ruimte zonder ramen in blies.

'Even voor alle duidelijkheid Kalbfleisch,' zette korpschef Vierhouten de puntjes op de i, 'deze bijeenkomst is er niet om met jou te overleggen, deze bijeenkomst is er om jou te vertellen hoe de zaak verder gaat. Het sleutelwoord daarbij is samenwerking. Zoals de zaak zich nu ontwikkelt gaan de TGO's Rotterdam, Scheveningen en Rockanje samenwerken en creëren we een overkoepelend rechercheteam. Het is overduidelijk dat de slachtoffers door toedoen van één en dezelfde dader zijn gevallen. Daarom moeten we de informatie delen, het zal het onderzoek versnellen. Het heeft geen zin om allemaal op eigen houtje het wiel te gaan lopen uitvinden. Wie de leiding heeft zijn we nog niet uit, maar belangrijker is dat we de krachten bundelen.'

Krijg nou toch het zuur, krachten bundelen, mijn harige reet, dacht Kalbfleisch. Hij formuleerde zijn gedachten iets genuanceerder. 'Mensen, wees toch eens reëel. Dat is funest voor ons onderzoek. Jullie weten dondersgoed wat er gaat gebeuren met zo'n superteam. Dat werkte vroeger niet, dat werkt nu niet en dat zal in de toekomst ook nooit werken. En iedereen hier weet waarom. Dit is waanzin.'

'Dat verhaaltje ken ik nu zo langzamerhand wel,' snauwde Vierhouten, 'maar daar heb ik niets mee te maken. Waar ik mee te maken heb dat zijn ongeruste burgers. Twee moorden. Brute moorden. Eén bijna-moord. Een loslopende gek waarvan we geen idee hebben hoe en wanneer die opnieuw toeslaat. Een onderzoek dat niet opschiet. En hordes losgeslagen journalisten die heel Nederland bang maken met suggestieve berichtgeving.'

'En bange politici zeker,' zei Kalbfleisch uitdagend.

Dat was helemaal harakiri, bedacht Rokus.

'Wat insinueer jij Sebastiaan,' zei Vierhouten woedend.

'Dat jij iemand van Binnenlandse Zaken aan je broek hebt die jou onder druk zet. Die denkt dat we het hier niet aankunnen. Die nu, onder druk van een stel losgeslagen politici die het ene domme statement na het andere afgeven, jou verplicht ons TGO op te heffen. En jij roept natuurlijk ja, om in Den Haag niemand voor het hoofd te stoten in verband met je carrière. En laat ons daarmee vallen als een baksteen. Dat insinueer ik.'

Kalbfleisch had geen idee hoezeer hij de spijker op de kop sloeg. Het maakte Vierhouten nog laaiender dan hij al was.

'Nou is het afgelopen Kalbfleisch,' donderde hij, terwijl hij met zijn vuist loeihard op tafel sloeg, 'wat ben je toch een kortzichtige imbeciel. Dit neem je terug. Je begrijpt er echt niets van wat er aan de hand is hè. Denk je soms dat de wereld ophoudt buiten Rotterdam Rijnmond? Ik zal jou eens een voorbeeld geven. Jullie hebben een onderzoek gedaan naar de herkomst van de Bushmaster. Ik wil niet dat er in Scheveningen en Rockanje nu kostbare onderzoekstijd verspild wordt omdat mensen hetzelfde onderzoek gaan doen.'

'Touché,' mompelde Rokus.

'Onzinnig voorbeeld,' zei Kalbfleisch. 'Die info heb ik al lang doorgespeeld. Maar er is iets anders aan de hand hè, of denk je dat ik helemaal gek ben? Ik heb de afgelopen 24 uur aan de lopende band hijgerige politici gehoord op radio en tv en niet de minsten. Helaas niet alleen van die LVN-types, maar ook de zogenaamde serieuze politici menen zich te moeten profileren. Samenwerken, krachten bundelen, Nationale Recherche inschakelen en meer van dat soort fraaie onzin roepen ze, om aan te geven hoe krachtdadig ze kunnen optreden in crisissituaties. En jij sluit je daarbij aan. Alleen jullie vergeten dat ons korps daar niet voor geoutilleerd is. Paar voorbeeldjes.'

Van den Boogaard merkte dat zijn collega nu echt op stoom was.

'Mogelijkerwijs is het je bekend dat Scheveningen en wij met een ander computersysteem werken. Schiet lekker op. Hoe gaan we de resultaten verwerken van alle tips die binnenkomen? Of moet ik jullie herinneren aan Peter G.?'

De zaak G. had de gemoederen in Nederland flink bezig gehouden. Amper twee maanden geleden was in het zuiden van het land een jong meisje door een onbekende automobilist van haar fiets geplukt op weg naar school. Aan het eind van de dag was de betreffende automobilist gesignaleerd door een vrouw in de Achterhoek. Het had door haperende computersystemen twee dagen geduurd alvorens de recherche in Limburg de tip had doorgekregen, die leidde naar de 27-jarige dakdekker G.

'Waarom niet alledrie ons onderzoek uitvoeren en gewoon contact houden,' ging Kalbfleisch verder. 'Gaat sneller en is efficiënter. En jij weet net zo goed als ik dat we nu een hoop tijd gaan verliezen met onzin die niets te maken heeft met de daadwerkelijke moordonderzoeken. Wie heeft de leiding, waar komt ons kantoor, hoeveel auto's krijgen we ter beschikking en vooral wie gaat wat betalen en wat willen we naar buiten brengen? Bureaucratie, rivaliteit en helaas ook vaak stommiteit. Geloof me nou het werkt niet. Het werkt niet!'

'Weet je wat het met jou is Sebastiaan,' antwoordde Vierhouten, 'jij bent bang. Samenwerken betekent informatie delen met anderen. En dat wil jij niet. Want misschien zijn die anderen wel beter dan jij. Misschien plaatsen ze wel vraagtekens bij jouw manier van werken. Misschien boeken anderen wel sneller resultaat dan jij. Ik zeg jou één ding: als jij daadwerkelijk deze moordenaar te grazen wil nemen dan moet je inbinden. Anders kun je, nogmaals, nu je spullen pakken. En ik wacht nog steeds op excuus.'

Van den Boogaard keek de mannen rond de tafel een voor een aan. Wat betreft Kalbfleisch en Vierhouten waren de verhoudingen duidelijk. De andere man had tot nu toe nog geen mond open gedaan. Hij had zich voorgesteld als Jans Dekker en zijn functie genoemd. Maar die was Rokus vrijwel meteen weer vergeten.

Dekker kuchte voorzichtig.

'Ik begrijp uw scepsis enigszins,' merkte hij op, 'maar laat me u dit vertellen. U heeft het over hijgerige politici, misschien ten dele terecht. Maar ik kan u ook meedelen dat minister-president Wildeboer inmiddels bereikt is op zijn vakantieadres in Jutland en dat hij zeer ongerust is.'

Welke sukkel gaat er in vredesnaam naar Jutland, dacht Van den Boogaard, die één keer in zijn leven in Denemarken was geweest voor een 3-daags bezoek aan Kopenhagen. Het was zo verschrikkelijk saai geweest, dat zijn kennissen alleen al bij het zien van het mapje met de vakantiefoto's in slaap waren gevallen.

'En wat heeft de M.P. allemaal voor ideeën over het onderzoek?' vroeg Kalbfleisch.

'De heer Wildeboer heeft inmiddels contact gehad met de ministers van Justitie en Binnenlandse Zaken. Er is een beslissing gevallen dat wanneer de zaak verder escaleert, dat ze dan hun vakantie op zullen schorten en naar Nederland zullen terugkeren om zich te buigen over de zaak.'

'En dan?' zei Kalbfleisch. 'Denkt u wellicht dat de moordenaar daar zo van schrikt dat hij zichzelf komt aangeven bij ons, al roepend 'straf mij, straf mij'?'

'Nee dat denk ik niet. En ik denk ook dat u gelijk heeft als u stelt dat samenwerking tussen korpsen ook nadelen heeft, waarvan u er net al een paar noemde. Maar hoe dan ook, het is de uitdrukkelijke wens van Den Haag, dat u wat er ook gebeurt, u kunt dat zelf vormgeven, gaat samenwerken. Voor het geval u het gemist heeft, dit land staat op zijn kop. Angst regeert. Nog een moord en de ramp is niet te overzien.'

'Dat weet ik ook,' snauwde Kalbfleisch. 'Maar hoe lossen we het op? We staan met lege handen. We hebben niets.'

'Dat is uw probleem. Waarvan ik, denk ik met u, hoop dat het gauw opgelost is.'

'Ik heb om 11.00 uur weer een afspraak voor je gemaakt met Mullens en Herstel. Ik ga er vanuit dat jij de heren er van overtuigt dat de algehele leiding van het onderzoek bij ons ligt, gezien het feit dat de eerste aanslag hier is gepleegd,' zei Vierhouten.

'Ach, krijg toch wat allemaal,' riep Kalbfleisch en smeet de deur achter zich dicht.

'Gelukkig heeft hij vandaag een goeie bui,' zei Rokus. 'Hij kan soms nog wel eens opvliegend zijn.'

39.

DAG 4, CAEN, 10.00 UUR

Hoewel zijn naam anders deed vermoeden was advocaat Luc Gangiotti zoals hij zelf vaak te berde bracht, Franser dan Frans. Ooit was zijn vader begonnen met uitzoeken waar de familienaam vandaan kwam. Hij was gestrand in 1785. Toen woonden de Gangiotti's in Nice. Vlak voor zijn vaders dood had Luc beloofd het onderzoek, waarvan de resultaten vooraan in de familiebijbel waren opgeborgen, af te ronden, maar zijn animo daarvoor zou de eerste jaren ver beneden peil blijven. Met name omdat de Gangiotti's in het verleden voornamelijk keurige ambachtslieden waren geweest. Dat strookte niet echt met het beeld van blauw bloed bij zijn voorvaderen zoals hij het zelf graag had gezien.

Luc Gangiotti's leven was vrij van zorgen. Gezondheid oké, een lieve vrouw die zich voornamelijk bezig hield met de zorg voor hun 2-jarige stamhouder Luc jr., mooi huis in de binnenstad en appartement in Parijs, beiden afbetaald. Daar hij een niet-roker, matig drinker en fanatiek tennisser was verkeerde hij in een perfecte conditie. Zijn maatkostuum verried overduidelijk het gebrek aan iedere vorm van vet.

Toch had Gangiotti ook zo zijn dagelijkse problemen. Over enkele minuten zou zich ene P.B. Lebandowski melden. Die had hem telefonisch benaderd en uitgelegd dat hij iets wilde weten over Pierre. Lucs interesse was meteen gewekt. Hij had enige tijd geleden een nieuwe cliënt aangenomen, genaamd Gilbert die met een krankzinnig verhaal kwam. Hij had hem gevraagd in hoofdlijnen zijn verhaal op papier te zetten. Wellicht zou er dan duidelijkheid komen in het verwarde relaas. De woorden waarmee Gilbert zich gemeld had, waren wel letterlijk blijven hangen.

'Maître Gangiotti, ik hoop dat u mij kunt helpen. Ik ben erin geluisd. Door schoften met misdaden op hun geweten die erger zijn dan een mens kan bedenken, laat staan aanvaarden. Ik vecht niet voor mezelf alleen. Maar ook voor hen die niet zoals ik nog de mogelijkheid hebben om gerechtigheid te zoeken.'

Vervolgens was hij losgebarsten over de firma Duvallier in Kribi, Kameroen, waar hij gewerkt had. Hij was er uitgebonjourd en dat was de schuld van ene Pierre. Hoe het was gebeurd stond in de brief van zeventien kantjes die Desgrange drie dagen na het telefoontje bij hem in de bus had gestopt en die Gangiotti in één ruk uitlas.

"Geachte heer Gangiotti, hierbij doe ik u mijn levensverhaal en een verslag toekomen van een deel van hetgeen ik heb mee-gemaakt en ik hoop dat u in staat zult zijn me te helpen. Het echte probleem begon bijna twee jaar geleden in Kameroen."

Kameroen, 2 jaar geleden

Nog twee jaar. Hoe kom ik die in hemelsnaam door? Gilbert had het heet. Hoewel, de lichamelijke toestand van de aima-bele Fransman was niet te vatten in het begrip zweten. De trans-piratie liep in straaltjes over zijn lichaam. Kleine stroompjes vocht vonden hun oorsprong op zijn schedel en dropen via zijn bakkebaarden langs zijn oren. Over zijn wangen. En op zijn achterhoofd via z'n nek naar zijn rug. Door zijn wenkbrau-wen heen kwam het zilte vocht terecht in z'n ogen. Vermengd met de restjes zonnebrandcrème die hij niet goed had wegge-wassen ontstond een soort emulsie die brandde achter zijn con-tactlenzen. Die werden daardoor zo vettig dat erdoor kijken bijna onmogelijk werd.

Gilbert hield van zijn werk. Hij leek aanvankelijk precies de juiste man op de juiste plaats: de zwarte werknemers droegen hem op handen, hij werkte hard, was door en door betrouw-baar en behaalde uitstekende resultaten met de zagerij. De Duvalliers beschouwden hem als een zeer bekwame opzichter en hadden hem daarom een financiëel zeer aantrekkelijk aanbod gedaan in de hoop hem langer aan zich te binden. Ook lag Gilbert goed bij de non-gouvernementele organisaties en milieubewegingen die het de laatste jaren meer en meer op illegale houtkappers voorzien hadden. En dat zou van pas kunnen komen.

Onderzoekers hadden met behulp van gps-systemen vastgesteld dat de Duvalliers in een gebied van bijna twintig vierkante kilometer buiten hun concessie bij de Ntem-vallei toch hadden gekapt. Er was zelfs een illegaal wegennet gevonden dat men vernuftig aan het oog van passanten had weten te onttrekken met gekapte stammen. Duvallier had er veel smeergeld voor moeten betalen, maar dat was geen probleem met een opbrengst van anderhalf miljoen euro. Maar toen het eenmaal aan het licht was gekomen, was de pleuris uitgebroken.

Critici in het Franse parlement, de Franse regering was een grote afnemer van tropisch hout voor de scheepsbouw, hadden opheldering geëist en het was uiteindelijk Gilbert die de boel had weten te sussen. Gilbert, die door de Duvalliers bijna volkomen onkundig was gehouden van alle praktijken, zou nog zeker drie jaar aan de zagerij verbonden blijven.

Daarna wilde hij met zijn vriendin Thérèse, een beeldschone Kribiënne, terugkeren naar zijn geboorteplaats Caen. Soms droomde hij van een wandeling met haar langs de stranden waar zoveel geallieerd en Duits bloed was gevloeid, maar waar een begin was gemaakt met het herstel van de wereldorde.

Zijn vader bezat een boerderij van waaruit de kustlijn te zien was. In 1945 had hij met eigen ogen de geallieerde troepen door de lucht en over zee zien arriveren. Als door een mirakel was tijdens *operatie Overlord* de hoeve grotendeels gespaard gebleven. Gilbert werd drie jaar daarna geboren. Maar de verhalen van zijn vader waren zo beeldend dat hij voor zijn gevoel de bevrijding zelf had meegemaakt.

Als klein ventje liep hij aan de hand van zijn vader langs *Omaha Beach* naar *Utah Beach* en Sainte-Mère Eglise. Of ze bezochten met de auto, een enorme luxe, de slagvelden bij Le Havre, Etretat, Dieppe en Dunkerque. Op elk van die plaatsen vertelde zijn vader hem over vrijheid, gelijkheid en broederschap, over eer en rechtvaardigheid. Op al die momenten voelde Gilbert zich trots. Trots op zijn vader en vooral ook op de Republiek. O zeker, Gilbert zou zich zo gauw als het kon aanmelden bij het Franse leger om ervoor te zorgen dat iets gruwelijks als de Tweede Wereldoorlog nooit weer zou kunnen gebeuren.

De eerste barstjes in zijn patriottische harnas openbaarden zich al snel. Gilbert was amper zes toen er op een nacht in de boerderij werd ingebroken. Zijn vader die wat gehoord had, ging met zijn Lee Enfield geweer in aanslag naar beneden, waar hij drie inbrekers betrapte. Hij slaagde erin een van hen in zijn arm te schieten, maar werd daarna neergeschoten en overleed ter plaatse. De daders werden nooit gepakt. Wel was het frappant dat de zoon van de gendarme die het onderzoek leidde een dag na de aanslag verdwenen was. Aan het eind van die dag kregen Gilbert en zijn moeder bezoek van een vriendin, die als verpleegster in het ziekenhuis werkte. De jongen was kort na de aanslag binnen gebracht, met een schotwond in zijn arm, vertelde ze. Formeel heette het dat hij bij familie in Parijs verbleef om aan de universiteit te kunnen studeren. Gilberts moeder kreeg een dringend verzoek van het hoofd van de gendarmerie en de burgemeester de zaak te laten rusten, met het oog op haar toekomst en vooral ook die van Gilbert.

Het laatste restje patriottisme verdween tijdens Gilberts studietijd aan de Universiteit in Parijs waar hij zich bekwaamde in bosbouw. In de tijd dat eerst Pompidou en daarna Valérie Giscard d'Estaing Frankrijk een belangrijke rol wilden laten spelen in Afrika ontpopte hij zich tot één van hun ergste criticasters. Helemaal toen de Republiek militair ingreep in Tsjaad en de West Sahara. Gilbert beschouwde het als je reinste koloniale politiek en zag niets nobels in de houding van zijn land. Tegen de tijd dat hij dertig was zag hij met lede ogen aan dat zijn Frankrijk wapens verkocht aan een ieder die maar wilde betalen en volstrekt onacceptabele proefnemingen deed met nucleaire wapens ten behoeve van de "Force de Frappe".

Diep in Gilbert had zich echter het besef geworteld dat de

Republiek Frankrijk in wezen een goed instituut was, maar dat het corrupte en foute politici waren die het land tijdelijk verkeerd sturing gaven. Toen hij in 1985 in contact kwam met de firma Duvallier hervond hij zowaar weer iets van het trotse gevoel dat hij als jongetje had. In Kameroen zou hij goed werk kunnen doen. De lokale bevolking opleiden. Plantages opzetten. Het paste helemaal in zijn gedachtenwereld. Niet domweg hout kappen, maar verantwoord bezig zijn met het milieu en zorg dragen voor een generatie Afrikanen die na verloop van tijd op eigen benen zouden kunnen staan.

De eerste ontmoeting met president Jacques Yves Duvallier was ontspannen verlopen. De oprichter van de firma had moeten glimlachen om het enthousiasme van Gilbert. De onkreukbare houding van deze man zou zijn tegenstanders, die hem corruptie en malafide praktijken aanwreven, wel eens het nodige zand in de ogen kunnen strooien. Dus werd de contentieuze Fransman uiteindelijk zonder tegenkandidaat in recordtempo aangenomen.

Het had Gilbert meer dan een jaar gekost om enigszins te wennen aan zijn nieuwe werk. Hij maakte bijna altijd lange dagen. In tegenstelling tot zijn landgenoten was hij alleen maar op de zagerij te vinden. Een enkele keer reed hij tussen de middag naar zijn huis, waar een bediende wat broodjes klaarzette, maar meestal at hij snel wat tussen het werk door. Met jobsgeduld legde hij zijn werknemers uit hoe ze de zagen moesten oliëen en vervangen en vooral hoe ze de apparatuur moesten bedienen.

In het begin nodigden collega's hem nog wel eens uit om 's avonds mee te gaan dineren aan het strand. Na verloop van tijd stopten ze daarmee omdat Gilbert toch nooit meeging. Liever zat hij thuis nog wat door te werken en berekeningen te maken voor de plantage of schema's voor de houtverwerking. Voor zijn gevoel was zijn werk nooit af.

De zeldzame momenten dat hij, op zaterdagavond en zondag, niet aan het werk was trok hij er het liefst op uit. Meestal reed hij dan naar Douala. Zijn favoriete restaurant was *l'Etoile* waar hij een vaste plek had op het terras tegenover een provisorisch podium. Daar traden elke week zangeressen en bands op. De eigenaar die één been had en zich voortbewoog met houten krukken die tot onder zijn oksels reikten, kondigde elke live act die hij had persoonlijk aan, ongeacht het aantal aanwezigen. Soms ging hij tekeer alsof hij voor een vol *Olympia* stond. De tweede keer dat Gilbert *l'Etoile* aandeed trad de zangeres Thérèse op. Gilbert hoorde haar nauwelijks zingen. Hij kon alleen maar naar haar kijken. Nadat hij haar een aantal keren het hof maakte was ook bij haar de vonk overgeslagen. Uiteindelijk trok ze zelfs bij Gilbert in.

De opzichter deed zijn lenzen uit en pakte zijn bril. Met een handdoek wreef hij zijn gezicht droog. Maar na een paar stappen richting koelkast baadde hij alweer in het zweet. Na de eerste slok "Trentetrois" vroeg hij zich opnieuw af hoe hij de resterende twee jaar moest doorkomen. De avonden die elke dag opnieuw tegen zessen pijlsnel invielen leken steeds langer te duren. En benauwder te worden. De donkerblauwe wallen onder zijn ogen bewezen dat de klachten niet louter psychisch van aard waren. Steeds vaker wist de kleine Fransman op zo'n warme avond niet meer waar hij het zoeken moest.

Ook kreeg hij meer en meer het idee dat er structureel zaken mis waren bij Duvallier. Bij toeval ontdekte hij dat een door hem gekeurde stapel Azobéhout uit de *vente de coupe* van Duvallier, het terrein waar ze mochten kappen, om duistere redenen in volume was toegenomen. Duvallier was not amused geweest toen Gilbert op hoge poten om opheldering had gevraagd. Hij kreeg te horen dat het extra hout aangekocht was van een Liberische maatschappij die zelf geen zagerij had en dus moest exporteren. Gilbert had nooit van de maatschappij gehoord en kon die verder nergens traceren. Ook had hij geen extra *feuilles de route* gevonden die nodig waren, verplicht zelfs, om het hout te transporteren. Toen hij opnieuw om opheldering ging vragen werd hij er botweg uitgegooid. Zonder antwoord.

'Monsieur, monsieur.'

'Youssouf,' zei Gilbert en liep ongeurst naar de deur. Er moest iets aan de hand zijn, want zijn rechterhand kwam nooit 's avonds langs. 'Kom binnen, wat is er loos?'

'Er zijn mensen in de zagerij.'

'Mensen in de zagerij,' herhaalde Gilbert en dacht even na. Op zich was er daar niets van waarde aanwezig, dus het was vrij merkwaardig. Het hele terrein van Duvallier was met een groot hek omheind dat op de twee toegangspoorten na hermetisch was afgesloten. Bij de poorten stonden gewapende bewakers, die de veiligheid van de voornamelijk blanke bewoners van de zagerij waarborgden De kans dat iemand ongezien het terrein op zou kunnen komen was nihil.

'Heb je alleen stemmen gehoord of heb je gezien dat er mensen zijn?'

'Ik was aan het overwerken op kantoor. Ik heb mijn auto bij de Zuidpoort staan en op weg er naartoe liep ik langs de zagerij. Ik hoorde daar stemmen en ik hoorde dat iemand de kettingen van de deur losmaakte.'

Ook dat was opmerkelijk, vond Gilbert. Om ongelukken te voorkomen hadden alleen de opzichter en de voorman sleutels van de zagerij. Volgens voorschrift moest die door één van hen worden afgesloten als de laatste werknemer vertrokken was. De voorman was afwezig en Gilberts sleutel hing keurig aan de ring naast de voordeur. Maar er was nog iemand met een sleutel, bedacht hij zich plotseling: Pierre!

Ondanks de hitte gingen de haartjes in zijn nek plotseling recht overeind staan. Precies zoals hij had toen hij de Belg voor het eerst ontmoette. Ooit had hij eens bij Duvallier jr. voorzichtig nagevraagd wie die Pierre eigenlijk was en waar hij vandaan kwam, maar veel wijzer was hij niet geworden. 'De beste man voor het werk en volkomen betrouwbaar,' was het antwoord geweest.

Kort na dat gesprek was Pierre hem komen opzoeken en had hem vrij plotseling agressief toegesproken. Hij hield er niet van dat mensen zich met hem bemoeiden, was zijn boodschap. Vervolgens was hij weer weggegaan. Toen hij er met Thérèse over sprak had die gezegd dat hij gek was en dat ze Pierre juist een charmante man vond. Gilbert zou zich wel vergist hebben, dacht ze, mischien had Pierre het niet zo bedoeld. Daarmee was voor haar het boek dicht.

'Youssouf, we gaan poolshoogte nemen,' zei hij en pakte zijn grote Maglite en beende met zulke enorme passen naar de Mitsubishi, dat de arme man hem nauwelijks kon volgen. Twee minuten later stuurde hij de Mitsubishi Pajero langs de Zuidpoort en stak zijn hand op naar de bewakers. Even vroeg hij zich af of hij hen zou inlichten maar hij besloot eerst zelf maar eens te kijken. Zijn T-shirt en afgeritste tropenbroek waren nu drijfnat van het zweet. Bij het licht van de koplampen zag alles er rondom de zagerij vertrouwd uit.

'Nou, daar gaan we,' zei Gilbert terwijl hij de wagen uitsprong. Opnieuw kon Youssouf hem nauwelijks bijbenen. Gilbert vroeg zich net af of zijn rechterhand zich wellicht toch vergist had toen hij ineens hard het indringende geluid van de zaag hoorde.

'Merde,' mompelde hij. Ook zag hij nu een flauw schijnsel van licht in de zagerij.

'Klotenbelg,' bromde hij tegelijkertijd er niet aan twijfelend dat Pierre in de zagerij was. Dat was absoluut verboden zonder zijn toestemming. In gedachten begon hij vast een tirade te formuleren terwijl hij de deuren, die inderdaad openstonden, open trapte.

'Wat denk jij dat je aan het doen bent,' bulderde hij. Het duurde enige seconden tot het volledig tot Gilbert doordrong wat hij zag. Pierre stond gebukt bij de zaagmachines, het zweet droop van zijn gezicht. Links van hem op de bok lag een spiernaakte zwarte man. Zijn rechterarm was van zijn elleboog tot aan zijn pols vastgetaped aan zijn middel. Zijn benen waren van zijn knieën tot zijn enkels aan elkaar gebonden. Zijn ogen waren met een stuk zwart tape afgeplakt en hij had een prop in zijn mond die ook met tape op zijn plaats werd gehouden. Zijn linkerarm was niet meer dan een bloedende stomp. Onder aan de zaagbok lagen een hand en een onderarm.

'Ik doe wat iedereen doet in een zagerij,' zei Pierre rustig. 'Ik ben aan het zagen.'

Voor hij verder ook maar iets kon zeggen slaakte Gilbert een oerkreet en sprong met zijn zaklamp op de Belg af. Het werd een ongelijk en kort gevecht. Pierre won het zelfs met blote handen. Nadat hij zich er van had verzekerd dat de opzichter bewusteloos was, ging hij op zijn hurken zitten.

'Wat nu,' prevelde hij voor zich uit. Over een zwarte vermiste maakt in Kameroen niemand zich druk, maar een spoorloze blanke zou een hoop gedoe geven. Zeker nu het de baas van de zagerij betrof. Nog vervelender was het dat iemand hem mogelijk gezien had. Hij had tenminste iemand weg horen rennen. Nou ja, hij zou wel wat bedenken. Eerst waren er andere dingen te doen. Beheerst zette Pierre de zaag weer aan.

Toen Gangiotti ook de rest van de brief had gelezen droeg hij zijn secretaresse op om op zeer korte termijn een afspraak te maken. Want dat dit geen lasterverhaal was van een rancuneuze werknemer stond voor Luc Gangiotti, advocaat te Caen, als en paal boven water.

'Dhr. Desgrange is gearriveerd.'

Luc schrok op uit zijn overpeinzingen.

'Laat maar binnen,' zei hij. Even later schudde hij de stevige hand van Gilbert Desgrange. Hij nam de man nauwkeurig in zich op en vroeg zich meteen af hoe de man er een half jaar geleden uitgezien zou hebben. Vermoedelijk zonder duidelijk zichtbaar gebroken neus en zeker zonder recent litteken dat roze afstak op zijn bleke voorhoofd. Mogelijk was hij minder grijs geweest. En ongetwijfeld had hij toen een gebronsde huid gehad.

'Gaat u zitten,' zei hij vriendelijk. 'Koffie?'

'Graag,' zei Gilbert zacht. Hij had zich geen voorstelling van het uiterlijk van Gangiotti gemaakt, hoewel hij zich diens vader nog duidelijk voor de geest kon halen. Voor zover hij zich hem herinnerde leek diens zoon als twee druppels water op hem.

'U lijkt sprekend op uw vader,' zei hij aarzelend.

Verrast keek de advocaat op. 'Ik wist helemaal niet dat u die kende.'

Terwijl de secretaresse met een verzilverd dienblad met porceleinen koffiekoppen binnenkwam legde Gilbert uit dat hij lange tijd in Caen had gewoond. Toen ze weer met z'n tweeën waren besloot hij het gesprek af te ronden. 'Maar daar kom ik niet voor.'

'Precies,' zei Gangiotti en sloeg de map die voor hem op zijn bureau lag open. 'Duvallier'.

'Voornamelijk Pierre,' verbeterde Gilbert hem. 'Hoe zijn mijn kansen?'

Gangiotti verbaasde zich over de zakelijkheid van de man en zette zijn ellebogen op tafel om vervolgens zijn vingertoppen tegen elkaar te drukken.

'Ik zou het willen omschrijven als een glijdende schaal van bitter weinig tot nul punt nul.'

Gilbert keek hem recht in de ogen en knikte.

'Het is wellicht niet handig van me dit zo te zeggen,' lichtte de jurist toe, 'maar het is nu eenmaal zo. Ik zou u, populair gezegd, een aardige financiële poot kunnen uitdraaien. De zaak in onderzoek nemen, corresponderen, wellicht afreizen naar

Kameroen voor research ter plekke. Dat allemaal tegen het u bekende uurtarief. Maar ik zeg u nu al in alle eerlijkheid, u lijkt bezig met een kansloze missie. Ik zou u in feite moeten adviseren de zaak te laten rusten.'

'Waarom doet u dat niet?' Gilbert had het relaas van de advocaat aangehoord zonder met zijn ogen te knipperen.

'U gaat er vanuit dat ik iets voor u ga doen,' zei Gangiotti glimlachend.

'Als u de zaak had willen afwijzen had u mij waarschijnlijk niet uitgenodigd. Dat had u me wel laten bellen of een briefje gestuurd.'

'U slaat de spijker op zijn kop,' zei Gangiotti lachend. 'Meneer Desgrange het is heel simpel. Als ik tegen u zeg dat u de zaak moet laten rusten, dan doet u dat toch niet. Dat hoorde ik in ieder woord dat u door de telefoon zei, dat las ik in elk van de zeventien kantjes die u heeft geschreven. En verder kan ik u alleen maar zeggen: u heeft een bondgenoot gevonden.' Met pretlichtjes in zijn ogen keek hij de gehoekte man in zijn spijkerbroek en zijn donkerblauwe trui aan.

'Ik ga het u uitleggen. Er zijn twee belangrijke redenen waarom ik van zins ben u te adviseren. De hoofdreden is Duvallier. Daar kun je nooit van winnen. Het is een oude firma en zowel de oprichter Jacques Yves als zijn zoon Alain zijn gerespecteerde captains of industry. Duvallier sr. is zelfs onderscheiden door de president vanwege zijn verdiensten voor het vaderland. Alain heb ik een paar keer ontmoet in Saint Tropez, een proleet eersteklas als u het mij vraagt. Een omhooggevallen drol drie, naar mijn mening.'

De advocaat was opgestaan. 'Ook ben ik zeer wel bekend met één van de leden van het juridische team van de Duvalliers. Toevalligerwijs heb ik zes jaar met hem gestudeerd. Een onuitstaanbare kwal. Ik heb zolang ik hem ken al de indruk dat hij zich bezighoudt met louche zaakjes. En ach wat zou het toch leuk zijn hem een hak te zetten. Weet u, ik heb een bepaald image bij mijn collega's. Volgens hen hoef ik niets. Ik ben al binnen en van huis uit wat luiïg aangelegd, zeggen ze. Ik heb daar mee leren leven, maar dat wil niet zeggen dat ze helemaal gelijk hebben nietwaar? We zullen eens kijken wat er gebeurt als de luie leeuw zijn tanden laat zien. Maar nu concreet, wat verwacht u van mij?'

'Daar heb ik lang over nagedacht,' zei Gilbert. 'Ik heb voor mezelf een soort stappenplan gemaakt. Stap een is het belangrijkst. Op grond van alle informatie die ik u geef moet u met een idee komen hoe we te werk moeten gaan. Voor dat plan betaal ik u. Vervolgens moeten we beoordelen welke stappen ondernomen moeten worden volgens uw opzet. Die moeten we dan punt voor punt doornemen, zodat ik ook in de gaten kan houden wat ik financieel moet ophoesten.'

'Prima bedacht. Ik denk dat ik over een week een eerste opzet voor je heb, al moet ik dan wel meer informatie hebben, maar dat zal geen probleem zijn.'

'Absoluut niet, ik ben dag en nacht beschikbaar als het moet. Trouwens, u had het over twee redenen.'

'Hmm, juist ja,' zei de advocaat. 'Ja er is nog iets. En dat heeft eigenlijk te maken met u.'

Gilbert fronste zijn wenkbrauwen.

'Weet u,' mompelde Gangiotti, 'zolang als ik deze praktijk run heb ik nog nooit een cliënt meegemaakt die vanuit zo'n uitzichtsloze positie opereert als u, u kunt eigenlijk geen kant op.'

'Precies.' Hoewel het niet zijn bedoeling was harder te gaan praten schreeuwde Gilbert het woord uit. 'En zo voelt het ook! Alles wat ik doe of onderneem zal door Duvallier worden afgedaan als laster van een gefrustreerde ontslagen werknemer. Iedereen die deze zaak zelfs maar oppervlakkig bekijkt zal zeggen dat ik redenen te over heb Duvallier te haten. Sterker nog, ik hoop al maanden dat noch sr. noch jr. iets ernstigs overkomt. Want dan kon het wel eens zo uitpakken dat ik verdachte nummer één ben.'

'Zeker zeker,' beaamde de advocaat. 'Wat we dus nodig hebben is bewijs. Feiten. Smoking guns, zogezegd of betrouwbare getuigen.'

'En die zijn er niet, dat is het probleem,' zei Gilbert.

'Problemen zijn er om op te lossen!'

Gangiotti wierp een blik op zijn Breitling. Die Lebandowski zou hopelijk niet lang meer op zich laten wachten.

40.

DAG 4, ROTTERDAM, 10.15 UUR

'Hallo met mij. Als je mijn stem herkent heb je het goede nummer gedraaid, alleen ik ben er niet. Als het dringend is, laat maar een boodschap achter na de piep.'
DIE STEM , DIE STEM. WAAR BEN JE

41.

DAG 4, FANALS, CATALONIË, 12.00 UUR

Ciska giechelde, keek naar Ramon alsof ze iets van plan was en proestte het meteen uit. De Catalaan grijnsde even, maar zei niets. Hij wist al dat dat geen zin had, want Ciska zou alleen nog maar harder gaan lachen. Hij had haar nog willen waarschuwen toen ze de caves ingingen, maar bedacht zich dat het wellicht beter was dat ze zich eens even volledig zou laten gaan. Ze had een rottijd achter de rug en ze verdiende het weer eens wat zorgeloze momenten mee te maken. En daar zou Ramon persoonlijk voor zorgen.

Na hun eerste nacht samen had hij voorgesteld dat hij een

dag vrij zou nemen, zodat ze met z'n tweeën iets konden ondernemen. Dat voorstel was door Ciska met grote instemming ontvangen en ze vertelde hem dat ze van plan was een speciale dagtrip met de bus naar Montserrat te maken om te kijken naar de Zwarte Madonna. Op de terugweg was een bezoek gepland aan een wijnkelder.

Ze had 's morgens vroeg bij het instappen al geconstateerd dat naast hun bus nog veel meer bussen met voornamelijk oudere toeristen aangerukt waren, die allemaal als een bontgekleurd lint slingerend via dezelfde nauwe kronkelwegen door de bergen bij de top moesten zien te komen. Ze had met Ramon helemaal achterin gezeten en hield haar adem in toen de bus zulke scherpe bochten maakte dat de achterkant zover overhelde dat ze recht in een meer dan honderd meter diep ravijn keek. Ze slaakte een klein gilletje en Ramon legde zijn arm stevig om haar heen.

Het viel haar op dat het af en toe wel leek of ze in een maanlandschap waren terechtgekomen. Grillige donkere rotspieken staken af tegen hele lappen grond zonder enige vorm van begroeing. 'Hoe kan dat,' vroeg ze verbaasd aan Ramon. 'Volgens mijn reisgidsje zouden op de hellingen van dit massief meer dan 1500 plantensoorten moeten groeien, ongeveer de helft van wat er in heel Catalonië te vinden is.'

'ETA,' had hij slechts gezegd om na enige tijd verder te gaan. '36.000 hectare verbrand, in de as gelegd, totaal verwoest!'

'Waarom?'

Ramon had zijn schouders opgehaald. 'Ze hebben de hele zooi in de fik gezet, juist op een moment dat er toch al grote droogte heerste. Je kunt je voorstellen wat het resultaat was. Het brandde als een fakkel. Als door een wonder begon het plotseling te regenen, waardoor het klooster gespaard bleef.' Even keek hij heel ernstig. '*La Moreneta* weet je ...'

Ciska wist dat veel katholieken, niet alleen Catalanen, veel geloof hechtten aan het verhaal dat de Zwarte Madonna wonderen kan verrichten en ook Ramon was kennelijk de mening toegedaan dat een mirakel ervoor gezorgd had dat de hemelse sluizen zich tijdig hadden geopend.

Even later waren ze aangekomen op het plateau waar het klooster gebouwd was, op een kleine 700 meter hoogte. Ramon nam haar meteen mee naar een plek met adembenemend uitzicht op de omringende bergtoppen, waarvan de hoogste bijna 1700 meter was. Nu prijsde Ciska zich gelukkig dat ze een Ixtus digitaal fototoestel gekocht had voor ze wegging. Nadat ze zes plaatjes gemaakt had vroeg ze een Franse toeriste om een foto te nemen van haar en Ramon met de toppen op de achtergrond. Samen keken ze giechelend naar het resultaat en Ciska vroeg zich af waar ze zoveel geluk aan verdiend had.

'Wij passen eigenlijk heel goed bij elkaar,' zei ze nadat ze nog een tijdje naar het plaatje getuurd had. 'Kijk maar, het plaatje is gewoon af. Zoals het zijn moet. Compleet.'

Terwijl ze die woorden uitsprak, voelde ze ondanks de hitte heel even een koele tinteling in haar nek, toen ze aan die andere man dacht. Een nachtmerrie. Vrijwel meteen herstelde ze zich en ze hoopte maar dat Ramon er niets van gemerkt had, maar die gaf er geen blijk van aandacht voor iets anders te hebben dan de zojuist gemaakte foto.

Even later waren ze in de rij gaan staan die opgesteld stond voor de basiliek met het beeld *La Moreneta*. Ciska realiseerde zich dat het achteraf een goede keus was geweest om een lichtgewicht vestje mee te nemen. Niemand liep hier zonder bedekte armen. Het viel haar op dat het ondanks het grote aantal bezoekers doodstil was. Ramon had haar uitgelegd dat helemaal in de punt van de basiliek het beeld van de Zwarte Madonna stond. Die hield een soort bal vast die de mensen die langs liepen mochten aanraken. Tijdens dat contact mocht iedereen zijn zorgen of wensen uiten tegenover *La Moreneta*.

Ciska zag met interesse dat de vrolijke Ramon op slag veranderde toen hij in de buurt van de heilige kwam. De anders zo zorgeloze flierefluiter kreeg plotseling een heel ernstige trek op zijn gezicht en sloeg diverse keren een kruis. Op het moment dat hij *La Moreneta* vasthield leek het of hij even helemaal van de wereld was. Ciska schuifelde naar het beeld en stond in dubio of ze iets zou wensen of niet. Och baat het niet, dacht ze bij zichzelf en prevelde snel een paar zinnen en spoedde zich zo snel mogelijk naar Ramon.

'Wat heb je gewenst,' vroeg ze nieuwsgierig.

'Dat is alleen bestemd voor *La Moreneta,'* zei Ramon. 'Jou vertellen wat ik gezegd heb zou alleen maar heel veel onheil brengen.' Twee minuten later was hij weer geheel zichzelf.

Ciska was er niet rouwig om dat de bus weer vertrok. Ze vond het hele gedoe rondom het klooster eigenlijk maar zwaar commercieel. Je werd zo ongeveer doodgegooid met souvenirs, allemaal verschrikkelijk duur en ook foto's nemen mocht niet, want men ging er vanuit dat de toeristen dan massaal de diaseries zouden aanschaffen die uitgestald stonden. Ramon had zich daar niets van aangetrokken en was met Ciska's toestel de zaal binnengelopen waar een jongenskoor een concert gaf. Zijn bezoek had nog geen dertig seconden geduurd, daarna was hij uit het klooster verwijderd, tot grote hilariteit van Ciska en enkele omstanders die de verontwaardiging van de twee deelden. De rest van de tijd hadden ze doorgebracht met het voeren van de ontelbare graatmagere zwerfkatten die al snel doorhadden dat er wat te halen viel, waardoor Ciska en Ramon op het laatst bijna belaagd werden.

Uiteindelijk had de hele groep zich tegen 14.30 uur weer bij de bus verzameld en was de tocht naar beneden ingezet, die Ciska nog gevaarlijker vond dan de tocht omhoog, omdat de chauffeur halsbrekende toeren moest uithalen om op tijd de haarspeldbochten te nemen. Ze had zich inmiddels dicht tegen Ramon aangenesteld hopend dat de rit nog lang zou duren.

Aangekomen bij de wijnkelder was het hele gezelschap weer

uitgestapt en een mooie Spaanse vrouw, die volgens Ciska iets teveel belangstelling had voor Ramon, leidde hen rond in de wijnkelders waar de temperatuur niet zoals buiten 37 graden was, maar achttien. Vervolgens werd iedereen uitgenodigd de champagne van het huis te proeven die Ciska zo verrukkelijk vond dat ze drie glazen nam. Eenmaal weer uit de kelder gekomen in de hitte van de dag had de alcohol al snel zijn uitwerking. Ciska had bijna alleen nog maar gegiecheld en was in de bus onderweg naar Fanals meteen in slaap gevallen. Dat vond Ramon nogal spijtig, want hij had haar heel graag iets willen voorstellen. Hij had nog een paar vakantiedagen.

42.

DAG 4, ROTTERDAM, 12.05 UUR

'Mijne dames en heren,' zei Kalbfleisch, die rustig en verrassend ontspannen het subtropische crisiscentrum binnenliep 'hoe staat het met Martin Luther IJzerman en zijn mars op Rotterdam?'

Hij had het voltallige rechercheteam en communicatiedeskundige Leeflang ontboden voor de middagbriefing. Tot zijn genoegen was de afgelopen uren duidelijk geworden dat de serieuze grote ochtendbladen net als de meeste toonaangevende journalisten van de televisie en radio de advocaat volkomen hadden afgebrand.

'Je lacht je de klere Kalb,' zei Rokus grijnzend, 'zeven, er staan zeven mensen buiten,' waarna een homerisch gelach opsteeg.

'Toe maar,' grinnikte Kalbfleisch 'en de *Grote Roerganger* zelf?'

'Velden noch wegen zal ik maar zeggen,' grijnsde Rokus opnieuw. 'Jammer want er zijn toch nog een paar fotografen en een cameraploeg op afgekomen. Goh, wat had ik de smoel van die malloot graag willen zien. Zeven!'

'Ik denk maar zo,' zei Kalbfleisch, 'dat is dan voor even een probleem minder. Heeft iedereen trouwens de kranten gelezen vanmorgen?'

Instemmend geknik.

'Mooi. Heeft iemand iets gelezen over een blauwe mini-van, mogelijk een Chrysler Voyager?'

Een snelle inventarisatie leverde dit keer een negatief antwoord op.

'Da's dan ook goed nieuws,' zei Kalbfleisch droog. 'Want voor zover ik weet is dit het eerste moment in het onderzoek, waarop wij iets weten dat nog niet door de pers naar buiten is gebracht! Zoals Rokus jullie heeft meegedeeld hebben we vanmorgen een vergadering gehad met Vierhouten en iemand van de KLPD. De boodschap was duidelijk, er moet een overkoepelend rechercheteam komen.'

'Ze zijn gek,' zei Piet van Est.

'Dat zijn ze ook,' antwoordde Kalbfleisch die nog maar eens een cigarro in de brand stak, wat hem op een ingecalculeerde boze blik van Louise kwam te staan.

'Ik heb net nog een kamerlid op de radio gehoord,' merkte Fatih op, 'die zich afvraagt of de nationale terreurcoördinator die we dankzij elf september 2001 en de oorlog in Irak hebben gekregen, niet ingeschakeld moet worden.'

'Dat geeft precies aan,' zei Kalbfleisch, 'hoe de verhoudingen liggen. Of wij het leuk vinden of niet, de Costa Killer is een heerlijke gelegenheid voor iedereen die zichzelf wil profileren om naar buiten te treden. Maar goed, de samenwerking.'

'Hoe gaan we het doen?' vroeg Ellen.

'Daar zijn we nog lang niet uit, we hebben zo'n beetje afgesproken dat we tot het moment dat we definitief gaan overkoepelen onze eigen koers varen en veel overleg hebben. Ik heb een uur geleden een gesprek gehad met Mullens van

Scheveningen en Herstel van Rockanje. Met name die laatste had interessant nieuws. Er is door twee onafhankelijke getuigen een blauwe bestelbus of van gezien, die geparkeerd stond aan de rand van het parkeerterrein met het bos, van waaruit geschoten is. De ene getuige is een jonge man, die merkte dat kort na het schot, waarschijnlijk slechts enkele minuten, de wagen wegreed. De van deed hem denken aan een Chrysler Voyager, maar helemaal zeker wist hij het niet. Wat hij verder zag, was dat de wagen een Belgische kentekenplaat had.'

'Wat helemaal niet gek is,' zei Rokus, 'gezien de mogelijkheid dat onze UNSUB een buitenlander zou kunnen zijn.'

'En de andere getuige?' vroeg Ellen nieuwsgierig.

De andere getuige is een oudere vrouw, helaas voor ons met een oogafwijking en brillenglazen van min-weet-ik-hoeveel waarmee ze onder optimale omstandigheden net de krant kan lezen, die met haar hondje liep.'

'Ik kan niet wachten op het signalement van de UNSUB,' riep Rokus, wat opnieuw een hoop gegrinnik opleverde.

'Lach maar mijne dames en heren,' grijnsde Kalbfleisch, 'want supergranny was niet helemaal achterlijk. Zonder gekheid, ze weet, zegt ze, 100% zeker dat ze een man uit het bos heeft zien komen die een langwerpig pakket bij zich had. Ze herinnerde zich het omdat de man enorm veel moeite had om over het hek te komen. Toen dat gebeurd was, strompelde hij naar zijn auto.'

'Een mankepoot,' zei Louise.

'Wat nu', vroeg Rodney.

'Dat is lastig,' zei Kalbfleisch. 'Mullens, Herstel en ik zijn het er volledig over eens dat deze informatie zolang mogelijk intern gehouden moet worden. Sterker nog, naar buiten toe brengen we, hoe vervelend dat ook is voor Leo, dat we nog geen enkel spoor hebben.'

'Hoe lang wil je dat volhouden?' onderbrak Leeflang hem. 'Ik pas ervoor om keihard te gaan liegen als journalisten me er gericht naar vragen.'

'Het zal niet lang zijn Leo. Collega's van Herstel en Mullens gaan vanmiddag tankstations in de buurt van de pd's langs. Ze verzamelen de beelden van de dag van de aanslag en gaan ze checken op blauwe *vans* met Belgische kentekenplaten. Ook stuurt Herstel een mannetje naar de veerpont om te kijken of het personeel zich daar iets herinnert. En de bewakingscamera's bij alle tunnels worden gecheckt. Als hij uit de richting van Rotterdam of Den Haag is gekomen moet hij pont of tunnel gebruikt hebben om in Rockanje te komen.

'En jij denkt,' onderbrak Leeflang hem opnieuw, 'dat je zo'n operatie stil houdt voor de pers?'

'Dat denk ik niet,' zei Kalbfleisch. 'Er hoeft maar één pompbediende zijn mond open te doen en het balletje gaat rollen. Maar goed, omdat wij niets zeggen weet niemand waar we precies naar op zoek zijn. De enige tegenover wie we man en paard moeten noemen is de bediende op de veerpont, waar geen camera's hangen. Maar die zullen we dermate onder druk zetten dat die wel een poosje zijn mond houdt.'

'Dus resumerend,' zei Leeflang, 'kan ik verwachten dat we over niet al te lange tijd vragen van de pers gaan krijgen over een onderzoek dat wij doen in tankstations.'

'Dat is heel goed mogelijk. En dan lul je maar wat over routineonderzoek en zo. En neem contact op met je collega's in Rockanje en Scheveningen. Laten we er in vredesnaam voor zorgen dat we alledrie hetzelfde naar buiten brengen. Anders is het einde zoek. En ik wil geen blunders meer zoals het naar buiten brengen van informatie door een lek.'

'Is het lek al boven water?' vroeg Piet.

'Het was de politieagent, of ik moet inmiddels zeggen expolitieagent, die als eerste op de pd was. Hij bleek die journaliste Barbara de Jong te kennen en heeft haar gebeld. Nota bene vanuit het NFI!'

'En wat gaan wij nu doen?' vroeg Rodney.

'Voor ons is de plek belangrijk waar de auto is gestolen van waaruit is geschoten bij het Strand aan de Maas. Normalerwijs is de UNSUB daar naartoe gegaan met zijn eigen auto. Dus wij kammen daar de boel uit, in de hoop iets te vinden over de *van*, tankstations en alle locaties waar maar een bewakingscamera kan hangen, alles checken we.'

'Flitspalen,' zei Rokus. 'Stel nou dat hij ergens te hard heeft gereden.'

'En flitspalen,' zei Kalbfleisch. 'Wees zorgvuldiger dan zorgvuldig.'

'Meneer Kalbfleisch,' riep een jonge agente door de deur die openstond tegen de benauwdheid, 'of u onmiddellijk bij commissaris Vierhouten wilt komen. Hij is enigszins ontstemd. U bent niet telefonisch bereikbaar en meneer Dekker van de KLPD wil u dringend spreken!'

43.

DAG 4, CAEN, FRANKRIJK , 13.00 UUR

Al was ik enige uren geleden nog vrij negatief geweest over het eventuele welslagen van mijn onderneming, ik had gelukkig goed geslapen en voelde me na de lunch met Luc Gangiotti en Gilbert Desgrange weer helemaal het mannetje. Kort nadat ik me vervoegd had bij Gangiotti's kantoor was de opzichter binnengekomen en die brandde vrijwel meteen los met zijn verhaal. Onafgebroken was hij aan het woord, tot Gangiotti opmerkte dat het wellicht verstandig was een kleine lunch te gebruiken. Die was voortreffelijk geweest. De twee glazen Chablis die Gilbert erbij nam bleken een rustgevende uitwerking op hem te hebben. Gaandeweg het gesprek merkte ik dat het feit dat zich in mijn persoon een nieuwe vijand van Pierre had gemeld hem goed deed.

De strafpleiter had tijdens het eten honderduit gevraagd over

Gilberts jeugd in het na-oorlogse Caen en het leek erop dat de man voor het eerst sinds tijden weer eens aan iets anders dacht dan Pierre, Pierre en nog eens Pierre. Want dat de Belg voor hem een obsessie was geworden was mij duidelijk.

Na de lunch, bestaande uit salade vooraf, een lichte pasta, fruitdessert na en een kleine strijd over wie de rekening mocht voldoen -Gilbert won- keerden we terug naar het kantoor van Gangiotti. Volledig opgetrokken uit staal en glas vormde het een smaakvolle dissonant in de binnenstad die bijna geheel in baksteen was opgetrokken.

'Je hebt dus een klap op je achterhoofd gekregen,' begon de advocaat die het verhaal weer oppakte bij het punt waar we gebleven waren. In de zagerij, waar Gilbert Pierre had betrapt die een man martelde.

'Ja en nee,' Gilbert moest zelf even glimlachen om het rare antwoord. 'Ik heb dagenlang een buil gehad. Maar hoe uitgebreid mijn medisch rapport ook is geweest, van enige beschadiging op het achterhoofd was formeel geen sprake.'

'Wat weet je nog van wat er gebeurd is?' vroeg ik.

'Eigenlijk alleen dus dat ik met Pierre stond te praten en toen werd alles zwart. Toen ik bijkwam lag ik in het hospitaal in Douala. Ik moet uren buiten bewustzijn zijn geweest. Bijna meteen toen ik mijn ogen opende zag ik commissaris Rimbaud aan mijn bed staan. Hij is de meest corrupte hufter die ik in Kameroen ben tegengekomen en staat zoals iedereen in Kribi weet op de loonlijst van de Duvalliers.'

'De niet-officiële loonlijst neem ik aan,' zei de advocaat.

'Daar heb je het al,' zuchtte Gilbert. 'En zo kan ik nog wel uren doorgaan.'

'Vertelde die Rimbaud wat er gebeurd was?'

'Helemaal niet. Hij zei alleen dat hij dit nooit van mij verwacht had en informeerde wie mijn advocaat was. O ja, hij zei ook dat ik niet op hem hoefde te rekenen. Ik dacht dat ik helemaal gek was geworden. Ik begreep er werkelijk geen zak van.

Ik had barstende koppijn, kon nauwelijks denken en zat onder de pijnstillers. Je begrijpt dat ik geen zin had in raadseltjes.'

'Dat lijkt me logisch,' mompelde Gangiotti en bladerde door het dossier. 'Zware hersenschudding,' las hij voor, 'hechting van grote snee in voorhoofd, twaalf centimeter, gebroken neus, zware kneusing aan jukbeen, fractuur aan linkerbovenarm, scheenbeenfractuur en diverse (diepe) schaaf- en snijwonden.'

'Dat zijn geen halve maatregelen,' zei ik.

Opnieuw was Gilbert even stil. 'Uit de processen verbaal die ik later onder ogen kreeg,' vervolgde hij, 'heb ik het volgende gedistilleerd. Tegen half twaalf 's nachts, kort nadat ik bij de zagerij arriveerde, werd commissaris Rimbaud gebeld op zijn kantoor door een hysterische vrouw. Op zich al vreemd, die hufter heeft nog nooit van zijn leven gewerkt na 18.00 uur. Goed, dat mens hing een hartverscheurend verhaal op. Ze had hulp nodig. Ze was samen met een vriendin door mij uitgenodigd voor een dineetje. Toen ze tegen zevenen bij me aankwamen stonk ik al behoorlijk naar de drank. Gaandeweg de avond en je begrijpt het al, de alcohol vloeide rijkelijk, werd het de dames duidelijk dat mijn interesse in hen van seksuele aard was. We vermaakten ons prima totdat ik agressief werd. Ondanks protesten van de twee zou ik een van hen met gespreide benen op haar buik liggend op bed hebben vastgebonden. Haar vriendin, die geloof ik Elise heette, trachtte me tegen te houden, maar ik dreigde haar neer te steken als ze niet ophield met zeuren. Toen ik uiteindelijk net begon met het meisje op bed, ze was net vijftien of zo las ik, anaal te verkrachten, sprong Elise naar me toe in een poging haar vriendin te redden. Er ontstond een worsteling waarbij ik haar met haar hoofd tegen een nachtkastje smeet. Exit Elise. Morsdood.'

Ik vroeg me af of ik de stilte die Gilbert inlaste in zijn verhaal zou gebruiken om een vraag te stellen, maar de opzichter loste het probleem al op door zonder van tafel op te kijken door te gaan.

'Ze hadden het goed in elkaar gezet. De politie vond in mijn slaapkamer overduidelijk sporen van een enorme worsteling en als klap op de vuurpijl bloedsporen op mijn nachtkastje. Bij het meisje dat Rimbaud gebeld had, waren duidelijk de groeven in haar polsen te zien op de plek waar ik haar met het touw had vastgebonden.'

'Was jij toen al gevonden?' vroeg de advocaat.

'Nee, pas de volgende morgen ontdekte een transporteur het autowrak waar ik in lag. En die merkte ook dat ik nog niet dood was.'

'Maar ze hadden je uit de weg willen ruimen?'

'Daar ben ik nog steeds van overtuigd. Kijk, als ik het niet overleefd had was alles toch prettig geregeld! Opzichter dronken van de weg geraakt na moord op Afrikaans meisje. Niemand zou meer vervelende vragen stellen. Case closed, zogezegd.'

'Hmm,' zei Gangiotti en stond op. Terwijl hij zijn benen strekte keek hij Gilbert aan.

'Maar nu jij nog leefde hadden ze toch ineens weer een probleem.'

'Dat klopt. Maar dat was snel opgelost. Twee dagen nadat ik in het ziekenhuis terecht kwam deed de politie een huiszoeking bij mij. Voor de tweede keer dus, waarom weet niemand. En wat vonden ze? Een hele hoop geld. Bij Duvallier keken ze de boeken na en plotseling werd een groot tekort ontdekt. Gek hè, in al die jaren dat ik er werkte is er nooit een dubbeltje weggeraakt. Ik ging niet eens over de kas. Maar al snel werd duidelijk dat ik jarenlang stelselmatig hoeveelheden geld naar mezelf had doorgesluisd. Ik had het slim aangepakt door te kiezen voor langdurige oplichting. Je weet wel, vele kleintjes maken één grote. En voor het geval er nog een totale debiel was die aan mijn schuld zou twijfelen hadden ze ook nog mijn vriendin onder druk gezet. Vermoedelijk hebben ze gedreigd haar familie aan te pakken als ze niet zou meewerken. Ze had officieel toegegeven dat ik vaak veel te veel alcohol gebruikte en al zuipend agressief werd. In dat soort buien dwong ik haar tot de meest vulgaire seksuele handelingen. Ik sloeg haar en bedreigde haar met een mes als ze niet deed wat ik wilde. Nou dat was het dan voor mij. Einde leven.'

'En wanneer kwam die Pierre weer bij je,' informeerde de advocaat, die weer was gaan zitten.

'Ja, dat was helemaal het toppunt,' zei Gilbert en het viel me op dat zijn gezicht ineens verstrakte. 'Je gelooft het niet, maar dat vuile zwijn kwam gewoon langs in het ziekenhuis. Alsof er niets gebeurd was. Dag Gilbert, zei hij, ik heb gehoord dat je aan de beterende hand bent. Hij ging gewoon op de rand van mijn bed zitten. Weet je wat hij zei? Hij zei: meneer Duvallier heeft me verteld wat je gedaan hebt. Ik keur het niet goed, maar ja, die dingen gebeuren.

Opnieuw viel de opzichter stil en zowel de advocaat als ik zagen dat hij het duidelijk te kwaad kreeg. Gangiotti liep naar een glazen karaf die gevuld was met whisky. Hij vulde drie tumblers met een buitengewoon ruime bodem en gaf ons de glazen.

'Single barrel,' zei hij, waarschijnlijk als reactie op het feit dat ik goedkeurend knikte toen ik even mijn neus in het glas had gestoken, 'leek het me wel een moment voor.'

Gilbert nam ook een teug.

'Het doel van Pierres bezoek werd me al snel duidelijk. In ruil voor een volledige bekentenis aangaande het oplichten van de firma zou Duvallier trachten een mouw te passen aan de ongelukkige omstandigheden waarin ik me bevond. Die mouw zou zijn: een terugvlucht naar Frankrijk en zorgen dat er geen uitleveringsbevel zou komen vanuit Kameroen in verband met de moord. Je merkt het, alles was tot in de puntjes geregeld.'

Gilberts gezicht verried dat de pijn sinds zijn vertrek uit Kameroen alleen nog maar erger was geworden. 'Gilbert kan dus kiezen. Hij tekent de schuldbekentenis. Duvallier lost alles op. Of Gilbert tekent niets. Gilbert wordt voor moord aangeklaagd en kan de rest van zijn leven wegrotten in een bloedhete van luizen en ongedierte vergeven cel in Kameroen zonder medische hulp en faciliteiten. En dan heb ik het nog niet eens over het geld van Duvallier, dat ze terug wilden hebben.'

'Ik weet al wat ik zou doen,' zei ik in een vergeefse poging de stemming er een beetje in te krijgen.

'Ik moet zeggen,' Gilbert kuchte even en negeerde mij verder, 'de keus was inderdaad op zich vrij snel gemaakt.'

'Heb je er nooit aan gedacht naar de media te lopen met je verhaal?' vroeg ik.

'Uitgesloten, met het leger aan advocaten dat hij ter beschikking heeft. Er hangt me een proces in Kameroen boven het hoofd en een verzoek tot uitlevering. Je weet niet half wat voor mensen die Duvalliers zijn. God weet wat voor pijlen ze nog meer op hun boog hebben. Maar ik heb me één ding voorgenomen. Als ik ooit in de gelegenheid kom op deze mensen te schieten, dan moet het met scherp zijn. En niet met losse flodders. Gangiotti weet ook wat voor impact de naam Duvallier alleen al in Frankrijk heeft. Hoe denk je dan dat dat in Kameroen is! Ik heb Pierre betrapt terwijl hij iemand martelde. Ik krijg er nachtmerries van als ik er alleen al aan denk wat hij de afgelopen jaren nog meer voor nazipraktijken heeft uitgevoerd in naam van de firma.'

'Lekker mannetje,' zei ik.

'Je moet het zo zien,' zei Gilbert, 'In Kameroen is Duvallier het opperwezen. Maar voor Pierre moet hij buigen.'

'Maar nu nog eens heel wat anders,' zei ik, 'die Youssouf, wat is daar eigenlijk van geworden. Hij was toch bij je toen je naar de zagerij ging?'

Gilbert haalde zijn schouders op.

'Verdwenen,' zei hij.

Daarna was het een hele tijd stil gevallen. Vervolgens was ik aan de beurt met mijn verhaal. Ik besloot het kort te houden. Zakelijk zette ik voor Gangiotti en zijn cliënt op een rijtje waarom ik was begonnen met speuren. Ik geloof dat ik niet langer aan het woord was dan vier minuten, maar wel voor een zeer geïnteresseerd publiek. Op het moment suprème liet ik ze de foto van Pierre zien.

'Dat is hem en zoals ik het inschat,' zei Gilbert 'hoef je er absoluut niet aan te twijfelen dat Pierre de moordenaar is.'

'Dat begin ik ook steeds meer te geloven,' zei ik 'als ik jouw verhalen achter elkaar zet. Maar ja, mijn probleem is, ik heb eerlijk gezegd tijd noch geld om naar Kameroen te gaan. En veel zin heb ik er ook niet in. Wat bereik ik er? Als iedereen maar half zo corrupt is als jij schetst, heeft het geen zin.'

Gelukkig zijn er momenten in het leven waarop een mens aangenaam verrast kan worden. Zo'n moment was nu aangebroken.

'Toen u mij belde,' begon Gangiotti aan wat naar ik vreesde een lang saai betoog zou worden, 'wist ik meteen dat wij wat aan u konden hebben. Dat u achter Pierre aanzat kwam voor ons heel goed uit. Kijk P.B. (geheel ongevraagd en tot mijn genoegen werd de conversatie plotseling op tutoyatiebasis gevoerd en er leek iets van een samenzwering tussen ons te ontstaan) ik houd er van als een mes aan twee kanten snijdt. Het was voor ons belangrijk je te spreken om te checken wat voor vlees we in de kuip hebben. Uiteraard heb ik ook niet stilgezeten en via via ben ik er achter gekomen waar Pierre zich op dit moment naar alle waarschijnlijkheid bevindt.'

Ik knikte bewonderend en vervloekte de man in stilte vanwege zijn tijdrekkerij. Ik had natuurlijk ook kunnen vragen 'waar zittie' maar dat was ook zo lullig. Gelukkig vond de advocaat ook dat het allemaal lang genoeg geduurd had.

'Pierre heeft een huis in Marseille,' zei hij. 'En daar zit ook het Duvallier hoofdkantoor.'

'Marseille is inderdaad een stuk beter dan Kameroen,' zei ik voorzichtig.

'Precies. En als Pierre vastgezet kan worden voor een moord

in Antwerpen, dan gaan wij vervolgens naar buiten treden met ons hele verhaal Kameroen!'

Gangiotti was een blij mens. Ik zag aan hem dat ik eigenlijk een geschenkje uit de hemel was. En zowaar had hij mij ook wat te bieden.

'Je denkt nu natuurlijk dat wij jou voor ons karretje spannen.'

'Precies.' Ik moest het toch even zeggen.

'Mocht je inderdaad overwegen naar Marseille te gaan, breng ik je in contact met mijn associé daar. Die beheert een appartementencomplex en zal zorgen dat er altijd een huis voor je klaar staat voor gebruik. Hij zal je bijstaan en kent verder de complete politiemacht van Marseille. Kortom hulp op alle fronten.'

'En ik wil je ook betalen,' zei Gilbert die zich plotseling weer in de discussie mengde.

'Ben je belazerd,' zei ik, 'wat een onzin. Geen sprake van. Ik ben op zoek naar Pierre omdat hij een vriend van me heeft vermoord. Dat staat voor mij wel vast. Ik zal zeker contact opnemen met je associé want laat er geen misverstand over bestaan, ik ga naar Marseille. En wat we daar aantreffen zien we daar wel weer! Toch? Ik heb A gezegd dus zeg ik ook B.'

Ik besloot geen whisky meer te nemen, want ik had nog een aardige rit voor de boeg.

44.

DAG 4, ROTTERDAM, 15.00 UUR

'Geen Bushmaster,' echode Van den Boogaard ontsteld.

'Nee Rokus, geen Bushmaster,' herhaalde Kalbfleisch zichzelf en zijn collega.

'Wel dezelfde UNSUB?'

'Hoe moet ik dat nou weten,' snauwde Kalbfleisch geërgerd, 'Ben ik erbij geweest of zo?'

Hij had al een donkerbruin vermoeden van wat er aan de hand was toen hij uit de vergadering werd gehaald om zich bij Vierhouten te melden en het was erger dan hij gedacht had.

'Sebastiaan, deze nachtmerrie schijnt oneindig lang te moeten duren.'

'Waar?' had hij alleen maar gevraagd.

'Strand van Monster.'

'Blond?'

'Ja en heel jong.'

Kalbfleisch zweeg.

'Achttien jaar, Sebastiaan, achttien jaar.'

'Wanneer?'

'Rond 10.15 uur vanochtend.'

'Afstandsschot?'

'Erger. Petra van Huffelen is vanmorgen van huis gegaan op weg naar het strand. Daar is ze nooit aangekomen. Vermoedelijk is ze in een auto gesleurd en vervoerd. Uiteindelijk is ze door voorbijgangers gevonden bij een duin.'

'Hoe?'

'Het was een bloedbad, Sebastiaan, een bloedbad. Drie geweerkogels van dichtbij afgeschoten. En dan bedoel ik echt dichtbij, misschien een meter afstand. Een slachting was het. De mensen die haar gevonden hebben, waaronder een meisje van elf en een jongetje van negen, zijn volledig van de kaart. '

De commissaris was dat zelf kennelijk ook want hij reageerde niet eens toen Kalbfleisch automatisch een sigaar uit zijn koker haalde.

'En weet je wat het ergste is,' zei hij, de rookwolken negerend, 'hij heeft daarna nog met een mes haar keel doorgesneden.'

Terwijl hij zijn best deed niet aan het tafereel in de duinen te denken realiseerde Kalbfleisch zich precies wat dit betekende. De UNSUB sloeg door. Deze man werd gekker en gekker. Hij vroeg zich af waar dit zou eindigen.

'Dekker wil trouwens dat we dat mes helemaal uit de media houden om escalatie en nog meer paniek te voorkomen.'

'Daar wilde hij me zeker over spreken?' vroeg Kalbfleisch.

'Hij heeft me meteen gebeld toen hij jou niet te pakken kreeg. Hoe staan jullie verder met het onderzoek?'

Kalbfleisch stelde hem in het kort op de hoogte van de blauwe Chrysler.

'Ik denk dat je dat nieuws naar buiten moet brengen Sebastiaan! Het kan levensreddend zijn.'

'Ik weet het niet', zei Kalbfleisch aarzelend. Volgens mij is deze brute slachtpartij een reactie van de UNSUB op wat er in de pers is verschenen. Het lijkt erop alsof hij maatregelen heeft genomen om te voorkomen dat zijn slachtoffers in leven blijven, nu hij weet dat het meisje gister de aanslag overleefd heeft. Nu nieuws naar buiten brengen over de Chrysler kan ertoe leiden dat hij die van de hand doet, waardoor we mogelijk weer in het duister komen te tasten.'

'Hoe zeker zijn we ervan dat het de goede wagen is?'

'Nog helemaal niet', zei Kalbfleisch zonder te overdrijven. 'Mede daarom, laten we nog even wachten. Tot nog toe heeft de UNSUB geen twee aanslagen op één dag gepleegd. Dat geeft ons enig respijt. Als ons onderzoek iets oplevert kunnen we vanavond of morgen vroeg altijd nog een communiqué naar buiten brengen.'

De commissaris vond het goed, tenminste als Dekker het er ook mee eens was. De rest van de morgen en het begin van de middag had Kalbfleisch voornamelijk gebeld en vergaderd. Om 14.55 uur kreeg hij een sms'je binnen dat zijn mond deed openvallen. Hij verordoneerde meteen Rokus naar het crisiscentrum.

'Rokus, de moord op Petra van Huffelen is niet gepleegd met de Bushmaster,' viel hij meteen met de deur in huis.

'O, waar dan mee?'

'Weten we nog niet.'

'En wat zegt dit over de UNSUB?' zei Rokus na een tijdje.

'Ik weet het niet. Ik ben er zeker van dat het om dezelfde moordenaar gaat. Dat hij buiten zinnen is geraakt omdat zijn slachtoffer gister de aanslag overleefde. Of we hebben te maken met een copycat. Iemand die aanslagen op dezelfde manier pleegt als de UNSUB. Maar dat lijkt me een theorie om de theorie, want er zijn veel te veel verschillen.'

'Is de moord wel met een geweer gepleegd?'

'Met geweerschoten ja, dat was meteen duidelijk. In de loop van de avond krijgen we uitsluitsel, het ballistische onderzoek heeft de grootst mogelijke prioriteit.'

'Hebben we al iets met betrekking tot de Chrysler?'

'Volgens Herstel heeft de man op de veerpont gisterochtend wel twee blauwe *vans* gezien, mogelijk Chryslers. Maar Belgische nummerplaten herinnert hij zich niet. Noch bestuurders. De man is wat ouder en krijgt weet ik hoeveel auto's op een dag op zijn boot. Hij gaat in elk geval diep nadenken.'

'En nu?'

'Wachten op de minister van Binnenlandse Zaken.'

'Wat?'

'Dekker vertelde dat minister Bruinsma overleg heeft gehad met M.P. Wildeboer en Christine la Rivière van Justitie. Besloten is dat hij terugkeert van vakantie, om een signaal af te geven aan de bevolking dat het Kabinet de zaak zeer serieus neemt.'

'Da's lekker.'

'Ja, daar zijn we klaar mee en erger, die flapdrol heeft Mullens, Herstel en mij uitgenodigd om 19.00 uur in Den Haag.'

'En dan?'

'Daar wil ik nu niet aan denken.'

45.

DAG 4, LLORET DE MAR , CATALONIË, 18.15 UUR

'Zo dronken droppie, ben je weer bijgekomen,' grijnsde Ramon. 'Ik schaam me dood,' giechelde Ciska, een slok water nemend. Ze had de rest van de reis van de wijnkelder tot aan Lloret grotendeels slapend en deels snurkend doorgebracht. Toen ze aankwamen bij het busstation had ze even geen idee waar ze was, tot grote hilariteit van Ramon.

'Ik snap er niets van,' zei ze. Ze hadden zich opgefrist in Ramons appartement en hadden daarna een terrasje opgezocht. 'Normaal kan ik heel goed tegen champagne. En het waren zulke kleine glaasjes.' Een sterk overtrokken gebaar van haar vingers moest hem ervan overtuigen hoe minuscuul ze wel niet waren geweest.

'Het was de temperatuur schatje, die je nekte. Als je een half uurtje in een ruimte rondloopt waar het 18 graden is en je gaat weer naar buiten waar het tegen de 38 graden is, krijg je sowieso een klappie in je nek. Laat staan als je een fles champagne op hebt, zoals jij.'

'Fles, fles,' schaterde Ciska, 'drie slokjes waren het jongeman. Jij hebt me doelbewust dronken gevoerd, met slechte bedoelingen.'

'Zo ben ik,' lachte Ramon, 'ik wilde je namelijk wat vragen en ik dacht, ik voer je dronken want dan zeg je sneller ja!'

'Dan kun je maar beter wachten tot vanavond en hopen dat ik weer aan de boemel ga, want ik ben nu helemaal nuchter hoor,' zei Ciska.

'Ik ga geen tijd meer verliezen,' zei Ramon, 'we kennen elkaar nu een aantal dagen en ik wil dat je weet dat je, met name de laatste dagen, heel speciaal voor me bent geworden. En ik bedoel echt speciaal. Ik heb me gerealiseerd dat morgen alweer jouw laatste dag is in Spanje omdat je daarna naar Nederland afreist.

Dat betekent dat we elkaar niet meer zien.'

Heel even moest Ciska glimlachen om de intens trieste blik die Ramon haar toewierp. Hij speelde zijn rol met verve.

'Ik weet niet hoe jij dat vindt?'

Ciska besloot er nog even het zwijgen toe te doen, gewoon om te kijken hoe ver Ramon zou gaan.

'Ik vind het een afschuwelijk idee.' zei de Spanjaard, 'Maar nou wil het toeval dat ik ook vakantie heb. Ik zou een weekje met je mee kunnen gaan naar Nederland. Gewoon zo lang het leuk is. Als je me eerder zat bent ga ik weg! Als je thuis geen plek hebt ga ik naar een hotel. Ik meen het.'

Yes, dacht Ciska, yes, terwijl ze alle mogelijke moeite deed om somber te blijven kijken.

'Lieve Ramon,' zei ze heel zacht, 'dat zal niet gaan!'

'Je breekt mijn hart,' zei Ramon, die nu echt beteuterd keek. 'Maar waarom niet? We kunnen toch gewoon een mooie tijd met elkaar hebben. Of heb ik al die tijd niets voor jou betekend?'

'Ja schatje, maar ik ga niet naar Nederland! Ik ga nog een paar dagen op bezoek bij de zus van mijn moeder en haar man, die in Marseille wonen. Als dat ook goed is in plaats van Nederland ben je natuurlijk van harte uitgenodigd om mee te gaan ...'

'Wat ben jij gemeen,' grinnikte Ramon. 'Ik zou voor straf hier moeten blijven.'

'Je hoeft natuurlijk niet mee...'

'Laat ik het zo stellen, zie maar dat je weer van me af komt.'

46.

DAG 4, DEN HAAG, 19.40 UUR

'Wat nu jongens,' zei Frans, die de aanwezigen in de redactieruimte aankeek. Normaal gesproken zou hij het gesprek "gestuurd" hebben, al aangegeven hebben wat hij zelf vond, zodat iedereen zich daaraan kon conformeren, wat meestal ook gebeurde. In dit uitzonderlijke geval had hij dat niet gedaan. Hij vond de zaak zo precair dat hij eigenlijk wel benieuwd was wat de anderen ervan vonden. De anderen waren Barbara de Jong, twee verslaggevers, de chef de bureau en twee redacteuren.

'Ik vind het een principezaak,' zei de chef de bureau. 'We moeten ons niet laten intimideren. Als je hier eenmaal aan begint, is het einde zoek. En we krijgen heus niet iets terug in ruil voor ons goede gedrag. Ze geven ons de volgende keer echt geen primeur.'

'Onzin,' zei Barbara. 'Maar laten we eerst eens bepalen wat we hebben. Dat is niet veel. Berichten van medewerkers van pompstations die aangeven dat de politie beelden heeft bekeken van beveiligingscamera's. Pompstations in de buurt van de plek waar de aanslagen gepleegd zijn. Dat lijkt me niet onlogisch dat ze dat doen.'

'Het gaat niet om de al-dan-niet-logica,' zei Frans, 'maar wat betekent het. Dit kan alleen maar betekenen dat de politie dus ergens naar op zoek is. Als wij het nieuws brengen dat de politie beelden bekijkt komt daar een commentaar bij waarin we stellen dat de politie dus kennelijk iets heeft om naar te zoeken. Er moet dus een signalement zijn van auto of de dader. Anders hoef je niet al die beelden te bekijken.'

Frans constateerde tot zijn ongenoegen dat het erop leek dat hij een vergadering voorzat in Madame Tussauds. Met dien verstande dat de meeste wassenbeelden zijns inziens meer expressie op hun gezicht hadden.

'Kom op jongens zeg eens wat!'

'Hoe ging het telefoongesprek eigenlijk precies?' zei de chef de bureau.

'Ik werd gebeld door Rokus van den Boogaard, dat is de collega van Kalbfleisch,' begon Barbara. 'Hij zei dat hij heel goed begreep dat ik journalistiek gezien heel goed werk had geleverd. Toen vroeg hij of ik het nieuws van vandaag al had gehoord. Ik zei dus dat ik van de aanslag gehoord had, drie schoten enz. Meteen daarop vroeg hij wat we vanavond gingen brengen.'

'Heb je dat verteld,' interumpeerde Frans.

'Ja het was zo'n raar gesprek, ik heb gezegd dat we gaan melden dat de politie onderzoek doet bij tankstations en dat we bezig zijn met een gedragswetenschapper, die wil uitleggen wat de verandering in handelen van de Costa Killer kan betekenen voor de toekomst.'

'En toen vroeg hij expliciet of we dat niet wilden doen.'

'Nou, hij begon uit te leggen dat het feit dat wij gemeld hebben dat het derde slachtoffer van de Costa Killer in leven is er wel eens voor gezorgd kan hebben dat hij helemaal door het lint is gegaan.'

'Dat is helemaal fraai,' riep Frans, 'omdat zij met elkaar te stom zijn om de dader te grijpen zijn wij nu ineens verantwoordelijk voor de moordpartij van vandaag.'

'Nou, zo zei hij het niet hoor.'

'Hoe dan wel?'

'Hij vroeg ons meer als we weer iets hebben wat nog niet in de pers is geweest of ik dan contact met hem wilde opnemen. Hij zou dan proberen officieel commentaar te geven en anderzijds zou hij met ons willen overleggen als het nieuws zaken zou betreffen die het onderzoek in gevaar brengen.'

'Dat heet censuur,' zei de chef de bureau. 'Als wij hier op ingaan en we hebben straks een primeur kun je er donder op zeggen dat die het onderzoek in gevaar brengt. Weg journalistieke onafhankelijkheid.'

'Daar heb je gelijk in,' zei Frans.

'Voorlopig hebben we geen primeurs,' zei Barbara. 'Dus misschien is het verstandig dat ik voorlopig even geen contact opneem met Van den Boogaard. Mocht hij hier naartoe bellen ben ik er even niet. Eerlijk gezegd heb ik zelf ook moeite met de gang van zaken. Mijn primeur heeft opgeleverd dat er een politieman ontslagen is.'

'Dat is zijn eigen schuld Bar, hij hoefde je niet te bellen!'

'Nee, maar je kunt je voorstellen hoe hij er onder was toen hij mij meedeelde dat hij oneervol ontslagen is.'

'Heel vervelend nogmaals,' gaf Frans toe, 'maar jij hebt hem niet verlinkt en hij heeft op vrijwillige basis gebeld. Had je een tegenprestatie afgesproken?'

'Nee. Niet concreet.'

'Nou dan. Hij is gewoon niet zo slim. En die verantwoordelijkheid voor wat betreft het brengen van de primeur gister ligt niet alleen bij jou. Ik ga namelijk over wat er uitgezonden wordt. Punt.'

'Bedankt,' glimlachte Barbara. 'En wat doen we nu'.

'We houden vast aan wat je net voorstelde en wachten dus nog even af, of er moeten nog andere suggesties zijn?'

Het bleef stil.

'Mooi,' zei Frans, 'dan verklaar ik Madame Tussauds voor gesloten.'

Barbara begreep hem en begon hard te lachen.

47.

DAG 4, DEN HAAG, 22.00 UUR.

'Een persconferentie,' mompelde Kalbfleisch zacht voor zich uit. 'Je probeert dagenlang de pers voor te blijven en de minister van Justitie wil een persconferentie.'

De minister had het bij hem op voorhand al verbruid door niet om 19.00 uur maar pas om 21.30 uur te arriveren. Een half uur daarvoor was Kalbfleisch zo kwaad geworden over de vertraging dat hij het ministerie woest wilde verlaten. Slechts met de grootste moeite konden Herstel, Mullens, Dekker van de KLPD en de secretaris-generaal van Justitie hem overreden nog even te blijven.

'De minister is al onderweg vanaf Schiphol,' zei de secretaris-generaal.

'Al, Al, hij is gloeiende gloeiende al twee uur te laat,' brieste Kalbfleisch. 'Als hij me nodig heeft komt hij maar naar Rotterdam.'

'We moeten nu spijkers met koppen slaan Kalbfleisch,' zei Dekker. 'Je mag niet ontbreken. En Bruinsma kan er nu ieder moment zijn.'

Het duurde nog een half uur tot de aanwezigen eindelijk werden uitgenodigd het kantoor van de minister te betreden. Die was net bezig een shaggie te rollen, hetgeen bij Kalbfleisch voor een Pavlov-reactie zorgde.

'Ik kan u niet zeggen hoezeer ik het betreur dat mijn vliegtuig vertraging had,' zei Bruisma.

'Ik kan u niet zeggen hoezeer ik het betreur dat niemand ons daarvan even tijdig op de hoogte heeft gesteld,' zei Kalbfleisch.

De minister glimlachte even. 'Ik zal u in telegramstijl vertellen wat ik op dit moment weet, daarna verwacht ik van u aanvullingen.'

Bruinsma bleek redelijk goed op de hoogte.

'Ik heb inderdaad een belangrijke aanvulling,' zei Herstel. 'Voor wat betreft de blauwe Chrysler, de man op de veerpont bij Rozenburg heeft ons een kwartier geleden gebeld. Na lang nadenken weet hij zeker dat hij gisterochtend, mogelijk een uur voor de moord, een blauw minibus op zijn pont had. Donkerblauw metallic. Hij heeft enige woorden gewisseld met de bestuurder, die met een Vlaams accent sprak.'

'Donkerblauw metallic, komt dat overeen met wat de andere getuigen zeggen?'

'We hebben beiden gevraagd en volgens de jongeman klopt het. De oude vrouw wist niet goed wat metallic was.'

'En een signalement,' zei Kalbfleisch, 'kon de man dat geven?'

'Mondjesmaat. Hij herinnert zich bijvoorbeeld niet zo goed de kleur van de ogen, maar hij wist wel enkele beschrijvingen te geven, zoals een grote neus en dat soort details.'

'Gaat er nog iemand naartoe om een robotfoto te laten maken?'

'De man gaat nog even goed nadenken, morgen is hij om 08.00 uur op het bureau.'

'Mooi,' zei de minister. 'Maar is dit de man die we zoeken?'

'Heeft er alle schijn van,' zei Kalbfleisch. 'We hebben het dus over een Vlaming in een metallic blauwe Chrysler. Ik zeg, alle pijlen richten op onze benedenburen en uitzoeken of er daar iemand bekend staat als scherpschutter, die in staat kan worden geacht koelbloedig jonge vrouwen te vermoorden.'

'Goed,' ging de minister verder, 'Ik heb begrepen dat de ballistische gegevens van de aanslag van vanmorgen al bekend zijn.'

'Klopt. De kogel is een 200-grain Silvertip van Winchester. Dat zijn kogels, heb ik me laten vertellen, voor jachtgeweren. Het bracht de collega's bij het NFI al snel op een idee. Uit Amerika kregen ze meteen een bevestiging. De kogel kwam vanuit een Winchester 71 buks en dat is nog niet alles.'

Een trek van zijn cigarro nemend bedankte Kalbfleisch in stilte Rodney, die met Ellen in recordtempo gegevens over de Winchester had opgediept.

'Het model Winchester 71 wordt al veertig jaar niet meer geproduceerd. Het is een geweer met een pistoolgreep waar je vier patronen tegelijk in kunt laden. Het schijnt dat je er zeker vanaf zeventig meter afstand nauwkeurig mee kunt schieten. Wat ik persoonlijk het ergste vind is dat we over een UNSUB praten die een Bushmaster heeft, een klassiek jachtgeweer en daarnaast ook weet hoe je met een mes omgaat.'

'We hebben te maken met een soort éénmansleger,' zei de minister peinzend.

'Precies. Een één persoonsleger met kortsluiting in de bovenkamer. Levensgevaarlijk. En mogelijk met een seksuele afwijking, gezien zijn voorkeur voor blonde jonge vrouwen.'

'Weten we daar al meer over?' vroeg Bruinsma.

'Niets.'

Kalbfleisch vroeg zich af waarom de minister ineens opstond. Zijn bruinverbrande gezicht, z'n zwarte polo en zijn spijkerboek benadrukten het feit dat hij zo van zijn vakantieadres geplukt was. Zijn rode ogen en schorre stem verriedden dat hij een lange reis achter de rug had en kampte met slaaptekort.

'Ik kan u meedelen dat ik gedurende mijn vliegreis en de vertraging die dat met zich meebracht niet stil heb gezeten. In overleg met de heer Wildeboer en mevrouw La Rivière heb ik besloten straks nog een persconferentie te geven om 22.30 uur. Ik wil naar buiten brengen dat de aanslag van vandaag ons zorgen baart gezien het hardere karakter dan dat van de andere aanslagen. Ik zal ook aangeven dat de aanslag met een Winchester is gepleegd. Dit soort feiten ligt toch zo op straat en de Costa Killer of UNSUB zoals jullie hem noemen, zal er rekening mee houden dat we dat inmiddels al weten. Verder zal ik het publiek vragen ons alarmnummer te bellen wanneer men een blauwe metallic Chrysler Voyager ziet met Belgische kentekenplaten.'

'Dat lijkt me nog wat prematuur beste man,' zei Kalbfleisch. 'We weten pas morgen, als de twee getuigen in Rockanje de robottekening van de dader hebben gezien, zeker of het om dezelfde persoon gaat. Kunnen we daar niet beter even op wachten?'

'Nee. Voor de tekening is gemaakt en de getuigen die hebben gezien, is het alweer middag. Als er morgenochtend weer een aanslag gepleegd wordt, Kalbfleisch, en er is een blauwe Chrysler in de buurt gesignaleerd, wil ik niet de rest van mijn leven met het gevoel opgezadeld zitten dat ik een moord had kunnen voorkomen!'

'Maar dat is een foute redenering, met alle respect. Als hij vanavond hoort dat zijn wagen gezocht wordt, neemt hij een andere. Dat moet u dan de volgende dag weer gaan uitleggen. Laten we alleen alle korpsen en met name die in de kuststreek inseinen uit te kijken naar de Chrysler. Dan zien we morgen verder.'

'Ik vind dat een goede tussenoplossing,' zei Dekker. 'U zou bijvoorbeeld kunnen zeggen dat de UNSUB sporen heeft achtergelaten die aanknopingspunten bieden voor ons onderzoek. En dat u daar zo spoedig mogelijk op terugkomt.'

'De boodschap dat we iets hebben is dan voor iedereen klip en klaar,' vulde Kalbfleisch aan.

'Goed,' zei Bruinsma die zich tot genoegen van Kalbfleisch een goed verstaander en een snelle beslisser toonde. 'De Winchester wil ik wel noemen.'

'En vraag dan meteen om informatie. Wie kent iemand met zo'n type geweer, mogelijk lid van een schietvereniging etcetera etcetera. Mijn medewerkers hebben een goede afbeelding van de Winchester.'

'Doe ik,' zei de minister. 'Verder nog iets?'

Even later sloot hij de vergadering.

48.

DAG 5, MARSEILLE, 08.15 UUR

Ik had eigenlijk kapot moeten zijn, realiseerde ik me, na twee nachten Antwerpen en een rit via Bastogne naar Caen met als extraatje nog eens 800 kilometer richting Marseille. Maar de aanblik van de tweede stad van Frankrijk, die zich mooi had gemaakt om de korte periode die het daglicht haar had verlaten in alle bekoorlijkheid door te komen, riep een vreemd sensationeel gevoel in me op. De verlichte gevels in de Vieux Port gaven hun vriendelijke gloed aan de masten van de witte jachten, die frivool met hun strakke lijnen in het rustige water van de haven wiegden op het ritme van een zachte mediterane bries. Nauwlettend in de gaten gehouden door het met raffinement uitgelichte Fort Jean dat vastberadenheid uitstraalde en een oase van rust vormde in het drukke verkeer. Al was het dan middenin de nacht: Marseille leefde.

Even zat ik weer met mijn oudere broer achter in de auto bij pa en ma. Hoewel we elkaar plechtig gezworen hadden wakker te blijven, we moesten pa steunen, de held die al zoveel uur achter het stuur zat en ons nu door de Pyreneeën leidde, had de slaap ons toch overvallen. Ik weet nog alsof het gister gebeurde en niet 33 jaar geleden hoe ik plotseling de stem van mijn moeder hoorde: 'Jongens, kijk eens we zijn er bijna. Hier woont oma!' Onze dikke ogen en het schuldgevoel (maar gelukkig, mijn broer was ook in slaap gevallen, ver voor mij maakte ik hem wijs, ik was hooguit twee minuutjes weggedommeld) waren al snel weg toen we met onze voorhoofden tegen de kleine zijruitjes geplakt San Sebastian in ons blikveld zagen komen.

Nee, ik was mijn vermoeidheid even kwijt toen ik de Quai de la Tourette opdraaide om via een tunnel op de Quai de Rive Neuve uit te komen. Ik reed nog een minuut of tien door tot ik een hotelletje zag in een nauw steegje dat me zowel aangenaam als betaalbaar leek.

Toen ik de volgende morgen mijn ogen opendeed was ik ook meteen wakker. Ik had zo verschrikkelijk vast geslapen dat die paar uurtjes die ik mijn ogen dicht had kunnen houden van meer nut waren geweest dan dat een normale nachtrust ooit zou zijn. En de levenslust die Jim uitstraalde, vrolijk om me heen springend, werkte ook aanstekelijk.

Mijn ontbijtje, grote homp zelfgebakken op haardvuur geroosterd brood, in een ruimte die ik zou willen omschrijven als middeleeuws, inclusief grote ruwhouten tafels met banken, werd me opgediend door een markant mannetje. Inclusief vette lok zwart piekhaar over het kalende voorhoofd en giga-snor. Helaas constateerde ik dat hij uit al zijn poriën en vooral ook van onder zijn knevel vreselijk naar knoflook stonk, maar ach dat bestempelde ik maar als onderdeel van de folklore. Het duurde even voor ik in zijn staccato uitgesproken woorden een zweem van de Franse taal herkende die ik op school had geleerd. Mede omdat de uitspraak ook nog eens gruwelijk verminkt werd door zijn kunstgebit dat een eigen leven leidde in zijn mond. Ik puzzelde wat losse woorden en halve lettergrepen tot een soort van hele zin en het leek erop dat hij me bezwoer dat zijn eigengemaakte wijn de beste manier was om de dag gezond mee te beginnen. En wie ben ik om dat beproefde recept in twijfel te trekken? Ongevraagd werd Jim getrakteerd op een heerlijk bot en nadat ik mijn glas, met wat lobbige, maar inderdaad overheerlijke inhoud, had geheven naar de herbergier, die niet boven de 1 meter 60 meter uitkwam, nam mijn eerste maaltijd van de dag een aanvang. Onder begeleidend geknaag van Jim las ik wat in *La Provence*, de lokale nieuwsvoorziener op normaal formaat, niet zo'n tabloid-geval, van de mooiste stad van Frankrijk. Veel wereldschokkends stond er overigens niet in, maar ik wist nu in elk geval dat ik de komende dag of dagen (wie zou het zeggen) op mijn hoede moest zijn voor zakkenrollers. Ondanks deze waarschuwing besloot ik toch de gevaarlijke tocht naar mijn auto aan te gaan.

Om mijn Pontiac te bereiken liepen Jim en ik, met portemonnee los in de achterzak maar in hoogste staat van paraatheid, over brede traptreden door een paar kleine steegjes tot we bij een pleintje kwamen waar mijn wagen geparkeerd stond. Ik besloot maar weer naar de Oude Haven te rijden om te kijken of ik daar geïnspireerd kon raken tot het verrichten van enige heldendaden. Want, *l'histoire se repète*, een echt plan had ik ook weer niet. Om mij heen zag ik kleine Renaultjes en Peugeootjes wanhopig trachten het hoogteverschil in het Mediterrane paradijs te overbruggen en aan het lawaai te horen ging dat niet zonder slag of stoot.

Even later reed ik weg, nog zonder vastomlijnd idee, tot ik weer bij het Fort Jean was aangekomen dat ook bij daglicht adembenemend bleek. Het in lichte steen opgetrokken fort beschermt de haven nog altijd. Al is het nu wat minder noodzakelijk dan wat eeuwen geleden, toen Catalanen en vast nog vele, vele anderen het Franse vasteland al strijdend in hun bezit wilden nemen. Naast het fort zag ik een tableau vivant van licht wiegende masten van oogverblindende, naar ik aannam, peperdure jachten, die dicht tegen elkaar aanlagen.

Ik besloot door te rijden naar de kop van de haven waar La Canebière, de grootste boulevard van de stad ligt, waar de bewoners nog steeds immens trots op zijn. Was het niet de Franse romancier Alexandre Dumas, die al schreef: de Marseillanen zeggen dat als Parijs la Cannebière had, het net klein Marseille zou zijn ... Het leek me in elk geval een mooie plek om mijn speurtocht naar Pierre te beginnen.

Zou ik er iets mee verliezen, vroeg ik me af, wanneer ik contact zou zoeken met het hoofdkantoor van de firma Duvallier? Het enige dat ik nodig zou hebben was een lulsmoes waarom ik met Pierre zou willen spreken. Desnoods ten kantore van Duvallier! Ik zou dan de plaatselijke politie kunnen vragen om hulp als ik ervan overtuigd was dat Pierre de moordenaar was van de Kale. Maar was dat slim? Ik begon al piekerend het gevoel te krijgen dat ik dan meteen al mijn kruit zou verschieten. Sterker nog, als Pierre in Marseille was zou hij wel eens achterdochtig kunnen worden wanneer iemand naar hem kwam informeren. En dan zou hij zeker de benen nemen.

Dus wat ik nodig had was een cafeetje waar ik een telefoonboek in zou kunnen zien. Ik wilde sowieso het adres van de Duvalliers opzoeken en het liefst in een kroegje met in de buurt zo'n kioskje waar ik een plattegrond en een gids met bezienswaardigheden van Marseille kon kopen. Dit plan bleek gelukkig niet te hoog gegrepen.

49.

DAG 5, ROTTERDAM, 09.15 UUR

'Hallo met mij. Als je mijn stem herkent heb je het goede nummer gedraaid, alleen ik ben er niet. Als het dringend is, laat maar een boodschap achter na de piep.'

De man sloeg zo hard met zijn hoofd tegen de muur dat de huid van zijn voorhoofd vlak onder de haargrens openbarste. Langzaam begon bloed te sijpelen uit een ondiepe snee die twee centimeter breed was. De man merkte het niet. Volkomen impulsief pakte hij opnieuw zijn gsm en drukte op de herhaaltoets. Hij wachtte tot het bandje met haar stem afgelopen was en de piep volgde.

'JE BENT ER WEL,' schreeuwde hij plotseling. *'IK WEET DAT JE ER BENT. IK VOEL JE. IK RUIK JE ANGSTZWEET. PROBEER MAAR NIET WEG TE GAAN UIT JE HUIS. IK VIND JE OVERAL. JE BENT EEN HOER. EEN SMERIGE VUILE HOER. PROBEER JE MAAR NIET TE VERBERGEN. NEEM OP KUTWIJF , NEEM OP, IK WEET DAT JE ER BENT. JE ONTKOMT ME NIET. NOOIT. JE KUNT NIET VOOR ME VLUCHTEN. NERGENS.*

Drijfnat van het zweet smeet hij zijn mobieltje op de grond, die in één klap uit elkaar spatte. Weer kreeg hij dat beklemmende gevoel op zijn borst. Een paar tellen zag hij alles dubbel. De minuten daarna herstelde hij een beetje. Nat van het zweet en met bloedend voorhoofd stopte de man een paar spullen in een pukkel, die hij bij een legerdump gekocht had. Twee keer controleerde hij of hij de drie messen bij zich had. Zijn belangrijkste wapen naast de Bushmaster en de Winchester lag in de kist achterin de blauwe Chrysler. De spullen die hij niet meer nodig had liet hij op zijn hotelkamer liggen. Daar zou hij niet meer terugkeren, ongeacht de afloop van zijn missie.

50.

'Lekker, lekker, lekker,' lachte Ciska en keek naar haar ont-bijtje bestaande uit een gebakken ei, broodjes met mancheco, toast met jam en jus d'orange, dat haar gebracht werd door Ramon die alleen een boxershort droeg.

'En, ben ik een kok of niet?', lachte de Spanjaard.

'Je bent een held zelfs,' zei Ciska en kuste hem op zijn mond, waarna hij toen ze haar ogen nog dicht had snel met de rug van zijn hand een stukje ei wegveegde dat van haar wang op de zijne was overgegaan.

'Hoe laat wil je morgen eigenlijk in Marseille zijn?' vroeg Ramon die naast haar op bed was gaan liggen.

'Ik heb voor ik wegging gemaild dat ik morgen in de loop van de ochtend zou arriveren,' zei Ciska en bedacht zich dat het extra fijne van haar nieuwe reisgenoot was dat hij met zijn auto wilde reizen. Ze had zelf haar Ford Ka in Rotterdam laten staan. Ik weet alleen niet hoe lang het rijden is.'

'Ik denk een uurtje of zes. Ik heb nog eens nagedacht en als we in de loop van de middag vertrekken kunnen we misschien vannacht een mooi hotelletje pakken in de Pyreneeën. Dan zijn we al een eindje op weg. Doen we morgen alleen het laatste stuk en zijn we tussen tien en elf bij je familie.'

'Het lijkt me fantastisch', zei Ciska. Tegelijkertijd zette ze haar dienblad weg en stak haar hand in de boxershort van Ramon. Hij reageerde meteen op haar streling.

'Wat een temparament,' zei ze zacht, terwijl Ramons zijn hand in haar slipje stak. Ze voelde hoe haar tepels hard wer-den.

51.

De temperatuur in het crisiscentrum was zo hoog opgelopen dat op Van den Boogaards instigatie een andere ruimte in het hoofdbureau was geconfiskeerd. Ondanks het feit dat daar de ramen wel open konden bleef het benauwd heet. De aanwezige met het roodste hoofd was opnieuw Rokus zelf. De mouwen van het overhemd dat hij aan had waren ver opgerold tot onder zijn oksels, waardoor zijn indrukwekkende biceps nog beter uitkwamen. Hij had de hoorn van de telefoon nog maar net op de haak gelegd of het toestel rinkelde alweer. Hij bitste kort een paar 'Oké's', 'waar?' en 'nu' in de telefoon en legde met een klap de hoorn neer. 'Die arts is binnen in verhoor twee,' riep hij naar Kalbfleisch.

'Vijf minuten,' zei die, zich daarna tot het team richtend.

'Korte stand van zaken. Robotfoto van UNSUB laat nog even op zich wachten. Getuige is helemaal in de war. Zo gauw als aan de hand van zijn informatie een element wordt toegevoegd aan de foto herroept hij zijn uitspraken meteen weer. Collega's hebben nog niet gereageerd op de oproep uit te kijken naar een blauwe Chrysler Voyager met Belgische kentekenplaten. Wel gereageerd is op de persconferentie van gisteravond van Bruinsma en zijn vragen over de Winchester. Een alerte collega van ons uit het Rivierendistrict herinnerde zich dat hij enkele dagen geleden een proces verbaal heeft gemaakt over zo'n geweer dat gestolen was uit de kofferbak van een personenauto, toebehorend aan een zekere ...' Hij spiekte even in zijn aantekeningen.

'Ennaeus Hobbema,' hielp Van den Boogaard, wat een licht gegrinnik veroorzaakte.

'Juist ja. Genoemde collega vertrouwde het verhaal van de internist niet en of Hobbema de Nederlandse "Docter Death" is zullen wij over enkele momenten weten, want we gaan nu naar hem toe.'

De rechtmatige eigenaar van de Winchester zat inmiddels behoorlijk te zweten in de krappe kamer die "verhoor 2" werd genoemd. Hij was ruw uit zijn slaap gewekt toen hij een enorme herrie in de gang hoorde en de deur van de slaapkamer zo hard open werd getrapt dat die uit de scharnieren vloog. Meteen stonden er vier agenten aan zijn ledikant met kogelvrije vesten en getrokken wapens.

'Ennaeus Hobbema,' blafte een van hen.

Ennaeus was zo verbluft dat hij niet eens antwoordde.

'Ennaeus Hobbema,' riep de man nog een keer.

'Dat ben ik,' had hij eruit weten te persen.

'Meekomen.'

'Maar ik ...'

'Meekomen,' snauwde de man opnieuw.

Alsof hij geen eigen wil meer had was hij langzaam uit bed gestapt en had de broek aangetrokken die op de stoel naast zijn bed lag. Het werd hem niet gegund een ander T-shirt aan te trekken en blootsvoets stapte hij in de bootschoenen die eveneens bij de stoel stonden.

'Gaat u vrijwillig mee naar het bureau?' riep de man die steeds het woord tot hem had gericht en Ennaeus wist niet hoe snel hij ja moest zeggen, omdat hij de andere teamleden al klaar zag staan met handboeien.

In de gang zag keek hij heel even zijn vrouw in haar gestreepte ochtendjas aan. Ze had haar haar nog niet gedaan en droeg geen make-up.

'Dit moet een vergissing zijn,' stamelde ze.

'Wij vergissen ons niet mevrouw.'

Twee tellen later was Ennaeus het tuinpad opgelopen en werd richting arrestantenbus geduwd. Hij realiseerde zich dat er in de tuin ook zwaar bewapende agenten stonden en zou later van zijn vrouw vernemen dat dat ook in de achtertuin het geval was geweest. Nadat hij hardhandig, tot zijn grote schaamte onder toezicht van enkele buren, de bus met tralies in was geduwd ging die er meteen met gierende banden vandoor. Halverwege Rotterdam, hij had geen idee dat hij daar naartoe op weg was, hervond hij zich een beetje.

'Mag ik vragen wat dit te betekenen heeft?' begon hij.

'Nee,' zei de man die naast hem zat.

Heel langzaam begon Ennaeus weer wat tot zichzelf te komen. Hij wist niet wat er aan de hand was, maar hij zou wel de eerste de beste agent die hem aansprak straks eens even flink de waarheid vertellen. Want hij had een advocaat. En een hele goeie. Aangekomen op het politiebureau werd hij meteen in een klein kamertje gestopt en de internist begon nu heel langzaam boos te worden. Hij zou in elk geval een fikse schadevergoeding eisen, dat stond voor hem vast. Dat was hij meteen vergeten toen hij de hoofden van Van den Boogaard en Kalbfleisch bekeek, die met een korte klop op de deur de ruimte betraden. Met name de man met de stekeltjes en de stoppels keek nogal grimmig uit zijn ogen. Zijn collega las nog eens ten overvloede het pv door dat over de diefstal was gemaakt.

'Meneer Hobbema,' zei de stoppelbaard 'Ik heb uw verklaring gelezen over het gestolen geweer en ik heb daar eigenlijk maar één ding op te zeggen: u liegt.'

Ennaeus Hobbema rook zijn eigen zweet, dat niet veroorzaakt werd door het gebrek aan airconditioning. De Winchester, het ging over de Winchester. Kennelijk wisten die twee mastodonten dat zijn verhaaltje gelogen was. Dat hij de Winchester niet in zijn kofferbak vervoerd had en een valse verklaring had afgelegd tegenover de politie. Meteen op dat moment realiseerde hij zich dat er meer aan de hand moest zijn.

'Kunt u mij vertellen wat er gaande is?' stamelde hij.

'Gister geen tv gekeken?'

Hobbema probeerde zich te herinneren hoe de man heette,

hij had zich wel voorgesteld.

'Nee,' zei hij.

'Vanmorgen ook niet?'

'Nee.'

'Krantje, radio?'

'Nee.'

Plotseling raapte Hobbema al zijn moed bijeen. 'Moet hier eigenlijk geen advocaat bijzitten?' zei hij.

'Ma-ma-ma-ma-maar', zei Kalbfleisch. Elke lettergreep die hij uitsprak zette hij kracht bij door met zijn rechterwijsvinger precies op de maat op tafel te tikken.

'Dat is interessant.'

Rokus hield zijn donkerbruine ogen strak gericht op de inhoud van zijn bekertje waar de koffie zo heet in was gegoten dat het plastic een één kant was gesmolten waardoor er een vreemde knik in het bekertje zat. Normaal gesproken paste hij met Sebastiaan de tactiek good guy – bad guy toe, maar in dit geval was zonder enig verbaal overleg besloten de variant bad guy – bad guy ten uitvoer te brengen.

'Snap jij het nog Rokus?'

'Ik niet.'

'Van de prins geen kwaad bewust en wel een advocaat nodig. Bizar.'

'Bizar,' herhaalde Van den Boogaard.

'Meneer Hobbema, uw Winchester is gestolen, uw verklaring rammelt aan alle kanten en gister is er naar alle waarschijnlijkheid een moord mee gepleegd. Vindt u het nog steeds vreemd dat wij u hier naartoe hebben gehaald?'

Ennaeus ging meteen knock-out.

'Laten we alles nog eens nalopen.'

Tot drie keer toe had hij bij de aangifte al zo exact mogelijk moeten beschrijven wat er precies gebeurd was. Hoe laat was hij precies weggegaan bij de club, hoe laat had hij zijn auto geparkeerd, hoe lang had zijn sanitaire stop precies geduurd?

Het was nog niet eens eenvoudig geweest het verhaal vol te houden. En nu begon het hele gedoe weer overnieuw.

'U heeft toen u op de schietclub was de eigenaar, Ferry Zoeteman, gesproken,' zei Van den Boogaard, 'maar wie nog meer?'

'Niemand.'

'Kom kom meneer Hobbema,' u heeft toch wel met iemand gesproken?'

'Nee, ik ben naar binnen gegaan, heb een aantal schoten gelost en ben al snel weer weggegaan. Ik voelde me niet lekker.' Gelukkig herinnerde hij zich weer zo ongeveer wat hij gezegd had.

'En toen u aankwam heeft niemand u gezien en toen u wegging heeft niemand u gezien?'

'Euh, ik heb in elk geval niet op anderen gelet, mogelijk heeft iemand mij wel gezien, maar dat weet ik dan niet.'

'Gôh, dat is vreemd. Het is de drukste avond van de week en niemand ziet u. U weet toch wel zeker dat u echt bij de club bent geweest? Of was u ergens anders?'

'Nee, echt niet,' zei Ennaeus met een stem die een octaaf hoger klonk dan normaal.

'Ik heb begrepen dat er een bar is bij de vereniging. Heeft u iets gedronken?'

'Twee kopjes koffie, meer niet.'

'Wie stond er achter de bar?'

Hobbema kon zich wel voor zijn hoofd slaan. 'Ferry,' zei hij in de hoop dat ze die niet zouden bellen.

'Nou, dat moesten we dan maar eens verifiëren,' zei de langste van de twee.

'Waar stond u precies geparkeerd?'

'Recht voor de ingang, waar ik altijd sta.'

'Mooi,' zei Rokus, 'precies binnen het bereik van de beveiligingscamera's,' hoewel hij geen idee had of die apparaten er werkelijk hingen, 'ook maar even checken dan.'

'En als u nou eens een cijfer mocht geven op de schaal van één tot tien,' zei Kalbfleisch, 'u kent het wel hè, één is het minst, tien is het hoogst, hoe nodig moest u dan plassen toen u besloot uw auto aan de kant te zetten?'

'Wat zegt u nou?' zei de internist verbaasd.

'Nou nou meneer Hobbema u bent een erudiet mens. Dit is niet zo moeilijk. Was het een zesje, dacht u ik kan maar beter even gaan, of was het meer een acht en een half, was er bijna geen houden meer aan?'

'Wat is dit nou voor onzin,' zei de internist.

'We hebben de tijd, meneer Hobbema.'

'Nou als ik dan met alle geweld iets moet zeggen ga ik inderdaad denken richting een negen. Echt heren de nood was bijzonder hoog zogezegd.'

'Een negen zegt u. Hoge nood. En dat van twee kopjes koffie? Ik weet het goed gemaakt meneer Hobbema. Wij verlaten zo deze kamer. U heeft dan precies vijf minuten. Dan komen wij terug. Dan gaat u ons exact, maar dan ook exact vertellen wat er nou wél is gebeurd. Nogmaals het gaat om moord. Tel uw zegeningen meneer Hobbema, ik wil over vijf minuten duidelijkheid. Ik ben nu nog bereid aan te nemen dat u met de aanslag *an sich* niets te maken heeft. Maar ik móet weten wat er gebeurd is. Als u ons onderzoek tegenwerkt, houd ik u hier minstens een paar maanden vast.'

De deur was met een klap dichtgevallen. Na precies vijf minuten waren ze weer binnengekomen. Nog voor Sebastiaan Kalbfleisch en Rokus van der Boogaard op hun stoel zaten was Ennaeus Hobbema zijn verhaal al begonnen. Niets sloeg hij over. De maîtresse, de deplorabele toestand waarin hij in de berm had gestaan en zijn pogingen om dit alles zo goed mogelijk te verbloemen. De twee rechercheurs hadden hem niet onderbroken.

'U wordt zo dadelijk bezocht door twee collega's van ons, die alles over uw geweer en de kogels willen weten,' had stoppelbaard gezegd en daarna was hij alleen achtergebleven.

'En,' zei Kalbfleisch.

'Ik denk 100% de waarheid,' antwoordde Rokus. 'En da's heel jammer, want nu kennen we de herkomst van het geweer, maar we zijn niets opgeschoten.'

'Toch wel,' zei Kalbfleisch. 'Ik laat Fatih, Mo en Luppo de hele parkeerplaats doorzoeken. En naar de tankstations gaan.'

'Op zoek naar beelden van een blauwe Chrysler?'

'Exact, tenzij er wonderen gebeuren blijft dat ons enige spoor.'

52.

DAG 5, ROTTERDAM, 10.10 UUR

VAKANTIE, ZE IS MET VAKANTIE!

Iets in de buikholte van de man leek te exploderen. De pijn straalde razendsnel uit. Plotseling begon hij over zijn hele lichaam te trillen. De post die keurig in stapeltjes op de houten eetkamertafel was gesorteerd en die hij opgepakt had, waardoor hij langzaam begon te beseffen wat de reden was van haar afwezigheid, viel uit zijn hand en waaierde uit over de grond.

VAKANTIE.

Het woord beukte in zijn hoofd.

VAKANTIE.

Toen hij het hoekhuis naderde had hij nog geen vermoeden gehad van het naderende onheil, het leek gewoon bewoond te zijn. Zonder na te denken parkeerde hij de Voyager aan de zijkant van de woning. De achtertuin die bij het huis hoorde lag vanaf de wegkant verscholen achter een rij hoge coniferen. Ideaal, leek de man, om ongezien het huis te benaderen.

Hij stapte uit en keek snel om zich heen om zich ervan te vergewissen dat niemand hem zag. Meteen liep hij door naar de achterkant van de *van* en opende met één beweging de deur om direct zonder te kijken zijn pukkel en een geweerfoedraal te pakken. Er waren slechts een paar seconden verstreken tot het moment dat hij het smeedijzeren hekje opende en via een slingerpaadje van kleine kleurige stenen de tuin betrad. Grote stappen nemend opende de man de foedraal die hij op de grond tussen de struiken liet vallen vlak voordat hij het terras opliep, dat hem op drie passen afstand van de achterdeur bracht.

HET IS ZOVER, GENOEGDOENING. ZIJ ZOU GAAN BETALEN VOOR ZIJN VERWOESTE LEVEN. DE PIJN. HET WAS OVER VOOR HAAR.

Bijna in euforische stemming stak de man zijn linkerhand uit en pakte de deurklink van de achterdeur beet, die toegang zou geven tot een schuurtje. Tegelijkertijd keek hij door de achterramen naar binnen en constateerde dat er niemand in de achterkamer en de voorkamer zichtbaar was.

ZE MOEST ER ZIJN.

De pijn die hij plotseling in zijn maag voelde kwam precies op het moment dat de deurklink met kracht naar beneden duwde en ontdekte dat de deur gesloten was.

DIT MAG NIET.

Het gonsde in zijn hoofd. Plotseling voelde de man dat hij in paniek raakte.

JE MOET ER ZIJN.

De man merkte dat hij nauwelijks meer kon denken door een plotseling opkomende migraine aanval die hem bijna belette te zien en hem even zo misselijk maakte dat hij het idee kreeg dat zijn hersenen zich door zijn neus een weg naar buiten wilden banen.

WAAR BEN JE?

In een reflex draaide hij het geweer om in zijn rechterhand en haalde uit. Met de kolf brak hij het vierkante ruitje dat links naast de deurklink zat. Zich niet bekommerend om het glasgerinkel opende hij de achterdeur en stormde het schuurtje binnen. Naast de sportfiets stonden een grijze en een groene kliko, die, zo constateerde de man, leeg waren.

LEEG. LEEG EN SCHOONGEMAAKT.

Wild gooide hij de deur open die naar de keuken leidde. In één oogopslag zag hij dat die keurig opgeruimd was. Veel te keurig. Opnieuw die pijn in zijn buik.

WAAR BEN JE?

Vanuit de keuken liep de man rechtstreeks de achterkamer in waar hij de post zag liggen.

VAKANTIE.

Het woord dreunde door zijn hoofd. Daarom had hij haar nooit kunnen bereiken.

VAKANTIE. WAAR BEN JE!

Hoelang hij precies wijdbeens, zonder te bewegen met de pukkel over zijn schouder en zijn Bushmaster in de hand in de kamer had gestaan wist hij niet. Maar ineens hoorde hij de telefoon overgaan. Een keer. Twee keer en toen die stem.

'Hallo, als je mijn stem herkent heb je het goede nummer ...'. Met een katachtige sprong wierp de man zich op het antwoordapparaat dat op een wit formica bijzettafeltje naast de bank stond en rukte er zo hard hij kon aan. Hij wierp het zwarte apparaat op de grond en begon er volledig buiten zinnen op te stampen.

VUILE TEEF! SMERIGE KUT! JE ONTKOMT ME NIET.

Nog steeds volledig over zijn toeren graaide de man in zijn pukkel en nam in beide handen een mes, nadat hij de Bushmaster op de grond had gegooid, die half onder de bank terechtkwam. Hij wierp zijn volle gewicht tegen de deur die naar de gang leidde en sprong vervolgens met meerdere treden tegelijk de trap op. Bovengekomen beukte hij de eerste deur die hij zag aan zijn rechterhand open en realiseerde zich dat hij in de slaapkamer stond.

HAAR SLAAPKAMER.

Wild begon hij met beide handen op het opgemaakte bed in te steken. Binnen enkele tellen was het hele bed een ravage, de matras aan flarden gereten door diepen messteken.

HAAR KLERENKAST! HAAR KLEREN! ZIJ!

Met schuim op de lippen trapte de man de kastdeuren in en begon opnieuw met twee messen in te steken op alles wat hij zag, alle kleding aan stukken rijtend.

SLIPJES! HAAR SLIPJES!

Met alle kracht die hij in zich had stak hij er wild op in.

KAPOT. ALLES WAT VAN HAAR IS MOET KAPOT. ZIJ MOET KAPOT.

Plotseling voelde de man een bijna serene rust over zich komen. Hij liet zijn messen op de grond vallen en minutenlang bleef hij op de resten van het bed zittend zonder iets te zien voor zich uit staren.

WAAR BEN JE?

53.

DAG 5, MARSEILLE, 10.12 UUR

Van het bestuderen van de plattegrond van Marseille werd mijn humeur niet echt beter. Hoe fris ik me ook gevoeld had toen ik opstond, bij het zien van de omvang van de stad kreeg ik plotseling te kampen met het diepe gevoel van vermoeidheid die mijn acties van de laatste dagen veroorzaakt hadden. Ook kwam ik tot het besef dat een ezel zich wellicht niet … maar ik wel. In Bastogne was het uiteindelijk door veel mazzel gelukt zonder plan de verblijfplaats Pierres familie te achterhalen. Maar ja, Marseille dat is toch *different cook*, als je begrijpt wat ik bedoel.

Mijn enige aanknopingspunt nu was het feit dat Pierre in een buitenwijk moest wonen. Ja hallo, waar was ik eigenlijk mee bezig? Even overwoog ik de associé van Gangiotti te bellen, maar die wist ook de exacte verblijfplaats van Pierre niet.

Ineens voelde ik me beroerd. Ik was moe. Moe en zweterig, nee chagrijnig, moe en zweterig. En ik had hier eigenlijk geen reet te zoeken. In een vreemde opwelling van rebelsheid besloot ik die hele Kale en zijn moordenaar eens even een tijdje uit mijn gedachten te bannen. Wat lette me, ik was toch in Marseille? Het leek me het beste even van de stad te genieten dan was ik in elk geval niet dat hele klere eind voor niets gereden.

'U bent vast Nederlandssprekend,' zei een zangerige vrouwenstem met onmiskenbaar Vlaamse tongval naast me en het verrassend fraai gevormde hoofd waar het geluid uitkwam knikte richting de krant die op mijn stoel lag. Die groene ogen!

Enkele seconden lang probeerde ik een imponerend snedig antwoord te produceren, maar daar was het eigenlijk te warm voor; vandaar dat ik haar de lege stoel naast mij maar aanbood. Even later was ik verwikkeld in een boeiende conversatie met Nancy, hooggehakt, 31 jaar en afkomstig uit Brugge. En al veertien jaar woonachtig in Marseille. Optimistisch dacht ik dat ze vast wel al haar landgenoten die in de havenstad woonden zou kennen. Dus probeerde ik het maar eens terwijl ze een slok van haar door mij aangeboden wijn nam.

'Het is ook toevallig dat ik u tref,' zei ik, 'ik ben namelijk op zoek naar een landgenoot van u!'

'Nou er zwerven nogal wat Belgen rond hier.'

'Hij heet Pierre. Pierre Legrand.'

Terwijl in het bronzen voorhoofd van Nancy een diepe rimpel verscheen bedacht ik me dat het niet handig was de foto's die ik van de Belg had in mijn auto te laten liggen.

'Ik ken wel een Pierre,' onderbrak Nancy mijn gedachten, 'dat wil zeggen, kennen niet echt, maar ik weet dat er een Belg met de naam Pierre soms komt eten in *La Legion*. Hij is er maar af en toe en ik heb hem wel eens ontmoet. De eigenaar van het restaurant is een vriend van mij, hij komt uit Italië.'

'Hoe ziet die Pierre eruit?' vroeg ik 'en hoe oud is hij?'

'Och, da's moeilijk te schatten, u kunt beter straks eens bij Gianfranco langsgaan. Het is hier niet ver uit de buurt. Hij is vanaf 12.00 uur open en hij serveert heerlijke lunches. Het is een van de leukste restaurantjes die ik ken, met kleurige reli-ëfschilderijen op hagelwitte muren. Houdt u van pizza? Hij maakt ze klaar waar je bijstaat, "au feu de bois", op een houtvuur.'

'Ik eet bijna niets liever,' antwoordde ik naar waarheid en nam me voor inderdaad maar eens bij het restaurant langs te gaan en dan wel met foto.

'Is er al wat bekend over die seriemoordenaar?' ging Nancy verder terwijl ze een schuine blik op *De Zon* wierp.

'Ik weet het niet,' zei ik, 'ik ben de afgelopen dagen niet in Nederland geweest, dus het is allemaal een beetje langs me heen gegaan. Ik was net begonnen aan het verhaal over de derde moord van de man met de Bushmaster.'

'Het is ook in België elke dag voorpaginanieuws,' vertelde Nancy. 'Dat wil zeggen vanaf de tweede moord eigenlijk. En gister weer dat gedoe met dat geweer.'

'Wat voor gedoe?' vroeg ik nieuwsgierig.

'Och,' zei Nancy, 'dat weet u natuurlijk ook niet. De eerste drie aanslagen waren allemaal gepleegd met de Bushmaster, waar u het over had. Maar de laatste moord werd ineens met een heel ander geweer gepleegd een soort jachtgeweer.'

'O,' zei ik.

'De minister van Binnenlandse Zaken is speciaal voor de zaak teruggekomen van vakantie. Hij vertelde wat over dat geweer in een persconferentie, wat was het ook al weer, o ja, ik geloof een oud Winchester-geweer, kan dat?'

Ik geloof dat toen ik het woord Winchester hoorde ik net zo knock-out ging als Apollo Creed in de film "Rocky IV" tegen die gigantische Rus. De rest van haar zin ontging me volkomen. Een Winchester.

'Is er iets?' Ik weet niet hoe lang het duurde voordat haar woorden weer tot me doordrongen.

'Sorry,' mompelde ik, 'ik heb gewoon even een totale weg-trekker, zal de zon wel zijn, of misschien viel de pastis ver-keerd.'

'Je bent helemaal bleek,' zei Nancy, 'wil je wat water?'

Ik wilde helemaal geen water. Ik wilde weg. Snel weg. Ik moest hoe dan ook zo snel mogelijk Kalbfleisch spreken. Het was allemaal veel te toevallig! Pierre steelt een Winchester bij Kale en een paar dagen later wordt een jonge blonde vrouw met een Winchester gemold. Iemand anders? Ja, ja en gij gleuft tâh ... Als Pierre al niet zelf de schutter was, had hij misschien het wapen geleverd aan de moordenaar. Hoeveel van die Winchesters zouden er nou in omloop zijn! Nee, Pierre was erbij betrokken. Ik stond zo plotseling op dat Jim van schrik luid begon te blaffen.

'Nogmaals sorry,' zei ik tegen Nancy, terwijl ik mijn portemonnee uit mijn achterzak haalde en wat muntgeld op tafel legde.

'Ik hoop dat je me wilt excuseren ik ga terug naar mijn hotel. Ik denk dat ik met een paar uurtjes slaap zo weer opgeknapt ben. Misschien wil jij zo afrekenen.'

'Maar dat is toch veel teveel geld,' protesteerde ze.

'Ik zie je vanavond misschien wel bij Gianfranco,' zei ik terwijl ik wegliep. Dan regelen we dat wel weer. Ciao!'

Toen ik de hoek om was, ik geloof dat Nancy me nog 'beterschap' nariep, zette ik het op een drafje naar mijn auto, gevolgd door Jim die kennelijk wel zin had in een verzetje.

'Rustig jochie,' zei ik terwijl ik met mijn linkerhand probeerde te voorkomen dat hij tegen me aan bleef springen. Met mijn rechterhand trok ik mijn gsm uit mijn broekzak en toen ik op het schermpje keek realiseerde ik me plotseling waar die irritante piepjes die ik af en toe hoorde vandaan waren gekomen. "Battery Empty".

54.

DAG 5, ROTTERDAM, 10.25 UUR

'Laten we helemaal vanaf het begin beginnen met de leeftijden,' zei Kalbfleisch. Naast hem zaten Rokus, Piet en Louise, iedereen met de laptop in aanslag. Ze keken naar de telefoon midden op tafel die op de luidsprekerstand stond en waarop in conference vertegenwoordigers van de TGO's Scheveningen, Rockanje en Monster gebeld waren. Kalbfleisch had er bij zijn collega's op aangedrongen nog eens de slachtofferprofielen te vergelijken, nu er met de signalering van de Chrysler Voyager vooralsnog geen progressie werd geboekt.

'Als we kunnen achterhalen wat de UNSUB precies wil, wat zijn beweegredenen zijn, waarom hij zijn slachtoffers uitkiest,' zei hij, 'zijn we een stuk verder,' dus was een telefonische vergadering gepland.

'Ons slachtoffer was 22 jaren oud,' trapte hij af.

'Twintig'. 'Negentien.' 'Achttien.'

'Ze was studente.'

'Stripteasedanseres,' 'secretaresse,' 'scholiere.'

'Blond.'

'Blond.' 'Blond.' 'Blond'.

'Da's iets,' mompelde Rokus, maar niemand reageerde.

'Geen tatoeages.'

'Een tribal op haar rug.' 'Niets.' 'Tribal.'

'Weten Rotterdam en Rockanje zeker dat er geen tatoeages zijn?'

'Rotterdam wel,' zei Kalbfleisch en ook Rockanje wist het zeker.

'Het lijkt wel het songfestival,' zei Rokus, wat hem op een woedende blik van Kalbfleisch kwam te staan. Hoewel hij zelf de actie geïnitieerd had, leek het hem plotseling zo zinloos. Het feit dat bij de volgende veertien punten ook totaal geen overeenkomst zat, vervulde hem met nog veel meer twijfel over het nut van zijn idee. Maar hij bleef doorgaan.

'Blauwe ogen.'

'Blauw.' 'Blauw.' 'Bruin.'

'Geen sprake van seksueel misbruik en het slachtoffer was geen maagd meer.'

'Geen misbruik en die van ons ook niet.' 'Geen misdrijf en ook niet.' 'Geen misdrijf, maar wel maagd.'

Twintig minuten later beëindigde Kalbfleisch het gesprek, met de opmerking dat hij graag ook nog eens de lijsten gemaild zou willen hebben van alle collega's.

'Wat een ellende,' zei hij zuchtend.

'Blond haar, redelijk jong en allemaal aan het of in de buurt van een strand, meer kan ik er niet van maken,' zei Rokus.

'Dat is ook zoiets,' meende Kalbfleisch, 'we kunnen constateren dat alle plaatsen delict redelijk makkelijk bereikbaar zijn vanuit Rotterdam. Maar wat we er mee moeten weet ik niet. De slachtoffers kenden elkaar verder zo op het eerste gezicht niet, woonden niet bij elkaar in de buurt, zijn niet gemeenschappelijk lid van een bepaalde vereniging. Ik zie op dit moment inderdaad verder geen verbanden.'

'Het lijkt me ook voldoende zo,' mengde Louise zich in het gesprek. 'Een maniak die jonge blonde meiden aan het strand doodschiet. In die zin is het begrip Costa Killer niet eens zo gek verzonnen. Ik hoorde vanmorgen op de radio trouwens dat de drukte aan het strand vandaag al achterblijft bij die van eerdere dagen. De schrik zit er kennelijk goed in.'

'Ja.'

Voordat Kalbfleisch Louise kon antwoorden voelde hij dat zijn gsm die in de trilstand stond afging.

'Dat is prachtig,' zei hij, maar vrijwel meteen nadat hij die woorden uitsprak veranderde zijn stemming. 'Hmm, het is niet anders, stuur het direct naar mijn eigen mailadres, ik zal er zorg voor dragen dat hij intern verspreid wordt. Wanneer gaat-ie openbaar?'

Rokus zag dat zijn collega 14.00 uur op het papiertje dat voor hem lag schreef.

'Jij ook,' zei Kalbfleisch en drukte de telefoon uit.

'De robotfoto,' gokte Rokus.

'Precies. Er is er één gemaakt, alleen vraagt men zich af hoe betrouwbaar het portret is. De getuige heeft er nogal een potje van gemaakt. Hij blijft er gelukkig wel in volharden dat de man met wie hij dus enige woorden gewisseld heeft Belgisch sprak.'

'Vlaams,' verbeterde Rokus.

'Jahaa! Het is in elk geval iets om ons aan vast te houden.'

Opnieuw trilde de gsm.

'Ja Leeflang, ik weet het,' zei Kalbfleisch na enkele seconden. 'Ik krijg zo de foto en ik mail hem meteen naar je door. Wat gaat er precies mee gebeuren? Oké, momentje ... mensen, 14.00 uur persconferentie van de minister die de foto aan het publiek zal tonen, ja daar ben ik weer ... hij wat?'

Rokus zag dat zijn collega van het ene op het andere moment dezelfde blik in zijn ogen kreeg die hij de afgelopen dagen vaker had gehad als het misging.

'En hoe bereik ik minister Bruinsma, Leo,' zei Kalbfleisch, die even stil bleef om te luisteren naar de communicatiedeskundige.

'Daar heb jij geen donder mee te maken. Als ik hem wil spreken, wil ik dat. Dus loop nou niet te kloten en geef me zijn nummer.' Nijdig krabbelde hij wat op een papiertje en zonder te bedanken drukte hij het gesprek weg.

Op dat moment ging de deur open. 'Meneer Lebandowski voor u op lijn drie meneer Kalbfleisch,' zei de receptioniste. 'Ik dacht ik waarschuw u maar even persoonlijk want u bent steeds in gesprek'. Ze kreeg geen antwoord van de hoofdinspecteur die het nummer van de minister al aan het intoetsen was.

'We hebben nu geen tijd voor gedegenereerde gewelddadige ex-collega's die de Humphrey Bogart uithangen,' zei Van den Boogaard.

'Moet jij nou altijd meteen zo'n grote bek opzetten Rokus,' zei Piet die ineens was gaan staan. 'Ik zal jou eens wat zeggen met je commentaar altijd op iedereen. Ik heb in al die jaren die ik hier werkte niet veel rechercheurs meegemaakt die beter waren dan P.B.'

'Of harder werkend, of slimmer,' vulde Louise aan.

'Neem me niet kwalijk,' zei Van den Boogaard, die wat beteuterd keek, 'zo goed ken ik hem niet, maar jullie weten net zo goed als ik wat hij gedaan heeft!'

'En misschien zou jij wel hetzelfde doen als je thuiskwam en je vrouw ...'

'Daar heb ik wel eens aan gedacht,' zei Rokus, 'en ik moet eerlijk zeggen, ik weet het niet helemaal zeker. Maar zoals hij door het lint is gegaan, dat zou ik echt nooit doen.'

'Wat moet ik tegen hem zeggen?' zei de receptioniste.

'Verbind hem maar door naar de gsm van hoofdinspecteur Kalbfleisch.'

'Dat heb ik al drie keer geprobeerd, maar hij staat uit of is in gesprek en meneer Lebandowski blijft maar bellen.'

'Noteer dan zijn nummer dan belt de hoofdinspecteur hem wel als hij tijd heeft.'

'Maar het is echt heel dringend, zegt hij.'

'Weet je wat echt dringend is? De dader van vier aanslagen vinden voor hij de vijfde, zesde en zevende enzovoort pleegt.'

'Maar daar wil hij hoofdinspecteur Kalbfleisch graag over spreken,' zei de receptioniste.

'Zeg dat dan meteen trut,' riep Rokus boos.

55.

DAG 5, ROTTERDAM, 10.30 UUR

Rustig nadenken nu, dacht de man. Vooral rustig blijven. Rust. Adem halen, diep de zuurstof tot in je buik laten binnenstromen. Rust, dat was nu de eerste vereiste. De slaapkamer vertoonde, zo merkte hij, griezelig veel gelijkenis met de aanblik van een strand dat door een verwoestende tsunami verworden is tot een opslagplaats van willekeurig verspreide brokken puin. Hij had ruim een kwartier op de resten van het totaal aan flarden gescheurde bed, omringd door verruïneerde kledingstukken die als lava bij een vulkaanuitbarsting weggeslingerd waren, gezeten voor hij heel langzaam tot bezinning kwam. Daarna stak hij drie sigaretten na elkaar op, de eerste trillend als een espenblad, maar de laatste iets meer in normalen doen, hoewel hij zich realiseerde dat zijn vingers nog totaal verdoofd leken. Hetzelfde gevoel had zich ooit in zijn been ontwikkeld en was daarna verergerd en uitgebreid.

DANKZIJ HAAR.

Daarna was het bergafwaarts gegaan, met zijn mobiliteit, maar vooral met hem. Bijna was hij weer in razernij ontstoken, maar hij concentreerde zich opnieuw op zijn ademhaling in een poging het natuurlijke evenwicht in zijn lichaam te herstellen en spreidde zijn vingers om zoveel mogelijk energie door zijn handen te laten lopen, een oud trucje uit de tai-chi wereld, waar hij al vaker veel baat van had ondervonden, als hij trachtte zijn erupties van woede te beteugelen.

Langzaam begon zijn duim, die het wieltje van de Zippo een halve slag draaide, een beetje te tintelen en starend in de oranje vlam, waarmee hij zijn vierde sigaret aanstak, keerden letters die kleine woorden konden vormen bijna één voor één weer terug in zijn hoofd.

VAKANTIE. VAKANTIE. VAKANTIE. WAAR WAS ZE?

Logisch nadenken, hield hij zichzelf voor, toen hij weer in staat was enigszins na te denken. Iemand gaat op vakantie. Zou er niet ergens in het huis een folder liggen, of een adres zijn opgeschreven op een kladje papier? Of een telefoonnummer. Iemand kon kennelijk het huis binnenkomen om de post te sorteren en om de plantjes water te geven.

DAT WAS HET: DE PLANTEN.

Hoewel hij meteen bij het betreden van de woning had gevoeld dat het huis al een tijdje niet bewoond was, stond iets dat gevoel in de weg: de planten. Ze stonden er keurig bij. Ze werden dus verzorgd door iemand. Mogelijk had ZIJ voor die persoon haar vakantieadres of een telefoonnummer achtergelaten.

Na nog een vijftal minuten besloot de man de rest van de bovenverdieping te inspecteren. Hij dacht geen seconde meer aan zijn messen, die voor het bed op de grond lagen, toen hij de slaapkamer uit liep, de overloop in. Recht voor hem bevond zich nog een deur die op een kier stond en duidelijk naar de badkamer leidde. De man liep door naar de tweede deur die hij opende en die toegang gaf tot een logeerkamertje, dat hij binnenstapte. Tegen de zijmuur stonden een wasmand, een ingeklapte strijkplank en een strijkijzer. Aan de andere kant van het logeerbed was een fitnessapparaat neergezet, waar nauwelijks genoeg ruimte voor was. Niet echt geïnteresseerd wierp de man een blik door de kamer en liep de overloop weer op. Er was nog één deur over, die hij nog niet gehad had. Weer merkte de man dat zijn hartslag versnelde toen hij die deur opende. Recht voor hem op een bureau, de kamer deed zo te zien dienst als studeerkamer of kantoortje, stond een computer. Hij liep er regelrecht naartoe en ging op de bureaustoel zitten, waardoor hij met zijn gezicht naar het beeldscherm keek. Rechts van de computer lag een stapeltje tijdschriften. De man griste ze bijna weg. Fitness, Runner en een aantal vakbladen voor fysiotherapie. Niets dus. Aan de andere kant van de computer vond de man wel wat hij zocht: een vakantiefolder met stedentrips.

IK GA JE VINDEN, IK GA JE VINDEN.

Meteen stak hij een nieuwe sigaret op en begon koortsachtig de gids door te bladeren. Sneller en sneller sloeg hij de pagina's om.

NIETS! GEEN AANTEKENING, GEEN KRUISJE OF PENNENSTREEK, GEEN EZELSOOR, NIETS!

De man nam zo'n heftige trek van zijn sigaret dat die bijna voor een kwart opbrandde.

DE COMPUTER!

Het duurde een paar tellen voor de Mac opstartte en als uit het niets verscheen ineens het bureaublad dat uit een foto bestond van een wit strand dat aan een azuurblauwe zee grensde en omzoomd werd door groene palmen.

STRAND. DAAR HAD HIJ HAAR ONTMOET. RUSTIG BLIJVEN. RUST. RUST.

Tergend langzaam verschenen nu een voor een de icoontjes van alle geïnstalleerde programma's. "Word", misschien zou hij daar wijzer van worden. Tot zijn genoegen constateerde hij dat alle documenten keurig in mapjes waren opgeborgen. Hij opende als eerste het mapje "C". Er zaten zeven documenten in, voornamelijk zakelijke brieven, constateerde hij. De mapjes "lopende zaken", "werk" en "fysio" leverden ook niets op. Helaas waren er geen mapjes "privé", of "vakantie". De man ging zo op in z'n speurtocht in de computer, dat zijn hersenen de zachte geluiden die hij vanaf de benedenverdieping hoorde komen niet registreerden als onraad.

'Hallo.'

Weer die explosie in zijn maagstreek.

EEN STEM, ER WAS IEMAND IN HET HUIS AANWEZIG.

'Hallo, is hier iemand?'

De man realiseerde zich meteen dat *ZIJ* het niet was. *ZIJ* zou ook nooit zo stom geweest zijn om te gaan roepen in een huis als ze onraad rook.

MIJN MESSEN? WAAR ZIJN MIJN MESSEN?

Hij hoorde nu duidelijk gestommel in de hal. 'Hallo,' klonk het vanuit het trapgat. Muisstil liep de man de overloop op en griste de twee messen weg uit de slaapkamer. Doodstil bleef hij staan luisteren constaterend het beneden ook stil bleef.

WEER DIE STEM.

'Hallo, ís hier iemand?'

De man gokte erop dat de vrouw nu zo'n beetje onderaan de trap moest staan.

VERRASING, IK MOET HAAR VERRASSEN.

Hij haalde zo diep mogelijk adem en sprong plotseling hele treden overslaand met een donderend lawaai naar beneden. De vrouw stond met open mond naar het trapgat te kijken op het moment dat Pierre zich met zijn volle gewicht op haar stortte en zijn mes diep in haar buik stak. Nog voor ze de grond raakte brak hij haar nek. Een klein poosje bleef hij doodstil bovenop haar op de grond liggen. Opnieuw haalde hij diep adem en stond op nadat hij zich ervan vergewist had dat ze echt dood was. Op de een of andere manier voelde hij dat de vrouw alleen in het huis was geweest. Waar was hij ook weer mee bezig?

DE COMPUTER, JA, DE COMPUTER.

Met grote passen liep hij weer naar de bovenverdieping om voor de tweede keer plaats te nemen achter de computer.

DE MAIL.

HAAR MAIL.

Gretig dubbelklikte hij op het icoontje. Geen password, geen beveiliging hij zat in haar inbox! Opnieuw prees hij zich gelukkig met de accuratesse waarmee het systeem opgezet was. Alle berichtjes waren keurig in mapjes gerubriceerd. Zijn hart sloeg een tel over toen hij het onderste mapje zag: "vakantie". Met trillende vingers klikte hij het aan. Negen documentjes: "Voorbereiding 1 –7", "Fanals" en "familie". Hij ging meteen naar Fanals. Het was een brief geadreseerd aan "Lieve Bob en Petri". Kleine zweetdruppeltjes vielen vanaf zijn voorhoofd op het bureau vlak voor de computer.

Hoi Bob en Petri,

Hartstikke fijn dat ik van jullie appartement in Fanals een tijd-je gebruik mag maken. Ik kijk er eerlijk gezegd enorm naar uit. De laatste tijd is zoals je weet moeilijk geweest en ik geloof dat ik het echt nodig heb om er eens helemaal tussenuit te gaan. Wie weet sla ik nog wel een lekkere Spanjaard aan de haak ook, je weet wat voor een femme fatale ik ben (hihi). Lloret de Mar moet fantastisch zijn, maar ik kijk nog meer uit naar de rust in Fanals. Ook de hele hartelijke groetjes van pa en ma, die zullen jullie snel weer eens bellen. Ik blijf dus tot de 25^e en lever de sleutel af bij de Pizzeria.
Nogmaals bedankt en lieve groetjes

Ciska

CISKA. CISKA. CISKA. CISKA. CISKA.
Het woord leek niet meer uit zijn hoofd te bannen.
CISKA. HOER. VUILE SLET. JE ONTKOMT ME NIET. NOOIT. NOOIT.
Langzaam probeerde de man zich weer op het mailtje te con-centreren. De 25^e, maar dat was toch? Hij wierp een blik op de Suunto om zijn pols, die naast kompas, hoogtemeter en stop-watch ook een datumfunctie had.
VIERENTWINTIG.
Ze zou morgen naar Rotterdam komen! Het liefst had hij twee sigaretten tegelijk opgestoken, zo'n behoefte had hij ineens aan nicotine.
HET UUR DER WRAAK. DE AFREKENING.
Snel klikte hij de ene na de andere mail aan. Zijn adem stok-te bij het mapje "familie". Opnieuw begon zijn vingers te tril-len.

Lieve tante Francis en oom Beau,

Jullie hebben het al gehoord van pa en ma, maar ik ga er even tussenuit, naar Fanals. Nou heb ik ontdekt dat dat helemaal niet zo gek ver uit de buurt is bij Marseille en nou leek het mij leuk om ook even bij jullie langs te gaan, zo vaak zien we elkaar nou ook weer niet. Als het jullie schikt, probeer ik er de 25^e in het tweede deel van de ochtend te zijn. Pa en ma hebben waarschijnlijk jullie adres wel, maar mail het me nog even voor alle zekerheid en ook jullie telefoonnummer. Tot gauw en liefs

Ciska

MARSEILLE. ZE GING NAAR MARSEILLE. MORGEN WAS ZE IN MAR-SEILLE. ZIJN STAD!

De man had zo'n haast om door te scrawlen naar het ant-woordmailtje dat onder aan de mail van Ciska doorliep, dat hij er zes pogingen voor nodig had om de reactie vanuit Marseille te lezen. Lieve Ciska, fijn dat je ... zijn ogen vlogen over de regels.

DAAR. DAAR STOND HET. HET ADRES!

Op een blaadje dat voor hem lag schreef hij nauwkeurig adres en telefoonnummer over.

MARSEILLE. ZE WAS IN MARSEILLE. HIJ IN ROTTERDAM, ZIJ IN MARSEILLE.

Enigszins confuus stak de man het briefje met het adres, dat ook voor eeuwig in zijn hoofd gegrift zat, diep in zijn broek-zak weg. Het was een totaal andere wijk dan waar hij woon-de. Zou wel een oude boerderij aan zee zijn. Tijd zat, bedacht hij, toen hij de computer uitzette. Het was een uur of twaalf rijden naar Zuid Frankrijk. Zij zou er morgen tegen 11.00 uur, 12.00 uur zijn.

HIJ AL EERDER.

Terwijl hij op het punt stond de mail af te sluiten viel hem ineens nog iets in. Snel sleepte hij de laatste mailtjes naar de prullenbak en na even zoeken vond hij de optie: "Leeg Prullenmand". Hij wist zelf niet waarom hij het deed, maar het gaf hem een goed gevoel. Terwijl hij de computer uitzette viel zijn oog op het boekenrek dat rechts van hem aan de muur was bevestigd. De meeste ruggen stonden schots en scheef en hier en daar stond er een stoffen doosje, versierd met indisch aandoende krullen, tussenin. Vlak bij het eind van de plank ontdekte hij plotseling een metalen randje dat boven op drie boeken stond. Hij stak zijn hand uit en zag toen hij het beet had dat het een fotolijstje was. Hij twijfelde een seconde of hij het zou pakken uit angst voor een plotselinge confrontatie met het gezicht van Ciska Hofman, waarvan hij iedere huidcel kon uittekenen.

Het was niet de aanblik van Ciska, die de woede in hem opnieuw liet ontploffen. De foto, was genomen op een zo te zien bloedhete dag aan het strand.

WEER HET STRAND.

Rechts op de foto stond Ciska, mooier dan ooit, haar blonde haar gebleekt door de zon, haar gezicht gebronsd, diepblauwe ogen, maar ze had haar arm geslagen om een jongen met zwart haar die een oranje vest droeg waar 'Kustwacht 's Gravenzande', op stond. De jongen was zeer gespierd.

GESPIERD. SPIEREN. UITSMIJTER. DE PIJN, KNIE, PIJN, DE AFGANG.
Met alle kracht die hij in zich had sloeg de man de lijst stuk op de bureaurand. In een reflex pakte hij met de ene hand de foto vast tegelijkertijd zijn andere hand, waarin hij zijn mes gepakt had heffend. Zo hard hij kon ramde hij het lemmet in de borst van de jongen op de foto.

STINKHOER. JE HEBT ME BEDROGEN. JE BENT VAN MIJ. HELE-MAAL. JE KUT IS VAN MIJ. 'S GRAVENZANDE!

DAG 5, MARSEILLE, 11.00 UUR

Ik had inmidels besloten alle lelijke dingen die ik ooit over Fransen in het algemeen en over de Franse politiemacht genaamd "Police Nationale" in het bijzonder had gezegd, terug te nemen. Sterker nog: als het op snelheid van handelen aankomt kunnen wij in Nederland wellicht nog wat van hen leren! Misschien draaf ik een beetje door, maar dat kwam door de euforie waarin ik verkeerde omdat de agenten die ik op straat tegenkwam meteen te hulp schoten, net zoals later hun superieuren.

Ik stond nog steeds de batterij van mijn mobieltje te vervloeken en uit te schelden toen het me te binnen schoot dat ik beter maar meteen naar een telefooncel op zoek kon gaan. In de hoop dat er niet zoals in Nederland ook in la Douce France voornamelijk nog met een door zo'n telecomwoekeraar verstrekte telefoonkaart of chipknip gebeld moet worden. Maar goed in Marseille zou er toch nog wel zo'n ouderwets munttoestel bestaan? Meteen bracht het me bij vraag twee: de auto nemen of lopen?

Ik besloot het laatste te doen omdat ik als, het te lang duurde net zo goed een kroeg of een winkel in kon schieten. Terwijl ik, met snelle pas een steegje in liep, zag ik nog net vanuit mijn ooghoeken een witte Citroën Jumpy de straat inrijden waar ik uitkwam. Er stond "Police" in spiegelschrift op de motorkap. Ik rende meteen terug en begon als een gek met mijn armen te zwaaien. De mannen stopten en zetten onmiddellijk de auto aan de kant.

'Bonjour monsieur, vous avez des problèmes?'

'Nogal,' antwoordde ik in voor hen goed verstaanbaar Frans. Ik besloot in het kort uit te leggen waar het om ging.

'Ik ben particulier rechercheur,' zei ik en verduidelijkte dat met 'privé detective', omdat ik me afvroeg of je het wel letterlijk kon vertalen en ze me wat geringschattend aankeken.

'Ik zit achter een man aan die misschien een moord heeft gepleegd en wellicht hier in Marseille woont. Ik heb zojuist informatie gekregen waardoor ik denk dat deze man ook achter de seriemoorden zit die in Nederland gepleegd zijn. In elk geval is de kans groot dat hij ermee te maken heeft. Wellicht heeft u er over gehoord, vier jonge meiden zijn aan de kust neergeschoten in de afgelopen vier dagen.'

Frans wenkbrauwgefrons was mijn deel.

'Ik wilde net mijn ex-collega's van de Rotterdamse politie bellen toen ik erachter kwam dat mijn batterij leeg is.' Ter illustratie diepte ik mijn mobieltje op uit mijn zak en keek er met pathetische blik naar.

Ik had het niet vreemd gevonden als de mannen me ter plekke gearresteerd hadden. Het was een bizar verhaal van een man die wellicht ook nog een beetje naar alcohol stonk op de vroege morgen. Maar vermoedelijk hadden ze de ernst gemerkt waarmee ik alles verteld had en mogelijk had de Costa Killer ook de Franse pers gehaald, maar hoe dan ook, ze luisterden.

'Waarom denkt u dat de man die u zoekt de seriemoordenaar is en waarom denkt u dat hij hier in Marseille is, terwijl hij in Nederland mensen vermoordt?'

Touché. Ik geloof dat ik een lichte glimlach op mijn gezicht toverde.

'Ik weet pas enkele minuten dat de man die ik zoek mogelijk de seriemoordenaar is. Ik ben hier naartoe gegaan om meer over hem te weten te komen. Ik zeg ook niet dat hij hier op dit moment is, maar dat hij hier vandaan komt, of beter gezegd woont. Hij is namelijk een geboren Belg.'

In beknopte stijl vertelde ik het verhaal van de moord op Kale, de gestolen Winchester en de informatie die ik van Nancy had gekregen. En legde ook nog maar eens uit dat het misschien een canard was maar dat één en één in Frankrijk toch wellicht ook twee is. Ze hadden wiskunde gehad op school. Mijn rekensommetje maakte indruk.

'En ik heb foto's bij me van die Pierre,' merkte ik op. 'Het zou wel eens kunnen dat ze daar in Nederland om zitten te springen!'

Mijn kersverse Franse vrienden waren in elk geval zeer slagvaardig. De langste van de twee schoot de auto in en brabbelde wat in de mobilofoon. Nadat er genoeg was teruggebrabbeld maande hij zijn collega en hoera, ook mij en Jim, in de Jumpy te stappen.

Nadat we de foto's van Pierre uit mijn Pontiac hadden gehaald (ik nam ook maar de lader van mijn telefoon mee, want het rechtstreekse nummer van Kalbfleisch stond in het geheugen, leve de techniek) werden Jim en ik met loeiende sirene en gierende banden richting hoofdkantoor getransporteerd, waar een smetteloze driekleur me vanaf de gevel toewapperde.

Binnen een kwartier stonden we bij een slagboom die toegang verschafte tot de parkeerplaats en na een korte conversatie via de intercom ging die open. Ik volgde de twee agenten door een dikke metalen deur een smalle muf ruikende gang in. Aan het eind daarvan werd ik in een klein kamertje gezet, waarna ze me met de foto van Pierre even alleen lieten. 'We zijn zo terug.'

Ik wil hierbij graag van de gelegenheid gebruik maken de Franse belastingbetaler gerust te stellen: uw centen zijn niet opgegaan aan luxe inrichting van politiewachtkamers. Kale muren, een metaal en houten tafel en half kapotte bureaustoelen, zie daar de ambiance waarin ik me op zat te winden over het feit dat ook in Frankrijk de tijd steeds langzamer verstrijkt naarmate je langer moet wachten. Uiteindelijk duurde die anderhalf uur wachten twaalf minuten. Daarna kwamen de twee weer binnen om me naar de dieper gelegen ingewanden van het bureau te brengen.

André Kriébus stelde zich aan me voor, maar wat zijn functie nou precies was ontging me. Ik geloof niet dat hij zich heeft bewogen in de paar minuten die ik nodig had om mijn verhaal nog eens uit de doeken te doen. Maar daarna was het snel zakendoen.

'Bon,' zei hij. 'Een zeer interessant verhaal. Uiteraard kunt u gebruik maken van de telefoon. Ik stel voor dat u zich zo snel mogelijk in verbinding stelt met de politie in Nederland. Op dit moment maken we een scan van de foto, als u ons een e-mail adres geeft zullen we die meteen naar uw collega's mailen.'

Hij maakte een kort handgebaar naar het telefoontoestel op zijn bureau.

'Ga uw gang.'

'Fantastisch,' zei ik alleen maar. Op dat moment schoot me nog iets te binnen.

'U heeft natuurlijk die foto gezien. Is die man een bekende van de politie hier?'

Hij glimlachte. 'Dat weet ik nu nog niet.'

'Maar jullie zijn hem al aan het screenen,' grijnsde ik.

'Monsieur,' zei Kriébus en een glimlachje sierde zijn dunne lippen, 'u bent bij de Police Nationale van Frankrijk.'

En daar prees ik me gelukkig mee.

'Jezus Sebastiaan, zit je in Tora Bora of zo dat je zo onbereikbaar bent?' Ik stak mijn woede niet onder stoelen of banken toen ik na drie keer zijn voicemail ingesproken te hebben en op grove wijze de telefoniste gruwelijke martelpraktijken in het vooruitzicht gesteld had als ze me nondeju niet heel rapido met Kalbfleisch in verbinding zou stellen, eindelijk de hoofdinspecteur aan de lijn had. De tussentijd had ik gebruikt om Kriébus, die zich kostelijk amuseerde, in steeds beter Frans geïrriteerd te vertellen dat de Nederlandse politie beter is in het uitdelen van parkeerboetes en bonnen voor snelheidsovertredingen dan in het oplossen van moorden.

Maar goed, ik had genoeg oefening gehad om mijn verhaal to the point uit de doeken te doen en het moet gezegd, Kalbfleisch was een en al oor. Kennelijk was hij onder de indruk van mijn verhaal, waarbij ik nu ook mijn onderhoud met Pierres neef en Gangiotti had meegenomen, want het kostte me drie 'hallo, ben je er nog's' voor hij reageerde.

'P.B.,' zei hij uiteindelijk, 'laat er geen misverstand over bestaan, ik ben hier heel erg blij mee, maar als het waar is en dat denk ik dus op dit moment, dan loopt er hier een gewapende duivel rond aan de kust.'

'Daar ben ik ook heel bang voor,' zei ik. 'Hebben jullie al enig idee wat hem drijft?'

'Niks, nakkes, nada. Maar alles op zijn tijd, het goeie is, dit zou absoluut een doorbraak kunnen zijn. Weet jij nog uit je hoofd wanneer die Hugo de Winchester uit de wagen op de parkeerplaats gejat heeft?'

'Dat was een dag voor de moord in Rotterdam,' zei ik 'en als ik even doorreken en Pierre is onze man dan is hij 's morgens vroeg vanuit Antwerpen vertrokken en had hij zeeën van tijd om naar Rotterdam te komen.'

'Ongelooflijk,' zei Kalbfleisch. 'Dit moet bingo zijn. We hebben een robotfoto van de UNSUB. Als jij me zo snel mogelijk die foto mailt, ga ik hem vergelijken en aan onze ooggetuige, de veerpontkapitein, laten zien. Om 14.00 uur geeft minister Bruinsma een persconferentie en ...'

'Minister Bruinsma,' grinnikte ik.

Ik hoorde een diepe zucht. En nog een.

'P.B.,' zei Kalbfleisch, 'wees blij dat je hier niet meer bent of, euh, sorry.'

'Laat maar,' zei ik. Ik was er inderdaad geloof ik, als ik diep in mijn hart kijk, toch graag bijgeweest. Maar al was ik dan geen lid meer van het korps, voorlopig speelde ik toch een aardige rol. Sterker nog, het begon erop te lijken dat P.B. de in ongenade gevallene, P.B. de outcast, in dit grootse onderzoek een onmisbaar steentje aan het bijdragen was.

'Wat verwacht je verder van mij?' wilde ik weten.

'Je zou me een enorm plezier doen als je daar bij de politie kunt blijven. Als het nodig is stuur ik een faxje met aanbeveling. Ik ga hier alle machinerieën in werking stellen. Maar je weet, voor ik onze liaison in Parijs te pakken heb, die formeel verzoek om hulp moet doen aan de Franse justitie, ectcetera, gaat er nog wel wat tijd voorbij.'

'Krijg jij er geen problemen mee, als uitgerekend ik hier ben?' vroeg ik grootmoedig.

'Ik zal het voorleggen aan de ethische commissie,' beloofde Kalbfleisch, 'opdat niemand nodeloos beschadigd rake. Geef mij je nummer nou maar en noteer mijn mailadres.'

Nadat we de gegevens hadden uitgewisseld zei ik: 'Ik hoor van je'.

'Zeker. Zo snel we een bevestiging hebben van de ooggetuige bel ik je. En dan gaan we los! En wees ervan overtuigd dat iedereen die hier maar een voet in het bureau zet heel duidelijk te horen zal krijgen wat jouw rol in deze is, tot boven aan toe.'

Ik grinnikte kort. 'Ik ben geheel ontroerd Sebastiaan en trouwens, we zijn hier die Pierre ook al aan het screenen.'

'Hou vol,' zei Kalbfleisch en verbrak de verbinding.

57.

DAG 5, FANALS - CATALONIË , 11.15 UUR

'Doce en la noche en la Havanna, Cuba,' zong Manu Chao.

'Qué voy a ser, je ne sais pas, qué voy a ser je ne sais plus,' zong Ciska mee. Ze had geen idee of Manu Chao dat óók zong, want het leek zo op het eerste gezicht Spaans en Frans door elkaar, maar zo klonk het in elk geval wel en ze vond hem fan-

tastisch. Haar favoriete cd, "proxima estación ESPERANZA", had ze gekocht in de hete zomer een paar jaar geleden toen alles nog goed was. Ze had het nummer "Me gustas tu" in de auto op de radio gehoord en was meteen dezelfde middag nog naar een winkel gegaan om het muziekschijfje aan te schaffen. Nadat ze een aantal keer het karakteristieke nummer had gedraaid was ze met een fles mousserende Portugese rosé naast zich op het terras en de ramen wijd open de overige nummers gaan beluisteren, terwijl ze een tikkie onder invloed (de fles raakte al behoorlijk leeg) naar de afbeelding op de hoes keek die haar in haar hoofd naar exotische bestemmingen als Cuba en Managua voerde.

'Qué voy a ser je ne sais pas.' Als ze het allemaal goed begreep betekende het letterlijk zoiets als, wat er gaat gebeuren, ik weet het niet. Nou, dat had inmiddels haar lijfspreuk kunnen zijn. Na het absolute drama dat de dood van haar zus voor haar betekend had, was de cd een hele poos in de kast blijven liggen. Pas toen ze op vakantie ging dacht ze er ineens weer aan. Vreemd, ineens drong tot haar door dat de titel "proxima estacion ESPERANZA", ofwel "volgende station HOOP" ook wel op haar leek te slaan. Hoop, dat had ze nodig in haar leven, het besef dat ze een begin moest maken met het leven dat voor haar lag.

Voorlopig had ze nog een paar daagjes rust voor de boeg. Samen met Ramon naar haar familie in Marseille. Ze kreeg hem vast ook nog wel zo gek dat hij haar naar Rotterdam zou brengen. Heerlijk, daar zouden ze dan samen ook nog een paar dagen hebben.

'Me gusta marijuana,' zong Manu Chao stug door. Hmm, Ciska was eigenlijk mordicus tegen verdovende middelen, stom vond ze zelf, want ze dronk wel en dat zou schadelijker zijn dan een jointje. Maar het was voor haar altijd al onbespreekbaar geweest. Maar reggae zonder wiet, dat hoort niet, bedacht ze zich.

Ze prees zich gelukkig dat Ramon haar nu even niet kon zien.

Ze zat, totaal bezweet, op haar knieën op de grond van de keuken in een kort spijkerbroekje en met verder alleen het bovenstuk van haar bikini aan, het keukenzeil te dweilen. De slaapkamer, de woonkamer en de badkamer waren inmiddels weer spic en span. Bob en Petri zouden over twee dagen zelf naar Fanals komen en ze wilde niet dat die twee konden merken dat zij in hun huis geweest was. Ook was ze 's morgens begonnen met boodschappen te doen, zodat de koelkast gevuld zou zijn als de twee, die altijd met hun eigen auto reisden, zouden arriveren. Een paar San Miguels voor Bob, lekkere wijntjes voor Petri en wat lekkere kaasjes.

Hoewel ze van haar ouders had gehoord dat er in Nederland een hittegolf was uitgebroken kon ze zich niet voorstellen dat het daar ook zo heet was als in Catalonië. Terwijl ze de badkamer al had schoongemaakt wilde ze zich toch nog wel even snel douchen voordat Ramon kwam. Haar koffers waren al ingepakt en stonden klaar. Het jurkje dat ze aan zou trekken lag er bovenop. Niet vergeten nog even een briefje voor Bob en Petri te schrijven.

Proxima estación ESPERANZA. Ramon mocht wat Ciska betreft komen.

58.

DAG 5, ROTTERDAM, 11.58 UUR

'Raak,' riep Sebastiaan Kalbfleisch met rood hoofd en hijgend als een karrenpaard. Hij rende de klapdeuren door, de lange gang in, en zwaaide wild met een stuk papier in zijn hand. Aan het andere eind zag hij Rokus staan, die net het crisiscentrum binnenliep. Even overwoog die of hij iets zou zeggen in de trant van '*Ladies and Gentlemen, we've got 'm,*' maar hij besloot grootmoedig dat het Kalb zijn feestje was. Dus beperkte hij zich tot: 'er komt geloof ik met hoge snelheid goed nieuws aan.'

'Bingo,' riep Kalbfleisch die inderdaad al na enkele seconden het centrum binnen denderde. Piet, Louise, Fatih, Mo en Luppo vormden zijn gehoor. Ellen, Iris en Rodney waren onderweg.

'Collegae,' zei Kalbfleisch nog nahijgend, 'we hebben een doorbraak.' Meteen liep hij door naar het bord en griste een paar losse stukken kleefband weg waarmee hij een print van een foto bevestigde.

'Dit is naar alle waarschijnlijkheid onze man,' zei hij, wat tot een korte pauze in zijn betoog noopte, omdat iedereen begon te joelen. "YES".

Kalbfleisch glimlachte. 'Nog niet te vroeg jongens, we hebben 'm nog niet in handen.'

'Wie is het?' vroeg Rokus.

'Hij heet Pierre LeGrand en is geboren in België. Deze foto is ons een krap uurtje geleden ter beschikking gesteld door onze goede vriend P.B. Lebandowski.'

'De slager himself,' zei Luppo Dijkstra.

'Je moet je bek houden als je niet weet wat er gebeurd is Dijkstra,' zei Kalbfleisch.

'Ik heb de foto doorgemaild naar Rockanje en er zijn meteen een paar collega's naar Brielle gegaan waar de veerbootkapitein woont. Hij sprong naar verluidt een meter in de lucht toen hij de foto zag. Geen misverstand mogelijk. Dit is de man die in een blauwe Chrysler Voyager op zijn veerpont heeft gestaan. Kennelijk friste de foto meteen zijn geheugen op, want hij herinnerde zich nu ook weer dat hij een paar woorden met de man gewisseld had en dat die de weg vroeg naar Rockanje. De collega's zijn nu weer op weg naar het strand in Rockanje om zoveel mogelijk mensen met de foto te confronteren.'

'Waanzinnig,' zei Louise. 'Wat is het voor iemand en hoe komt hij hier verzeild?'

'Ja, dat is dus het slechte nieuws.' Zo zakelijk mogelijk deed Kalbfleisch verslag van wat P.B. hem had verteld.

'Allemachtig.' Piet was de eerste die reageerde. 'Wat afschuwelijk'.

'En dat struint hier de kust af getverdemme,' zei Louise.

'Klein puntje van orde Sebastiaan,' zei Luppo. Gelukkig voor hem vergat Kalbfleisch zijn gebruikelijke tirade aangaande het gebruik van zijn voornaam in het openbaar.

'Allemaal leuk en aardig en hulde voor onze ex-collega-met-de-losse-handjes, maar we weten nu dat een Belg in een blauwe Chrysler Voyager op de veerpont naar Rockanje heeft gestaan, dat hij de weg naar Rockanje heeft gevraagd en dat een blauwe Chrysler Voyager met Belgisch kentekenplaten op een parkeerplaats ...'

'Kun je niet gewoon je punt maken,' snauwde Rokus, 'we weten nou allemaal wel dat jij goed opgelet hebt, behalve dan natuurlijk toen je het onderzoek moest doen naar de aanslag op het derde slachoffer.'

'Laat maar Rokus,' zei Kalbfleisch, 'ik begrijp waar Luppo heen wil. We hebben nog geen sluitend bewijs.'

'Gelul,' zei Rokus. 'Die Pierre is een buitenlandse geweerexpert die ervaring heeft met messen, een Winchester in zijn bezit heeft en momenteel in de omgeving van Rotterdam rondrijdt. Kortom hij voldoet 100% aan het daderprofiel.'

'Juist,' zei Kalbfleisch, 'daarom heb ik in overleg met Bruinsma het volgende besloten. De personconferentie wordt dus gehouden om 14.00 uur en wordt overigens door publieke en commerciële omroepen rechtstreeks uitgezonden. Dan laten we de foto zien van Pierre en geven zijn identiteit prijs. Ook zullen we vertellen dat hij rondrijdt in een blauwe Chrysler Voyager, met Belgische kentekenplaten.'

'Zo,' zei Rokus, 'kan dat juridisch gezien allemaal zo maar?'

'Dat kan,' zei Kalbfleisch. 'Want we zullen in eerste instantie laten weten dat we op zoek zijn naar een belangrijke getuige die mogelijk informatie heeft die cruciaal kan zijn bij het oplossen van de zaak. Hoe dan ook, alles wat we nu doen houdt een risico in. Kijk, het is nu 12.00 uur. Hoewel alle korpsen op de uitkijk zijn naar een blauwe Voyager met Belgische kentekenplaten is er geen enkele reactie binnengekomen. Tot nog toe heeft UNSUB de laatste dagen iedere dag een moord gepleegd. Vandaag nog niet. Ik heb, mogen jullie wel weten, nog wanhopig geprobeerd om de persconferentie te vervroegen naar 12.30 uur. Hoe meer mensen zijn signalement kennen, hoe groter de mogelijkheid dat we een vijfde moord kunnen voorkomen.'

'Waarom kon dat niet?' vroeg Louise.

'Is mij niet duidelijk geworden, maar ik heb wel geregeld dat de KLPD al foto's van Pierre Legrand inmiddels aan het verspreiden is onder alle korpsen die aan de kust gevestigd zijn. Daar zullen ook extra patrouilles ingezet worden, alle beschikbare manschappen worden opgetrommeld.'

'Toch snap ik nog één ding niet'.

'Wat nou weer?'

'Gister was je nog zo tegen het publiekelijk verspreiden van het signalement van de auto.' En binnen twaalf uur verander je compleet van gedachten.'

'Normaal doe ik dat inderdaad niet zo gauw Luppo,' zei Kalbfleisch rustig, 'neem nu bijvoorbeeld mijn gedachten over jou. Ik vond je toen ik je leerde kennen incompetent, ik vind je nog steeds incompetent. Soit. Wat betreft de auto is er een klein nuanceverschil. Gister was er mogelijk sprake van een Chrysler Voyager. Nu ís er sprake van een Chrysler Voyager. Voortbewogen door een in potentie levensgevaarlijke Belg. Zie je het verschil? Je mag er ook tijdens de lunch nog even over nadenken hoor en als het dan nog niet duidelijk is mag je me altijd bellen.'

'Of bel P.B. maar,' zei Louise. 'Die wil het je vast ook nog wel even uitleggen.'

Applaus in het crisiscentrum.

'Zijn er nog intelligente vragen?'

'Ja,' zei Fatih. 'Er is straks een live persconferentie en jullie gaan melden dat we een getuige zoeken, daar trapt natuurlijk geen journalist in. Zij zullen meteen doorhebben dat hij de verdachte is.'

'Dat is dan heel mooi,' grinnikte Klabfleisch 'en uiteraard voor hun rekening. Voor ons is hij gewoon een belangrijke getuige die mogelijk over informatie kan beschikken over bladibladibla undsoweiter. En laten we nogmaals hopen dat we een vijfde exces kunnen voorkomen.'

59.

DAG 5, 's GRAVENZANDE, 12.00 UUR

'S GRAVENZANDE, HIJ WAS ER. CISKA. 'S GRAVENZANDE. CISKA. HAAR VRIEND. DOOD. WRAAK.

Pierre kon niet meer denken. Alleen voelde hij af en toe hoe woorden zijn hersenen in werden gelanceerd. Woorden die allemaal met hetzelfde thema te maken hadden.

WRAAK.

Soms kwamen al rijdend ook ineens flarden van beelden voor zijn geestesoog.

SAINT TROPEZ. HET STEEGJE. PIJN. HELSE PIJN. ZIJN KNIE. ZIJN ONDERRUG. DE OPERATIES.

Daar was dat geluid weer.

GELACH.

Gelach van mannen in de steeg. Flikkeringen van licht die weerschenen op het aluminium van honkbalknuppels.

DE ONDRAAGLIJKE PIJN. ZIJN RIBBEN. TANDEN DIE AFGEBROKEN NAAST HEM LAGEN. PIJN. PIJN. PIJN.

Een nieuw beeld.

DE FOTO. CISKA'S VRIEND.
Het mes dat hij met al zijn kracht in de foto had gestoken.
Op dat moment was hij opnieuw gestorven. Gedreven door
een oerinstinct was hij de trap afgestommeld. Geconfronteerd
met de dode vrouw die in de gang lag, was hij weer een beetje tot zichzelf gekomen.
WEER DIE FLARDEN IN ZIJN HOOFD.
Woedend had hij een paar keer keihard tegen haar hoofd getrapt,
tot hij haar tanden hoorde breken. Vervolgens trapte hij met
zijn hak zo hard hij kon op haar ribbenkast. Zonder na te denken liep hij linea recta naar de Chrysler. Met trillende handen
probeerde hij de wegenkaart open te vouwen.
'S GRAVENZANDE.
Hij wist dat hij er langs gereden was. Maar wanneer? Nadat
hij drie sigaretten doorbrak in een poging ze aan te steken probeerde hij opnieuw de kaart open te vouwen.
MIST IN ZIJN HOOFD.
Waarom kon hij niet lezen? Pierre probeerde zich te concentreren op de letters en heel langzaam, na verloop van tijd, verschenen de eerste plaatsnamen voor hem als foto's die opkwa-
men in een ontwikkelbad. Hij had zeker een kwartier nodig
voor hij zich volledig kon oriënteren. 's Gravenzande, daar
was het. Bij Monster. Omdat hij geen idee meer had hoe hij
daar een paar dagen eerder naartoe was gereden, besloot hij
via Hoek van Holland te gaan.

N211, 's Gravenzande. Een vreemd gevoel van euforie maak-
te zich van Pierre meester. Hij zou in de loop van de middag
naar Marseille gaan. Zijn stad. Daar zou alles samenkomen.
DE HOER. ZE WAS ER GEWEEST.
Maar eerst zou hij zijn werkzaamheden in Nederland af moe-
ten ronden. *'S GRAVENZANDE.*
Daar werkte haar pooier.
KUSTWACHT.

Pierre maande zichzelf opnieuw tot rust. Op de A20, vlak bij Maassluis, betrapte hij zich er plotseling op dat hij zijn snelheid had opgevoerd tot boven de 155 kilometer per uur. Hij had ook geen idee meer hoe lang hij al met die snelheid op de linkerbaan had gereden, maar besefte dat hij zichzelf in de hand moest houden. Als hij nu aangehouden werd was het *AFGELOPEN*. Op de zitting van de passagiersstoel lag de Winchester open en bloot met een Heckler en Koch machinegeweer er naast. Klaar voor gebruik. Waar de Bushmaster was gebleven kon Pierre zich niet meer herinneren. Hij wilde er ook niet aan denken. Denk aan Kameroen, hield hij zich voor. Hij had voor hetere vuren gestaan. Alles wat hij in zijn leven geleerd had zou hij nu in de praktijk moeten brengen. Hij mocht eenvoudigweg niet stranden in het zicht van de haven. N211 's Gravenzande. Hij jubelde bijna van binnen. Hij zou zijn taak aan die vervloekte Nederlandse kust tot een goed einde brengen. En dan was alles klaar voor

DE AFREKENING.

Precies op het moment dat Pierre aan de wegkant het bord met het woord "'s Gravenzande" zag staan, voelde hij zich ineens weer wat kalmer worden. Het idee waar hij al vanaf het moment dat hij wegreed uit Rotterdam op zat te broeden had ineens vorm gekregen. Hij zou het anders doen. Nu hij wist dat Ciska niet in Nederland was hoefde hij zich niet meer schuil te houden. Hooguit een uur zou hij nog in dit kloteland vertoeven, dan zou hij al lang en breed in België zitten. Maar niet voordat hij een voorbeeld had gesteld. Hij zou het Ciska allemaal uitleggen, dat het haar schuld en die van niemand anders was. Zij was verantwoordelijk voor de moorden die gepleegd waren en die nog zouden komen. Heel langzaam zou hij haar gek maken. Achterin de Voyager lagen de kranten van de afgelopen dagen. Alles zou hij haar laten zien. Nederlandse kranten van morgen, met koppen zoals ze er nog nooit geweest waren zou hij in Frankrijk wel op de kop tikken.

Pierre merkte op dat er bijna geen auto te zien was toen hij de bordjes volgde en richting strand koerste. Rondom zijn auto liepen groepjes opgewekte mensen, een paar ouders met kinderen, sommigen nog zo klein dat ze in een buggy, vaak met kleurige parasol, zaten. Voor hem uit liep een groepje van vijf lachende jongeren vol levenslust, drie meiden twee jongens. De graatmagere jongens, waarvan de ene bijna een explosie van acne in zijn gezicht had, deden hun best in hun belachelijk groot uitgevallen bermuda's indruk op de giechelende meiden te maken, door hoogstandjes met een leren bal uit te voeren.

De naald van de snelheidsmeter zakte beneden de twintig, toen hij plotseling opmerkte dat de asfaltweg waar hij op reed licht omhoog ging. De vijf jongeren bleven voor zijn auto lopen en maakten geen aanstalten aan de kant te gaan. Even leek het daar wel op toen de jongen met de acne plotseling de bal van zijn voet liet springen en in draf de berm in moest om hem te pakken voor hij naar beneden zou rollen, maar de anderen bleven stoïcijns midden op de weg slenteren.

Hij zag het obstakel op tijd.

EEN SLAGBOOM.

Zo'n honderd meter voor hem hing een roodwitte paal over de weg die hem zou beletten verder te rijden.

DAT IS HET BEGIN.

Pierre trapte zacht de rem in zodat de Chrysler rustig tot stilstand kwam. Wachten, nu moest hij wachten. Het duurde voor zijn gevoel langer dan een eeuwigheid voor de schreeuwerige jongeren de slagboom hadden bereikt. De jongen met het blonde haar sprong er soepel overheen en draaide zich meteen om zodat hij de meiden zou kunnen helpen, die het prima zonder hem konden stellen. Even keek het jochie met de acne naar hem. Dat was het sein. Pierre trapte het gaspedaal diep in en liet meteen de koppeling opkomen. Door het portierraam dat hij helemaal open had gedraaid, hoorde hij verontwaardigd een paar mannen en vrouwen reageren op het plotselinge gebrul van de motor.

'Hé, doe een beetje normaal, idioot.'

Het gieren van de banden zweepte hem meer op dan hij gedacht had. Met brullende motor reed hij recht op de slagboom af. Hij reed bijna zestig toen hij hem met volle kracht kraakte.

HET IS BEGONNEN.

Hij zag nu duidelijk de pure angst op de gezichten van de jongeren die in paniek wegdoken toen hij razendsnel op hen inreed en ze op een haar na miste. Daar maakte de weg een bocht naar links.

GEGIL.

Het kon hem niets meer schelen. Het doel was binnen bereik. De weg ging nu over in een pad dat gemaakt was van grote betonachtige blokken, waar veel zand overheen lag. Recht voor zich doemde het doel op.

HET STRAND.

De situtatie was nog mooier dan hij zich had kunnen wensen. Recht voor hem uit zag hij een blauwe barak. Het leek alsof er een aantal bouwketen op elkaar waren gestapeld, met aan de bovenzijde, twee symmetrisch geplaatste ruitjes in witte kozijnen.

DE STRANDWACHTPOST.

Bij de opgang naar het strand. Dit was zijn geluksdag. Totaal niet meer lettend op de mensen die rond hem wegdoken reed hij door tot de barak, daar kwam hij schokkend, met piepende remmen tot stilstand.

Pierre gooide zijn portier open, niet merkend dat hij daarmee een man, die net een ijsje gekocht had, tegen de grond sloeg. In zijn ooghoek zag hij een poort waar "welkom" op stond, die toegang gaf tot een paviljoen. Het drong niet meer tot Pierre door. Terwijl hij om de auto heen liep, zag hij twee mannen met net zo'n oranje vest als de jongen op de foto droeg.

Bliksemsnel opende hij het portier en pakte de Heckler en Koch.

Boven in de strandwachtpost was het drukker dan normaal. De meeste toezichthouders waren net naar hun basis teruggelopen om een boterham te eten. De twee oudsten, Vincent en Fred, hadden van bovenuit de barak de Chrysler aan zien komen en hadden elkaar kort aangekeken.

'Wat is dat,' bromde Vincent.

'Wat een gek,' riep Fred, 'kom op die gaan we tot de orde roepen.'

Op het moment dat Pierre de Heckler en Koch in zijn handen had waren de twee net de trap afgestormd en kwamen recht voor hem te staan. Pierre bedacht zich niet en haalde de trekker over. De twee mannen voor hem kregen de volle lading en vielen hevig bloedend op de grond.

GERECHTIGHEID. DIT WAS KAMEROEN. DE VIJAND MOET UITGE-SCHAKELD.

Dáár. Daar liep nog zo'n oranje vest. Opnieuw een salvo. Sylvia van Brakel, die zich gillend uit de voeten probeerde te maken was op slag dood. Met driftige passen liep de man op de deur van de barakken af die open stonden. Hij vloekte omdat de twee mannen die hij als eerste zag kennelijk weggevlucht waren. Zonder na te denken, vuurde hij opnieuw een paar korte salvo's af. Terwijl hij zich omdraaide nam hij waar hoe iemand vanaf het balkon sprong en richting het strandpaviljoen, waar hij nu recht tegenover stond liep.

Nee nee, dacht Pierre, jij ontkomt me niet. Rustig richtte zijn machinegeweer. Kleine vuurstootjes kwamen uit de loop. Frank Meesters was op slag dood.

Inmiddels begon Pierre na te denken over de terugtocht. Het kon hooguit een kwestie van minuten zijn voor politieagenten van alle kanten zouden komen toestromen. Wegrijden met de Chrysler was uitgesloten. Die zou teveel opvallen. Hij moest juist nu tijd zien te winnen, cruciaal voor een veilige aftocht naar België. Terwijl hij om zich heen keek om te zien of hij nog personen in oranje vesten zag, merkte hij de Giant mountainbike op die tegen het hek stond bij het paviljoen. Pierre sprong op de fiets af en draaide zich nog één keer om naar het paviljoen. Opnieuw vuurde hij een salvo af, nu over de hoofden van de terrasbezoekers, degenen die zich in de paniek niet uit de voeten hadden gemaakt verscholen zich achter de tafeltjes. Het viel hem op dat het ineens doodstil was geworden. Hij hoorde alleen de branding. Nu voor zijn gevoel iedereen was weggedoken gooide hij zijn wapen op de grond en stapte op de fiets. Als een bezetene begon hij te trappen. De mensen die hij inhaalde riep hij toe: 'Wegwezen, hij komt deze kant uit.'

Pierre had een duidelijk doel voor ogen, de parkeerplaats. Hij had geen idee hoe lang hij gefietst had voor hij die, buiten adem bereikte. Wild wierp hij zijn fiets aan de kant en begon tussen de geparkeerde rijen auto's door te lopen, ondertussen her en der aan portieren rukkend.   Helemaal aan het eind van de parkeerplaats zag hij een man, hij gokte van een jaar of zestig, met een witte pet op zijn hoofd en gekleed in een driekwart lichtblauwe broek met daarboven een donkerblauwe polo. Hij stapte uit een zilvergrijze Mazda 626. Terwijl Pierre de eerste huilende sirenes dichterbij hoorde komen liep hij naar de man toe. Voor die hem goed en wel opmerkte raakte Pierre hem zo hard in zijn kruis dat de man door zijn knieën zakte. Geluid maken was onmogelijk, want Pierre sloeg hem tijdens het vallen zo hard in zijn nek dat hij meteen buiten bewustzijn was. Rustig raapte Pierre de autosleutels op, die de man in zijn hand had en op de grond waren gevallen. Bedaard pakte hij de man bij zijn schouders op en legde hem op de achterbank. Daarna stapte hij in en reed weg. Voor hij 's Gravenzande uit reed werd hij gepasseerd door drie hem tegemoetkomende politieauto's. Niemand lette op hem.

60

DAG 5, FANALS, CATALONIË, 13.00 UUR

Catalaanse humor zeker, dacht Ciska, die wat besmuikt grijnzend haar beste ik-kan-er-ook-niets-aan-doen-hij-is-gek-blik
opzette tegenover de man van het kleine winkeltje, bij wie ze
een paar flessen mineraalwater afrekende. Tien minuten daarvoor was Ramon gearriveerd terwijl zij al op het balkon naar
hem stond uit te kijken. Eerst geloofde ze het niet, maar hij
was het echt. Ramon, in een open vuurrode Ford Mustang. O
man, dacht ze, de rit kan me niet lang genoeg duren.

Maar het gevoel van geluk was omgeslagen in een lichte gêne
toen hij de auto dwars op de stoep onder haar raam had geparkeerd en nadat hij was uitgestapt, geknield op het gras was
gaan zitten, om een smekende blik omhoog te werpen.

'Schatje,' had hij geroepen en ze zag de twinkeling in zijn
ogen terwijl hij zijn armen quasi ontredderd de lucht in stak.
'Waar blijf je nou? We moeten echt weg. Schiet nou toch op.
Wat sta je daar nou. Waarom ben je nog niet beneden?'

Ze was aanvankelijk in de lach geschoten, maar dat veranderde toen ze merkte dat zij ineens het middelpunt was geworden van alle verbaasde blikken van toeristen die zich in Fanals
op straat bevonden en haar verbijsterd aangaapten.

'Schatje, toe nou toch, schiet nou toch eens op! We hadden
al weg moeten zijn, maak voort!'

Zwaar opgelaten was ze gauw hoofdschuddend naar binnen
gegaan, om een beetje giechelend, haar koffers te halen. Zorgvuldig sloot ze de deur deur af en liep over de brede wit mar-
meren tegels naar beneden.

'Dag huisje,' mompelde ze in zichzelf, 'het was gezellig'.
Meteen liep ze de gang in, waardoor ze binnendoor bij de pizzeria kon komen. Inmiddels, bedacht ze zich, zou Ramon wel
in de auto zitten, want ze hoorde een luid getoeter.

'Ciska, kom nou toch.' Opnieuw getoeter.

'Weet je wel zeker dat hij met je mee mag,' had Ramons baas gezegd, nadat ze hem de sleutels van het appartement had gegeven.

'Als hij me niet meer bevalt ga ik liften,' zei ze lachend, waarna ze hem omhelste. 'Jij ook bedankt voor alle goede zorgen. En doe je de groetjes aan Monica en Rosali'

'Tuurlijk,' lachte de dikke Spanjaard en pakte haar koffers op, 'ze zullen je missen.' Even grijnsde hij. 'Kom. We gaan Ramon een trap onder zijn hol geven.'

Terwijl hij de koffers naar de wagen bracht was Ciska nog gauw even naar het winkeltje op de hoek van de straat gelopen. Flesje water voor onderweg met deze hitte kan geen kwaad, dacht ze. Al lopend hoorde ze achter zich hoe Ramon optrok.

'Toe nou toch schatje,' riep hij oorverdovend hard, 'we moeten weg!'

Uit de winkel gekomen wierp ze het plastic tasje op de achterbank en sloeg met het flesje water dat ze nog in haar hand had op Ramons hoofd.

'Zo lummel, ik weet niet of ik eigenlijk nog wel met je op stap wil.'

'Vrouwen,' zuchtte Ramon.

'Dag Cis, goede reis,' hoorde ze zijn baas nog roepen en ze zag in de achteruitkijkspiegel hoe hij haar met twee armen nazwaaide. Wat is dat snel gegaan, bedacht ze zich, maar niet zeuren nu, volgende vakantieoord: Marseille.

61.

DAG 5, ROTTERDAM, 13.50 UUR

Zelden had hij, zo realiseerde Rokus zich om zich heen kijkend, zoveel mensen zo diep verslagen zien kijken. Maar niemand zag er zo asgrauw uit als Kalbfleisch. Hij had zich eerder op de dag, nota bene uit tevredenheid over de gang van zaken, voor het eerst sinds tijden weer eens tijd voor een broodje tussen de middag gegund en had Rokus gevraagd een paar kadetjes en kroketten uit de kantine te halen. Rokus besloot maar eens lekker met hem mee te doen en had net met zijn dikke vingers wat mosterd uit een papieren flutverpakkinkje weten te persen toen zijn collega het telefoontje kreeg. Rokus zag hem ouder worden.

'Een bloedbad Rokus,' was het eerste wat hij zei en hij herhaalde het nog eens. 'Een bloedbad.'

Rokus, inmiddels brandend van nieuwsgierigheid, vroeg zich af of hij zou vragen of Kalbfleisch koffie wilde toen hij mat en zeer monotoon begon te praten, terwijl hij doodstil bleef zitten.

'Iets na 12.00 uur is een man in een blauwe Chrysler Voyager het strand van 's Gravenzande opgereden, dwars door de slagboom heen. Hij is gestopt bij de strandopgang, waar een strandwachtpost en een paviljoen zijn gevestigd. Daar is hij uitgestapt en heeft met een machinegeweer enkele salvo's afgevuurd.'

'Mijn God,' zei Rokus, 'dat meen je niet.'

'Vier strandwachten op slag dood. Een heeft zich schuil gehouden in de barak en heeft verwondingen aan zijn been. Twee anderen hebben weten te ontkomen. Een persoon die bij het paviljoen zat is geraakt en in de ambulance aan zijn verwondingen overleden en een iemand wordt naar de intensive care gebracht. Er zijn zeventien gewonden.'

'Ernstig?'

'Kogelwonden en rondslingerend glas en metaal. Al deze mensen zijn ter plekke behandeld.'

'Goeiedag.' zei Rokus. 'Wat is er gebeurd met de UNSUB.'

'Hij is ontkomen. Op de fiets.'

'Dat meen je niet.'

'Dat meen ik wel, op de fiets. En zijn geweren heeft hij laten liggen.'

'Geweren?'

'Het machinegeweer dat hij gebruikt heeft heeft hij achteloos weggegooid, als een papieren servetje. In de Chrysler, die nog op het strand staat lag de Winchester op de voorbank.'

'En de Bushmaster?'

'Niets over gehoord.'

Kalbfleisch, die zo merkte Rokus weer iets aan kleur op zijn wangen had teruggekregen, was ineens gaan staan.

'Ik zal jou wat zeggen Rokus, als dit voorbij is dien ik mijn ontslag in. Ik geloof niet meer dat ik hier tegen kan. Weet je, het was Bruinsma die me net belde en ik moest meteen denken aan gister. Ik heb gezegd dat ik niet wilde dat het signalement van de auto bekend werd gemaakt. Het is precies zoals Bruinsma gister al zei, ik ben er waarschijnlijk mede verantwoordelijk voor dat dit gebeurd is. Ik kan er sowieso niet meer tegen, dit continue vechten tegen de bierkaai. Ik kan niet werken met hijgende media in mijn nek en mensen met wie ik moet werken die tijdens het klaren van een klus aan mijn stoelpoten zagen. Ik heb het helemaal gehad.'

'Dan zal ik jou eens even wat zeggen waarde collega,' zei Rokus , terwijl hij eveneens ging staan. 'Punt één, dit lijkt me niet het moment om je te wentelen in zelfmedelijden. Want daar lijkt het op ja, zelfmedelijden. En ik zal jou nog eens iets vertellen. We kennen elkaar nou weet ik hoeveel jaar en hoewel ik jou soms een pompeuze opgeblazen arrogante kwast vind, kan ik met je lezen en schrijven. Waarom? Omdat jij met dezelfde instelling werkt als ik. Wij hebben een klus te klaren. Noem hem UNSUB, noem hem Costa Killer, het zal me worst zijn, maar het is onze taak hem te pakken, dus dat doen we. *As simple as that.* Ten tweede ben ik dat gezeik over die Chrysler beu. Waren wij gister naar buiten getreden, had hij vandaag een andere auto genomen. Zover waren we gister ook en we waren het er allemaal mee eens. Jij bent hoofdinspecteur van de politie, Sebastiaan Kalbfleisch. Gedraag je daar naar!'

Hoewel Rokus op een glimlach gehoopt had als reactie, had Kalbfleisch dat niet op kunnen brengen. De donkere ogen waarmee hij naar Rokus keek stonden intens triest.

'Wat gaan wij nu doen?' was Rokus verder gegaan.

'We gaan naar Den Haag. We zijn allemaal ontboden bij Bruinsma, hij wil voor de persconferentie met ons overleggen.'

'Ik rij,' had Rokus gezegd en toen ze in Den Haag aankwamen constateerde hij dat Kalbfleisch er wat beter uitzag dan een uur eerder. Maar de stemming zat er sowieso niet echt in, merkte hij toen Bruinsma de vergadering opende. In tegenstelling tot Kalbfleisch zag hij er, strak in driedelig donkergrijs en met gebruind hoofd, beter uit dan de vorige avond.

'Dames, heren,' begon hij, 'jullie merken dat er geen vertegenwoordigers uit 's Gravenzande zijn, zij hebben ander werk te doen op dit moment. Het meest recente dat ik kan meedelen is dat alle mensen in 's Gravenzande die de foto van Pierre Legrand al gezien hebben, hem definitief herkend hebben als de pleger van de aanslag. De tekst van de persconferentie die ik zo ga geven en die u hopelijk allemaal inmiddels heeft gelezen wordt dus aanpast en we zullen man en paard noemen. Klein puntje van orde, hoe komen we precies aan die foto, want dat is mij nog niet helemaal duidelijk.'

Kalbfleisch kuchte. 'Die hebben we gekregen van een ex-collega van ons,' zei hij.

'En wie is dat dan?' vroeg Bruinsma.

'P.B. Lebandowski. Patxi Bixente Lebandowski, hij heeft Baskische voornamen en een Russische achternaam, vanwege zijn komaf.'

'En het is een ex-collega.'

Kalbfleisch zweeg.

'Kom jongens, ik heb meer te doen. Van den Boogaard, wat is er precies met die Lebandowski?'

'Hij is uit het korps gezet,' zei Van den Boogaard, die niet naar Kalbfleisch keek.

'Waarom?'

Rokus haalde zijn schouders op. 'Oké dan. Een tijd geleden, ik denk nu een paar jaar, kwam hij 's avonds laat thuis van het werk. Terwijl hij de gang inliep betrapte hij een inbreker, die net vanuit de woonkamer de gang in ging, affijn, hij wist hem te overmeesteren. In de woonkamer vond hij toen zijn vrouw, met wie hij net in ondertrouw was, ze was verkracht en de dader had haar met zijn mes meerdere steken toegebracht en ze was morsdood. Hij belde nog de politie en daarna is hij waarschijnlijk door het lint gegaan. Onze collega's troffen hem aan terwijl hij probeerde de dader met zijn eigen mes z'n lul af te snijden.'

'Wat?' riep de minister.

'Zijn penis,' zei Rokus.

'Ja, dat snap ik ook wel,' snauwde Bruinsma, 'maar het lijkt me niet de aangewezen persoon om er zo bij de persconferentie nog even fijn bij te halen.'

'Hij heeft anders wel zo zijn steentje bijgedragen aan het onderzoek door te achterhalen wie de dader is,' zei Kalbfleisch. 'Zonder P.B. stonden we nu nog mooi met lege handen.'

'Het is allemaal wel lekker,' zei Bruinsma, 'maar ik zal in de persconferentie melden dat recherchewerk op de vierkante millimeter er toe heeft geleid dat we de identiteit van de dader hebben kunnen vaststellen. Iemand daar problemen mee?'

Natuurlijk niet, dacht Kalbfleisch somber, terwijl zijn collega's, Rokus uitgezonderd, om het hardst nee schudden, één keer in de fout en je bent besmet voor de rest van je leven. Maar hij zou het P.B. haarfijn uitleggen en misschien zou hij zelf voor het eerst sinds zijn actieve politiedienst eens gaan lekken.

62.

DAG 5, MARSEILLE, 14.30 UUR

Dat hij van plan was te gaan lekken deelde Kalbfleisch mij niet mee. Wel vertelde hij hoe de minister had gereageerd toen hij ontdekte wie ik was. Ik kon er eigenlijk wel om lachen. 'We kregen niet eens meer de kans om uit te leggen dat je niet oneervol bent ontslagen,' ging hij verder, 'het was meteen einde verhaal.'

'Ach,' zei ik, 'het zal me eigenlijk drie keer aan mijn reet roesten. Ik heb de periode die achter me ligt afgesloten. Ik ben er klaar mee. Ik heb mijn toekomst voor me liggen en daar werk ik aan met hart en ziel.'

'Daarom juist,' zei Kalbfleisch. 'Je zou wat gratis publiciteit best kunnen gebruiken. Zover ik het nu weet, heb je niet eens een opdrachtgever en kost deze klus je dus handen vol geld.'

Ik was niet van plan mijn goede humeur te laten bederven, dus ik mompelde iets over vakantie en het feit dat ik toch nooit wist wat ik in die tijd moest doen. En intussen zat ik met mijn gedachten bij Pierre. Kalbfleisch had me kort op de hoogte gesteld van de laatste ontwikkelingen en hoewel ik uit alle verhalen die ik tot nog toe over de man gehoord had kon opmaken dat het een beest was, kwam deze laatste aanslag ook voor mij als een donderslag bij heldere hemel.

'Alle logica is voor mij zoek', was het eerste dat ik zei. 'Hij schiet jonge, blonde meiden neer aan het strand en dan ineens voert hij een paar executies uit op strandwachten. Iedere vorm van een patroon ontbreekt.'

'We weten niet eens of hij op de strandwachten uit was,' zei Kalbfleisch, 'eigenlijk weten we niets.'

'Maar wat zou er in vredesnaam gebeurd kunnen zijn, waardoor hij zo gigantisch door het lint is gegaan?'

'Ook dat weten we niet. Buiten het feit dat we dankzij jou

nu weten dat de man Pierre Legrand heet en dat hij in Kameroen werkte, weten we echt helemaal niets.'

'Weet je wat,' zei ik, 'als jij nou een fax stuurt met dit verhaal naar het nummer dat ik je zo geef, zal ik hier met de politie overleggen. Dat lijken me redelijk coöperatieve mensen. Ik zal vragen of we niet langs de firma Duvallier kunnen gaan. Daar zal men Pierres adres wel kennen en dan kunnen we eens langs zijn huis gaan. Wie weet worden we daar iets wijzer.'

Kalbfleisch vond het een strak plan. En Kriébus ook, al keek hij eerst wat zuinigjes toen ik het voorstel deed.

'Ik neem aan dat u graag met ons mee wilt gaan,' had hij gezegd en hij kende aan zijn blik te zien mijn antwoord al.

'Ach, ik ben van mening dat dankzij mij de politie überhaupt iets heeft om te onderzoeken,' zei ik, 'dus ik vind het ook niet meer dan fair dat jullie me een beetje bij het onderzoek betrekken. Tot nu toe kost het mij alleen geld. En ik baal ervan om buiten gesloten te worden nu we de apotheose naderen. Trouwens ik zal me nergens mee bemoeien.'

Dat vond Kriébus vermakelijk. 'U nergens mee bemoeien,' lachte hij, 'dat zou u nog niet kunnen al kreeg u daar wél geld voor.'

Ik lachte pro forma maar wat mee. Hij had natuurlijk gelijk.

Het moet gezegd, de Costa Killer had er vermoedelijk voor gezorgd dat Kalbfleisch' laatste restje zitvlees was opgebruikt, want zijn fax kwam behoorlijk snel binnen.

'Monsieur Lebandowski,' zei Kriébus nadat hij alles gelezen had, 'we gaan maar eens wat knopen doorhakken. Deze fax laat aan duidelijkheid niets te wensen over. Ik zal inderdaad twee rechercheurs naar de firma Duvallier sturen, om het adres van Pierre op te vragen. Daarna zullen we zijn huis bezoeken. U mag wat mij betreft mee als waarnemer. Maar alstublieft, bemoei u nergens mee! Ik snap dat u hen graag wat vragen wilt stellen over wat er allemaal in Kameroen heeft plaatsgevonden, maar dat verbied ik u. Wij kunnen niets met wat daar

is gebeurd. Echt niet. U zou ons zwaar in de problemen brengen, mijn rechercheurs zullen u nog wel uitleggen waarom.'
'Dat begrijp ik volkomen,' zei ik plechtig 'U zult van mij geen last hebben. Bedankt.'

Niet veel later zaten Jim en ik (ik had erop gestaan dat hij meemocht) achter in een Renault Megane naar de achterhoofden van Jean Paul Rocheteau en François Le Touquet te gluren. Kriébus had ze aan me voorgesteld en bij het uitleggen van de zaak had hij mijn rol bij het oplossen van één en ander keurig vermeld. De heren Rocheteau en Le Touquet, beiden stropdasloos in lichtgrijs kostuum, de ene met een zwart overhemd eronder, de andere met een blauwe variant, hadden goedkeurend naar mij geknikt en me vervolgens met alle egards behandeld. In de auto had Le Touquet me uit de doeken gedaan wie Duvallier was en wat zijn plaats was in de maatschappij.
Als ik het allemaal goed begrepen had was de Franse politie niet zo blij met de Duvalliers. Het was met name junior die hun frustratie gold. Hij zou zich met drugszaken bezighouden, maar tot nog toe viel er niets te bewijzen. Grootste probleem was het feit dat ze over vriendjes beschikten uit regeringskringen, sterker nog: er was een vriendschapsband met de Président de la République. Moeilijkheden zoeken met de Duvalliers stond dus zo'n beetje gelijk aan einde carrière. Hun juridische bijstandsteam was legendarisch. Maar, hadden beiden me verzekerd, het feit dat nu één van hun medewerkers zich had ontpopt als serie- en massamoordenaar deed hen goed. Erg goed.
Ze hadden ook een leuke verrasing voor me in petto. Ons einddoel bleek geen statig kantoorpand in de binnenstad, maar een kade vlak buiten de stad, waar een politieboot voor ons klaar lag. 'Dáár, monsieur Lebandowski,' wees Rocheteau aan, 'daar moeten we zijn'.
Ik volgde zijn vinger en kwam midden in zee uit, bij een futuristisch aandoend bouwwerk. Als het ware drijvend op zee,

maar gedragen door onzichtbare immens grote palen was een op een vliegende schotel lijkend stalen, glimmend zilverwit, kantoor uit het water verrezen, met grote ramen. Ik zag ook een royale steiger.

'Daar gaan we aanleggen,' zei Le Touquet en gaf met een hoofdknik aan dat we de boot op mochten. Via een smalle loopplank kwamen we op het schip terecht dat me een beetje deed denken aan een loodsboot. Nadat we voorgesteld waren aan de bemanning, Jim werd aan alle kanten vriendelijk geaaid, vertrokken we. Ik besloot op het achterschip te blijven op een van de krukjes die daar provisorisch was aangebracht en terwijl het verkoelende water op mijn gezicht spatte deed ik even mijn ogen dicht en genoot van de zon. Jim lag aan mijn voeten.

Vanaf de kade was me niet opgevallen hoe groot het kantoor van de Duvalliers wel niet was. Bij het benaderen van het platform werd het me des te duidelijker. Dit had niets meer te maken met het imponeren van argeloze bezoekers, dit was complete grootheidswaanzin.

'Groot hè,' zei Le Touquet wiens haar, dat tot op dat moment onberispelijk in model had gezeten, behoorlijk verwaaid was.

'Die Duvallier kijkt teveel naar James Bond films,' grijnsde ik, 'het lijkt wel een decor uit Dr. No of zo.'

Le Touquet lachte zowaar. 'Bovenop,' wees hij naar de vlakke top van het gebouw, 'is speciaal een helikopterplatform gebouwd. Dat is voor junior, die niet genoeg heeft aan de kleine speedbootvloot, die de overige medewerkers van het pand naar en van wal vervoerd.

'Heeft wel iets practisch...'

'In het midden,' ging Le Touquet als een ervaren gids verder, 'nu nog onzichtbaar voor u, reikt het gebouw tot in het water. Dat is het enige deel van het kantoor dat van gepantserd glas is. Als je daar staat, zie je de vissen om je hoofd zwemmen.'

Een onderwaterkantoor. Waarom ook niet. Ik schudde mijn

hoofd. 'De man heeft wel fantasie!'

'Hij wilde aanvankelijk dit kantoor recht tegenover de ingang van de Oude Haven bouwen. Maar ja, dan zouden de veerboten naar het Château d'If er last van hebben en dat heeft de gemeente verboden.'

Ik keek hem niet begrijpend aan.

'Château d'If,' zei hij, 'in de kerkers van het kasteel dat op dat rotseilandje daar staat zou de Graaf van Monte Cristo jaren hebben vastgezeten, volgens het gelijknamige boek dan.'

'Voordat hij in de lijkzak van zijn oude vriend wist te ontsnappen,' zei ik, want ik had het boek vroeger verslonden.

Le Touquet knikte. 'Heel goed.'

Inmiddels had Rocheteau zich bij ons gevoegd en we zagen gedrieën hoe de boot vaart minderde om uiteindelijk de aanlegmanoeuvre uit te voeren, terwijl Jim zijn hoofd op de railing legde om ook maar niets te hoeven missen.

'De Duvalliers zijn er beiden niet,' zei Le Touquet, die zijn stem behoorlijk moest verheffen om boven het geraas van de scheepsmotor uit te komen. 'We zullen ontvangen worden door Manfred Herremann, een Duitser die in de directie zit.'

'Die naam ken ik,' riep ik, 'ik weet dat hij ook in Kameroen is geweest en hij kent Pierre in elk geval.' Ik zou hen later nog wel eens uitleggen dat hij mede het brein was achter de moorden op twee plantagehouders, maar daar was nu te weinig tijd voor.

Eigenlijk had ik erop gerekend dat de medewerkers van Duvallier, die ons bij het platform opwachtten, in een uniformpje zouden rondlopen met een gouden embleem erop of zoiets. Helaas, de drie mannen met grijze pantalons en blauwe overhemden die ons verwelkomden zagen er normaal uit. Ze hadden ook geen pet op. Jammer.

Rocheteau introduceerde ons en nadat de handen waren geschud betraden we door een automatische schuifdeur het kantoor. Ongetwijfeld hadden diverse binnenhuisarchitecten maandenlang gepuzzeld over hoe de bezoeker meteen duidelijk kon worden gemaakt dat die het van doen had met de crème de la crème van het vaderland. Ik herkende in elk geval een Picasso aan de muur en ging er maar vanuit dat de rest van de schilderijen ook gegarandeerd van al dan niet oude meesters waren. Zo te zien zou de gemiddelde galeriehouder een spontane zaadlozing van vreugde krijgen als hij de helft van deze werken een weekje tentoon zou mogen stellen.

Men was ondanks de vochtige omgeving ook niet al te bang voor wateroverlast, getuige het dikke tapijt waarmee de vloer bedekt was. Ook viel het me op hoe hoog de wachtruimte was. Ongetwijfeld bedoeld om aan te geven hoe nietig wij bezoekers waren in vergelijking met de gesprekspartners die ons straks mogelijk te woord zouden willen staan, in ons geval in de persoon van Herremann.

Wat is nou een kwartiertje op een mensenleven? Niet veel toch? Eigenlijk zouden we de heer Herremann, nein, verzeihe, Herr Doctor Herreman, dankbaar moeten zijn dat hij ons al zo snel te woord wilde staan, ondanks het feit dat we onze komst zo laat hadden gemeld. Tenminste dat wilde een kalende bejaarde ons doen geloven. Vervolgens begon hij met woeste blik naar Jim kijkend te roepen dat het uitgesloten was dat zo'n beest mee kon naar Herremanns kantoor. Hij moest maar buiten blijven. Nadat ik had uitgelegd dat de heren die mij vergezelden Franse gezagsdragers waren die in geval van nood er ook wel voor konden zorgen dat Herremann zich op het politiebureau moest komen melden en de verzekering dat ik dan zou verklappen wie daarvoor verantwoordelijk was bond hij in. Daarna zei hij dat we hem maar moesten volgen, hetgeen een puzzeltocht door chique, maar smalle gangen betekende.

Nadat opa op de deur had geklopt en het jawoord vanuit de kamer luid en duidelijk was gegeven werden wij binnen genood. Herremann zat achter een idioot groot houten bureau, dat bijna volkomen leeg was. Hij voldeed in niets aan het stereotype beeld dat ik heb van de modale Beierse "Otto Normahlverbrauch", bij wie het Weißbier door d'aderen vloeit van vreemde smetten vrij, integendeel, het was een atletische verschijning. De man stond, het moet gezegd, koninklijk op en tegen de tijd dat hij om zijn bureau heen was gelopen, waren wij hem precies genaderd. Tot mijn verbijstering liep hij nadat hij de Fransen begroet had meteen op Jim af en legde zijn hand op de kop van mijn hond, die een keurig zacht woefje liet horen.

'Van u denk ik,' zei hij terwijl hij zich oprichtte en nu ook mij een keurig gemanicuurde hand toestak.

'Jim heet hij,' zei ik, 'Hij is altijd bij me.'

'En u bent?'

'Lebandowksi,' antwoordde ik. 'P.B. Lebandowski.' Ik ken mijn James Bonds.

'Collega van ons uit Nederland,' lichtte Le Touquet toe.

De Duitser verbaasde mij opnieuw door opa toe te roepen dat hij een bakje water moest halen voor Jim, hetgeen de man met duidelijke tegenzin ging doen.

'U allen geeft wellicht de voorkeur aan whisky,' zei Herreman, ons aankijkend. In tegenstelling tot mijn collega's, iets anders wilden ze ook al niet, weigerde ik niet beleefd, want ik ging er van uit dat er in de kristallen karaf iets fantasierijkers dan een Johnnie Walker Red zou zitten. Ik hoopte op een single barrel, nee geen ijs.

Terwijl ik met de tumbler in mijn hand plaatsnam aan de vergadertafel waarnaar we gedirigeerd werden kwam opa weer binnen met een bakje, waar Jim gretig uit begon te drinken.

'Dank je wel James,' zei ik minzaam tegen het oudje en ik meende een zweem van een glimlach op Herremans gezicht te zien.

'Ik heb zelf drie herdershonden,' zei hij en ik besloot dat ik maar moest uitkijken, voor ik de man nog sympathiek begon te vinden ook.

'Goed uw komst heren, wat kan ik voor u doen, het is nogal dringend begrijp ik?'

Le Touquet nam het woord. Hij legde kort uit dat de politie op zoek was naar Pierre LeGrand en vertelde bondig waarom. Als zijn verhaal al indruk had gemaakt op Herremann was dat niet zo een, twee, drie zichtbaar.

'Ik zal meteen zijn adres opvragen,' zei de Duitser, 'alleen vraag ik me af of u dat helpt. Het is een adres dat namelijk denk ik zo'n anderhalf jaar oud is. Vanaf dat moment is Pierre namelijk verdwenen.'

Hmm, het leek mij een prima moment voor de gastheer om de glazen nog eens bij te vullen, maar die maakte geen aanstalten.

'Hoe heeft u overigens Pierre aan onze firma gelinkt?'

'Dat heb ik gedaan,' zei ik voordat mijn twee Franse vrienden iets konden zeggen. 'Ik zal u de details besparen, maar hij is een geboren Belg en via collega's in zijn vaderland ben ik achter het een en ander gekomen.'

'Ach zo,' zei Herremann. 'Dan weet u wellicht ook iets over Pierres ongeluk?'

'Daar is mij niets van bekend.'

'Het zal nu wel zo'n twee jaar geleden zijn schat ik,' ging Herremann peinzend verder. 'Hij was, zoals u ongetwijfeld ook zult weten, als transporteur verbonden aan onze firma in Kribi, Kameroen.'

'Nou, transporteur, ik geloof dat hij ook wel andere dingen deed,' zei ik in een poging hem een beetje uit zijn tent te lokken, 'dingen die zogezegd niet door de beugel konden. Dat heb ik ook vernomen vanuit het Belgische.' Het kwam me op woedende blikken van Le Touquet en Rocheteau te staan.

'Daar weet ik dan niets van,' zei Herremann schouderophalend.

Nee, nee, hij had het echt niet gewußt …

'Wat ik wel weet is dat hij tijdens een vakantie, die hij doorbracht in Saint-Tropez, een ernstig ongeluk heeft gehad. Hij is in het ziekenhuis beland en heeft lang moeten revalideren. Het is met zijn rug en been nooit meer goed gekomen en hij kon het zware werk op de vrachtwagen niet meer aan. Wij wilden hem een andere functie aanbieden in het bedrijf, tot hij plotseling verdween. We hebben nooit meer iets van hem gehoord.'

'Maar u heeft zijn adres hier in Marseille,' wierp ik tegen. 'Heeft er dan nooit eens iemand contact gezocht met hem? Hij was toch een prima werknemer, zei u?'

'Meneer Lebandowski, het is me duidelijk dat u Pierre niet kent. Pierre zat niet te wachten op genadebrood van ons. Hij heeft voor ons gewerkt en heeft, dat kan ik u verzekeren, goed aan ons verdiend. Hij heeft zijn eigen aftocht verzorgd. Hij kon niet meer wat hij wilde, dat was duidelijk, dus heeft hij zelf de beslissing genomen te verdwijnen, hetgeen wij uiteindelijk respecteren.'

'En u weet zeker dat hij geen ongeluk had gehad, of dat er een misdrijf in het spel is?'

'U loopt op de zaken vooruit, dat weet ik inderdaad,' zei de Duitser glimlachend. 'Een paar weken nadat hij verdween is hij hier in Marseille gezien door een medewerker van ons kantoor, die hem goed kende. Hij heeft kort enige woorden met hem gewisseld. Pierre heeft aangegeven dat hij een nieuw leven wilde beginnen en nogmaals, wij respecteren dat volledig. Als u mij wilt excuseren zal ik nu mijn secretaresse bellen en zijn adres opvragen.'

Kwiek liep hij naar zijn bureau. De gladde aal. Eén ding was mij duidelijk. De man sprak de waarheid, een waarheid die hem goed uitkwam. Prachtig toch, dat de banden met een seriemoordenaar en zijn bedrijf al jaren verbroken zijn? Nee, het kon niet beter voor Mannfred Herreman, die inmiddels weer terug was aan de tafel, maar niet meer ging zitten.

'Als ik verder niets meer voor u kan doen, hoop ik dat u mij wilt excuseren en ga ik weer aan de slag. Hercule zal met u meelopen en u naar mijn secretaresse brengen. Zij heeft het adres voor u.' Enkele korte plichtplegingen later stonden wij, met adres in de zak van Le Touquet weer op het platform. Waren we toch iets opgeschoten!

Manfred Herreman keek peinzend vanuit zijn kantoor naar de politieboot, die een korte bocht maakte en weer op Marseille afstevende. Toen zijn telefoon een piepsignaal gaf sprong hij er bijna naartoe.

'Meneer Duvallier voor u meneer Herremann.'

'Geef maar. Alain, problemen. Die idiote Belg is om weet ik wat voor reden een privé-oorlog begonnen in Nederland. Ik heb de politie hier net over de vloer gehad.'

Alain Duvallier luisterde naar het verslag dat Herremann hem uitbracht en gaf toen enkele instructies'.

'Alles Klar,' zei Herremann en legde op.

63.

DAG 5, ROTTERDAM, 15.30 UUR

'Heb jij dit ooit meegemaakt Kalb?' vroeg Rokus.

'Nee,' zei Kalbfleisch. De rust die over het huis waar de rechercheurs zich bevonden was neergedaald, was precies tegenovergesteld aan de eruptie van geweld die had plaatsgevonden. Eerst was daar het gruwelijk verminkte lichaam in de gang. Een vrouw was op beestachtige wijze vermoord. En verminkt. Haar gezicht was vertrapt tot een bloederige massa.

Daarna waren ze naar de slaapkamer geloodst. Als eerste was Kalbfleisch' oog gevallen op de slipjes die verscheurd op de grond lagen, voor de resten van wat ooit een bed was geweest. Vervolgens was hij het kantoortje ingelopen, waar hij de foto zag: een vrolijk meisje naast een jongen die een reddingsvest van de strandwacht 's Gravenzande droeg. Het mes stak bijna recht in zijn borst.

''s Gravenzande.' prevelde Kalbfleisch min of meer in zichzelf. 'Dat is nu in elk geval duidelijk. Maar wie zijn die jongen en dat meisje?'

Een kort kuchje haalde hem uit zijn overpeinzingen.

'Mustafa.' Kalbfleisch herkende de jonge Marokkaanse politieman, die hij af en toe tegen het lijf liep.

'Dag meneer Kalbfleisch,' zei de lange jongen, 'ik heb inmiddels antwoord op uw vraag. Dit huis wordt gehuurd door ene Ciska Hofman, het meisje op de foto. Volgens de overburen woont ze alleen. Ze is fysiotherapeute en werkt hier in Rotterdam. Ze is met vakantie.'

'Hetgeen haar waarschijnlijk het leven gered heeft,' mompelde Kalbfleisch en Mustafa zweeg even beleefd. Omdat Kalbfleisch verder niets zei besloot hij zijn relaas af te maken.

'De buurvrouw van hiernaast,' Mustafa knikte even naar links, vrij overbodig dacht Kalbfleisch want Ciska woonde in een hoekhuis, 'is mevrouw Raas en zij zou tijdens Ciska's afwezigheid de post en de plantjes verzorgen. Zij is vermoedelijk de vrouw die beneden ligt, maar er is hiernaast nog niemand thuis om dat te bevestigen.'

'Probeer te achterhalen waar haar man werkt,' zei Kalbfleisch.

'Doen we.'

'Weten we al of Ciska familie heeft?'

'Dat weten we inderdaad', zei Mustafa. We hebben haar adressenboekje gevonden. Er staat een adres met telefoonnummer in van pa en ma, hier niet ver vandaan. We zijn druk aan het bellen, maar niemand neemt op.'

Kalbfleisch zuchtte opnieuw. Met gierende remmen had Van den Boogaard kort daarvoor net op tijd de Toyota tot stilstand gebracht in de Egelantierstraat, hetgeen voorkwam dat fotograaf Kamphues op de motorkap belandde, onder begeleidende klanken van de wegstervende sirene. Kalbfleisch, die als eerste uitstapte, werd meteen belaagd door het aanwezige journaille en zuchtte eens diep. Aangekomen bij het afzetlint dat om de hele achter- en voortuin van de woning, de stoep en een deel van de straat was gespannen, hield hij even zijn pas in.

'Geen commentaar,' riep hij, wat hem op een paar beledigingen kwam te staan, waarna Van den Boogaard die inmiddels ook bij het lint gearriveerd was hem er snel onder doortrok.

In het huis constateerde hij tot zijn genoegen dat het sporenzoek onder leiding stond van Rob Matena, een oude rot in het vak, die Kalbfleisch en Van den Boogaard beiden graag mochten.

'Robbie,' zei hij, zijn collega de hand drukkend, 'hoe staan de zaken?'

'Een complete gek zeg ik je, totaal doorgedraaid. Hij heeft een ravage achtergelaten. Moet je het lijk zien.' Al pratend waren ze doorgelopen en hij had alles gezien, het lijk, de slaapkamer, alles.

'En het interesseerde hem kennelijk niets, dat hij sporen achterliet,' zei Rob.

'Veel?'

'Ongelooflijk. Hij is vanuit zijn auto rechtstreeks het paadje naar de achterdeur opgelopen. Daarbij is hij met zijn linkervoet in de border van de tuin terechtgekomen. Mooie zoolprint. Die zien we ook weer in het schuurtje. Onderweg naar het schuurtje heeft hij een geweerfoedraal laten vallen. Vervolgens heeft hij het ruitje naast de klink ingetikt. Met zijn hand. Bloedsporen zekergesteld. Verder voetafdrukken overal in het huis. Naar het nu lijkt, gokje van mezelf, liep hij op van die canvas tropenschoenen, die Palladiums, je kent ze wel.'

'Nee.' zei Kalbfleisch die van Italiaanse leest hield.

'Hmm. Verder hebben we prints van vingers. Wijsvingers, duimen, pinken links en rechts. En we hebben urinedruppels op de wc-bril gevonden. Nadat de inbreker de boel hier kort en klein had geslagen heeft hij nog even gehoor gegeven aan the call of nature.'

'En lekker nagedruppeld,' grinnikte Van den Boogaard.

'Kan dat niet van iemand anders zijn?' vroeg Kalbfleisch.

'Mogelijk, mogelijk. Wat trouwens nog interessanter is, in de woonkamer lag half onder de bank een geweer. Een Bushmaster.'

'Niet te geloven,' mompelde Kalbfleisch meer in zichzelf dan tegen Van den Boogaard en Matena, we hebben alles. Vingerafdrukken, DNA-materiaal, zijn geweer, alleen van de hufter zelf ontbreekt opnieuw ieder spoor.'

'Meneer Kalbfleisch?'

In een klap was hij weer bij de les. 'Sorry Mustafa, ik was even in gedachten verzonken.'

'Dat merk ik. Ik vroeg of ik iemand naar het adres van de ouders moest sturen.'

'Nee,' zei Kalbfleisch, 'dat hoeft niet. Ik ga er naartoe met Van den Boogaard. Het is hier toch vlak in de buurt.'

'Waar gaan we heen?' vroeg Rokus, die maar de helft van de conversatie meekreeg.

'Het huis van de ouders van het meisje dat hier woont.'

'Oké.'

Toen ze de trap afliepen zei Kalbfleisch: 'Heb jij die Barbara nog gebeld?'

'Tuurlijk.'

'En?'

'Reken maar van yes, vanavond half negen.'

'Goedzo,' mompelde Kalbfleisch, 'toch nog een beetje voldoening.'

64.

DAG 5, MARSEILLE, 16.00 UUR

Wat er gebeurde bij het huis van Pierre viel mij van mijn Franse collegae vies tegen. Ongelooflijk wat baalde ik! Ik had al visioenen van wat ik allemaal in het huis van Pierre zou vinden: mapjes, waarop met kleurige stickertjes was aangegeven "snode plannen", "mijn motief", of "slachtoffer één" en "slachtoffer twee", enzovoort! Een wapenarsenaal! Vrolijke kiekjes van

Pierre die wat negers aan het martelen was! Allemaal bewijsstukken. Helaas, het mocht niet zo zijn.

Naarmate we verder buiten de stad kwamen viel het me op hoe verschrikkelijk mooi de omgeving was. Op slingerweggetjes tussen robuuste witte rotspartijen en groene heuvels met continu rechts van ons de blauwe zee voelde ik me een beetje op vakantie. Kennelijk was Pierres adres niet makkelijk te vinden, want er werd in de auto voor mij af en toe een 'merde' de lucht in geslingerd, waarna de arme Le Touquet, die niet reed, de wagen moest verlaten om al vragend de juiste richting weer te vinden. Hetgeen twee U-bochtjes en één keer keren op de weg tot gevolg had.

Het laatste stuk, zo bleek, ging een beetje omhoog, van de kust af. Het macadam was vervangen door kleine kiezelstenen, waartussenin het gras welig tierde. Ik probeerde de route een beetje in mijn hoofd te houden, zodat ik de weg als dat nodig mocht zijn ook alleen zou kunnen vinden.

Op een kwartiertje rijden van de kust onstond er enige onrust op de stoelen voor me. Le Touquet draaide zich om. 'Hier zo dadelijk de hoek om zou het moeten zijn.'

Het boerderijtje waar Pierre woonde was oud, maar zeker niet vervallen. Het was opgetrokken uit witte baksteen en met z'n oranje gekleurde dakpannetjes deed het eigenlijk wel vrolijk aan. De groene luikjes waren zorgvuldig met ijzeren sloten voor de ramen vatsgemaakt en het geheel maakte op ons een onbewoonde indruk.

Ik was blij weer even de benen te kunnen strekken, een mening die door Jim zeker gedeeld werd. We wilden net eens uitgebreid om het huis heenlopen toen Le Touquet met met een hoofdknik beduidde dat we achter hem moesten blijven. Enigszins verbaasd zag ik dat hij een pistool in zijn hand had, net als Rocheteau, die twee passen voor hem uitliep. Een beetje overdreven leek me.

Nadat Rocheteau twee keer op de deur had geklopt en er

totaal geen reactie volgde knikte hij even kort naar Le Touquet. Die begon naar de linkerkant van het huis te lopen terwijl zijn collega het rechtsom probeerde. Ik besloot le Touquet maar een beetje te volgen en achter het huis volgde een kleine reünie, waarbij slechts één verloren zoon ontbrak: Pierre.

Het leek mij kaassie. Loper uit de zak halen, luikje forceren, gut wat had ik een hoop ideeën omtrent de manier waarop we ons toegang zouden kunnen verschaffen tot het huis. Maar nee hoor, uitgerekend in de stad van "de Marseillaise", volkslied van doortastendheid met de zinsnede "burgers ten wapen" lieten de twee dienders hun wapen zakken en haalden hun schouders op. Le jour de gloire was bepaald niet arrivé. Ik wist niet wat ik hoorde toen ik Le Touquet iets hoorde mompelen dat me angstvallig in de oren klonk als 'retourner.' Hoe goed mijn gehoor is bleek maar weer eens toen de twee botweg terugliepen naar de auto. Ik volgde verbaasd.

'Hallo,' zei ik toen ik me bij hen gevoegd had, 'wat is de bedoeling?'

'Terug naar het bureau.'

'Terug naar het bureau?'

'Terug naar het bureau.'

Nu werd het me te gortig. 'Heren,' sprak ik vermanend, 'dit is geen goed plan. We staan hier bij het huis van een serie-moordenaar. Wie weet wat we hier binnen aantreffen.'

'Sorry P.B., het is uitgesloten dat we op dit moment naar binnen gaan. Daar is het bevel van een juge d'instruction voor nodig. Dat hebben we niet. Sorry, maar einde verhaal.'

'Jullie begrijpen het niet,' zei ik, hun een vaderlijke blik toewerpend. 'Jullie maken een rondje, ik ros die deur open, jullie komen aan en o, kijk nou zeg, de deur is open, laten we eens poolshoogte gaan nemen!' De beste plannen zijn altijd het simpelst nietwaar!'

Le Touquet glimlachte even. Maar op de een of andere manier kwam het niet echt vriendelijk over. Sterker nog het was een arrogante uitdrukking van superioriteit. We hebben overal aan gedacht en alles in de hand, zoiets. Het maakte me furieus.

'Kriébus had ons al gezegd dat de mogelijkheid bestond dat je zoiets zou voorstellen,' zei hij 'en we hebben de uitdrukkelijke instructie gekregen op alle manieren te voorkomen dat je dat gaat doen.'

Ik stond perplex.

'Krijg nou gauw de klere,' zei ik nijdig 'en flikker maar lekker op ook. Ik kom zelf wel weer thuis.' Met grote stappen beende ik weg van de twee, met een vrolijke Jim in mijn kielzog. Geen moment wilde ik meer iets met die mensen te maken hebben. Klootzakken. Maar de aftocht was me niet gegund. Nadat ik drie minuten had gelopen merkte ik dat Le Touquet en Rocheteau met hun wagen stapvoets achter me aanreden. Hoewel ik niet omkeek, voelde ik dat ze me uitlachten.

'P.B.,' hoorde ik ineens achter me 'denk nou even na.'

Ik had niets met die mensen nodig.

'Denk je nou echt dat we je hier alleen achterlaten?'

Het kon me geen reet schelen wat ze dachten.

'Dan keer je om en ga je weer naar het huis terug.'

Hmm, daar hadden ze een punt. Abrupt bleef ik staan. Rocheteau reed zover door dat ik Le Touquet bijna kon aanraken door het open raampje heen.

'En hoe gaan de heren voorkomen dat ik terugga?' zei ik.

'Ik heb net het bureau opgeroepen en er zijn collega's van de surveillancedienst hier naartoe onderweg. We zullen dit huis in de gaten houden. Het is niet uit te sluiten dat Pierre hier vandaag of morgen terugkeert. Dan vatten we hem meteen in de kraag. Misschien heeft iemand anders toegang tot het huis, dan willen we weten wie. Je moet gewoon even geduld hebben.'

Ik weet niet wat ik erger vond, het feit dat ik er als lulletje rozenwater bijstond, of het feit dat zij hun verstand wel gebruikten.

'Het is meer dan twee uur lopen,' grinnikte Rocheteau.

'Kom op P.B., je hebt een slag verloren, maar niet de oorlog,' zei Le Touquet.

Ik floot even naar Jim en liet hem vervolgens als eerste de auto in.

'Terug naar mijn auto graag koetsier,' zei ik toen we beiden zaten en besloot verder geen woord meer met hen te wisselen. Tegen Jim siste ik zachtjes: 'kom, plasjes doen,' in de hoop dat hij daar net zo op zou reageren als hij thuis altijd doet.

65.

DAG 5, 'LA CAVE', PYRENEEËN, 18.30 UUR

'Wat gaat ze nu doen?' vroeg Ciska, met een blos op haar wangen en kroop dicht tegen Ramon aan op de houten bank.

'Wacht maar af,' lachte haar vriend, 'dit is traditie, zo hoort het eigenlijk.' De goedlachse serveerster, met haar laag uitgesneden truitje en haar oogverblindende benen waar Ramon veel te uitgebreid naar keek, hief het grote kapmes dat ze in haar rechterhand vasthield. Terwijl haar staartje nonchalant op en neer wipte maakte ze een korte heftige beweging met het mes en sloeg met een klap de hals van de champagnefles die ze in haar linkerhand hield.

'Prachtig,' zei Ciska, terwijl de champagne met kracht uit de hals spoot 'dat heb ik nog nooit in het echt gezien.'

'Goed hè,' grijnsde Ramon, die Ciska's glas pakte en het liet vullen. Daar zijn ze hier meesters in. Niets geen gedoe met kurken.'

Terwijl de serveerster wegliep, proostten ze met elkaar, waarna Ciska Ramon een tongzoen gaf waar geen eind aan leek te komen. 'Het lijkt wel het paradijs hier,' zei ze nadat ze beiden een slokje hadden genomen. De zon scheen nog volop en accentueerde de kleuren van de bloemen in de vallei die aan het schilderachtige terras grensde.

'Ga je hier met al je vriendinnetjes naartoe,' zei Ciska plotseling.

'Nee, mijn vriendinnetje werkt hier, die blonde,' zei Ramon, die goed in de gaten had dat Ciska zijn vermeende belangstelling voor de serveerster met argusogen volgde, plagerig.

'Hmm,' zei Ciska. Ze was zelf een beetje verbaasd dat ze kennelijk gevoelens van jaloezie kreeg, als Ramon iets te lang naar een andere vrouw keek.

'Maar dat moet ik, ik ben Spanjaard,' had hij haar uitgelegd.

Ciska had er hartelijk om gelachen. Ramon had in elk geval veel meer bij haar losgemaakt dan ze zelf besefte. Tot nog toe had het erop geleken of ze de hele dag al een roze bril op had. Ze had met volle teugen genoten van iedere seconde die was verstreken sinds ze Fanals hadden verlaten. Ramon bleek een uitstekende chauffeur en bovenal leek hij een permanent goed humeur te hebben. Niet alleen twinkelden zijn ogen continu, er leek zch ook altijd een glimlach om zijn lippen te krullen. En hij zat vol verrassingen.

Ze hadden nog maar net de Pyreneeën bereikt of hij had de Mustang op een bergpaadje gereden.

'Eerste tussenstop,' lachte hij.

Vervolgens had hij een kleedje voor haar neergelegd onder een boom cn was naar de kofferbak gelopen. Tot Ciska's verbazing haalde hij er een grote doek uit, waarin allerlei lekkernijen verpakt zaten.

'Picknick,' grijnsde hij. Ter vervolmaking pakte hij een modern uitziende thermoskan, waarin gekoelde rosé zat. Toen hij ontspannen naast haar ging liggen op z'n zij, kreeg ze overal kippenvel. 'Ik weet gewoon niet wat ik moet zeggen,' stotterde ze en Ramon lachte.

Toen ze verder waren gereden was ze met haar schouder tegen hem aan gaan zitten en op de momenten dat Ramon niet hoefde te schakelen legde hij zijn hand om haar schouder. De zon, de wind, Ramon, Ciska kon zich niet meer heugen wanneer ze voor het laatst zover van al haar problemen was afgeweest.

Aan het eind van de middag, ze hadden over ontelbare smalle weggetjes gereden, soms langs diepe dalen, vaak met haarspeldbochten, had Ramon haar gewezen op grote houten borden die langs de weg stonden. *La Cave*, was erop geschilderd.

'Ons eindpunt,' meldde Ramon.

La Cave bleek al in 1643 gebouwd te zijn en had vroeger dienst gedaan als herberg. De huidige eigenaars hadden, net als de vorigen, getracht alles in oude stijl te houden. Ciska voelde zich alsof ze terug was gegaan in het verleden toen ze de indrukwekkende gelagkamer, waar het verrassend koel was, betrad. Ramon liep naar de balie en kreeg een sleutel in zijn hand gedrukt.

'Ik ken de weg,' zei hij en ging Ciska voor.

'Wauw Ramon,' riep Ciska en voelde meteen dat ze zo rood als een kreeft werd, omdat ze voor haar gevoel de laatste drie uur niets anders meer gezegd had. 'Wat een kamer!'

Ze liep meteen naar het hemelbed dat middenin de ruimte stond en ging erop zitten. Ramon zette zich naast haar neer. 'Mooi of mooi,' zei hij en Ciska schudde alleen maar ongelovig haar hoofd.

Nadat ze zich opgefrist hadden, waren ze naar het terras gegaan, waar Ramon erop stond haar op champagne te trakteren.

'Ze is wel heel mooi,' zei Ciska toen de blonde serveerster opnieuw langs hun tafel liep en ze zag dat Ramon weer naar haar keek.

'Aranxta,' riep Ramon plotseling en tot Ciska's verbijstering kwam de serveerster naar hen toe. 'Ik wou je even voorstellen,' zei hij, 'dit is Ciska uit Nederland, Ciska dit is Aranxta, mijn nicht!'

Opnieuw voelde Ciska dat ze een dieprode kleur kreeg.

'Hoi,' zei het meisje vrolijk, 'ik ben Arantxa, ik kom later even bij jullie zitten hoor, maar ik heb het nu even te druk.'

En weg was ze weer.

'Haar vriend is de zoon van de eigenaars,' grinnikte Ramon, 'zodoende ken ik het hier. Aranxta werkt hier nu twee jaar.'

'Een draai om je oren moet je hebben,' mompelde Ciska, 'mij zo voor de gek houden' en ze dacht tegelijkertijd: help, ik ben verliefd!

66.

DAG 5, ROTTERDAM, 21.45 UUR

'En waar is Sebastiaan nu?' vroeg Vierhouten, aan wiens ogen Rokus kon zien dat hij woedend was.

'Ik weet het niet commissaris,' zei hij, geheel naar waarheid. 'Hij is drie kwartier geleden vertrokken uit het crisiscentrum en ik weet niet waarheen.' Dat was allemaal onderdeel van het plan geweest. Kalbfleisch had wel voorzien dat Vierhouten hem graag zou willen spreken en daar had hij geen zin in.

Samen met Rokus had hij om 20.30 uur afgestemd op *TV Zuid-Holland*. De aankondiging van het nieuws kon niet beter.

'Waarom liegt minister over rol ex-politieman in zaak van Costa Killer,' luidde de teaser. Rokus had alleen even zijn duim in de lucht gestoken. Ook het item was nog mooier dan verwacht.

'Goedenavond, en welkom bij *TV Zuid-Holland*. Mijn naam is Barbara de Jong en dit is het nieuws. Minister Bruinsma vertelde vandaag in een persconferentie dat uitmuntend recherchewerk op de vierkante millimeter er toe geleid had dat er een foto beschikbaar is van de Costa Killer, die dus Pierre Legrand blijkt te zijn, een Belg. Inmiddels hebben wij duidelijkheid over wat er echt gebeurd is. Niet de recherche, maar een voormalig rechercheur van het korps Rotterdam Rijnmond, genaamd P.B. Lebandowski heeft de identiteit van de moordenaar, alsmede zijn foto boven water gekregen. Bruinsma, noch de voorlichter van de politie in Rotterdam wilden in dit stadium reageren op onze vragen.'

Op dat moment was Kalbfleisch opgestaan en had snel zijn hand opgestoken richting Van den Boogaard. Niet lang daarna was de telefoon in het crisiscentrum gegaan en werd Rokus naar boven geroepen.

Commissaris Vierhouten stond een tijd met zijn handen op zijn rug uit het raam te staren alvorens hij zich omdraaide.

'Heeft Kalbfleisch dit naar buiten gebracht denk je,' begon hij.

Rokus schudde resoluut zijn hoofd. 'Voor zover ik weet,' zei hij in alle eerlijkheid, 'heeft Kalbfleisch geen contacten met persmensen en zelf lekken, daar acht ik hem niet toe in staat.'

'Je weet zeker wel wie ik net al aan de telefoon had,' zei Vierhouten.

'Ik zet in op Bruinsma,' grinnikte Rokus.

'Ja jij lacht er wel om, maar de man was kwaad zeg, tsjonge wat ging die tekeer.'

Het verbaasde Rokus enigszins dat Vierhouten zijn masker van autoriteit had afgezet en kennelijk op een normale manier wenste te converseren. Hij besloot er maar gebruik van te maken.

'Weet u,' zei hij, 'ik heb gemerkt dat in ons TGO, maar vooral buiten ons team, nog heel veel mensen hebben samengewerkt met Lebandowski. Er is meteen na de persconferentie van Bruinsma ongelooflijk veel onrust ontstaan hier. Die Lebandowski was kennelijk een populair baasje. Misschien als Bruinsma het allemaal wat minder arrogant gebracht had dat het dan nog was meegevallen.'

'Erg sympathiek was het niet nee,' gaf Vierhouten toe. 'Zeg eens eerlijk Rokus, als ik nu jouw gsm in beslag neem, tref ik daar dan het nummer op aan van *TV Zuid-Holland*?'

'Nee, absoluut niet,' zei Rokus, die vanuit een telefooncel naar Barbara de Jong had gebeld. 'Trouwens, ik zou me niet teveel zorgen maken. Hij is niet oneervol ontslagen, maar voor zichzelf begonnen. In die zin straalt zijn succes ook nog een beetje af op ons korps.'

'Jaja, je kletst lekker.' zei Vierhouten. 'Maar wat is nu de laatste stand van zaken?'

'We weten inmiddels dat de ouders van Ciska Hofman, die dus met vakantie is, ook met vakantie zijn, in Los Angeles. We hebben van hun buren het adres van hun hotel gekregen. Ondanks het tijdsverschil van negen uur hebben we meteen contact gezocht, maar de familie is zogezegd niet inpandig. Zo snel ze zich in hun hotel melden, ligt er een bericht te wachten. Ciska's oma, van moeders kant, hebben we ook gevonden, maar die wist niet waar Ciska uithangt. Ze had nog een zus, maar die is dood.'

'Hmm. En die jongen op de foto?'

'Dat bleek een vriend te zijn van de zus van Ciska, zo had ze hem leren kennen. Hij was trouwens niet aanwezig in 's Gravenzande.'

'Dan mag hij zijn handjes wel dichtknijpen,' mompelde Vierhouten. 'En die dode vrouw in het huis?'

'Was de buurvrouw die de plantjes verzorgde. Haar familie is getraceerd en op de hoogte gesteld.'

'Vreselijk,' zei Vierhouten.

'Gruwelijk,' beaamde Van den Boogaard. 'Haar man meende zich te herinneren dat Ciska in de buurt van Barcelona uithing en dat ze één keer per dag haar gsm zou afluisteren voor het geval er iets zou zijn.'

'Is er ingesproken?'

'Uiteraard.'

'In het huis niets gevonden?'

'Nee. Geen briefje, geen notitie, helemaal niets. Fatih en Mo zijn nog met de computer bezig die we mee hebben genomen.'

'Goed, het lijkt mij dus alleszins zaak om de familie van Ciska op te sporen, om zodoende haar vakantieadres te achterhalen.

'Kalbfleisch blijft de hele nacht contact houden met L.A.'
'Oké,' zuchtte Vierhouten, 'dan mag jij weer gaan.'

67.

DAG 5, MARSEILLE, 23.00 UUR

Hoewel ik dondersgoed wist dat ik aan mijn tax zat, besloot ik toch nog een oude whisky te laten aanrukken. Wellicht zou mijn Vlaamse vriendin Nancy terwijl ik die nuttigde, alsnog komen opdagen om de avond en de nacht tot een onvergetelijke te maken. Ze had trouwens ook nog geld van me.

Het goede nieuws was dat het restaurant dat ze me had aangeraden inderdaad een pico bello chef de la cuisine in dienst had. Het diner maakte nog iets goed van de dag waarop ik met steeds meer ongenoegen terugkeek. Was ik aanvankelijk de spil waarom alles draaide, inmiddels was de situatie 180 graden gedraaid.

Het afscheid van mijn Franse vrienden was nauwelijks hartverscheurend te noemen. Helemaal niet nadat ze bemerkten dat Jim gelukkig kans had gezien om een flink deel van de achterbank onder te zeiken.

'Sopje,' zei ik 'en je merkt er niets meer van.'

Daarna was ik naar mijn auto gelopen en zag uiteindelijk in mijn achteruitkijkspiegel hoe de twee wat ontredderd bij hun wagen stonden. *Merci à vous Jim.*

Daarna werd het tijd voor de grote stilte. Kalbfleisch onbereikbaar en toen me na een paar uurtjes piekeren weer te binnen schoot dat zijn compaan Rokus van den Boogaard heet, bleek dat die ook al naar huis was. Was het dringend?

Laat maar, dacht ik. Daarna had de eenzaamheid me overvallen. Daar zat ik dan, alleen aan een tafeltje, omringd door paartjes met wilde plannen voor de uren die komen gingen.

De eerste whisky nam ik alleen maar om mijn tranen tegen te gaan. Dit zijn nou van die kutmomenten waarop ik haar zo mis en letterlijk misselijk van het missen wordt.

Ik rekende af en hield een taxi aan.

68.

09.00 UUR, inkomend telefoongesprek 1.

'Zeg maar tegen Kalbfleisch dat hij een klootzak is,' riep ik hard in mijn gsm, 'nee, sorry, een gróte klootzak. En een onbetrouwbare hond.' Ik was zo verschrikkelijk kwaad dat ik nauwelijks normaal kon praten.

'Jullie hebben dit aan mij te danken stelletje eikels,' riep ik. 'Aan mij en niemand anders. Als het aan jullie had gelegen was je nou nog bezig geweest met het horen van familieleden van slachtoffers zonder resultaat. Jullie hebben me gewoon verraden, hoor je me, verraden.'

Hoewel het niet zo overkwam, was ik eigenlijk wel blij dat ik Van den Boogaard aan de lijn had. Al was het alleen maar omdat ik me eindelijk eens kon afreageren. Ik was om 07.00 uur uit bed gegaan omdat ik echt geen oog meer dichtdeed. Ik keek naar de fles whisky op mijn nachtkastje en vond eigenlijk dat er nog aardig wat in zat, gezien de geestestoestand waarin ik in mijn hotelkamer was aangekomen. Alleen had ik een beetje een kutnacht achter de rug, een waardeloze grafnacht. Twee uurtjes slaap waren me gegund geweest. Niet eens slecht, al was ik na een uur nog even badend in het zweet wakker geworden omdat ik ineens mijn aanstaande vrouw voor me zag. Maar ik was sterk geweest. Ik had de fles dichtgelaten. Er zou immers een hoop werk op me wachten. Dacht ik. De maatjes in Rotterdam zouden me wel eens nodig kunnen hebben. Dacht ik. En als ze me zouden bellen zou ik paraat

285

staan. Was mijn credo. Nou daar dacht ik heel anders over toen me duidelijk werd waarom Van den Boogaard me belde.

Ik had hoofdinspecteur Kalbfleisch vanaf 07.30 uur zelf regelmatig getracht te bereiken. Zijn handy stond uit. Zijn rechtstreekse nummer op kantoor was doorgeschakeld naar de receptie. Reageren op mijn berichten was er ook niet bij. Toen dan eindelijk om 09.00 uur mijn gsm overging had ik 'm al opgenomen voor hij voor de tweede keer overging.

'Jaaa'

'Euh, meneer Lebandowski?'

'Ja, gek hè als je z'n nummer draait. Of ga je er sowieso al vanuit dat je niet in staat bent een telefoonnummer in één keer goed in te toetsen?' De man aan de andere kant van de lijn besloot mijn tirade te negeren.

'Goed, meneer Lebandowski dus. Mijn naam is Rokus van den Boogaard en ik bel u namens mijn collega, Sebastiaan Kalbfleisch.'

'Ah, Van den Boogaard,' zei ik iets rustiger, 'ik ken je van naam en ik denk ook van gezicht.'

'Klopt.'

'Nou, blij dat ik je aan de lijn heb. Ik zou namelijk eindelijk wel eens willen weten wat er daar allemaal aan de hand is bij jullie.'

'Daar bel ik ook voor. Mijn collega vroeg mij je op de hoogte te brengen van het volgende. Ten eerste is er door onze Franse collega's tot op een kwartier geleden nog geen enkele beweging gesignaleerd bij het huis van Legrand in Marseille. Maar dat wist je misschien al?'

'Nee,' zei ik kortaf. 'Die Franse collega's zijn een stelletje hondenmeppers die me arresteren als ik zelfs maar in de buurt van het huis kom.' Ik hoorde licht gegrinnik.

'Sorry.'

'Hmm.'

'Er is echter nog meer nieuws. Pierre heeft voor hij het bloedbad in 's Gravenzande aanrichtte ingebroken in het huis van een jonge blonde vrouw genaamd Ciska Hofman. Wij hebben redenen aan te nemen dat zij wel eens zijn eigenlijke doelwit kan zijn. Zij is op vakantie. Via haar ouders, die op dit moment in Los Angeles vakantie houden zijn we een paar minuten geleden te weten gekomen, waar Ciska op dit moment is. Als alles goed is verblijft ze op dit moment bij haar tante in Marseille.'

'Marseille,' riep ik ongelovig.

'Helemaal.'

'Ik geloof mijn oren niet. En die Legrand?'

'Inmiddels weten we zoveel dat hij gistermiddag na de aanslag met een gestolen auto de Belgische grens over is gegaan. Vanaf Antwerpen zijn we het spoor bijster.'

'Dat is dan lekker,' zei ik. 'En wat verwachten jullie nu van mij?'

Kennelijk had Van den Boogaard zich terdege op dit moment voorbereid.

'Helemaal niets P.B., helemaal niets.'

'Wacht even,' mompelde ik, terwijl zich in mijn mond plotseling een hele vieze smaak opdrong. 'Hoezo niks? Geef mij nou gewoon het adres van die meid, dan rijd ik er heen. Ik breng haar meteen veilig en wel naar jullie toe. Kost niks.'

'Sorry, ik mag je het adres niet geven.'

De stilte die viel veroorzaakte een kettingreactie in mijn lichaam die in mijn buik begon, zich snel verspreidde langs de plexis solaris en zover omhoogschoot dat ze mijn stem aantastte. Van den Boogard bleef min of meer beleefd wachten tot ik uitgeschreeuwd was.

'Luister Lebandowski,' zei hij en ik hoorde aan zijn stem dat ik hem gelukkig diep geraakt had.

'Welkom in de grote mensenwereld. Voor je nou verder gaat met schelden, Kalbfleisch heeft gister enorm zijn nek uitgestoken. Hij heeft ervoor gezorgd dat het in de pers terecht is gekomen dat jij degene bent die de zaak vlot heeft getrokken. Dat terwijl de minister dat ontkend heeft. Dat kan dus nog een aardige rel geven. Trouwens al zou ik je nu willen helpen, ik heb zelf het adres niet. Echt niet. Maar nogmaals, jij hebt de eerste massamoord in Nederland opgelost en Kalbfleisch heeft gezorgd dat je er alle credits voor krijgt, snap je? Jij komt terug naar Nederland, wordt voorgedragen voor een lintje en uiteindelijk zijn we allemaal blij.'

Nadat ik hem nauwkeurig had beschreven waar Hare Majesteit en hij hun lintje mochten opbergen wat mij betreft, gaf ik nog een klein schotje voor de boeg..

'Heb je een indicatie van de wijk waar het meisje verblijft,' vroeg ik, 'of kun je me vertellen of ze in een auto met Nederlands nummerbord rijdt?'

'Sorry, ik weet helemaal niets.'

'Daarom heeft Kalbfleisch je ook laten bellen natuurlijk, nou Van den Boogaard, ik zeg je één ding. Ik zit hier in Marseille. Er zit een potentieel slachtoffer in Marseille en de dader is mogelijk op weg naar Marseille. En jullie schakelen mij niet in. Ik vind het dommer dan dom en als je je vriendje Kalbfleisch tegen het lijf loopt, zeg hem dan dat hij mijn nummer uit zijn toestel wist. En dat geldt ook voor jou. De hartelijke groeten.'

Woest drukte ik het gesprek weg.

69.

09.30 UUR, uitgaand telefoongesprek 1.

'Patxi Bixente!' zei mijn moeder met een voor een dame op respectabele leeftijd behoorlijk luide stem in de telefoon.

'Zo leef jij nog,' vulde ik zelf al in gedachten aan. 'Je zou wat dat betreft wel eens een voorbeeld mogen nemen aan je broer,' zou ze verder gaan, 'die belt me drie keer per week, dan blijf ik tenminste nog een beetje op de hoogte van het wel en wee van mijn bloed.'

Onze gesprekken verliepen aan het begin van de conversatie meestal via een redelijk vast stramien. Als de quasi-boosheid voorbij was zou ze me verzekeren dat ze het heerlijk vond dat ik belde en ook maakte het niets uit dat het niet helemaal op regelmatige basis was. Maar deze morgen was voorbestemd voor een ander begin van ons tweegesprek.

'Patxi,' mijn moeder blijft mij halsstarrig zo noemen, (die naam hebben je vader en ik je gegeven jongen) ik ben trots op je'.

'Da's mooi,' zei ik in de hoop dat er enige uitleg zou volgen.

'Je broer heeft me gisteravond gebeld en verteld dat het in alle nieuwsrubrieken was geweest, dat jij de moorden in Nederland hebt opgelost.'

Ik schoot onbewust in de lach. 'Zo is het niet helemaal ma. Maar ik heb inderdaad ontdekt wie de moordenaar is. Maar waar die is, dat zou ik ook nog graag willen weten.'

'Maar ik ben hartstikke trots op je jongen, ik heb altijd gezegd dat jij bent voorbestemd tot het verrichten van grootse daden.' Opnieuw lachte ik even in mezelf. Hetzelfde zegt mijn moeder namelijk over mijn broer en zijn kinderen, dus ach, wat dat betreft schiet ze nog wel eens in de overdrive. Maar toen ik alweer een hele tijd geleden naar haar toereed om te vertellen dat ik ontslagen was, met vermelding van de reden, had ze het, ze was toen al 76, verrassend nuchter opgenomen.

'Ik denk dat de politie een grote fout maakt door jou te laten gaan,' had ze gezegd. Vervolgens had ze zich de drie dagen die ik was gebleven alle mogelijke moeite getroost mij het leven een beetje naar mijn zin te maken. Haar huishoudster had zich mijns inziens onsterfelijk gemaakt met het op tafel toveren van werkelijk onvergetelijke maaltijden. Alles vers, alles smaakvol en veel. Ook ontdekte ik toen pas voor het eerst de geneugten van Spaanse wijnen. Die waren altijd aan mijn aandacht ontsnapt, geheel onterecht. Ik had samen met Jim lange wandelingen langs de grillige kust gemaakt, nee ik had bepaald geen spijt van het reisje. Maar na drie dagen is mijn zitvlees gewoon op. Dan wil ik verder. Naar de andere kant van de heuvel. P.B. op zoek naar het groene gras.

'Ik zit in Marseille ma,' zei ik.

'Ha.' klonk het vrolijk en hoopvol aan de andere kant van de lijn. 'Dan moet ik wellicht maar een bordje extra laten neerzetten vanavond?'

'Ik zou het maar doen!'

'Heerlijk Patxi, ik verheug me er enorm op. Hoe laat ben je hier?'

'Weet ik nog niet ma, ik denk er over om over een uur of twee af te taaien.'

'Heerlijk jongen, ik ben gewoon thuis. Nou, tot straks dan maar! En rij voorzichtig!'

'Bemoei je d'r niet mee mens,' lachte ik.

70.

09.40 UUR, uitgaand telefoongesprek 2.

'Broeder,' zei ik.

'Hee ouwe held,' zei hij meteen enthousiast terug. 'Hoe is het?'

'Ja goed, ik had net ma aan de lijn, ze vertelde dat jij haar gebeld had. Goed van je.'

'Ja, ik denk voor jij haar belt zal het wel weer tegen sinterklaas lopen en dan is het een beetje oud nieuws niet?'

'Hmm,' zei ik.

'Het was gister op het nieuws, wat zeg ik, ik kon nergens meer heen zappen of ik zag die kop van jou in beeld. En de minister is geen vriend van je heb ik ook begrepen.'

'Ik ken hem niet eens,' zei ik.

'Nou hij jou nou wel. En ik kan je meedelen, de kids zijn

beretrots. Ik heb ze verboden je te bellen, want ik dacht dat je wel druk zou zijn.'

'Was het maar waar, mijn werk zit er een beetje op.'

'Waar hang je uit?'

'Marseille.'

'Marseille?'

'Yep. Ik ben over een paar dagen weer in Nederland. Maar ik ga straks eerst richting San Sebastian.'

'Ma blij zeker?'

'Altijd zeiken over d'r heup, maar ze sprong een gat in de lucht,' lachte ik. 'Maar ik bel je nog wel even als ik er ben. Misschien ga ik een computer kopen voor haar met een webcam. Is voor jullie ook wel leuk!'

'Top. Maar ik reken er wel op dat als je terugbent je snel eens bij ons langskomt. We willen alles horen natuurlijk. En de kids hebben al aangekondigd dat ze er allemaal bij willen zijn, met aanhang. Trouwens, ik heb zelf ook wel weer eens zin met jou een whisky'tje te pakken.

'Ik zal een loods afhuren met plaats voor iedereen,' beloofde ik.

Toen ik oplegde vroeg ik me af waarom ik eigenlijk niet even gevraagd had hoe het met hem ging. Slordig. Misschien word je als veertiger met overgewicht die zich niet eens weduwnaar mag noemen omdat je niet de kans kreeg in het huwelijk te treden met de liefde van je leven voor die werd afgeslacht wel een tikkeltje egocentrisch. Ze moesten me maar nemen zoals ik ben. Lekker makkelijk toch?

71.

09.45 UUR, uitgaand telefoongesprek 3.

'Hugo, P.B. hier. Als je het nieuws gevolgd heb weet je wellicht al dat de Costa Killer niemand minder is dan Pierre. Probeer mij te bellen, ik bel jou, dan moeten we elkaar toch eens te pakken kunnen krijgen. Groetjes.'

72.

11.00 UUR, inkomend telefoongesprek 2.

'Nou Jimmy-Boy let's hit the road,' zei ik. Ik had uitgecheckt, maar mocht het hotel niet verlaten voordat ik nog een lobbige witte wijn met de eigenaar had gedronken en zo erg is dat natuurlijk niet.

'Waarom verkoop je die wijn eigenlijk niet,' vroeg ik, maar dat bleek niet de bedoeling te zijn. De echte liefhebber moest maar naar hem komen, vond hij. Trouwens wist ik wel hoe moeilijk het was om een bedrijfje op te starten. Dat wist ik niet en ik wou inmiddels dat ik überhaupt niets gevraagd had, want het exposé van de waard intereseerde geen hol. Maar goed, het was nog net binnen het half uur dat ik weg mocht na een stevige omhelzing.

Ik gooide het idioot kleine tasje met mijn spulletjes achter in de wagen en wilde net Jim erin dirigeren, toen mijn telefoon ging. Die had ik al op de voorbank gegooid dus ik moest me nog aardig haasten om op tijd te zijn.

'Jaa?'

'P.B.,' zei een stem die ik meteen herkende, 'Kalbfleisch hier.'

Misschien was de wijn me al iets meer in de benen gezakt dan mijn bedoeling was en mogelijk lag het ergens anders aan, maar ik had geen puf meer hem uit te schelden. Ik hield het bij 'ik luister'.

'Daar ben ik blij om,' zei hij en echt, ik hoorde aan zijn stem dat hij opgelucht was.

'Allereerst sorry voor vanmorgen. Op het moment dat ik het adres kreeg van die Ciska Hofman in Marseille was ik omringd door collega's. Het was dus onmogelijk je te bellen.'

'Je had me kunnen sms'en, je had Van den Boogaard het adres kunnen geven,' zei ik en merkte weer eens hoe beledigd ik was.

'Je moet me geloven P.B.,' zei Kalbfleisch, 'ik heb tijdens dit onderzoek al zo veel vijanden gemaakt dat het niet meer de vraag is of ik ontslagen word, maar alleen nog wanneer.'

'Hmm,' zei ik en vroeg me af in hoeverre hij overdreef, 'laten we maar een wapenstilstand inlassen dan. Waarvoor bel je?'

'Fijn. Ik ga je alles uitleggen. Vlak voor Van den Boogaard jou belde vanmorgen hebben we dus het adres in Marseille gekregen, waar Ciska Hofman zou verblijven. We hebben meteen gebeld, maar geen gehoor. Uiteraard hebben we ook meteen de Franse autoriteiten gewaarschuwd. Hoe het kome kome het, maar toen ik vijf minuten geleden belde met die kwibus wiens naam jij me door had gegegven bleek dat er nog helemaal geen officieel verzoek is gedaan door Nederland om eens naar het adres te gaan. Ik kreeg het idee dat de Fransen er ook niet zoveel zin in hebben. Ze houden het huis van Pierre een beetje in de gaten en dat is het dan.'

'Al een spoor van Pierre?' onderbrak ik hem.

'Nee. En dat is ook de reden waarom ik me extra ongerust maak. Luister ik wil maar één ding. Ik zou het fantastisch vinden als die Ciska, van wie we dus denken dat ze het doel is van Pierres acties, naar Nederland kwam. Zo snel mogelijk. Dan kunnen wij haar in de gaten houden.'

Ik zuchtte. Het was weer eens zover. Blijft het wettelijke gezag in gebreke? Bel P.B. hij helpt u gegarandeerd kostenloos uit de brand.'

'Geef me het adres en dan ga ik erheen,' zei ik.

'Zo ken ik je weer,' grinnikte Kalbfleisch. 'Kun jij haar naar Nederland brengen?'

'Nee, nu niet meer', zei ik halsstarrig, 'ik heb *net* andere afspraken gemaakt.' Ik hoopte maar dat de nadruk op het woord-je net hem opviel. 'Maar,' ging ik verder, 'ik zal haar naar het vliegveld begeleiden en er persoonlijk voor zorgen dat ze vertrekt. Jullie vangen haar in Nederland dan maar op.'

'Prachtig,' zei Kalbfleisch, 'als je maar eens voor de helft wist hoe opgelucht ik ben.'

'Ach ik weet wat het is om met handen en voeten gebonden te zijn. Daar heb ik nu geen last meer van. En Van den Boogaard zei dat jij behoorlijk je nek voor me hebt uitgestoken.'

'Laat maar. Ik heb nog maar één belang. Ciska moet veilig naar huis.'

'Ik heb inmiddels een pen,' zei ik waarop hij het adres door-gaf. Ik wilde nog één dingetje weten.

'Is de minister erg boos op je?'

'Wat denk je wat? Hij heeft deze morgen een persconferentie gegeven. Door de hectiek rond en de drukte in verband met het onderzoek, zei hij zojuist op de radio, was hij verkeerd voorgelicht. Verder wilde hij er niet op ingaan, meldde hij want het was op dit moment belangrijker de krachten te bundelen om uiteindelijk Pierre Legrand te pakken.'

'Smiecht,' zei ik.

'Inderdaad,' lachte Kalbfleisch, 'een mooi synoniem voor politicus. En nogmaals bedankt. Als je weer in Nederland bent dan nemen we er samen één.'

Ik begon me af te vragen of mijn lever een terugkeer naar Nederland wel ongeschonden zou doorstaan.

73

11.15 UUR. En route.

Het kan verkeren. De aanvankelijke gedachte dat Kalbfleisch mijn reet kon kussen en de overtuiging dat ik in zowel de nabije alsmede in de verre toekomst ten enenmale en categorisch zou weigeren me nog eens voor zijn rotkarretje te laten spannen, leken nu hersenspinsels uit een ver verleden. Het ging om het meisje, daar had hij het grootste gelijk van de wereld in, dus ik kon mijn energie beter aan goede doelen besteden.

Het eerste probleem diende zich meteen aan. Op de prachtige plattegrond die ik tegen woekertarief had aangeschaft was geen spoor van het door Kalbfleisch genoemde adres te vinden. Hem kennende klopte het adres, dus was de kaart niet goed. Het feit dat naast Jim en ik ook mijn Pontiac wel een dorst heeft bracht uitkomst. Bij het tankstation trof ik een vriendelijke taxichauffeur, die bereid was op de achterkant van mijn kaart een schetsje te maken van de af te leggen route. De familie van Ciska Hofman bleek in feite een stukje buiten de stad te wonen. Niet ver, wel lekker aan zee.

'Hoe lang gaat het duren voor ik er ben,' wilde ik weten toen hij was uitgetekend.

'Met een beetje geluk een half uurtje, het is zowel binnen als buiten de stad erg rustig rond deze tijd van de dag.'

Ik bedankte hem en besloot voor Jim en mij een paar baguettes in te slaan, dat zou hij heerlijk vinden.

Zoals de man al zei was het inderdaad absoluut niet druk in de stad. In tegendeel. Voor de zoveelste keer in amper 40 uur tijd crosste ik weer eens langs de Oude Haven en was eigenlijk in no time de stad uit, terwijl Jim, decadent als hij is, de ham tussen het stokbrood wegsmikkelde. Ik realiseerde me dat ik op de beroemde kustweg, de Corniche reed, maar jammergenoeg had ik opnieuw niet echt de tijd te genieten van het landschap om me heen. Ik was te druk met het turen naar de schets die ik op mijn stuur had gelegd en het tellen van afslagen aan mijn rechterhand. Af en toe passeerde er rechts van mij zo'n weggetje, dat ongetwijfeld naar de kust leidde. Ik ontwaarde her en der ook vrolijk oranje gekleurde pannendaken.

Er waren uiteindelijk 28 minuten verstreken voor ik mijn rechter richtingaanwijzer aanzette en een bocht van negentig graden maakte om een pad in te draaien dat doodlopend was volgens het waarschuwingsbord.

Ik koerste voor mijn gevoel nu recht op de Middellandse zee af. Het asfalt had plaats gemaakt voor zand en grind en hier en daar moest ik moeite doen om langs kleine, maar toch redelijk diepe kuilen te laveren. Links en rechts schoten kleine oprijlaantjes aan me voorbij en het leek me dat de lokale leverancier van bougainville gouden tijden achter de rug moest hebben.

Ik was nu huisnummer tien gepasseerd, dus ik kwam in de goede richting: nummer twee was mijn doel. Het zou dus het laatste huis aan de even kant moeten zijn, grenzend aan zee. Het werd in eerste instantie aan mijn oog onttrokken door een heg van diverse, zeker twee meter hoge struiken. Hier en daar verscheen een flard van een witte muur tussen het groen. Terwijl ik het einde van het pad naderde passeerde ik plotseling een uitsparing van zo'n twee meter tussen de struiken. In de muur was een sierlijk smeedijzeren hek geplaatst, dat openstond en het begin van de oprijlaan markeerde.

Ik zette mijn auto aan de kant van de weg, net achter het hek. Het leek me dat Jim wel eens behoefte zou kunnen hebben aan een sanitaire stop, maar dat viel mee. Een klein plasje, mogelijk uit beleefdheid naar mij toe, daar bleef het bij. Vanaf de plek waar mijn auto stond kon je nog een meter of tien doorlopen, hetgeen ik uit nieuwsgierigheid deed. Aan het eind van het pad was een stalen hek neergezet dat het midden hield tussen een vangrail en een groot uitgevallen tuinhek, dat duidelijk als doel had de eigenwijzen onder ons ervan te overtuigen dat hier de weg echt ophield. Geen overbodige luxe. Daarachter bevond zich namelijk een gigantisch rotsblok, ongeveer anderhalve meter lang en vanaf daar ging het zeker twee meter loodrecht naar beneden. Nu leek het idyllisch. Ik vroeg me af hoe het eruit zou zien wanneer najaarsstormen de kust zouden teisteren en de golven hoog op zouden zwepen, misschien wel hoger dan twee meter. Het wonen aan de kust had dus ook niet alleen voordelen, een troostrijke gedachte.

Ik liep weer terug naar de Pontiac en ging verder richting oprijlaan. Mijn eerste gedachte toen ik het pad opliep was: shit, niemand thuis. Dit werd ingegeven door het feit dat alle luiken voor de ramen hingen. Ik constateerde verder dat de architect die de familie Hofman in de arm had genomen zijn geld meer dan waard was geweest. Ik kreeg zo'n idee dat het oude deel van het huis misschien wel meer dan honderd jaar geleden gebouwd was. Daar tegenaan was in een L-vorm een nieuwe vleugel geplaatst, een hout- en glasconstructie. Eenvoudig maar smaakvol, oud en nieuw, de perfecte synthese. Wat er ook erg goed bij paste was de rode Mustang cabrio, die aan het eind van de oprijlaan geparkeerd was. Niet zo'n hedendaags stuk blik op wieltjes, nee een mooi vormgegeven automobiel.

In plaats van me druk te maken over architectonische hoogstandjes en industriële vormgeving had ik beter even op Jim kunnen letten. Hij loopt namelijk altijd in mijn kielzog, tenzij er iets is. Jim was in geen velden of wegen te bekennen en ik lette er niet op, lul dat ik ben. Hij had kennelijk aangevoeld dat er iets niet in orde was, kwestie van instinct. En hij waarschuwde me nota bene.

Ik twijfelde vervolgens weer eens over wat te doen. Er leek niemand thuis. Links van het huis zag ik een garagebox, die werd afgesloten door een grote zilverkleurige golfplaten deur.

Ik kon natuurlijk pro forma even aanbellen, maar ik kon ook rond het huis lopen en iets roepen in de trant van 'Allo'. Aanbellen leek me fatsoenlijker, of in dit geval aankloppen dan. Op de diepdonkere houten deur prijkte een grote koperen ring die aan een sierlijk bewerkte leeuwenbek hing die tegen het hout bevestigd was. Ik liet de ring drie keer tegen de koperen plaat vallen die speciaal daarvoor ook op de deur gemonteerd was, hetgeen zo'n enorme herrie veroorzaakte dat ik er zelf van schrok.

Bij de derde keer kreeg ik een inval. Stel nou dat de politie telefonisch contact had gelegd met de familie, nadat Kalbfleisch mij gebeld had. Dat was nog niet zo'n gek idee. Ik ging er maar meteen vanuit dat ze met loeiende sirenes uit zouden rukken, maar een telefoontje was wél zo logisch. Mogelijkerwijs hadden ze de familie tot enige voorzichtigheid gemaand. Dag familie, u spreekt met de politie. Er is een totaal geschifte seriemoordenaar naar u onderweg die het voorzien heeft op uw nichtje Ciska. We komen straks wel even kijken hoor, wees vooral niet ongerust. Doe tot die tijd misschien maar een beetje of u er niet bent. Dat vergroot de kans weer dat u er nog wél bent als wij later op de middag, hou ons niet op een kwartiertje, onze neuzen ook nog even komen laten zien. Fijne dag nog verder. Zoiets. In zo'n geval was het inderdaad niet ondenkbaar dat de familie zich verborgen hield.

'Hallo,' riep ik om de mensen, mochten ze toch aanwezig zijn, ervan te overtuigen dat ik goede bedoelingen had. 'Mijn naam is P.B. Lebandowski. Ik ben privé-detective uit Nederland. Ik kom voor Ciska. Ze is mogelijk in gevaar en ik kom hulp bieden.'

Het leken me geruststellende woorden, maar de reactie erop had ik nooit kunnen voorzien. Ik had me namelijk lelijk in de kaart laten kijken en volkomen buiten de waard gerekend.

Totaal onverwacht zwaaide de deur met grote kracht open. De man met wie ik oog in oog stond herkende ik in één oogopslag. Zij het dat zijn gelaatstrekken nog veel scherper leken dan ze op de print die ik van hem gezien had op me overkwamen. Zijn neusvleugels waren wijd opengesperd en zijn bloeddoorlopen ogen straalden waanzin uit. Ik stond oog in oog met Pierre Legrand. Ik had nog net genoeg tijd om in zijn hand het wapen met de geluiddemper te herkennen. Maar hij had het voordeel van de totale verrassing. Ik stond als aan de grond genageld. Toen haalde hij de trekker over.

Vrijwel meteen voelde ik zo'n vlammende pijn in mijn been, dat ik door mijn knieën zakte. Op dat moment moet hij naar voren zijn gesprongen en vermoedelijk raakte hij me kinderlijk eenvoudig met de kolf van zijn pistool op mijn hoofd. Ik meen dat ik nog net Jim hoorde blaffen toen alles om me heen zwart werd.

74.

12.30 UUR

'Ik ben er niet gerust op,' zei Kalbfleisch. Dat hadden de leden van het TGO die aanwezig waren in het crisiscentrum al een kwartiertje in de gaten. Zolang was Kalbfleisch al aan zijn tweede wilde cigarro bezig, die hij meteen aan had gestoken nadat hij de eerste had laten sterven. Het was een van de weinige manieren waarop zichtbaar aantoonbaar was dat Sebastiaan Kalbfleisch nerveus werd. Daarnaast ijsbeerde hij door de niet al te grote ruimte heen en weer, gadegeslagen door Van den Boogaard, die onbewogen als altijd voor zich uit staarde.

'Doe nou maar rustig Kalb,' zei hij. 'Die Lebandowski heeft zelf de zaak aangezwengeld. Die loopt echt niet in zeven sloten tegelijk.'

'Niets mee te maken,' zei Kalbfleisch, 'ik ben er gewoon niet gerust op. En dat ellendige afwachten steeds!'

12.45 UUR

'Blijf waar je bent, ik bel jullie zo terug,' zei Manfred Herremann. Meteen drukte hij het gesprek weg. Met zijn andere hand opende hij bijna tegelijkertijd de bovenste rechter bureaula. Daar haalde hij een zwart apparaat uit dat enige gelijkenis vertoonde met een mobiele telefoon, maar in feite een zender was. In plaats van de gebruikelijke nummerieke toetsen en een display, zat er alleen maar één knop op. Als Herremann die indrukte zou hij direct verbinding krijgen met Duvallier jr., waar die zich ook ter aarde zou bevinden. Het werkte via het global positioning system en zelfs in een betonnen kelder was er genoeg signaal om een gesprek te voeren. De ontvanger die Duvallier jr. bij zich droeg, was te traceren via een speciaal internetprogramma. Tot op twee meter nauwkeurig werd op een speciale satellietkaart aangegeven waar Duvallier jr. zich bevond. Mocht hij de oproep niet binnen dertig seconden beantwoorden werd een luidspreker geactiveerd die Herremann in staat stelde het omgevingsgeluid te horen. Alain Duvallier had er alleen mee ingestemd het apparaat altijd bij zich te dragen toen hem verzekerd werd dat niet zijn vrouw, maar alleen Herremann de codes tot zijn beschikking had om hem op internet te traceren. Hij nam na twintig seconden op.

'Ja?'

'Alain, het volgende doet zich voor,' begon Herremann. 'Onze mensen hebben zoals we afgesproken hadden die Nederlandse detective niet meer uit het oog gelaten. Hij is zojuist naar een adres buiten de stad gereden, is naar een bungalow gegaan en vervolgens hebben ze een schot gehoord. Z'n hond staat maar nerveus te blaffen bij zijn auto.'

De instructies van Duvallier waren kort.

'Goed,' zei Herremann. 'Ik ga ze nu bellen.'

13.00 UUR

Ik droomde niet, dat was me inmiddels duidelijk geworden. Daarvoor had ik teveel pijn in mijn hoofd. Veel te veel. Ook was er iets met mijn been, dat was kennelijk doodgegaan. De helse pijn was zo erg dat ik bijna niets meer voelde. Ook hoorde ik af en toe geluiden. En die veroorzaakten zulke ontploffingen in mijn hoofd, dat ik alles en iedereen om mij heen wel wilde smeken: wees alstjeblieft muisstil.

Ik bevond me al een tijdje in die toestand toen ik heel langzaam de eerste van die geluidjes begon thuis te brengen. Ver weg voor mijn gevoel hoorde ik voetstappen en af en toe hoorde ik een deur slaan. Ik probeerde niet eens uit te vogelen hoe lang ik buiten bewustzijn was geweest. Dat zou ook nergens op slaan, waar moet je dat aan afmeten?

Het dreunen in mijn voorhoofd maakte dat ik er nog niet over dacht om mijn ogen te openen. Dat kon ik nog niet aan. Heel langzaam drong het wel tot me door dat ik nu ook af en toe geluiden ontwaarde die vlak bij me vandaan kwamen. Ik meende zelfs iemand te horen kreunen, maar ik zou me wel vergissen.

Inmiddels begon me ook duidelijk te worden in wat voor fysieke toestand ik me bevond. Kennelijk zat ik. Op een stoel. Ik probeerde heel licht mijn rechterarm te bewegen, maar werd daarin belemmerd bij mijn elleboog en pols. Bij mijn andere arm was het van het zelfde laken een pak. Die twee bewegingen, of eigenlijk mislukte pogingen tot bewegen, veroorzaakten meteen zo'n golf van misselijkheid dat ik moest kokhalzen. Tot mijn afgrijzen constateerde ik daarbij dat er iets over mijn mond geplakt zat, waardoor ik af en toe dacht dat ik zou stikken. Ik verloor bijna opnieuw mijn bewustzijn en bleef weer doodstil zitten. Opnieuw dat kreunende geluid. Ik had me niet vergist.

Weer verstreek een hele tijd. Hoewel de pijn in mijn hoofd nog steeds te heftig was om überhaupt maar aan denken te denken bleek ik kennelijk over een oerinstinct te beschikken dat me ingaf dat ik hoe dan ook mijn ogen moest zien te openen. Heel voorzichtig probeerde ik mijn oogleden van elkaar te halen. Op het moment dat ik zover was dat er daadwerkelijk licht mijn ogen bereikte werd ik opnieuw kotsmisselijk en begon alles in mijn hoofd opnieuw te dreunen. Pas bij de vierde poging slaagde ik erin mijn oogleden op een kiertje te houden. Het scherpstellen nam opnieuw enige tijd in beslag. Het ging in elk geval gepaard met het begin van een herstel van mijn zintuiglijke waarneming. Zo stelde ik vast dat ook mijn enkels vastzaten. Tape, touw, wat maakte het uit. Weer dat gekreun. Een hoog geluid.

Nou, het had even geduurd, maar het plaatje werd compleet. Ik zat vastgebonden aan enkels en armen op een stoel, met een stuk tape over mijn muil. Toen ik naar mijn linkerbeen keek begon ik opnieuw te kokhalzen. Mijn broekspijp was afgeknipt. Om mijn bovenbeen was enigszins provisorisch een verband aangelegd, waar het bloed inmiddels doorheen sijpelde. En toen wist ik het weer. Pierre, de deur, het schot. En daar was ook het angstige vermoeden. Het gekreun dat rechts van mij kwam, was het gekreun van een vrouw.

Ik denk niet dat Pierre de deur erg hard opende toen hij binnenkwam, maar het leek alsof er een F-16 door de geluidsbarrièrre brak. Uit het feit dat ik mijn ogen stijf dichtkneep concludeerde hij dat ze open waren geweest.

'Zo, wakker?' vroeg hij. Zijn stem klonk verrassend zacht.

Eerlijk gezegd was ik bang. Bang voor wat er zou gaan komen, hoewel ik niet het idee had dat ik veel meer pijn zou kunnen verdragen dan ik al had gehad. Maar ik was ook bang voor het gekreun dat ik naast mij had gehoord. Ik wilde niet weten of het waar was wat ik dacht. Opnieuw opende ik mijn ogen. Pierre Legrand had een stoel gepakt en was recht tegenover me gaan zitten. Met een beweging die routine verried stak hij een sigaret op. Ineens stond hij op en liep naar me toe. Voordat ik iets kon doen stak hij zijn hand uit naar mijn gezicht en rukte met één beweging de duckttape die hij over mijn mond had geplakt weg. De pijn waarmee het gepaard ging was gewoon een lachertje in vergelijking met de pijn in mijn hoofd en mijn been. Weer dat gekreun.

'Wilt u een sigaret?' vroeg hij.

Het leek me geen goed idee. De laatste wens van de ter dood veroordeelde. Hij kon de kanker krijgen wat mij betreft. Gezien het feit dat de donderende pijn in mijn hersenen me niet toestond "nee" te schudden probeerde ik het te zeggen. Het geluid dat aan mijn keel ontsnapte klonk mij in de oren als een pistoolschot en leek voor hem op 'mweuh'. Maar hij begreep het.

'Eigenlijk stoorde u me op een heel slecht moment,' zei Picrre.

Weer dat gekreun.

'Weet u hoe lang ik er van gedroomd heb om met haar af te rekenen? Nee natuurlijk weet u dat niet. Weet u eigenlijk wel wie ze is?' Terwijl hij het woord 'ze' uitsprak keek hij naar links en automatisch volgde ik zijn blik. De stekende pijn, maar vooral het beeld dat ik heel even op mijn netvlies kreeg: een naakte vrouw die op het bed lag met overal op haar lichaam en vooral bij haar borsten bloedvlekken zorgde ervoor dat ik mijn ogen vrijwel meteen sloot.

'O, u hebt medelijden met haar?' Ik merkte dat zijn stem anders was gaan klinken. Ook trok hij ineens harder aan zijn sigaret. 'Heeft u ook medelijden met mij, omdat zij mijn leven verwoest heeft?'

Opnieuw gekreun.

Ik wilde wel van alles tegen hem schreeuwen. Ik wou dat ik in een vlaag van woede met een oerkracht die in me zou moeten zitten de touwen rond mijn armen en benen kapot kon trekken zodat ik hem daarna naar zijn strot kon vliegen. De realiteit was dat ik te slap was om zelfs maar rechtop te gaan zitten en dat hij alle touwtjes in handen had. Ik was overgeleverd aan zijn genade.

'Ik wil graag even terugkomen op wat u buiten riep,' zei Pierre, die met de sigaret, die hij bijna opgerookt had, de volgende aanstak. 'Aan de manier waarop u sprak kreeg ik het idee dat u de mensen hier in huis wilde waarschuwen voor het feit dat ik in aantocht zou zijn. Komisch eigenlijk. De bewoners en een jongeman die ik hier aantrof zijn dood. Zij gaat zo dood. Werkelijk komisch. U kwam als redder in nood maar iedereen gaat dood. Wat een bizarre speling van het lot!'

Weer dat gekreun. Maar ik wilde niet aan Ciska denken. Nee, nee, nee.

'Ik word gezocht,' zei Pierre ineens. 'Ik denk zo langzamerhand in heel Europa. Mijn gezicht is bekend bij iedereen. Ik ben de duivel, de verpersoonlijking van het kwaad. Maar u moet goed begrijpen: het is niet mijn schuld, het is haar schuld. Zij en niemand anders is er schuldig aan dat dingen gelopen zijn zoals ze zijn gelopen. Ik zal u eens iets vertellen. Kent u Saint Tropez?'

Die vent was krankzinnig. Helemaal van de wereld. Het ergste was dat hij zichzelf zo volkomen geloofde.

Weer dat gekreun, maar het ergste was dat ik uit deze hel niet meer zou kunnen ontsnappen.

77.

SAINT TROPEZ

Pierre had zich in de zevende hemel gevoeld, al zou hij het zelf nooit zo genoemd hebben, omdat hij het begrip alszodanig niet kende. Eigenlijk had hij tot voor kort het begrip verliefdheid ook nooit gekend, maar dat was enige uren geleden plotseling veranderd, toen Ciska Hofman zijn leven in kwam daveren.

Hij was net als altijd vroeg wakker geworden. Vanuit het hotelraam keek hij uit op de branding en even later zag hij de zon haar eerste verwoede pogingen doen de laatste restjes van de nacht te verwijderen. Op zijn balkon had Pierre een flesje bier opengetrokken en hij genoot van het bruisende gevoel waarmee de drank in zijn maag terecht kwam. Een zucht van tevredenheid ontsnapte aan zijn longen. Hij hield van de Franse zuidkust. Hoewel hij het in Kameroen doorgaans ook naar zijn zin had kon toch niets op tegen het mediterrane klimaat. Dat had hij al ontdekt toen hij jaren geleden eigenlijk bij toeval in Marseille kwam te wonen.

'Een vreemde speling van het lot,' mompelde hij voor zich uit en even gingen zijn gedachten terug naar een oudejaarsavond in zijn geboorteplaats Bastogne. Hij had alleen maar een schuilplaats gezocht voor een paar dagen. Toen was die vrouw op komen dagen met dat kuthondje, dat overigens meteen de benen had genomen. Toen ze al lang en breed dood was viel zijn oog plotseling op een brochure die ergens op de grond lag. Daar zag hij enkele foto's in staan van Marseille. Toen hij even later wegreed in de politieauto had hij zijn plan getrokken.

In de loop van de ochtend, de hitte was veel verdraaglijker dan in Afrika, vond hij, was hij naar het strand gegaan. Hij hield er van om uren lang languit in de zon te liggen, het gaf hem energie. Om 15.07 uur, hij zou de tijd nooit meer vergeten, zag hij Ciska. Platinablond haar. Gebruind. Slank. Zwarte tanga, dito bovenstukje. Dat gezicht. Ineens kreeg hij een wee gevoel in zijn buik, dat hij nooit eerder gekend had. Pierre kreeg zelfs het idee dat hij een beetje rood werd in zijn gezicht. Het gevoel werd zo erg dat hij verschrikt om zich heen keek om te zien of iemand het in de gaten had. Hij voelde zich zo belachelijk dat hij wel het middelpunt van de algehele belangstelling moest zijn.

Het gevoel in zijn maag wilde maar niet weggaan. En hij kon

zijn ogen niet afhouden van het meisje dat een meter of vijf voor hem ging zitten.

Terwijl hij gretig inhaleerde werd hij iets rustiger. En kreeg hij een idee. Hij moest in contact met haar komen. Hij moest gewoon met haar spreken. Tot nog toe had hij tegenover vrouwen alleen gevoelens van geilheid gehad. Maar bij dit meisje was het anders. Hij werd niet alleen super opgewonden van haar, het ging veel verder.

Twee uur lang bleef hij naar haar kijken, toen stond ze op. Op een afstandje volgde hij haar toen ze terugliep naar de boulevard. Ze keek niet één keer om. Ze was alleen, constateerde Pierre, geen vriendin, geen vriendje.

Ciska bleek naar een hotel te gaan dat op een kwartiertje lopen van het strand lag. Bingo. Veertig minuten later liep Pierre ook dat hotel binnen. Gedoucht en geschoren. Hij droeg een zwart zijden overhemd en Italiaanse bootschoenen. Bij het hotel gearriveerd ging hij de bar binnen waar het heerlijk koel was. Hij bestelde een biertje en probeerde wat in een krant te lezen die hij had meegenomen. Twintig minuten later zag hij haar. Ze was nog mooier dan ze aan het strand geweest was. Ze droeg een eenvoudige donkerblauwe jurk met kleurige motieven, die tot halverwege haar dijen reikte. Toen ze langs zijn tafeltje liep rook hij haar frisse zoete parfum.

Ze ging twee tafeltjes verder zitten en begon te lezen in het boek dat ze de hele tijd in haar hand had gedragen. Ze bestelde een campari soda.

'Heeft u misschien een vuurtje?'

Pierre had geen idee hoe je zoiets aanpakte. Het interesseerde hem ook niet meer. Als hij maar in contact zou komen met haar. Die glimlach!

'Sorry, ik rook niet.'

'Dat is heel verstandig,' zei Pierre, 'maar ook een beetje saai.'

Ze lachte er gelukkig om. Weer kreeg hij dat gevoel in zijn buik.

'Maar ik ben ook een beetje saai,' lachte ze.

Pierre had haar in het Engels aangesproken en merkte meteen haar accent op toen ze antwoordde.

'Zit ik er ver naast als ik denk dat u Zweedse bent?' ging hij verder.

'Heel ver.'

'Duits misschien?'

Ze glimlachte nog steeds toen ze "nee" schudde. Toen viel Pierres muntje en hij schakelde over in het Vlaams.

'Maar u bent toch niet Belgisch of Nederlands?'

'Toch wel,' lachte Ciska, 'Nederlandse.' Tegelijkertijd trok ze uitnodigend de stoel die naast de hare stond onder de tafel weg. 'En zo te horen bent u Belg?'

Gaandeweg het gesprek merkte Pierre dat hij opnieuw rode wangetjes kreeg. Wat een vrouw. Als ze lachte, wat ze veel deed, was het net of kleine stroomstootjes door z'n maag liepen. Hij had ook geen enkele moeite de conversatie gaande te houden. Eigenlijk hoefde hij daar niets voor te doen. Hij hoefde maar wat te vragen of ze babbelde vrijuit en vrolijk. Zodoende wist hij na een kwartiertje al heel wat van haar. Haar naam was Ciska Hofman en ze kwam uit Rotterdam. Ze was fysiotherapeute en dol op sport, met een voorliefde voor duurlopen. Ze woonde op zichzelf.

Toen ze na drie kwartier opstond om zich even op te frissen besloot Pierre van de gelegenheid gebruik te maken. Hij had voor zichzelf vastgesteld dat dit de vrouw was waar hij zijn leven mee zou gaan delen. Een raar gevoel, dat had hij nog nooit eerder gehad. Maar er was werk aan de winkel. Ze mocht hem eenvoudigweg niet ontglippen. Hij moest er achter zien te komen wanneer ze weer terug ging naar Nederland. Sterker nog, hij zou haar er snel van moeten overtuigen dat ze dat helemaal niet moest doen. Ze moest met hem mee, naar Kameroen.

Snel stak hij zijn hand in haar tasje dat op tafel tond. Even wierp hij er een blik in en vond meteen wat hij zocht. Een klein agendaatje. Hij had geen idee hoe lang ze nog zou wegblijven, maar hij besloot de gok te nemen. Hij sloeg het boekje open en meteen was het raak. Onder het voorgedrukte "Deze agenda is van" had Ciska Hofman keurig haar adres ingevuld. Pierre pakte razendsnel een pen die onder in Ciska's tas lag en begon meteen het adres op een bierviltje over te schrijven dat hij achteloos in de achterzak van zijn Armani jeans stopte. Hij had nog een halve minuut over voor Ciska zich opgefrist en wel weer bij hem voegde.

'Het was verrukkellijk,' zei Ciska, terwijl ze een slok desertwijn nam. 'Drink jij helemaal niets anders dan bier?'

'Ik drink wat ik zelf wil, oké?', zei Pierre en meteen bedacht hij zich dat hij nooit zo had moeten reageren.

'Nou zeg,' zei Ciska, 'een beetje minder mag ook wel! Ik vraag het alleen maar hoor ...' Ze verbaasde zich over de bijna vijandige manier waarop Pierre zijn woorden had uitgesproken. En hoe hij erbij keek. Vreemd, want tot nog toe hadden ze een heerlijke avond achter de rug.

Pierre had verteld over zijn werk als opzichter bij een houtfirma in Kameroen. En een boeiend verteller was hij. Ze verbaasde zich er wel over dat hij het ene biertje na het ander achteroversloeg, maar eerlijk is eerlijk, ze liet zichzelf ook niet onbetuigd. Het had haar wel verbaasd met hoeveel dédain hij over Afrikaanse vrouwen sprak, maar goed, het was een geheel andere wereld daar, zoveel begreep ze er wel van. En ze moest hem natuurlijk met een korreltje zout nemen. Toen hij haar vertelde dat hij het restaurant kende dat de beste calimares serveerde die er rond de Middellandse Zee te krijgen waren, had ze niet lang over zijn aanbod na hoeven denken.

In tegenstelling tot zij zelf had Pierre als aperitief een biertje genomen en nam hij dat vervolgens ook bij de maaltijd. Een dessert was ook al niet aan hem besteed. Inmiddels was er een pijnlijke stilte gevallen.

'Sorry,' zei Pierre, 'ik viel misschien een beetje uit, dat was helemaal niet de bedoeling. Ik weet het goed gemaakt. Ik ken de eigenaar van de beste nachtclub hier van de stad. Daar kom je alleen in als je lid bent. Als je wilt kunnen we er heen gaan.'

Ciska twijfelde even.

'Ik weet het niet,' aarzelde ze.

'Kom op,' lachte Pierre, 'ik in de club met zo'n mooie vrouw als jij. Laat me het alsjeblieft eenmaal meemaken.' Meteen liet hij zijn ontwapenende lach weer zien.

'Ach,' zei Ciska, 'we gaan.'

De bewaking, dacht Ciska anderhalf uur later in paniek bij zichzelf. Ik moet de aandacht van de bewaking trekken. Ze had een tijdje naast Pierre aan de bar gestaan, maar echt converseren konden ze niet en dat had niet alleen te maken met het volume van de muziekinstallatie, maar meer met de kleine aanvaring die ze opnieuw hadden gehad. De club was niets mis mee. Die kon zich meten met de besten uit Ibiza, die ze het jaar ervoor met een vriendin, vaak tot diep in de nacht, bezocht had. Het was Pierre.

Allereerst had hij twee keer geprobeerd zijn hand op haar schouder te leggen, geen drama, maar het stond haar niet aan. Dat was dan nog niet zo erg. Maar het tempo waarin hij bier achteroversloeg begon haar behoorlijk tegen te staan, hoewel het hem kennelijk niets deed. Betalen mocht ze ook niet, alles was op rekening. Maar het was echt misgegaan toen ze een mineraalwater wilde omdat ze eenvoudig even geen zin meer had in alcohol. Hij had gewoon een nieuw glas champagne voor haar neergezet. Toen ze daar nogal pissig op reageerde had hij ineens als een duveltje uit een doosje haar pols vastgepakt. Hard.

'Wat wil je nou eigenlijk,' zei hij, 'ik wil je alleen maar de avond van je leven bezorgen, maar dan moet je wel een beetje meewerken.'

'Zeg wat denk jij wel niet,' had Ciska woedend geantwoord terwijl ze zich losrukte. 'Ik weet niet wat jij je allemaal in je hoofd haalt, maar ik wil verder niets hoor. Ik vond het tot nu toe heel gezellig, maar dan bedoel ik tot nu toe. Ik begin het een beetje zat te worden allemaal. Ik denk dat ik ga.'

Meteen daarna was ze naar het toilet gelopen. Terwijl ze haar handen waste kwam een groepje van drie giechelende meiden binnen. Jong. Veel te jong, bedacht ze zich plotseling.

'Hoe oud moet je eigenlijk zijn om lid te worden van deze club?' vroeg ze aan de vouw die aan de andere kant naast haar stond.

'Lid?' lachte die, 'wat bedoel je?'

'Kun je zo maar de club in?'

'Ja wat dacht jij dan? Gewoon kaartje kopen in de rij.'

'O, ik dacht dat je lid moest zijn.'

'Daar heb ik nog nooit van gehoord,' zei de vrouw die een knalrode lippenstift uit haar kleine tasje pakte en in de spiegel keek. 'En ik kom hier al tijdje.'

Dat was helemaal het toppunt, bedacht Ciska zich. Die vent loog dat hij barstte. Nou hij kon het zuur krijgen. Ze besloot linea recta naar de uitgang te gaan. Maar toen ze de deur van de toiletten opendeed stond Pierre haar al op te wachten in de gang.

'Zullen we naar mijn hotel gaan?' vroeg hij.

'Luister,' zei Ciska, 'ik zal heel duidelijk zijn, ik ga naar mijn hotel. Alleen. Begrepen. Ik heb geen zin meer in verder contact met jou. Je bent mij veel te opdringerig.'

Pierre ontplofte bijna.

'Opdringerig,' zei hij en ze rook de zurige alcohollucht waarmee zijn adem doordrenkt was. 'Jij bent zelf een hoer, hoor je. Je zit me de hele avond op te geilen en dan ga je er plotseling vandoor. Maar zo makkelijk kom je niet van me af.'

Opnieuw greep hij haar beide polsen vast.

'Je weet best wat je wilt, je wilt met me naar bed. Dat wist je al toen je me zag in de bar van je hotel. Geef het nou maar toe.'

Een plotseling gevoel van paniek overviel Ciska. Geen van de mensen die langs liep schonk ook maar enige aandacht aan hen.

De bewaking, dacht ze, ik moet hun aandacht trekken. Bij de ingang van de club stonden een paar flink uit de kluiten gewassen portiers. Die zouden haar wel helpen.

'Laat me los,' gilde Ciska en probeerde zich aan Pierres ijzeren greep te onttrekken, maar hij lachte erom. 'O nee,' zei hij, 'net voor de finish gaat het niet meer mis. Je gaat gezellig met mij mee en ik geef je de nacht van je leven.'

'Laat me los,' gilde Ciska opnieuw.

'Hou je bek slet,' riep Pierre en van de blik die hij plotseling in zijn ogen had kreeg Ciska het doodsbenauwd.

'Help,' ze gilde.

78.

13.30 UUR

'Teringfransen,' riep Kalbfleisch en hoewel Van den Boogaard zag dat zijn collega flink pissig was, kon hij een kleine glimlach niet onderdrukken.

'Rustig nou maar Kalb,' zei hij, we kunnen niets doen.

'Nee en dat is de pest. P.B. zit in moeilijkheden, anders hadden we al lang wat gehoord. En als die verrckte Kriébus nou eens bereikbaar was, dan kon ik het hem tenminste nog eens uitleggen en dan zou hij misschien wat kunnen doen.'

'Misschien is P.B. zo druk dat hij er nog niet aan toe gekomen is om ons te bellen.'

'Gelul. Hij zou ons nooit laten wachten, zeker niet gezien de ernst van de situatie.'

'En Kriébus?'

'Lunchen.'

79

13.35 UUR

'Ik geef toe dat ik wellicht te opgewonden reageerde,' zei Pierre. Sigarettenrook kringelde onophoudelijk uit zijn mond. Het grootste deel van zijn verhaal had ik ondanks de martelende hoofdpijn wel meegekregen. Vier uitsmijters waren er aan te pas gekomen om Pierre, die zich op Ciska geworpen had, van hem af te halen. Daarna hadden ze hem in het steegje achter de club met honkbalknuppels onder handen genomen en meer dood dan levend achtergelaten.

'En,' Pierres stem had iets lijzigs, 'vanaf dat moment hield mijn leven op. Mijn knieschijven zijn verbrijzeld. Eén knie kan ik tot op de dag van vandaag niet bewegen. Letsel aan rug en nekwervels, ik ben nooit een seconde van de dag pijnvrij.'

Weer dat gekreun, dat maar niet op leek te willen houden.

'Toen ik na maanden revalideren terugkeerde in Kameroen was al snel duidelijk dat het voor mij over was. Ik kon niet meer in mijn truck rijden. Maar wat veel erger was, als ik in Kribi over straat liep hoorde ik soms kirrend gelach achter me en als ik omkeek zag ik dat kinderen me trekkebenend naliepen. Ze imiteerden mij. De aap doet de mens na, ziet u het voor u?'

Hij nam een haal van zijn sigaret.

'Ik mocht van de Duvalliers blijven, maar ik paste ervoor om ander werk te doen. Een blamage. Ziet u het, een afgang *grand cru*. En waarom? Waarom?'

Op dat moment ging hij staan. Doordat ik door de pijn in mijn hoofd nog steeds niet goed kon zien, was het me nog niet opgevallen hoe de man zweette. Dat was niet zo toen hij binnenkwam, het gesprek moest hem enorm opgewonden hebben.

'Waarom?' Hij schreeuwde het woord ineens. 'Waarom, waarom?' Ik zag dat zijn mondhoeken bedekt raakten door een laagje speeksel. Opnieuw begon hij als een razende te schreeuwen 'Ze wilde me! Ik was alles voor haar. Dat wist ik. Dat wist zij, vanaf het moment dat ik haar zag. Waarom? Ze was smoorverliefd op me. Waarom wilde ze weg?'

Ik had zo goed en zo kwaad als dat ging mijn hoofd een beetje bijgedraaid en zag nog net hoe hij zich bovenop het bebloede naakte lichaam van Ciska wierp. Hij drukte zijn handen met kracht om haar hals. Vanaf dat moment ging allles in slow motion voorbij. Een explosie, getrappel van laarzen in de gang, de deur werd opengegooid en ik zag zwaar gewapende mannen met zwarte bivakmutsen de kamer binnenlopen. Geen politie, realiseerde ik me voor opnieuw alles zwart werd.

80.

15.30 uur

'Naar huis en snel spullen pakken Rokus,' zei Kalbfleisch, die het crisiscentrum binnendenderde. 'Ik heb net even overleg gehad met Vierhouten en we gaan op reis.'

Rokus van den Boogard keek verrast op van zijn laptop.

'Krijg nou wat, wat is er aan de hand?'

'Er is van alles misgegaan in Marseille. Goed mis.'

'Het meisje?'

'Ik leg het in de auto wel uit.'

'Kom op zeg,' sputterde Rokus tegen en P.B.?'

'Ziekenhuis. Wegwezen nu, we hebben het er nog over.'

81.

18.00 uur

'En?' zei André Kriébus.

'Nog niets,' zei de verpleegster.

'Hoe erg is het?'

'Hij gaat het absoluut redden, die man is oersterk.'

'Houdt hij blijvend letsel over?'

'Onzeker, maar we hopen er nog het beste van.'

'Mooi,' zei Kriébus, 'waarschuw me als hij bijkomt. Ik wil hem graag spreken.'

82.

DE VOLGENDE DAG.

'Je bent en blijft ook een malloot P.B.,' grinnikte Kalbfleisch. Naast hem op een krakkemikkig krukje, dat duidelijk niet op zijn gewichtsklasse gebouwd was, lachte Van den Boogaard met hem mee. Hij aaide Jim, die naast hem tegen zijn voeten aan was gaan liggen. Het verschil tussen hen en mij was dat zij normaal gekleed gingen. Ik zat in een T-shirt en een boxershort in een rolstoel, waaraan een of andere stellage bevestigd was waar een infuus aan hing. Ik vroeg me af wat er in het plastic zakje zat.

Ik had me net op, gezien de reacties van het publiek, redelijk komische wijze beklaagd over het eten, dat overal in Frankrijk goed is maar helaas niet in het ziekenhuis waar ik lag. Gelukkig had ik een remedie gevonden om de stemming er voor mezelf in te houden en toonde hen het verzilverde heupflesje dat ik onder de kussen van mijn rolstoel verborg.

Het Franse medisch personeel had z'n best gedaan om mij

en vooral mijn been op te knappen en via een serieus kijkende jonge arts had ik de eerste mededelingen gekregen over wat er gebeurd was. De grote Kriébus himself scheen ook al aan mijn bed gestaan te hebben, maar toen was ik nog niet zo in voor een vlotte babbel. Ik wist inmiddels dat de medewerkers van Kriébus toch maar even afgereisd waren naar de bungalow van Ciska's familie, omdat een vreemde hond bij de buren voor de deur bleef staan blaffen en blaffen. In het huis hadden ze drie lijken gevonden, Ciska's oom en tante en een onbekende jongeman, en twee bijna lijken: Ciska en mijzelf.

Toen was Kriébus opnieuw bij me langs gekomen. Hij had nog maar net gevraagd hoe het met me was of ik brandde los.

'Hebben jullie Pierre?'

Zelden heb ik iemand zo mistroostig "nee" zien schudden.

'Was het maar waar,' zei hij.

Ik bleef een tijdje stil. Twee coma's overleefd, in mijn been geschoten en dat allemaal voor niets.

'En Ciska?'

Hij ging ook hier niet vrolijk van kijken.

'Ze vecht voor haar leven. Ze ligt in een ander ziekenhuis. Ze heeft schotwonden in haar knieën, hij heeft geprobeerd haar borsten er af te snijden en ze heeft overal verminkingen die hij haar met een mes heeft toegebracht.'

Even voelde ik me weer net zo misselijk als toen ik in de stoel naast Pierre had gezeten.

'Haalt ze het?'

Hij haalde zijn schouders op, wat me behoorlijk in het verkeerde keelgat schoot. Maar ja, wat kon hij er verder aan doen?

Vervolgens begon hij aan een ondervraging en al mijn antwoorden werden nauwkeurig opgeschreven door twee geüniformeerde mindere goden uit het korps die hij had meegebracht en die ik niet kende.Ik vertelde alles wat ik wist, daarna zaten we een tijdje stil tegenover elkaar.

'Ik zal heel eerlijk tegen je zijn,' zei hij. 'Wij vermoeden op dit moment het volgende. Jij bent geschaduwd door handlangers van Duvallier.'

'Duvallier?'

'Duvallier ja. Die houdt er een eigen ordedienst op na. Dat weten we al lang, maar goed, als ze zich aan de wet houden gaan ze hun gang maar. Kort nadat jij bij het huis arriveerde zijn twee mannen van die ordedienst daar ook aangekomen. Ze kregen orders om Pierre mee te nemen naar het kantoor van Duvallier. Zij waren het die met explosieven de deur openbliezen.

'Explosieven?' riep ik verbijsterd.

'Explosieven ja. Die knal die je gehoord hebt. De deur. De snelste manier om binnen te komen.'

'En dat kan allemaal zo maar,' zei ik verbaasd.

'Nee,' zei Kriébus, 'maar het gebeurt.'

'En toen?'

'Vraag het mij niet. De lijken van de twee mannen van de ordedienst zijn op de rotsen bij de branding teruggevonden en Pierre was gevlogen.

'En nu?'

'Voorlopig niets,' zei hij.

Ik dacht dat ik helemaal gillend gek werd.

'Wat niets? Er loopt hier een seriemoordenaar vrij rond. En die Duvalliers moeten aangepakt worden.'

'Dat kan niet,' zei Kriébus.

'Waarom niet?'

'Om een heleboel redenen niet. Ten eerste is het verhaal dat ik je vertel niet hard te maken. Ik heb het van een informant. Maar bewijzen zijn er niet. De lijken van de twee mannen zijn niet eens te linken aan Duvallier.'

'Ik vind het te gek voor woorden,' riep ik en haalde diep adem om nog veel meer te zeggen.

'Ik weet het,' zei Kriébus rustig, 'maar ga maar na. Het spoor houdt even op.'

'Kut kut kut.' Ik kon even niet op het Franse woord daarvoor komen, dus ik riep het maar in het Nederlands. Ik geloof dat Kriébus aardig begreep wat ik wilde zeggen.

'Hou je nou even rustig,' zei hij, 'zorg jij nu eerst maar eens dat je weer opknapt. Die Pierre vinden we, zowaar ik Kriébus heet.'

Ik voelde me misselijk en had geen zin meer nog iets aan de discussie toe te voegen.

De volgende dag werd mijn humeur gelukkig een stuk opgepept toen als vanuit het niets Kalbfleisch en Van den Bogaard aan mijn bed stonden. Met een fles (mogelijk belastingvrije) Glen weet-ik-niet-meer. Ik had al zoveel progressie geboekt dat ik even in de rolstoel mocht.

'Je hebt een engeltje op je schouder gehad P.B.,' zei Kalbfleisch, nadat ik hem en zijn collega alles uit de doeken had gedaan.

'Een engeltje dat Jim heet,' zei ik.

'Woef,' zei Jim vrolijk.

Kalbfleisch en Van den Boogaard kwamen de volgende dag nog een keer langs. Ze hadden hun onderzoek afgerond, zeiden ze en moesten weer terug naar Rotterdam. Voor wat betreft Ciska konden ze me meedelen dat het beter ging, wat dat precies inhield wisten ze ook niet, maar de kans dat ze in leven zou blijven werd steeds groter.

Toen ik de twee gigantische ruggen door de deur van mijn kamer de gang op zag lopen, wist ik ineens dat die Fransen wat mij betreft de pleuris konden krijgen met hun hele kutonderzoek, ik wilde ook weg. Weg, weg, weg. Ach, wat kreeg ik het te kwaad. Ik begon te janken. Ongelooflijk. Alles wat er aan vocht in mijn lichaam zat werd door mijn ogen naar buiten geperst. Ik huilde zo verschrikkelijk hard dat ik bijna geen adem meer kreeg. Maar ik leefde.

7.

01.

'Ben je niet bang dat hij nog een keer terugkomt?'
Ik had natuurlijk ook mijn mond kunnen houden. Niets kunnen zeggen, zoals andere, fatsoenlijke mensen doen. Maar ik moest het gewoon weten. Van haar zelf. We hadden per slot van rekening nogal het nodige meegemaakt, Ciska Hofman en ik. Al herinnerde ze zich daar niet veel meer van.

Het was precies drie maanden nadat ik Kalbfleisch en Van den Boogaard door de deur van het Franse ziekenhuis naar buiten had zien verdwijnen, dat het telefoontje kwam. Ik twijfelde of ik op zou nemen, want ik had net een gezellige avond met mijn familie achter de rug. Nou lust ik zelf wel een drankje, mijn broer kan er ook wat van. Zet ons bij elkaar en je hebt zo een omzet te pakken die een gemiddelde slijter in een klein dorpje zou doen likkebaarden. Kortom, ik was niet helemaal in vorm, maar besloot toch maar op te nemen.

'Meneer Lebandowski?'
'Daar spreekt u mee,' zei ik tegen de onbekende stem.
'Dag, u spreekt met Ciska Hofman.'
Het moet gezegd, de vullingen vielen me bijna uit mijn gebit van verbazing. Sinds mijn terugkeer naar Nederland was ik bijna gestalkt door haar ouders. Ze bleven me maar bedanken voor het feit dat ik hun dochter had gered. Ze waren zelfs met de politie bezig een huldiging te organiseren op het gemeentehuis. Maar daar kromp me de piemel zo van, dat ik meteen Kalbfleisch belde om hem te bevelen de festiviteiten af te gelasten. De Hofmans begrepen er niets van, dus had ik hen uitgelegd dat vooral Jim een heldenrol had vervuld. Meteen de vol-

gende dag al werd met een koerier een grote doos gebracht met allemaal dingen erin die Jim heerlijk vond. Omdat ik het idee had dat hij niet van whisky hield, nam ik zelf de fles (en wat voor één).

Ons laatste telefoontje dateerde van drie dagen geleden. Hofman was uitermate somber over Ciska. Hoewel ze lichamelijk redelijk goed genas, was het in haar bovenkamer zogezegd een rotzooitje. En dat begreep ik maar al te goed. Vandaar dat ik iedereen aan de telefoon verwacht had, behalve Ciska. En ze klonk nog monter ook. Uiteraard stemde ik toe in een bezoek, al had ik geen idee hoe ik me op moest stellen tegenover een vrouw die zo ongeveer gevierendeeld van een vakantie was teruggekomen.

Ze had me opgewacht in de hal van het zorgcentrum en verbaasde me opnieuw. Dit was geen psychisch wrak, dit was een leuke jonge spontane vrouw. Jim mocht haar meteen en zij hem ook, kreeg ik zo het idee. Ze vertelde me dat ze graag alles van me wilde weten. Alles wat ik me nog herinnerde. Ze was na mijn verhaal een tijd stilgevallen.

'Weet je dat ik werkelijk geen enkel beeld meer in mijn hoofd heb van wat er is gebeurd?'

'Misschien maar goed ook,' zei ik, iets te neutraal.

Ze glimlachte.

'Dat zeiden de artsen ook. Tot drie dagen geleden beweerden ze zelfs dat ik er rekening mee moet houden, dat alle herinneringen later terug gaan komen, met alle gevolgen van dien.'

'En is dat nu veranderd dan?'

'Ja.'

'Dat verbaast me,' zei ik. 'Is er iets gebeurd?'

'Ja,' zei Ciska opnieuw en ze glimlachte even. 'Drie dagen geleden heb ik besloten mijn leven weer in eigen hand te nemen. Weet je, ik stond geloof ik op het punt gek te worden. Mijn zus overleden, mijn tante en oom vermoord, mijn nieuwe vriend vermoord, de laatste drie eigenlijk door mijn schuld.'

Ik wilde protesteren, maar ze hief haar hand op.

'Nee,' glimlachte ze, 'ik weet wat je wilt zeggen. Het is niet mijn schuld, ik ben juist het slachtoffer. En ik ben niet verantwoordelijk voor wat Pierre heeft gedaan. Maar het punt is, niet mijn ouders, de psychiater of jij moeten dat beseffen, ik moet het beseffen.'

'En doe je dat nu?'

'Ja. Op dit moment wel. En als het me nu lukt, waarom zou ik dat gevoel dan niet vast kunnen houden?'

'Ik zou het niet weten eigenlijk,' zei ik. Natuurlijk had ik toen het gesprek moeten afronden. Maar dat deed ik niet. Want ik wilde het toch weten, of ze bang was dat hij terug zou komen.

'Wil je het echt weten?' zei ze.

'Absoluut,' zei ik.

'P.B., ik heb me er zelf heilig van overtuigd, dat ik na wat ik heb meegemaakt niet meer bang hoef te zijn. Ik heb zolangzamerhand mijn portie gehad. Het is genoeg geweest. Ik weet niet of ik dat over een uur nog denk, maar nu denk ik het. En ik leef nu!'

'Je bent een fantastisch mens,' zei ik.

Ik keek haar een tijdje aan en begreep niet waarom ze ineens onbedaarlijk in de lach schoot. Tot ik Jim zag, die met zijn enorme roze tong het koekje, dat op het schoteltje van Ciska's theekopje lag, probeerde te pakken te krijgen.

'Woef,' zei hij.

02.

LILLE, Place Louise de Bettignies, 23.15 uur

Heel even bracht Pierre zijn hoofd voor het raam van zijn hotelkamer op de derde etage en wierp een korte blik naar buiten.

De Place Louise de Bettignies was naar zijn smaak te fel verlicht. Maar dat zou over drie kwartier veranderen, wist hij inmiddels. Dan zou de verlichting uitgaan en zou het duister alleen nog aangetast worden door het zwak, zich door caféruiten een weg naar buiten banend neonlicht, dat slechts de boorden van de trottoirs rondom het plein zou aanraken.

De eerste dag nadat hij was aangekomen in Lille, drie weken nadat hij Marseille had verlaten, had hij zich 24 uur opgesloten op zijn hotelkamer. Maar dat kon niet eeuwig zo doorgaan, bedacht hij zich, dat zou opvallen. Tot zijn voldoening had hij geconstateerd dat hij met de snor die hij had laten staan, zijn iets langere haren en de baseballcap die hij ver over zijn voorhoofd had getrokken niet meer zo heel erg leek op de man op de opsporingsfoto's die zowel in Nederland, Frankrijk als België nog regelmatig werden vertoond.

Uiteindelijk had Pierre zich toch voor het eerst weer buiten durven wagen. Hij was rustig over het pleintje, dat redelijk centraal lag in het oude deel van de stad, geslenterd richting zijn wagen. Die stond ergens in een steegje achter bakkerij Delbeke. Het Middeleeuws aandoende schild aan de gevel *Artisan Boulanger Au P'tit Chateau* had zijn aandacht getrokken. Het was tevens een mooi oriëntatiepunt. Hij was vervolgens zomaar een straatje ingelopen en kwam na een paar minuten uit bij de oude stadspoort. Daar was hij nota bene naar op zoek.

De receptionist aan de balie van zijn hotel had helemaal niet vreemd opgekeken toen hij zeer terloops eens geïnformeerd had.

'Is er hier eigenlijk wat vermaak in de buurt?'

De man had even geglimlacht. 'Niet veel. Er zijn wel een paar nachtclubs, ook hier vlakbij.'

'Is het wat?'

'Paaldansen en dat soort dingen.'

'Geen séparé?'

De receptionist keek even om zich heen en bemerkte dat er verder niemand in de hal was.

'Er is weliswaar niet echt een red light district hier,' zei hij, 'maar als u op een paar minuten hier vandaan onder de stadspoort doorrijdt, zult u zien dat daar voldoende dames langs de weg staan om u, euh, op een manier die u zelf wilt mee te vermaken.'

'Heel goed,' zei Pierre en was het hotel uit gelopen.

Vlak voor de oude poort was hij aan een tafeltje neergestreken dat een café-eigenaar op het trottoir had gezet. Nadat hij drie biertjes had genomen en de krant volkomen had doorgespit was hij richting poort geslenterd. Die maakte deel uit van de oude verdedigingsmuren van de stad, las Pierre op een bord dat er bij geplaatst was. Hij kon zich levendig voorstellen hoe de gracht en de dikke muren eventuele belagers van Lille –heette het toen ook al zo?- de moed in de schoenen had doen zinken.

Zijn belangstelling voor de geschiedenis was meteen toen hij onder de poort door was gelopen weggeëbt. Aan het eind van een groot grasveld waar enkele honden los liepen was een weg aangelegd. Daar zag hij ze, aan de randen van het park. Meteen voelde hij spanning in zijn ballen. Wekenlang had hij al geen vrouw meer aangeraakt. Op Ciska had hij zich gewroken, die zou ongetwijfeld dood zijn.

HOER.

Geïnteresseerd keek hij toe hoe een zilvergrijze Citroën BX tergend langzaam de straat in reed. Het tafereel fascineerde hem. De negerin met het korte rokje liep naar het portier en legde haar arm nonchalant op het dak van de wagen. Binnen anderhalve minuut waren ze eruit en stapte ze in. Pierre was linea recta teruggekeerd naar zijn hotelkamer en trok zich drie keer in korte tijd af.

De kans dat de wagen die hij enkele dagen dagen voor hij Lille bereikte gestolen had ontdekt zou worden moest hij maar voor lief nemen, dacht Pierre toen hij tegen twaalven over het inmiddels duistere plein liep. Hij had de Golf voorzien van Duitse nummerplaten, dat zou voorlopig voldoende moeten zijn.

Toen hij het contactsleuteltje omdraaide voelde hij de adrenaline door zijn lichaam stromen. Zijn hand voelde snel even in zijn binnenzak, het vlijmscherpe lemmet van zijn mes voelde ijskoud aan. Rustig reed hij weg, genietend van de trillingen die de klinkers waarvan de weg was gemaakt in zijn lijf veroorzaakten. Binnen vijf minuten had hij de stadspoort bereikt. Het weer was inmiddels omgeslagen van heet naar aangenaam warm. Pierre draaide zijn portierraam volledig open en besloot ook het raam aan de bijrijderskant driekwart los te draaien.

Rustig draaide hij de straat in. Hij telde er zeven. Vier donkere en drie blanke dames. Zo traag als mogelijk reed hij door de straat, waar vreemd genoeg niemand anders reed. De donkere meiden, die hem wenkten, negeerde hij. Het vierde meisje, dat ontspannen tegen de straatlantaarn leunde, dat moest ze worden. Blond, leren jack, volle dijen, eigenlijk helemaal geen type om hier te staan, vond Pierre. Hij besloot door te rijden tot aan het eind van de straat en keerde daar de wagen. Inmiddels merkte hij zelf hoe zijn hartslag licht op liep.

Bij de lantaarnpaal bracht hij de Golf tot stilstand. Wat was ze mooi! Loom stapte de vrouw naar voren en boog zich naar hem toe.

'Hoeveel voor een uur op mijn hotelkamer?' vroeg Pierre.

De blonde vrouw keek hem aan en schudde haar hoofd. 'Alleen in de auto. Zo lang als het duurt. Hier om de hoek bij het park.'

Pierre dacht even na.

'Hoeveel?' zei hij opnieuw.

De vrouw noemde haar prijs.

'Oké.'

De vrouw liep om de wagen heen en stapte in. Nu pas viel

het Pierre op hoe groot haar borsten waren.

'Einde straat rechts,' zei de vrouw 'en dan meteen weer rechts het park in. Dan links, daar is een prachtige plek.' Pierre reed door en voelde dat de vrouw hem opnieuw aandachtig in zich opnam.De afwerkplek was goed gekozen, vond hij. Vanaf de wegkant kon niemand de wagen zien en het park was met een hek afgesloten voor voetgangers.

'Oké,' zei Pierre nadat hij de motor had uitgezet. 'Daar gaan we dan.'

Hij ritste zijn gulp open en zag toen in een flits dat de vrouw iets uit de zak van haar leren jack pakte. Voor hij door had wat er gebeurde voelde hij ineens een stekende pijn in zijn arm. Die slet had een injectienaald in zijn arm geduwd, zo hard dat die zijn bot raakte.

'U krijgt de hartelijke groeten van Alain Duvallier,' zei ze en en stapte vervolgens de wagen uit, ze rende zo hard als ze kon op haar hooggehakte laarzen. Meteen daarna begon zijn lichaam hevig te schokken.

'Ja?' zei de man die de kaarttelefoon opnam.

De vrouw die belde uit Lille wist niet dat zijn naam Manfred Herremann was. Ook wist ze niet dat kort na haar gesprek zijn telefoon, nadat de simkaart vernietigd was, in de Middellandse Zee zou verdwijnen.

'Het is gelukt,' zei ze alleen maar. 'Hij is een paar minuten geleden op komen dagen, zoals jullie kennelijk al verwachtten.'

'Heel goed,' zei Herremann. Het had even geduurd, maar uiteindelijk waren ze Pierre op het spoor gekomen. Zoals Alain Duvallier voorspeld had was hij in Frankrijk gebleven en had hij een banktransactie moeten doen. Lille. Twee keer. Het plan dat hij vervolgens bedacht had was volgens Herremann volkomen krankzinnig.

'Geloof me nou maar, ik ken hem als mijn broekzak,' had

Duvallier geglimlacht. 'Als hij nog een paar dagen in Lille blijft weet ik waar we hem kunnen vinden en ook hoe we hem gaan pakken.'

'Wat zat er eigenlijk in de ampul?' vroeg de vrouw.

Herremann glimlachte. De tien minuten die Pierre ongeveer in leven zou blijven na de injectie zouden erger zijn dan een mens zich kon voorstellen. Afgezien nog van de niet te stelpen bloedingen. Dat hij maar mocht kreperen en branden in de hel, dacht de Duitser.

'Bedankt voor je inzet,' zei hij alleen maar. 'Zo gauw we de krantenberichten zien die je verhaal bevestigen ben je een rijk vrouw.' Daarna verbrak hij de verbinding.

De vrouw stak de telefoon in de zak van haar leren jas en trok toen met één snelle beweging haar blonde pruik af die ze in de prullenbak gooide die langs de weg stond. Het geluid van haar stilettohakken die de straatklinkers geselden echode na in het steegje toen ze wegliep.

Uit het crime-fonds van Uitgeverij Ellessy:

De nacht van de wolf, Sandra Berg (2002)
Onder de oppervlakte, Sandra Berg (2004)
Nephila's netwerk, Marelle Boersma (2005)
Stil water, Marelle Boersma (2006)
Roerend goed, Ina Bouman (2004)
Bij verstek veroordeeld, M.P.O. Books (2004)
De bloedzuiger, M.P.O. Books (2005)
Gedragen haat, M.P.O. Books (2006)
Jacht op de Jager, John Brosens (2004)
Duijkers dossiers, John Brosens (2005)
Zwart fortuin, John Brosens (2006)
Dubbel gepakt, John Brosens (2007)
Het spoor van de Pandora, John Brosens (2008)
Superjacht, James Defares (2004)
De beloning, James Defares (2006)
Het rode spoor, Ivo A. Dekoning (2001)
Perzikman, Frans van Duijn (2002)
Engel, Frans van Duijn (2003)
Maniak, Frans van Duijn (2004)
Eigen richting, Jan van Hout (1997)
In andermans huid, Jan van Hout (2000)
Dummy, Jan van Hout (2001)
Frontstore, Jan van Hout (2003)
Coke en gladiolen, Will Jansen (2001)
Het teken van de uil, Berend Jager (2005)
Vanwege de hond, Tom Kamlag (2004)
Het witte paard, Tom Kamlag (2006)
Blog, Tom Kamlag (2006)
Bloed op het Binnenhof, Martin Koomen (2004)
Kleine koude oorlog, Martin Koomen (2006)